作品集双色版

作品集双色版

中国现代文学珍藏大系
BEST NEW

朱自清（卷）

策划：舒　乙　陈学建
主编：许建辉

Modern Literature
Collection

蓝天出版社

图书在版编目(CIP)数据

中国现代文学珍藏大系. 朱自清卷/许建辉主编. -2版. -北京:蓝天出版社,2009.5

ISBN 978-7-80158-292-8

Ⅰ.中… Ⅱ.许… Ⅲ.文学-作品综合集-中国-现代
Ⅳ.Ⅰ216.1

中国版本图书馆 CIP 数据核字(2009)第 068642 号

朱自清卷

策　划: 舒　乙　　陈学建
主　编: 许建辉
副主编: 金永吉　刘　屏　杜士玮
出版社: 蓝天出版社　(北京复兴路 14 号)　(邮政编码:100843)
经　销: 新华书店经销
印　刷: 北京建泰印刷有限公司印刷
开　本: 640×920 毫米　1/16
印　张: 20
版　次: 2009 年 5 月第 2 版
印　次: 2009 年 5 月北京第 1 次印刷
印　数: 1-5000 册
定　价: 22.00 元

序

舒 乙

这套“中国现代文学珍藏大系”的编辑特点有五：

一、图文并茂；

二、有作家自己写自己身世的文字，或自述，或自传；

三、有自我评论部分，或创作经验谈，或自评；

四、有散文精选，包括游记在内；

五、有创作名篇，或小说，或诗歌，或戏剧，或杂文，因人而异。

第一批入选名家有鲁迅、茅盾、巴金、老舍、冰心、朱自清、许地山、闻一多八位，其中有三人是出两卷，其余均为一卷。

在出版物众多的今日，对一般想念书的年轻人来说，从何读起已成为大问题；弄不好，乱读一气，或者抓住什么念什么，费了时间不说，收获究竟几何也还真得画个问号。

找一些好本子念实在是一种好办法。

所谓好本子，有两个含义：一是大师的东西，二是名篇。

起步先由经典起，即先念经得起时间考验的，又能跨越地域的，被各国人各族人共同欣赏的。这个法子不失为一种好法子，起码是很聪明、很经济、很事半功倍的法子。

大师，一些经典，几十年、几百年，甚至几千年才出一位，才出一部。他们的著作属于必念的，这是智慧的结晶啊！

我在苏联上学的时候，坐电车出行，永远看见坐车的人，十之八九都捧着一本厚厚的书，默默地看，彼此不说话。仔细一瞧，念的不是普希金，就是莱蒙托夫，就是陀思妥耶夫斯基。难怪男女同学谈恋爱，第一面，谈的永远是普希金，或者托尔斯泰。

全民族能有这样的阅读传统，其整体文化水准是不言而喻的；虽然时尚读物也出版得很多，卖得也很火。

这里说的是起点问题。一句话，要有个好的、水准高的起点。

这便是出版这套“大系”的初衷。

2003年2月，北京。

目　录
Contents

自　传

散　文

杂　感

游　记

导　读

创作谈

自传

有些国语教科书里选得有我的文章，注解里或说我是浙江绍兴人，或说我是江苏江都人——就是……

我是扬州人

有些国语教科书里选得有我的文章，注解里或说我是浙江绍兴人，或说我是江苏江都人——就是扬州人。有人疑心，江苏江都人是错了，特地老远的写信托人来问我。我说两个籍贯都不算错，但是若打官话，我得算浙江绍兴人。浙江绍兴是我的祖籍或原籍，我从进小学就填的这个籍贯；直到现在，在学校里服务快三十年了，还是报的这个籍贯。不过绍兴我只去过两回，每回只住了一天；而我家里除先母外，没一个人会说绍兴话。

扬州安乐巷27号。朱自清自1903年随祖父、父亲定居扬州后，其多处故居中之一处

我家是从先祖才到江苏东海做小官。东海就是海州，现在是陇海路的终点。我就生在海州。四岁的时候先父又到邵伯镇做小官，将我们接到那里。海州的情形我全不记得了，只对海州话还有亲热感，因为父亲的扬州话里夹着不少海州口音。在邵伯住了差不多两年，是住在万寿宫里。万寿宫的院子很大，很静；门口就是运河。河坎很高，我常向河里扔瓦片玩儿。邵伯有个铁牛湾，那儿有一条铁牛镇压着。父亲的当差常抱我去

看它，骑它，抚摩它。镇里的情形我也差不多忘记了。只记住在镇里一家人家的私塾里读过书，在那里认识了一个好朋友叫江家振。我常到他家玩儿，傍晚和他坐在他家荒园里一根横倒的枯树干上说着话，依依不舍，不想回家。这是我第一个好朋友，可惜他未成年就死了；记得他瘦得很，也许是肺病罢？

扬州两淮中学早年教室。朱自清 1912 年从安徽旅扬公学高小毕业后到此就读

六岁那一年父亲将全家搬到扬州。后来又迎养先祖父和先祖母。父亲曾到江西做过几年官，我和二弟也曾去过江西一年；但是老家一直在扬州住着。我在扬州读初等小学，没毕业；读高等小学，毕了业；读中学，也毕了业。我的英文得力于高等小学里一位黄先生，他已经过世了。还有陈春台先生，他现在是北平著名的数学教师。这两位先生讲解英文真清楚，启发了我学习的兴趣；只恨我始终没有将英文学好，愧对这两位老师。还有一位戴子秋先生，也早过世了，我的国文是跟他老人家学着做通了的。那是辛亥革命之后在他家夜塾里的时候。中学毕业，我是十八岁，那年就考进了北京大学预科，从此就不常在扬州了。

就在十八岁那年冬天，父亲母亲给我在扬州完了婚。内人武钟谦女士是杭州籍，其实也是在扬州长成的。她从不曾去过杭州；后来同我去是第一次。她后来因为肺病死在扬州，我曾为她写过一篇《给亡妇》。我和她结婚的时候，祖父已死了好几年了。结婚后一年祖母也死了。他们两老都葬在扬州，我家于是有祖茔在扬州了。后来亡妇也葬在这祖茔里。母亲在抗战前两年过去，父亲在胜利前四个月过去，遗憾的是我都不在扬州；他们也葬在那祖茔里。这中间叫我痛心的是死了第二个女儿！她性情好，爱读书，做事负责任，待朋友最好。已经成人了，不知什么病，一天半就完了！她也葬在祖茔里。我有九个孩子。除第二个女儿外，还有一个男孩不到一岁就死在扬州；其余亡妻生的四个孩子都曾在扬州老家住过多少年。这个老家直到今年夏初才解散了，但是还留着一位老年的庶母在那里。

朱自清　　一向心宽　　佩弦藏书之鉨

闻一多为朱自清所治的三方印章

我家跟扬州的关系，大概够得上古人说的“生于斯，死于斯，歌哭于斯”了。现在亡妻生的四个孩子都已自称为扬州人了；我比起他们更算是在扬州长成的，天然更该算是扬州人了。但是从前一直马马虎虎的骑在墙上，并且自称浙江人的时候还多些，又为了什么呢？这一半因为报的是浙江籍，求其一致；一半也还有些别的道理。这些道理第一桩就是籍贯是无所谓的。那时要做一个世界人，连国籍都觉得狭小，不用说省籍和县籍了。那时在大学里觉得同乡会最没有意思。我同住的和我来往的自然差不多都是扬州人，自己却因为浙江籍，不去参加江苏或扬州同乡会。可是虽然是浙江绍兴籍，却又没跟一个道地浙江人来往，因此也就没人拉我去开浙江同乡会，更不用说绍兴同乡会了。这也许是两栖或骑墙的好处罢？然而出了学校以后到底常常会到道地绍兴人了。我既然不会说绍兴话，并且除了花雕和兰亭外几乎不知道绍兴的别的情形，于是乎往往只好自己承认是假绍兴人。那虽然一半是玩笑，可也有点儿窘的。

还有一桩道理就是我有些讨厌扬州人，我讨厌扬州人的小气和虚气。小是眼光如豆，虚是虚张声势，小气无须举例。虚气例如已故的扬州某中央委员，坐包车在街上走，除拉车的外，又跟上四个人在车子边推着跑着。我曾经写过一篇短文，指出扬州人这些毛病。后来要将这篇文收入散文集《你我》里，商务印书馆不肯，怕再闹出"闲话扬州"的案子。这当然也因为他们总以为我是浙江人，而浙江人骂扬州人是会得罪扬州人的。但是我也并不抹杀扬州的好处，曾经写过一篇《扬州的夏日》，还有在《看花》里也提起扬州福缘庵的桃花。再说现在年纪大些了，觉得小气和虚气都可以算是地方气，绝不止是扬州人如此。从前自己常答应人说自己是绍兴人，一半又因为绍兴人有些戆气，而扬州人似乎太聪明。其实扬州人也未尝没戆气，我的朋友任中敏（二北）先生，办了这么多年汉民中学，不管人家理会不理会，难道还不够"戆"的！绍兴人固然有戆气，但是也许还有别的气我讨厌的，不过我不深知罢了。这也许是阿 Q 的想法罢？然而我对于扬州的确渐渐亲热起来了。

扬州真像有些人说的，不折不扣是个有名的地方。不用远说，李斗《扬州画舫录》里的扬州就够羡慕的。可是现在衰落了，经济上是一日千丈的衰落了，只看那些没精打采的盐商家就知道。扬州人在上海被称为江北佬，这名字总而言之表示低等的人。江北佬在上海是受欺负的，他们于是学些不三不四的上海话来冒充上海人。到了这地步他们可竟会忘其所以的欺负起那些新来的江北佬了。这就养成了扬州人的自卑心理。抗战以来许多扬州人来到西南，大半都自称为上海人，就靠着那一点不三不四的上海话；甚至连这一点都没有，也还自称为上海人。其实扬州人在本地也有他们的骄傲的。他们称徐州以北的人为侉子，那些人说的是侉话。他们笑镇江人说话土气，南京人说话大舌头，尽管这两个地方都在江南。英语他们称为蛮话，说这种话的当然是蛮子了。然而这些话只好关着门在家里说，到上海一看，立刻就会矮上半截，缩起舌头不敢啧一声了。扬州真是衰落得可以啊！

我也是一个江北佬，一大堆扬州口音就是招牌，但是我却不愿做上海

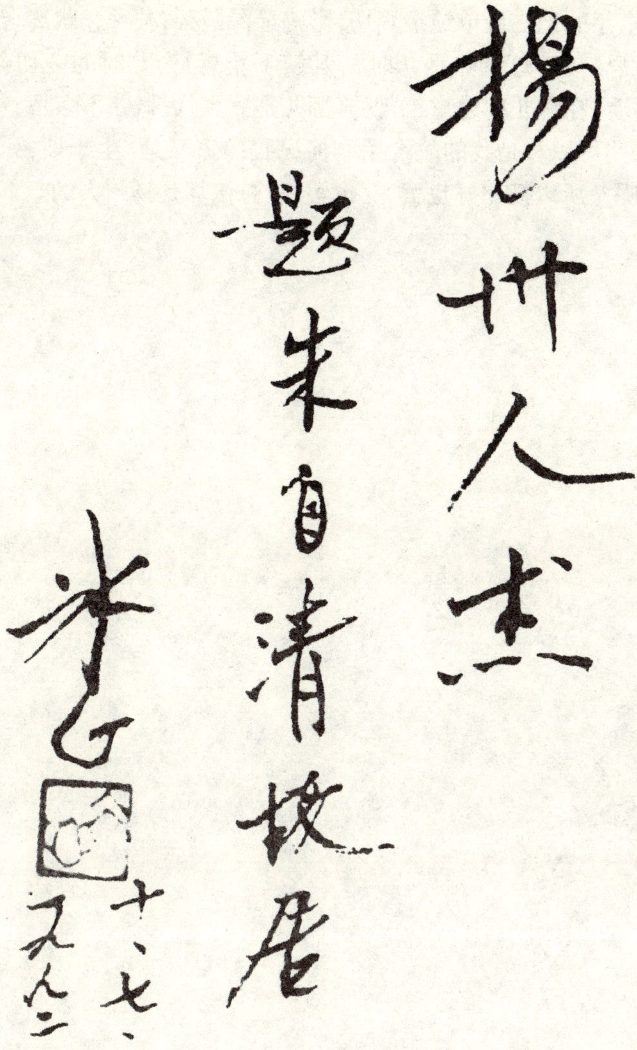

冰心为朱自清故居的题词

人;上海人太狡猾了。况且上海对我太生疏,生疏的程度跟绍兴对我也差不多;因为我知道上海虽然也许比知道绍兴多些,但是绍兴究竟是我的祖籍,上海是和我水米无干的。然而年纪大起来了,世界人到底做不成,我要一个故乡。俞平伯先生有一行诗,说“把故乡掉了”。其实他掉了故乡又找到了一个故乡;他诗文里提到苏州那一股亲热,是可羡慕的,苏州就算是他的故乡了。他在苏州度过他的童年,所以提起来一点一滴都亲亲热热的，童年的记忆最单纯最真切，影响最深最久；种种悲欢离合，回想起来最有意思。“青灯有味是儿时”，其实不止青灯，儿时的一切都是有味的。这样看，在哪儿度过童年，就算哪儿是故乡，大概差不多罢？这样看，就只有扬州可以算是我的故乡了。何况我的家又是“生于斯，死于斯，歌哭于斯”呢？所以扬州好也罢，歹也罢，我总该算是扬州人的。

1946 年

说 扬 州

在第十期上看到曹聚仁先生的《闲话扬州》，比那本出名的书有味多了。不过那本书将扬州说得太坏，曹先生又未免说得太好；也不是说得太好，他没有去过那里，所说的只是从诗赋中，历史上得来的印象。这些自然也是扬州的一面，不过已然过去，现在的扬州却不能再给我们那种美梦。

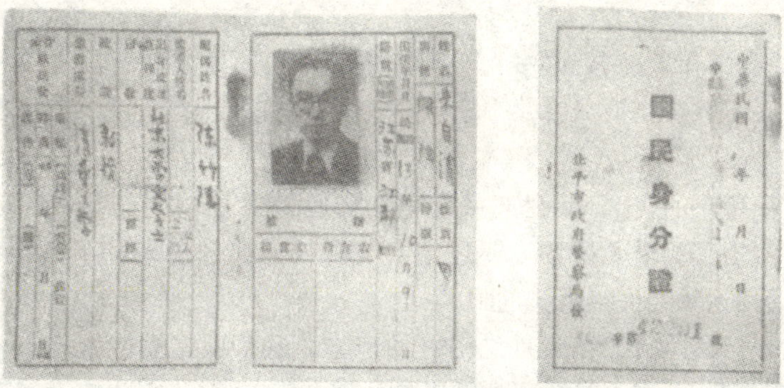

朱自清用过的身份证

自己从七岁到扬州，一住十三年，才出来念书。家里是客籍，父亲又是在外省当差事的时候多，所以与当地贤豪长者并无来往。他们的雅事，如访胜，吟诗，赌酒，书画名家，烹调佳味，我那时全没有份，也全不在行。因此虽住了那么多年，并不能做扬州通，是很遗憾的。记得的只是光复的时候，父亲正病着，让一个高等流氓凭了军政府的名字，敲了一竹杠；还有，在中学的几年里，眼见所谓“甩子团”横行无忌。“甩子”是扬州方言，有时候指那些“怯”的人，有时候指那些满不在乎的人。“甩子团”不用说是后一类；他们多数是绅宦家子弟，仗着家里或者“帮”里的势力，在各公共场所闹标劲，如看戏不买票，起哄等等，也有包揽词讼，调戏妇女的。更可怪的，大乡绅的仆人可以指挥警察区区长，可以大模大样招摇过市——这都是民国五六年的事，并非前清君主专制时代。自己当时血气方刚，看了一肚子气；可是人微言轻，也只好让那口气憋着罢了。

从前扬州是个大地方，如曹先生那文所说；现在盐务不行了，简直就算个没“落儿”的小城。

可是一般人还忘其所以地要气派，自以为美，几乎不知天多高地多厚。这真是所谓“夜郎自大”了。扬州人有“扬虚子”的名字；这个“虚子”有两种意思，一是大惊小怪，二是以少报多，总而言之，不离乎虚张声势的毛病。他们还有个“扬盘”的名字，譬如东西买贵了，人家可以笑话你是“扬盘”；又如店家价钱要的太贵，你可以诘问他，“把我当扬盘看么？”盘是捧出来给别人看的，正好形容要气派的扬州人。又有所谓“商派”，讥笑那些仿效盐商的奢侈生活的人，那更是气派中之气派了。但是这里只就一般情形说，刻苦诚笃的君子自然也有；我所敬爱的朋友中，便不缺乏扬州人。

提起扬州这地名，许多人想到的是出女人的地方。但是我长到那么大，从来不曾在街上见过一个出色的女人，也许那时女人还少出街吧？不过从前人所谓“出女人”，实在指姨太太与妓女而言；那个“出”字就和出羊毛，出苹果的“出”字一样。《陶庵梦忆》里有“扬州瘦马”一节，就记的这类事；但是我毫无所知。不过纳妾与狎妓的风气渐渐衰了，“出女人”那句话怕迟早会失掉意义的吧。

另有许多人想，扬州是吃得好的地方。这个保你没错儿。北平寻常提到江苏菜，总想着是甜甜的腻腻的。现在有了淮扬菜，才知道江苏菜也有不甜的；但还以为油重，和山东菜的清淡不同。其实真正油重的是镇江菜，上桌子常教你腻得无可奈何。扬州菜若是让盐商家的厨子做起来，虽不到山东菜的清淡，却也滋润，利落，决不腻嘴腻舌。不但味道鲜美，颜色也清丽悦目。扬州又以面馆著名。好在汤味醇美，是所谓白汤，由种种出汤的东西如鸡鸭鱼肉等熬成，好在它的厚，和啖熊掌一般。也有清汤，就是一味鸡汤，倒并不出奇。内行的人吃面要“大煮”；普通将面挑在碗里，浇上汤，“大煮”是将面在汤里煮一会，更能入味些。

扬州最著名的是茶馆；早上去下午去都是满满的。吃的花样最多。坐定了沏上茶，便有卖零碎的来兜揽，手臂上挽着一个黯淡的柳条筐，筐子里摆满了一些小蒲包分放着瓜子花生炒盐豆之类。又有炒白果的，在担子上铁锅爆着白果，一片铲子的声音。得先告诉他，才给你炒。炒得壳子爆了，露出黄亮的仁儿，铲在铁丝罩里送过来，又热又香。还有卖五香牛肉的，让他抓一些，摊在干荷叶上；叫茶房拿点好麻酱油来，拌上慢慢地

李宗津作油画《朱自清》

吃,也可向卖零碎的买些白酒——扬州普遍都喝白酒——喝着。这才叫茶房烫干丝。北平现在吃干丝,都是所谓煮干丝;那是很浓的,当菜很好,当点心却未必合适。烫干丝先将一大块方的白豆腐干飞快地切成薄片,再切为细丝,放在小碗里,用开水一浇,干丝便熟了;滗去了水,抟成圆锥似的,再倒上麻酱油,搁一撮虾米和干笋丝在尖儿,就成。说时迟,那时快,刚瞧着在切豆腐干,一眨眼已端来了。烫干丝就是清得好,不妨碍你吃别的。接着该要小笼点心。北平淮扬馆子出卖的汤包，诚哉是好，在扬州却少见；那实在是淮阴的名产，扬州不该掠美。扬州的小笼点心，肉馅儿的，蟹肉馅儿的，笋肉馅儿的且不用说，最可口的是菜包子菜烧卖，还有干菜包子。菜选那最嫩的，剁成泥，加一点儿糖一点儿油，蒸得白生生的，热腾腾的，到口轻松地化去，留下一丝儿余味。干菜也是切碎，也是加一点儿糖和油，燥湿恰到好处；细细地咬嚼，可以嚼出一点橄榄般的回味来。这么着每样吃点儿也并不太多。要是有饭局，还尽可以从容地去。但是要老资格的茶客才能这样有分寸；偶尔上一回茶馆的本地人外地人，却总忍不住狼吞虎咽，到了儿捧着肚子走出。

扬州游览以水为主，以船为主，已另有文记过，此处从略。城里城外古迹很多，如“文选楼”，“天保城”，“雷塘”，“二十四桥”等，却很少人留意；大家常去的只是史可法的“梅花岭”罢了。倘若有相当的假期，邀上两三个人去寻幽访古倒有意思；自然，得带点花生米，五香牛肉，白酒。

择偶记

自己是长子长孙，所以不到十一岁就说起媳妇来了。那时对于媳妇这件事简直茫然，不知怎么一来，就已经说上了。是曾祖母娘家人，在江苏北部一个小县份的乡下住着。家里人都在那里住过很久，大概也带着我；只是太笨了，记忆里没有留下一点影子。祖母常常躺在烟榻上讲那边的事，提着这个那个乡下人的名字。起初一切都像只在那白腾腾的烟气里。日子久了，不知不觉熟悉起来了，亲昵起来了。除了住的地方，当时觉得那叫做"花园庄"的乡下实在是最有趣的地方了。因此听说媳妇就定在那里，倒也仿佛理所当然，毫无意见。每年那边田上有人来，蓝布短打扮，衔着旱烟管，带好些大麦粉，白薯干儿之类。他们偶然也和家里人提到那位小姐，大概比我大四岁，个儿高，小脚；但是那时我热心的其实还是那些大麦粉和白薯干儿。

记得是十二岁上，那边捎信来，说小姐痨病死了。家里并没有人叹惜；大约他们看见她时她还小，年代一多，也就想不清是怎样一个人了。父亲其时在外省做官，母亲颇为我亲事着急，便托了常来做衣服的裁缝做媒。为的是裁缝走的人家多，而且可以看见太太小姐。主意并没有错，裁缝来说一家人家，有钱，两位小姐，一位是姨太太生的；他给说的是正太太生的大小姐。他说那边要相亲。母亲答应了，定下日子，由裁缝带我上茶馆。记得那是冬天，到日子母亲让我穿上枣红宁绸袍子，黑宁绸马褂，戴上红帽结儿的黑缎瓜皮小帽，又叮嘱自己留心些。茶馆里遇见那位相亲的先生，方面大耳，同我现在年纪差不多，布袍布马褂，像是给谁穿着孝。这个人倒是慈祥的样子，不住地打量我，也问了些念什么书一类的话。回来裁缝说人家看得很细：说我的"人中"长，不是短寿的样子，又看我走路，怕脚上有毛病。总算让人家看中了，该我们看人家了。母亲派亲信的老妈子去。老妈子的报告是，大小姐个儿比我大得多，坐下去满满一圈椅；二小姐倒苗苗条条的，母亲说胖了不能生育，像亲戚里谁谁谁；教裁缝说二小姐。那边似乎生了气，不答应，事情就吹了。

母亲在牌桌上遇见一位太太，她有个女儿，透着聪明伶俐。母亲有了

武钟谦，朱自清原配夫人。1916 年 12 月 15 日，朱自清与之在扬州琼花观街朱宅完婚

心，回家说那姑娘和我同年，跳来跳去的，还是个孩子。隔了些日子，便托人探探那边口气。那边做的官似乎比父亲的更小，那时正是光复的前年，还讲究这些，所以他们乐意做这门亲。事情已到九成九，忽然出了岔子。本家叔祖母用的一个寡妇老妈子熟悉这家子的事，不知怎么教母亲打听着了。叫她来问，她的话遮遮掩掩的。到底问出来了，原来那小姑娘是抱

1932 年 8 月，朱自清与陈竹隐在上海结婚

来的，可是她一家很宠她，和亲生的一样。母亲心冷了。过了两年，听说她已生了痨病，吸上鸦片烟了。母亲说，幸亏当时没有定下来。我已懂得一些事了，也这么想着。

光复那年，父亲生伤寒病，请了许多医生看。最后请着一位武先生，那便是我后来的岳父。有一天，常去请医生的听差回来说，医生家有位小姐。父亲既然病着，母亲自然更该担心我的事。一听这话，便追问下去。听差原只顺口谈天，也说不出个所以然。母亲便在医生来时，教人问他轿夫，那位小姐是不是他家的。轿夫说是的。母亲便和父亲商量，托舅舅问医生的意思。那天我正在父亲病榻旁，听见他们的对话。舅舅问明了小姐还没有人家，便说，像×翁这样人家怎么样？医生说，很好呀。话到此为止，接着便是相亲；还是母亲那个亲信的老妈子去。这回报告不坏，说就是脚大些。事情这样定局，母亲教轿夫回去说，让小姐裹上点儿脚。妻嫁过来后，说相亲的时候早躲开了，看见的是另一个人。至于轿夫捎的信儿，却引起了一段小小风波。岳父对岳母说，早教你给她裹脚，你不信；瞧，人家怎么说来着！岳母说，偏偏不裹，看他家怎么样！可是到底采取了折中的办法，直到妻嫁过来的时候。

1934 年 3 月作。

春晖的一月

去年在温州，常常看到本刊，觉得很是欢喜。本刊印刷的形式，也颇别致，更使我有一种美感。今年到宁波时，听许多朋友说，白马湖的风景怎样怎样好，更加向往。虽然于什么艺术都是门外汉，我却怀抱着爱“美”的热诚，三月二日，我到这儿上课来了。在车上看见“春晖中学校”的路牌，白地黑字的，小秋千架似的路牌，我便高兴。出了车站，山光水色，扑面而来，若许我抄前人的话，我真是“应接不暇”了。于是我便开始了春晖的第一日。

走向春晖，有一条狭狭的煤屑路。那黑黑的细小的颗粒，脚踏上去，便发出一种摩擦的骚音，给我多少清新的趣味。而最系我心的，是那小小的木桥。桥黑色，由这边慢慢地隆起，到那边又慢慢的低下去，故看去似乎很长。我最爱桥上的阑干，那变形的卍纹的阑干；我在车站门口早就看见了，我爱它的玲珑！桥之所以可爱，或者便因为这阑干哩。我在桥上逗留了好些时。这是一个阴天。山的容光，被云雾遮了一半，仿佛淡妆的姑娘。但三面映照起来，也就青得可以了，映在湖里，白马湖里，接着水光，却另有一番妙景。我右手是个小湖，左手是个大湖。湖有这样大，使我自己觉得小了。湖水有这样满，仿佛要漫到我的脚下。湖在山的趾边，山在湖的唇边；他俩这样亲密，湖将山全吞下去了。吞的是青的，吐的是绿的，那软软的绿呀，绿的是一片，绿的却不安于一片；它无端的皱起来了。如絮的微痕，界出无数片的绿；闪闪闪闪的，像好看的眼睛。湖边系着一只小船，四面却没有一个人，我听见自己的呼吸。想起“野渡无人舟自横”的诗，真觉物我双忘了。

好了，我也该下桥去了；春晖中学校还没有看见呢。弯了两个弯儿，又过了一重桥。当面有山挡住去路；山旁只留着极狭极狭的小径。挨着小径，抹过山角，豁然开朗；春晖的校舍和利落的几处人家，都已在望了。远远看去，房屋的布置颇疏散有致，决无拥挤、局促之感。我缓缓走到校前，白马湖的水也跟我缓缓的流着。我碰着丏尊先生。他引我过了一座

1921 年 12 月 31 日，为欢送俞平伯赴美考察在浙江省立第一师范任教的朱自清（右二）与友人俞平伯（右一）、叶圣陶（左二）、许昂若（左）于杭州合影

水门汀的桥，便到了校里。校里最多的是湖，三面潺潺的流着；其次是草地，看过去芊芊的一片。我是常住城市的人，到了这种空旷的地方，有莫名的喜悦！乡下人初进城，往往有许多的惊异，供给笑话的材料；我这城里人下乡，却也有许多的惊异——我的可笑，或者竟不下于初进城的乡下人。闲言少叙，且说校里的房屋、格式、布置固然疏落有味，便是里面的用具，也无一不显出巧妙的匠意；决无笨伯的手泽。晚上我到几位同事家去看，壁上有书有画，布置井井，令人耐坐。这种情形正与学校的布置，自然界的布置是一致的。美的一致，一致的美，是春晖给我的第一件礼物。

温州四营堂巷34号,朱自清旧居之一

有话即长,无话即短,我到春晖教书,不觉已一个月了。在这一个月里,我虽然只在春晖登了十五日(我在宁波四中兼课),但觉甚是亲密。因为在这里,真能够无町畦。我看不出什么界线,因而也用不着什么防备,什么顾忌,我只照我所喜欢的做就是了。这就是自由了。从前我到别处教书时,总要做几个月的“生客”,然后才能坦然。对于“生客”的猜疑,本是原始社会的遗形物,其故在于不相知。这在现社会,也不能免的。但在这里,因为没有层叠的历史,又结合比较的单纯,故没有这种习染。这是我所深愿的!这里的教师与学生,也没有什么界限。在一般学校里,师生之间往往隔开一无形界限,这是最足减少教育效力的事!学生对于教师,“敬鬼神而远之”;教师对于学生,尔为尔,我为我,休戚不关,理乱不闻!这样两橛的形势,如何说得到人格感化?如何说得到“造成健全人格”?这里的师生却没有这样情形。无论何时,都可自由说话;一切事务,常常通力合作。校里只有协治会而没有自治会。感情既无隔阂,事务自然都开诚布公,无所用其躲闪。学生因无须矫情饰伪,故甚活泼有意思。又因能顺全天性,不遭压抑;加以自然界的陶冶:故趣味比较纯正。——也有太随便的地方,如有几个人上课时喜欢谈闲天,有几个人喜欢吐痰在地板上,但这些总容易矫正的。——春晖给我的第二件礼物是真诚,一致的真诚。

春晖是在极幽静的乡村地方，往往终日看不见一个外人！寂寞是小事；在学生的修养上却有了问题。现在的生活中心，是城市而非乡村。乡村生活的修养能否适应城市的生活，这是一个问题。此地所说适应，只指两种意思：一是抵抗诱惑，二是应付环境——明白些说，就是应付人，应付物。乡村诱惑少，不能养成定力；在乡村是好人的，将来一入城市做事，或者竟抵挡不住。从前某禅师在山中修道，道行甚高；一旦入闹市，"看见粉白黛绿，心便动了"。这话看来有理，但我以为其实无妨。就一般人而论，抵抗诱惑的力量大抵和性格、年龄、学识、经济力等有"相当"的关系。除经济力与年龄外，性格、学识，都可用教育的力量提高它，这样增加抵抗诱惑的力量。提高的意思，说得明白些，便是以高等的趣味替代低等的趣味；养成优良的习惯，使不良的动机不容易有效。用了这种方法，学生达到高中毕业的年龄，也总该有相当的抵抗力了；入城市生活又何妨？（不及初中毕业时者，因初中毕业，仍须续入高中，不必自己挣扎，故不成问题。）有了这种抵抗力，虽还有经济力可以作祟，但也不能有大效。前面那禅师所以不行，一因他过的是孤独的生活，故反动力甚大，一因他只知克制，不知替代；故外力一强，便"虎兕出于柙"了！这岂可与现在这里学生的乡村生活相提并论呢？至于应付环境，我以为应付物是小问题，可以随时指导；而且这与乡村，城市无大关系。我是城市的人，但初到上海，也曾因不会乘电车而跌了一跤，跌得皮破血流；这与乡下诸公又差得几何呢？若说应付人，无非是机心！什么"逢人只说三分话，未可全抛一片心"，便是代表的教训。教育有改善人心的使命；这种机心，有无养成的必要，是一个问题。姑不论这个，要养成这种机心，也非到上海这种地方去不成；普通城市正和乡村一样，是没有什么帮助的。凡以上所说，无非要使大家相信，这里的乡村生活的修养，并不一定不能适应将来城市的生活。况且我们还可以举行旅行，以资调剂呢。况且城市生活的修养，虽自有它的好处；但也有流弊。如诱惑太多，年龄太小或性格未佳的学生，或者转易陷溺——那就不但不能磨炼定力，反早早的将定力丧失了！所以城市生活的修养不一定比乡村生活的修养有效。——只有一层，乡村生活足以减少少年人的进取心，这却是真的！

说到我自己，却甚喜欢乡村的生活，更喜欢这里的乡村的生活。我是在狭的笼的城市里生长的人，我要补救这个单调的生活，我现在住在繁嚣的都市里，我要以闲适的境界调和它。我爱春晖的闲适！闲适的生活可说是春晖给我的第三件礼物!

我已说了我的“春晖的一月”;我说的都是我要说的话。或者有人说,赞美多而劝勉少,近乎“戏台里喝彩”! 假使这句话是真的,我要切实声明:我的多赞美,必是情不自禁之故,我的少劝勉,或是观察时期太短之故。

初到清华记

从前在北平读书的时候，老在城圈儿里待着。四年中虽也游过三五回西山，却从没来过清华；说起清华，只觉得很远很远而已。那时也不认识清华人，有一回北大和清华学生在青年会举行英语辩论，我也去听。清华的英语确是流利得多，他们胜了。那回的题目和内容，已忘记干净；只记得复辩时，清华那位领袖很神气，引着孔子的什么话。北大答辩时，开

朱自清（右二）在北大期间与友人摄于万寿山

头就用了 furiously 一个字叙述这位领袖的态度。这个字也许太过，但也道着一点儿。那天清华学生是坐大汽车进城的，车便停在青年会前头；那时大汽车还很少。那是冬末春初，天很冷。一位清华学生在屋里只穿单大褂，将出门却套上厚厚的皮大氅。这种“行”和“衣”的路数，在当时却透着一股标劲儿。

初来清华，在十四年夏天。刚从南方来北平，住在朝阳门边一个朋友

家。那时教务长是张仲述先生，我们没见面。我写信给他，约定第三天上午去看他。写信时也和那位朋友商量过，十点赶得到清华么，从朝阳门那儿？他那时已经来过一次，但似乎只记得“长林碧草”，——他写到南方给我的信这么说——说不出路上究竟要多少时候。他劝我八点动身，雇洋车直到西直门换车，免得老等电车，又换来换去的，耽误事。那时西直门到清华只有洋车直达；后来知道也可以搭香山汽车到海淀再乘洋车，但那是后来的事了。

第三天到了，不知是起得晚了些还是别的，跨出朋友家，已经九点挂零。心里不免有点儿急，车夫走的也特别慢似的。到西直门换了车。据车夫说本有条小路，雨后积水，不通了；那只得由正道了。刚出城一段儿还认识，因为也是去万牲园的路；以后就茫然。到黄庄的时候，瞧着些屋子，以为一定是海淀了；心里想清华也就快到了吧，自己安慰着。快到真的海淀时，问车夫，“到了吧？”“没哪。这是海——淀。”这一下更茫然了。海淀这么难到，清华要何年何月呢？而车夫说饿了，非得买点儿吃的。吃吧，反正豁出去了。这一吃又是十来分钟。说还有三里多路呢。那时没有燕京大学，路上没什么看的，只有远处淡淡的西山——那天没有太阳——略略可解闷儿。好容易过了红桥，喇嘛庙，渐渐看见两行高柳，像穹门一般。什刹海的垂杨虽好，但没有这么多这么深，那时路上只有我一辆车，大有长驱直入的神气。柳树前一面牌子，写着“入校车马缓行”；这才真到了，心里想，可是大门还够远的，不用说西院门又骗了我一次，又是六七分钟，才真真到了。坐在张先生客厅里一看钟，十二点还欠十五分。

张先生住在乙所，得走过那“长林碧草”，那浓绿真可醉人。张先生客厅里挂着一副有正书局印的邓完白隶书长联。我有一个会写字的同学，他喜欢邓完白，他也有这一副对联；所以我这时如见故人一般。张先生出来了。他比我高得多，脸也比我长得多，一眼看出是个顶能干的人。我向他道歉来得太晚，他也向我道歉，说刚好有个约会，不能留我吃饭。谈了不大工夫，十二点过了，我告辞。到门口，原车还在，坐着回北平吃饭去。过了一两天，我就搬行李来了。这回却坐了火车，是从环城铁路朝阳门站上车的。

以后城内城外来往的多了，得着一个诀窍；就是在西直门一上洋车，且别想“到”清华，不想着不想着也就到了。——香山汽车也搭过一两次，可真够瞧的。两条腿有时候简直无放处，恨不得不是自己的。有一

清华园北院 16 号。1936 年 3 月后，朱自清在此居住

回，在海淀下了汽车，在现在“西苑”后面那个小饭馆里，拣了临街一张四方桌，坐在长凳上，要一碟木须肉，两张家常饼，二两白玫瑰，吃着喝着，也怪有意思；而且还在那桌上写了《我的南方》一首歪诗。那时海淀到清华一路常有穷女人或孩子跟着车要钱。他们除“您修好”等等常用语句外，有时会说“您将来做校长”，这是别处听不见的。

1936 年 3 月。

回来杂记

回到北平来，回到原来服务的学校里，好些老工友见了面用道地的北平话道："您回来啦！"是的，回来啦。去年刚一胜利，不用说是想回来的。可是这一年来的情形使我回来的心淡了，想象中的北平，物价像潮水一般涨，整个的北平也像在潮水里晃荡着。然而我终于回来了。飞机过北平城上时，那棋盘似的房屋，那点缀着的绿树，那紫禁城，那一片黄琉璃瓦，在晚秋的夕阳里，真美。在飞机上看北平市，我还是第一次。这一看使我连带的想起北平的多少老好处，我忘怀一切，重新爱起北平来了。

1925 年朱自清（左二）到清华任教后与俞平伯（左四）等人合影

在西南接到北平朋友的信，说生活虽艰难，还不至如传说之甚，说北平的街上还跟从前差不多的样子。是的，北平就是粮食贵得凶，别的还差不离儿。因为只有粮食贵得凶，所以从上海来的人，简直松了一大口气，只说“便宜呀！便宜呀！”我们从重庆来的，却没有这样胃口。再说虽然只有粮食贵得凶，然而粮食是人人要吃日日要吃的。这是一个浓重的阴影，罩着北平的将来。但是现在谁都有点儿且顾眼前，将来，管得它呢！粮食以外，日常生活的必需品，大致看来不算少；不是必需而带点儿古色古香的那就更多。旧家具，小玩意儿，在小市里，地摊上，有得挑选的，价钱合适，有时候并且很贱。这是北平老味道，就是不大有耐心去逛小市和地摊的我，也深深在领略着。从这方面看，北平算得是“有”的都市，西南几个大城比起来真寒碜相了。再去故宫一看，吓，可了不得！虽然曾游过多少次，可是从西南回来这是第一次。东西真多，小市和地摊儿自然不在话下。逛故宫简直使人不想买东西，买来买去，买多买少，算得什么玩意儿！北平真“有”，真“有”它的！

北平不但在这方面和从前一样“有”，并且在整个生活上也差不多和从前一样闲。本来有电车，又加上了公共汽车，然而大家还是悠悠儿的。电车有时来得很慢，要等得很久。从前似乎不致如此，也许是线路加多，车辆并没有比例的加多吧？公共汽车也是来得慢，也要等得久。好在大家有的是闲工夫，慢点儿无妨，多等点时候也无妨。可是刚从重庆来的却有些不耐烦。别瞧现在重庆的公共汽车不漂亮，可是快，上车，卖票，下车都快。也许是无事忙，可是快是真的。就是在排班等着罢，眼看着一辆辆来车片刻间上满了客开了走，也觉痛快，比望眼欲穿的看不到来车的影子总好受些。重庆的公共汽车有时也挤，可是从来没有像我那回坐宣武门到前门的公共汽车那样，一面挤得不堪，一面卖票人还在中途站从容的给争着上车的客人排难解纷。这真闲得可以。

现在北平几家大型报都有几种副刊，中型报也有在拉人办副刊的。副刊的水准很高，学术气非常重。各报又都特别注重学校消息，往往专辟一栏登载。前一种现象别处似乎没有，后一种现象别处虽然有，却不像这儿的认真——几乎有闻必录。北平早就被称为“大学城”和“文化城”，这原是旧调重弹，不过似乎弹得更响了。学校消息多，也许还可以认为有点生意经；也许北平学生多，这么着报可以多销些？副刊多却决不是生意经，因为有些副刊的有些论文似乎只有一些大学教授和研究院学生能懂。这种论文原应该出现在专门杂志上，但目前出不起专门杂志，只好暂时委屈在日报的余幅上：这在编副刊的人是有理由的。在报馆方面，反正可以

抗战胜利后，朱自清重返清华校园摄

登载的材料不多，北平的广告又未必太多，多来它几个副刊，一面配合着这古城里看重读书人的传统，一面也可以镇静镇静这多少有点儿晃荡的北平市，自然也不错。学校消息多，似乎也有点儿配合着看重读书人的传统的意思。研究学术本来要悠闲，这古城里向来看重的读书人正是那悠闲的读书人，我也爱北平的学术空气，自己也只是一个悠闲的读书人，并且最近也主编了一个带学术性的副刊，不过还是觉得这么多的这么学术的副刊确是北平特有的闲味儿。

然而北平究竟有些和从前不一样了。说它"有"罢，它"有"贵重的古董玩器，据说现在主顾太少了。从前买古董玩器送礼，可以巴结个一官半职的。现在据说懂得爱古董玩器的就太少了。礼还是得送，可是上了句古话，什么人爱钞，什么人都爱钞了。这一来倒是简单明了，不过不是老味道了。古董玩器的冷落还不足奇，更使我注意的是中山公园和北海等名胜的地方，也萧条起来了。我刚回来的时候，天气还不冷，有一天带着孩子们去逛北海。大礼拜的，漪澜堂的茶座上却只寥寥的几个人。听隔家茶座的伙计在向一位客人说没有点心卖，他说因为客人少，不敢预备。这些原是中等经济的人物常到的地方；他们少来，大概是手头不宽心头也不宽了吧。

中等经济的人家确乎是紧起来了。一位老住北平的朋友的太太，原来是大家小姐，不会做家里粗事，只会做做诗，画画画。这回见了面，瞧着她可真忙。她告诉我，佣人减少了，许多事只得自己干；她笑着说现在操练出来了。她帮忙我捆书，既麻利，也还结实；想不到她真操练出来了。这固然也是好事，可是北平到底不和从前一样了。穷得没办法的人似乎也更多了。我太太有一晚九点来钟带着两个孩子走进宣武门里一个小胡同，刚进口不远，就听见一声："站住！"向前一看，十步外站着一个人，正在从黑色的上装里掏什么，说时迟，那时快，顺着灯光一瞥，掏出来的乃是一把明晃晃的尖刀！我太太大声怪叫，赶紧转身向胡同口跑，孩子们也跟着怪叫，跟着跑。绊了石头，母子三个都摔倒；起来回头一看，那人也转了身向胡同里跑。这个人穿得似乎还不寒碜，白白的脸，年轻轻的。想来是刚走这个道儿，要不然，他该在胡同中间等着，等来人近身再喊"站住！"这也许真是到了无可奈何才来走险的。近来报上常见路劫的记载，想来这种新手该不少罢。从前自然也有路劫，可没有听说这么多。北平是不一样了。

电车和公共汽车虽然不算快，三轮车却的确比洋车快得多。这两种车子的竞争是机械和人力的竞争，洋车显然落后。洋车夫只好更贱卖自己的劳力。有一回雇三轮儿，出价四百元，三轮儿定要五百元。一个洋车夫赶上来说，"我去，我去。"上了车他向我说要不是三轮儿，这么远这个价他是不干的。还有在雇三轮儿的时候常有洋车夫赶上来，若是不理他，他会说，"不是一样吗？"可是，就不一样！三轮车以外，自行车也大大的增加了。骑自行车可以省下一大笔交通费。出钱的人少，出力的人就多

1936 年朱自清(左四)与浦江清(左二)等友人摄于北平

了。省下的交通费可以帮补帮补肚子,虽然是小补,到底是小补啊。可是现在北平街上可不是闹着玩儿的,骑车不但得出力,有时候还得拼命。按说北平的街道够宽的,可是近来常出事儿。我刚回来的一礼拜,就死伤了五六个人。其中王振华律师就是在自行车上被撞死的。这种交通的混乱情形,美国军车自然该负最大的责任。但是据报载,交通警察也很怕咱们自己的军车。警察却不怕自行车,更不怕洋车和三轮儿。他们对洋车和三轮儿倒是一视同仁,一个不顺眼就拳脚一齐来。曾在宣武门里一个胡同口看见一辆三轮儿横在口儿上和人讲价,一个警察走来,不问三七二十一,抓住三轮车夫一顿拳打脚踢。拳打脚踢倒从来如此,他却骂得怪,他骂道,"×你有民主思想的妈妈!"那车夫挨着拳脚不说话,也是从来如此。可是他也怪,到底是三轮车夫罢,在警察去后,却向着背影责问道,"你有权利打人吗?"这儿看出了时代的影子,北平是有点儿晃荡了。

别提这些了,我是贪吃得了胃病的人,还是来点儿吃的。在西南大家常谈到北平的吃食,这呀那的,一大堆。我心里却还惦记一样不登大雅的东西,就是马蹄儿烧饼夹果子。那是一清早在胡同里提着筐子叫卖的。这回回来却还没有吃到。打听住家人,也说少听见了。这马蹄儿烧饼用硬面做,用吊炉烤,薄薄的,却有点儿韧,夹果子(就是脆而细的油条)最是相得益彰,也脆,也有咬嚼,比起有心子的芝麻酱烧饼有意思得多。可是现在劈柴贵了,吊炉少了,做马蹄儿并不能多卖钱,谁乐意再做下去!于是大家一律用芝麻酱烧饼来夹果子了。芝麻酱烧饼厚,倒更管饱些。然而,然而不一样了。

散　文

　　昨晚中西音乐歌舞大会里“中西丝竹和唱”的三曲清歌，真令我神迷心醉了……

歌声

昨晚中西音乐歌舞大会里“中西丝竹和唱”的三曲清歌，真令我神迷心醉了。

1924 年 12 月出版的第一部诗歌散文合集《踪迹》

仿佛一个暮春的早晨，霏霏的毛雨默然洒在我脸上，引起润泽，轻松的感觉。新鲜的微风吹动我的衣袂，像爱人的鼻息吹着我的手一样。我立的一条白矾石的甬道上，经了那细雨，正如涂了一层薄薄的乳油；踏着只觉越发滑腻可爱了。

这是在花园里。群花都还做她们的清梦。那微雨偷偷洗去她们的尘垢,她们的甜软的光泽便自焕发了。在那被洗去的浮艳下,我能看到她们在有日光时所深藏着的恬静的红,冷落的紫,和苦笑的白与绿。以前锦绣般在我眼前的,现在都带了黯淡的颜色。——是愁着芳春的消歇么?是感着芳春的困倦么?

大约也因那蒙蒙的雨,园里没了浓郁的香气。涓涓的东风只吹来一缕缕饿了似的花香;夹带着些潮湿的草丛的气息和泥土的滋味。园外田亩和沼泽里,又时时送过些新插的秧,少壮的麦,和成荫的柳树的清新的蒸汽。这些虽非甜美,却能强烈地刺激我的鼻观,使我有愉快的倦怠之感。

看啊,那都是歌中所有的:我用耳,也用眼,鼻,舌,身,听着;也用心唱着。我终于被一种健康的麻痹袭取了,于是为歌所有。此后只由歌独自唱着,听着;世界上便只有歌声了。

1921 年 11 月 3 日,上海。

憎

我生平怕看见干笑，听见敷衍的话；更怕冰搁着的脸和冷淡的言辞，看了，听了，心里便会发抖。至于残酷的佯笑，强烈的揶揄，那简直要我全身都痉挛般掣动了。在一般看惯、听惯、老于世故的前辈们，这些原都是“家常便饭”，很用不着大惊小怪地去张扬；但如我这样一个阅历未深的人，神经自然容易激动些，又痴心渴望着爱与和平，所以便不免有些变态。平常人可以随随便便过去的，我不幸竟是不能；因此增加了好些苦恼，减却了好些“生力”。——这真所谓“自作孽”了！

前月我走过北火车站附近。马路上横躺着一个人：微侧着蜷曲的身子。脸被一破芦苇遮了，不曾看见；穿着黑布夹袄，垢腻的淡青的衬里，从一处处不规则地显露，白斜纹的单裤，受了尘秽底沾染，早已变成灰色；双足是赤着，脚底满涂着泥土，脚面满积着尘垢，皮上却皱着网一般的细纹，映在太阳里，闪闪有光。这显然是一个劳动者底尸体了。一个不相干的人死了，原是极平凡的事；况是一个不相干又不相干的劳动者呢？所以围着看的虽有十余人，却都好奇地睁着眼，脸上的筋肉也都冷静而弛缓。我给周遭的冷淡噤住了；但因为我的老脾气，终于茫漠地想着：他的一生是完了；但于他曾有什么价值呢？他的死，自然，不自然呢？上海像他这样人，知道有多少？像他这样死的，知道一日里又有多少？再推到全世界呢？……这不免引起我对于人类运命的一种杞忧了！但是思想忽然转向，何以那些看闲的，于这一个同伴底死如此冷淡呢？倘然死的是他们的兄弟，朋友，或相识者，他们将必哀哭切齿，至少也必惊惶；这个不识者，在他们却是无关得失的，所以便漠然了？但是，果然无关得失么？“叫天子一声叫”，尚能“撕去我一缕神经”，一个同伴悲惨的死，果然无关得失么？一人生在世，倘只有极少极少的所谓得失相关者顾念着，岂不是太孤寂又太狭隘了么？狭隘，孤寂的人间，哪里有善良的生活！唉！我不愿再往下想了！

这便是遍满现世间的“漠视”了。我有一个中学同班的同学，他在高等学校毕了业；今年恰巧和我同事。我们有四五年不见面，不通信了；相见时我很高兴，滔滔汩汩地向他说知别后的情形；称呼他的号，和在中学时一样。他只支持着同样的微笑听着。听完了，仍旧支持那微笑，只用极简单的话说明他中学毕业后的事，又称了我几声“先生”。我起初不曾留意，陡然发现那干涸的微笑，心里先有些怯了；接着便是那机器榨出来的几句话和“敬而远之”的一声声的“先生”，我全身都不自在起来；热烈的

1924 年 7 月出版的《我们的七月》和 1925 年 6 月出版的《我们的六月》

想望早冰结在心坎里！可是到底鼓勇说了这一句话：“请不要这样称呼罢；我们是同班的同学哩！”他却笑着不理会，只含糊应了一回；另一个“先生”早又从他嘴里送出了！我再不能开口，只蜷缩在椅子里，眼望着他。他觉得有些奇怪，起身，鞠躬，告辞。我点了头，让他走了。这时羞愧充满在我心里；世界上有什么东西在我身上，使人弃我如敝屣呢？

约莫两星期前，我从大马路搭电车到车站，半路上上来一个魁梧奇伟的华捕。他背着手直挺挺的靠在电车中间的转动机(?)上。穿着青布制服，戴着红缨凉帽，蓝的绑腿，黑的厚重的皮鞋：这都和他别的同伴一样。另有他的一张粗黑的盾形的脸，在那脸上表现出他自己的特色。在那脸，嘴上是抿了，两眼直看着前面，筋肉像浓霜后的大地一般冷重；一切又这样地严肃，我几乎疑惑那是黑的石像哩！从他上车，我端详了好久，总不

见那脸上有一丝的颤动；我忽然感到一种压迫的感觉，仿佛有人用一条厚棉被连头夹脑紧紧地捆了我一般，呼吸便渐渐地低迫促了。那时电车停了；再开的时候，从车后匆匆跑来一个贫妇。伊有褴褛的古旧的混沌色的竹布长褂和裤；跑时只是用两只小脚向前挣扎，蓬蓬的黄发纵横地飘拂着；瘦黑多皱襞的脸上，闪烁着两个热望的眼珠，嘴唇不住地开合——自然是喘息了。伊大概有紧要的事，想搭乘电车。来得慢了，捏捉着车上的铁柱，早又被他从伊手里滑去；于是伊只有踉踉跄跄退下了！这时那位华捕忽然出我意外，赫然地笑了；他看着拙笨的伊，叫道："哦——呵！"他颊上，眼旁，霜浓的筋肉都开始显出匀称的皱纹；两眼细而润泽，不似先前的枯燥；嘴是裂开了，露出两个灿灿的金牙和一色洁白的大齿；他身体的姿势似乎也因此变动了些。他的笑虽然暂时地将我从冷漠里解放；但一刹那间，空虚之感又使我几乎要被身份的大气压扁！因为从那笑底貌和声里，我锋利地感着一切的骄傲，狡猾，侮辱，残忍；只要有"爱底心"，"和平底光芒"的，谁底全部神经能不被痉挛般掣动着呢？

这便是遍满现世间的"蔑视"了。我今年春间，不自量力，去任某校教务主任。同事们多是我的熟人，但我于他们，却几乎是个完全的生人；我遍尝漠视和膜视底滋味，感到莫名的孤寂！那时第一难事是拟订日课表。因了师生们关系底复杂，校长交来三十余条件；经验缺乏、脑筋简单的我，真是无所措手足！挣端了五六天工夫，好容易勉强凑成了。却有一位在别校兼课的，资望沉重的先生，因为有几天午后的第一课和别校午前的第四课衔接，两校相距太远，又要回家吃饭，有些赶不及，便大不满意。他这兼课情形，我本不知，校长先生底条件里，也未开入；课表中不能顾到，似乎也"情有可原"。但这位先生向来是面若冰霜，气如虹盛，他的字典里大约是没有"恕"字的，于是挑战底信来了，说什么"既难枵腹，又无汽车；如何设法，还希见告"！我当时受了这意外的，滥发的，冷酷的讽刺，极为难受；正是满肚皮冤枉，没申诉处，我并未曾有一些开罪于他，他却为何待我如仇敌呢？我便写一信复他，自己略略辩解；对于他的态度，表示十分的遗憾：我说若以他的失当的谴责，便该不理这事，可是因为向学校的责任，我终于给他设法了。他接信后，"上诉"于校长先生。校长先生请我去和他对质。狡黠的复仇的微笑在他脸上，正和有毒的菌类显着光怪陆离的彩色一般。他极力说得慢些，说低些："为什么说'便该不理'呢？课表岂是'钦定'的么？——若说态度，该怎样啊！许要用'请愿'

罢?”这里每一个字便像一把利剑,缓缓地,但是深深地,刺入我心里!——他完全胜利,脸上换了愉快的微笑,侮蔑地看着默了的我,我不能再支持,立刻辞了职回去。

这便是遍满现世间的“敌视”了。

1921年11月4日。

匆匆

燕子去了，有再来的时候；杨柳枯了，有再青的时候；桃花谢了，有再开的时候。但是，聪明的，你告诉我，我们的日子为什么一去不复返呢？——是有人偷了他们罢：那是谁？又藏在何处呢？是他们自己逃走了罢：现在又到了哪里呢？

中国现代文学馆院内朱自清雕像

我不知道他们给了我多少日子；但我的手确乎是渐渐空虚了。在默默里算着，八千多日子已经从我手中溜去；像针尖上一滴水滴在大海里，我的日子滴在时间的流里，没有声音，也没有影子。我不禁头涔涔而泪潸潸了。

去的尽管去了，来的尽管来着；去来的中间，又怎样地匆匆呢？早上我起来的时候，小屋里射进两三方斜斜的太阳。太阳他有脚啊，轻轻悄悄地挪移了；我也茫茫然跟着旋转。于是——洗手的时候，日子从水盆里过去；吃饭的时候，日子从饭碗里过去；默默时，便从凝然的双眼前过去。我觉察他去的匆匆了，伸出手遮挽时，他又从遮挽着的手边过去，天黑时，我躺在床上，他便伶伶俐俐地从我身上跨过，从我脚边飞去了。等我睁开眼和太阳再见，这算又溜走了一日。我掩着面叹息。但是新来的日子的影儿又开始在叹息里闪过了。

在逃去如飞的日子里，在千门万户的世界里的我能做些什么呢？只有徘徊罢了，只有匆匆罢了；在八千多日的匆匆里，除徘徊外，又剩些什么呢？过去的日子如轻烟，被微风吹散了，如薄雾，被初阳蒸融了；我留着些什么痕迹呢？我何曾留着像游丝样的痕迹呢？我赤裸裸来到这世界，转眼间也将赤裸裸的回去罢？但不能平的，为什么偏要白白走这一遭啊？

你聪明的，告诉我，我们的日子为什么一去不复返呢？

1922 年 3 月 28 日。

笑的历史

你问我现在为什么不爱笑了，我现在怎样笑得起来呢？

我幼小时候是很会笑的。娘说我很早就会笑了。她说不论有人引逗，无人引逗，我总常要笑的。她只有我一个女儿，很宠爱我，最喜欢看我笑；她说笑像一朵小白花，开在我的脸上；看了真是受用。她甚至只听了我的格格……的笑声，也就受用了。她生性怕雷电。但只要我笑了，她便不怕了。她有时受了爸爸的委屈，气得哭了。我笑了，她却就罢了。她在担心着缺柴米的日子，她真急得要寻死了。但她说看了我的笑，又怎样忍心死呢？那些时我每笑总必前仰后合的，好一会儿才得止住。娘说我是有福的孩子，便因为我笑得容易而且长久。但是，但是爸爸的意见如何呢？你该要问了。他自然不能和母亲一样，然而无论如何，也有些儿和她同好的。不然，她每回和他拌嘴以后，为什么总叫我去和他说笑，使他消消气呢？还有，小五那日在厨房里花琅琅打碎两只红花碗的时候，她忙忙的叫郭妈妈带我到爸爸面前说笑。她说，“小姐在那里，我就可以不挨骂了。”这又为什么呢？那时我家好像严寒的冬天，我便像一个太阳。所以虽是十分艰窘，大家还能够快快活活的过日子。这样直到十三岁。那年上，娘可怜，死了！郭妈妈却来管家了！我常常想起娘在的时候，暗中难过；便不像往日起劲的笑了。又过了三四年，她们告诉我，姑娘人家要斯文些，笑是没规矩的。小户人家的女儿才到处哈哈哈哈的笑呢！我晓得了这番道理，不由得又要小心，因此忍了许多笑。可是忍不住的时候，究竟有的；那时我便不免前仰后合的大笑一番。她们说这是改不掉的老毛病了！我初到你家，你们不也说我爱笑么？那正是“老毛病”了。

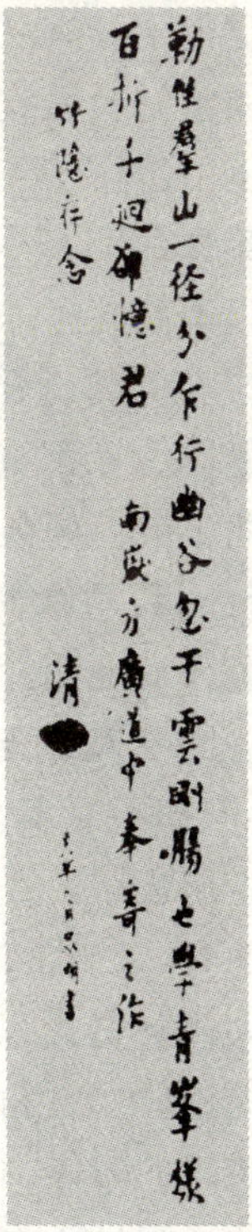

1939 年朱自清赠诗陈竹隐

初到你家的时候，满眼都是生人！便是你，也是个生人！我孤鬼似的，只有陪房的小王、老王，是我的人。我时时觉得害怕，怕说错了话，行错了事。他们也再三教我留意。这颗心总是不安的，哪里还会像在家时那样笑呢？便是有时和他们两个微笑着，听见人声，也就得马上放下面孔，做出庄重的样子。——因为这原是偷着笑的。那时真是气闷死了。我一个爱说爱笑的人，怎经得住这样拘束呢？更教我要命的，回门那一天，我原想家里去舒散舒散的；哪知道他们都将我作客人看待，毫不和我玩笑。我自己到家里，也觉得不好意思似的，没有从前那样自在！——这都因为你的缘故吧？我想你家里既都是些生人，我家里的，也都变了些生人，似乎再没有和我亲热的！——便更觉是孤鬼了！幸而七八天后，你家人渐渐有些熟了，不必仔细提防了，——不然，真要闷死呢！在家天天要笑的，倒也不觉得怎样快乐。可是这七八天里不曾大笑一回，再想从前，便觉得十分有滋味！这以后，我渐渐的忍不住了，我的老毛病发作了，你们便常常听见我的笑了。不上一个月，你家里和孙家、张家，都知道我爱笑了；我竟在笑上出了名了。我自己是不觉得，我真比别人会笑些么？我的笑真和别人不同么？可是你家究竟不是我家，满了月之后，我的笑就有人很不高兴了。第一便是你！那天大家偶然谈起筷子。你问："在哪里买？"我觉得奇怪，故意反问你："你说在哪里买？"你想了想，说："在南货店里。"大家都笑了，我更大笑不止！你那时大概很难为情，只板着脸咕嘟着嘴不响。好久，才冷冷的向我说："笑完了罢？"等到了房里，你却又说："真的，我劝你少笑些好不好？有什么叫你这样好笑呢？而且笑也何必这样惊天动地呢？"——这些话你总该还记得；我不冤枉你罢？——这是我第一回受人的言语；爸爸和娘一口大气也不曾呵过我的。那时我颇不舒服，但却不愿多说什么；只冷笑了一声，低低的说："你管我呢？"说完，我就走出去了。那句话却不知你听见了没有？但我到底还是孩子气，过了一两日，又常常的笑了。有一回，却又恼了姨娘；也在大家谈话的时候。她大概疑惑我有心笑她，所以狠狠的瞪了我一眼。其实我的笑是随便不过的，哪里会用心呢？我只顾笑得快活，哪里知道别人的难为情呢？我在她瞪眼的时候，心里真是悔恨不迭；想起前回因笑恼了你，今天怎么又忍不住了呢！我立时便收了笑容，痴痴的坐着。大家都诧异说："怎么忽然不响了？"我低头微笑，答不出什么。过了一会，他趔趄的起来走了。走到房里，听见姨娘说："少奶奶太爱笑，也不大好；教人家说太太没规矩似的！

我们要劝劝她才好。"这自然是对婆婆说的！我听了,更觉不安了！第二

朱自清逝世后,设在清华大学的灵堂

天,婆婆到我房里闲谈,渐渐说起我的笑。她说:"也难怪你,你娘死得早,爸爸又不管事,便让你没规没矩的了。但出了门和在家做姑娘时不同,你得学做人,懂得做人的道理,不能再小孩子似的。你在我家,我将你和自己女儿一般看待;所以我特地指点你。——以后要忍住些笑;就是笑,也要文气些,而且还要看人！你说我的话是么?"婆婆那时说得很和气,一点没有严厉的样子;比你那冷言冷语好得多了。我自然是很感激的。我说:"婆婆说的都是好话,我也晓得的。只因为在家笑惯了,所以不容易改。以后自然要留意的。"那几日里,佣人们也常在厨房里议论我的笑;这真教我难为情的！我想笑原来不是一件好东西！——不,不,小孩子的笑是好的,大人的笑是不好的。但你在客厅里和你那些朋友常常哈哈哈哈的笑,他们也不曾议论你！——晓得了！男人笑是不妨的,女人笑是没规矩的。我经过两回劝诫,不能不提防着了,我的笑便渐渐的少了。他们都说我才有些成人气了。但我心里老不明白,女人的笑为什么这样不行呢?

满月后二十天,那是阴历正月十二,你动身到北京上学去了。我送你到门口,但并没有什么难过。你也很平常的,头也不回走了。那天我虽觉有些和往日不同,却也颇轻微的。第二天便照常快活了。那时公公正在榷运局差事上,家里钱是不缺的;大家都欢欢喜喜的过着。婆婆们因为我是新娘,待我还算客气的。虽然也有时劝诫我,有时向我发怒,有时向我

冷笑,但总不常有的。我呢,究竟还是孩子,也不长久记着这些事。所以虽没有在家里自在,我也算是无忧无虑的过着了。这些日子,我还是常常要笑的,只不大像从前那样前仰后合,那样长久罢了。他们还是说我爱笑的。但婆婆劝过我两回,我到底不曾都改了;他们见惯不惊,也就只好由我了。所以我的笑说不自由,却也自由的。到暑假时,你回来了,住了五十天。你又走了,这一回的走可不同了。你还记得吧?——那夜里我哭了一点多钟,你后来也陪我哭。我们哭得眼睛都红了;你不是还怕他们笑么?走的时候,我不敢送你,并且也不敢看你;因为怕忍不住眼泪,更要让

陈竹隐在朱自清墓地

他们笑了!但是到底忍不住!你才走,我便溜到房里哭了。四弟、五妹都来偷看我,我也顾不得了。自从娘死后,我不曾哭过,因为我是爱笑不爱哭的。在你家里,这要算第一回了。从那日起,我常觉失掉一件什么东西似的,心里老是不安了。我这才尝着别离的滋味了!你们男人家在外面

有三朋四友的说笑，又有许多游散的地方，想家的心自然渐渐的会淡下去。我们终日在家里闷着：碰来碰去，是这些人；转来转去，是这些地方！没得打岔儿的，教我怎不想呢？越想便越想了，真真有些痴了。这一来我的笑可不容易了。好笑的事情，都觉淡淡的味儿，仿佛酒里掺了水。——我的笑的兴致也是这样。况且做了一年的媳妇，规矩晓得的多了，渐渐的脱了孩子气了；我也自然的不像从前爱笑了。这些时候笑是很文气了。微笑多了，大笑少了。他们都说老毛病居然改掉了。

第二年冬天，公公从差事上交卸了，亏空好几百元——是五百元罢？凑巧祖婆婆又死了；真是祸不单行！公公教婆婆和姨娘将金银首饰都拿出来兑钱去。我看她们委委屈屈的将首饰匣交给公公，心里好凄惨的！首饰兑了回来，又当了一件狐皮袍，才凑足了亏空的数目，寄到省里去了。第二天，婆婆便和公公大吵一回。为何起因，我已忘记；——你记得么？——只知道实在是为首饰的缘故罢了。那一次吵得真是厉害！我到你家还是第一次看见呢。我觉得害怕，并且觉得这是一个恶兆；因为家里的光景真是大不同了！那回丧事是借的钱办的。在丧事里，我只哭了两回；要真伤心，我才会哭，我不会像她们那样哼哼儿。我的伤心，一半因为祖婆婆待我好，一半也愁着以后家里怎样过日子！我晓得愁，也是从前没有的；年纪大了，到底不同了。丧事过后，家里日用，分文没有；便只得或当或借的支持着。这也像严寒的冬天了。而且你家的人还要呕气。只说婆婆那样嫌着公公，说他只一味浪用，不知攒几个钱儿！又和姨娘吵闹，说她只晓得巴结公公，讨他的好！这样情形，还能和和气气的过日子么？我也常给他们解劝，但毫没有用的。这样过了一年多，我眼看着这乱糟糟的家，一天天的衰败下去，不由得不时时担心。婆婆发脾气的时候，又喜欢东拉西扯的牵连着别人。我更加要留意。你又在北京；连一个诉说的人也没有！我心里怎样不郁郁的呢？我的心本来是最宽的；到你家后便渐渐的窄了；仿佛有一块石头压着似的。你说北京有甜井、苦井，我从前的心是甜的，后来便是苦的。那些日子，真没有什么叫我笑了，我连微笑也少了。有一天我回到家里，爸和娘娘他们说："小招真可怜！从前那样爱笑的，现在脸上简直不大看见笑了！"那时我家人待我的情形也渐渐不同了，这叫我最难过的！——谁想自家人也会势利呢？我起初还不觉得；等到他们很冷淡了，我方才明白。你看我这个人糊涂不糊涂？——娘娘他们不用说，便是郭妈妈和小五等人，也有些看不起我似的。只除了爸爸一个人！他们都晓得我们家穷了，所以如此。其实我们穷我们的，与他们何干呢！本来还家去和他们说说笑笑，还可以散散心的。这一来，我还家去做什么呢？这样又过了半年。这一年半里，公公虽曾有过两回短差事，但剩不了钱，也是无用的。好差事又图谋不到！家里便一天亏似一天了！起初人家不知就里，还愿意借钱给我们。后来见公公长久无好差事，家里连利钱也不能够按期付了，大家便都不肯借了；而且都来讨利钱、讨本钱了。他们来的时候，神气了不得！你得先听他讨厌的话，再去用好话敷衍他。敷衍得好的，便怏怏的走了；不好的，便狠狠的发话一场。你那时不在家，我们就成天过这种日子！你想这是人过的日子么？你想我还有一毫快乐的心思么？你想我眼泪直向肚里滚，还有心肠笑么？好容易到了七月里，你毕业了，而且在上海有了事了。那时大家欢喜，我更不用说了，——娘娘他们都说我从此可以出头了！我暗中着实快活了好几日，不由的笑了好几回，——我本想忍住的，但是忍不住，只好让他们去说吧。这样的光景，谁知道后来的情形却全然相反呢？

自从公公那回交卸以后，家里各人的样子，便大不同了。——我刚才不是和你说过么？婆婆已经不像从前客气。她不知听了谁的话，总防着我爬到她头上去。所以常常和我讲究做媳妇的规矩，又一心一意的要向我摆出婆婆的架子。更加家境不好，她成天的没好心思，便要寻是生非的发脾气。碰着谁就是谁。我这下辈人，又是外姓人，自然更倒霉了！她那时常要挑剔我。她虽不明明的骂我，但摆着冷脸子给你看，冷言冷语的讥嘲你，又背地里和佣人们议论你，就尽够你受了！姨娘呢，虽不曾和我怎样，但暗中挑拨着婆婆，也甚是利害！你想，我怎能不郁郁的！——只有公公还好，算不曾变了样子。我刚才不说过那时简直不大会笑么？你想，愁都愁不过来，又怎样会笑呢？况且到了后来，便是要笑也不敢了。记得有一回，不知谁说了什么，引得我开口大笑。这其实是偶然又偶然的事。但婆婆却发话了。她说，“少奶奶真爱笑！家里到这地步，怎么一点不晓得愁呢！怎么还能这样嘻嘻哈哈呢！”她的神气严厉极了，叫我害怕，更叫我难堪！——当着众人面前，受这样的责备，真是我平生第一回！我还有什么脸面呢？我气得发抖，只有回房去暗哭！你想，从此以后，我还敢笑么？我还去自讨没趣么？况且家里又是这个样子！一直等到你上海有事的时候，我才高兴起来，才又笑了几回。但是后来更不敢笑了！为什么呢？你有了事以后，虽统共只拿了七十块钱一月，他们却指望你很大。他

北京万安公墓花丛中的朱自清、陈竹隐之墓

们恨不得你将这七十块钱全给家里！你自然不能够。你虽然曾寄给他们一半的钱，他们哪里会满意！况你的寄钱，又没有定期，家里等着用，又是焦急！婆婆便只向我啰唆，说你怎样不懂事，怎样不顾家，怎样只管自己用。她又说："'养儿防老，积谷防饥。'他想不问吗，怎能够哩！"她说这些话，虽不曾怪我，但她既不高兴你，自然更不高兴我了！从前她对我虽然也存着心眼儿，但却不恨我，所以还容易相处。现在她似乎渐渐有些恨我了！这全是因为你！她恨我，更要挑剔我了。我就更难了！家里是这样艰窘，你又终年在外面，婆婆又有心和我作对。这真真逼死我了！哪知后来还要不行！前年暑假你回来了，身边只剩两个角子。婆婆第一个不高兴。她不是尽着问你钱到哪里去了么？你在家三天，她便唠叨了三天。你本来不响的，后来大约忍不住了，也说了几句。她却和你大吵！第二天，你赌气走了。——我何尝不劝你，但怎么劝得住呢？午饭的时候，他们才问起你。我只好直说。婆婆听了，立刻变脸大骂，又硬说是我调唆你的！她饭不吃了，跳到厨房里向佣人们数说。接着又和左右邻舍说了一回。晚上公公回来，她一五一十告诉他。她说："这总是少奶奶的鬼！我们家真晦气，媳妇也娶不到一个好的！自从她进门，你就不曾有过好差事，家境是一天坏似一天！现在又给大金出主意，想教他不寄钱回家；又调唆他和我吵,使你们一家不和,真真八败命!”——她在对面房里,故意的高声说,教我听得清楚。——后来公公接着道:“不寄钱?——哼!他敢!让我写信问他去。我不能给他白养活女人、孩子!——现在才晓得,少奶奶真不是东西!”……以后声音渐低,我也再不能听下去了!那天我不曾吃饭。我又是害怕,又是寒心!我和他们仿佛是敌国了,但是我只有一个人!知道他们怎样来呢?我在床上哭了半夜,只恨自己命苦!从第二天起,我处处提防着。果然第四天的下午,公公便指着一件不相干的事,向我大发脾气。他骂我:“不要发昏!”这是四年来不曾有过的!他的骂比婆婆那回更是凶恶。但是我,除了忍受,有什么法子呢?我那晚又哭了半夜。现在是哭比笑多了。世间婆婆骂媳妇是常事;公公骂,却是你家特别的!你看你家的媳妇可是人做的!从那回起,我竟变了罪人!婆婆的明讥暗讽,不用说了。姨娘看见公公不高兴我,本来只是暗中弄松我的,现在却明明的来挑拨我了!四弟、五妹也常说我的坏话了!婆婆和姨娘向我发话的时候,他们也要帮衬几句了!佣人们也呼唤不灵了!总之,“墙倒众人推”了。那时候,他们的眼睛都看着我,他们的耳朵都听着我,谁都要在我身上找出些错处,嘲弄一番。你想我怎样挡得住呢?我的脸色、话语、举动,几乎都不中他们的意,几乎都要受他们的挑剔。——真成了“眼中钉”了!我成日躲在房里,不敢出来。出来时也不敢多说,不敢多动,只如泥塑木雕的一般!这时那里还想到笑?笑早已到爪哇国里去了。连影子也不见了!本来我到家里住住,也可暂避一时。凑巧那年春天,爸爸过生日,郭妈妈要穿红裙,和他大闹。我帮着爸爸,骂了她一顿。她从此恨我切骨!本就不甚看得起我,这一来,索性不理睬我了!我因此就不能常回去了!到这时候,更不愿回去仰面求她,给她嗤笑了!我真是走投无路。要不是为了你和孩子,我早已死了。那时我差不多每夜要哭,仿佛从前要笑一样。思前想后,十分难过,觉得那样的活着,还是死了的好。等到后来你来信答应照常寄钱,这才稍微好些。但也只是“稍微”好些罢了,和从前总不相同了!直到现在,都是如此。

自从大前年生了狗儿,去年又生了玉儿。这两个孩子可也真累坏了我!你看我初到你家时是怎样壮的,现在怎么样了?人也老了,身子瘦得像一只螳螂——尽是皮包着骨头!多劳碌了,就会头晕眼花;那里还像二十几岁的人?这一半也因为心境不好,一半也实在是给孩子们磨折的!我从前身体虽然不好,哪里像现在呢?我自己很晓得,我是一日不如一日了，将来一定活不长的！——你不信么？以后总会看见的。说起来我的命只怕真不好！不然，公公在榷运局老不交卸，家里总可以雇两个奶娘。我又何至吃这样的辛苦呢？呀！领孩子的辛苦，真是你们想不到的！我又比别人格外辛苦，所以更伤人！记得狗儿生的时候，我没有满月，就起来帮他们做事，一面还要领孩子。才生的孩子，最难照管。穿衣服怕折了胳膊，盖被又怕捂死了他。我是第一胎，更得提心吊胆的。那时日里夜里，总是悬悬不安！吃饭是匆匆的，睡觉也只管惊醒！婆婆们虽也欢喜狗儿，但却不大能领他。一天到晚，孩子总是在我手里的多！还得给家里做事，所以便很累了。那时我这个人六神无主，失张失智的。没有从前唧溜，也没有从前勤快了。婆婆常常向我唠叨，说我没规矩，一半也因为此。等到孩子大起来了，哭呀，吵呀，总是有的。你们却又讨厌了，说孩子不乖巧，又说我太宠他了！还要打他。我拦住了，你便向我生气。其实这一点大的孩子，晓得什么？怎忍心怪他、打他！但你在家的时候，既然常为了孩子和我啰唆，婆婆后来和我吵，也常常借了孩子起因。我真气极了，孩子不是我一个人私生的，怎么你也怪我，他也怪我呢？我真倒霉，一面要代你受气，一面又要代孩了受气！整整三个年头，我不曾吃过一餐好饭，睡过一夜好觉，到底为了什么呢？狗儿的罪，还没有受完，又来了玉儿！你又老是这个光景，不能带我们出去。我今生今世是莫想抬头的了！——唉，我这几年兴致真过完了！我也不爱干净了，我也不想穿戴了，我也不想出去逛了。终日在家里闷着；闷惯了，倒也罢了。我为了两个孩子，时时觉着有千斤的重担子在我身上。又加上你家里人，都将我看作仇人。我仿佛上了手铐脚镣，被囚在一间牢狱里！你想我还能高兴么？我这样冷冰冰的，真还要死哩！你在家时还好，你不在家时，我寂寞透了！只好逗着孩子们笑着玩儿，但心思总是不能舒舒贴贴的。我此刻哭是哭不出，笑可也不会笑了；你教我笑，也笑不来了。而且看见别人笑，听到别人笑，心中说不出的不愿意。便是有时敷衍人，勉强笑笑，也只觉得苦，觉得很费力！我真是有些反常哩！

好人，好人，几时让我再能像“娘在时”那样随随便便、痛痛快快的笑一回呢？

温州的踪迹

一 “月朦胧，鸟朦胧，帘卷海棠红”

这是一张尺多宽的小小的横幅，马孟容君画的。上方的左角，斜着一卷绿色的帘子，稀疏而长；当纸的直处三分之一，横处三分之二。帘子中央，着一黄色的，茶壶嘴似的钩儿——就是所谓软金钩么？“钩弯”垂着双穗，石青色；丝缕微乱，若小曳于轻风中。纸右一圆月，淡淡的青光遍满纸上；月的纯净，柔软与平和，如一张睡美人的脸。从帘的上端向右斜伸而下，是一枝交缠的海棠花。花叶扶疏，上下错落着，共有五丛；或散或密，都玲珑有致。叶嫩绿色，仿佛掐得出水似的；在月光中掩映着，微微有浅深之别。花正盛开，红艳欲流；黄色的雄蕊历历的，闪闪的。衬托在丛绿之间，格外觉着妖娆了。枝欹斜而腾挪，如少女的一只臂膊。枝上歇着一对黑色的八哥，背着月光，向着帘里。一只歇得高些，小小的眼儿半睁半闭的，似乎在入梦之前，还有所留恋似的。那低些的一只别过脸来对着这一只，已缩着颈儿睡了。帘下是空空的，不着一些痕迹。

试想在圆月朦胧之夜，海棠是这样的妩媚而嫣润；枝头的好鸟为什么却双栖而各梦呢？在这夜深人静的当儿，那高踞着的一只八哥儿，又为何尽撑着眼皮儿不肯睡去呢？他到底等什么来着？舍不得那淡淡的月儿么？舍不得那疏疏的帘儿么？不，不，不，您得到帘下去找，您得向帘中去找——您该找着那卷帘人了？他的情韵风怀，原是这样这样的哟！朦胧的岂独月呢；岂独鸟呢？但是，咫尺天涯，教我如何耐得？我拼着千呼万唤；你能够出来么？

这页画布局那样经济，设色那样柔活，故精彩足以动人。虽是区区尺幅，而情韵之厚，已足沦肌浃髓而有余。我看了这画，瞿然而惊；留恋之怀，不能自已。故将所感受的印象细细写出，以志这一段因缘。但我于中西的画都是门外汉，所说的话不免为内行所笑。——那也只好由他了。

1924年2月1日，温州作。

二 绿

我第二次到仙岩的时候,我惊诧于梅雨潭的绿了。

梅雨潭是一个瀑布潭。仙岩有三个瀑布,梅雨瀑最低。走到山边,便听见哗哗哗哗的声音;抬起头,镶在两条湿湿的黑边儿里的,一带白而发亮的水便呈现于眼前了。我们先到梅雨亭。梅雨亭正对着那条瀑布;坐在亭边,不必仰头,便可见它的全体了。亭下深深的便是梅雨潭。这个亭踞在突出的一角的岩石上,上下都空空儿的;仿佛一只苍鹰展着翼翅浮在天宇中一般。三面都是山,像半个环儿拥着;人如在井底了。这是一个秋季的薄阴的天气。微微的云在我们顶上流着;岩面与草丛都从润湿中透出几分油油的绿意。而瀑布也似乎分外的响了。那瀑布从上面冲下,仿佛已被扯成大小的几绺;不复是一幅整齐而平滑的布。岩上有许多棱角;瀑流经过时,作急剧的撞击,便飞花碎玉般乱溅着了。那溅着的水花,晶莹而多芒;远望去,像一朵朵小小的白梅,微雨似的纷纷落着。据说,这就是梅雨潭之所以得名了。但我觉得像杨花,格外确切些。轻风起来时,点点随风飘散,那更是杨花了。——这时偶然有几点送入我们温暖的怀里,便倏的钻了进去,再也寻它不着。

梅雨潭闪闪的绿色招引着我们;我们开始追捉她那离合的神光了。揪着草,攀着乱石,小心探身下去,又鞠躬过了一个石穹门,便到了汪汪一碧的潭边了。瀑布在襟袖之间;但我的心中已没有瀑布了。我的心随潭水的绿而摇荡。那醉人的绿呀！仿佛一张极大极大的荷叶铺着,满是奇异的绿呀。我想张开两臂抱住她;但这是怎样一个妄想呀。——站在水边,望到那面,居然觉着有些远呢！这平铺着,厚积着的绿,着实可爱。她松松的皱缬着,像少妇拖着的裙幅;她轻轻的摆弄着,像跳动的初恋的处女的心;她滑滑的明亮着,像涂了"明油"一般,有鸡蛋清那样软,那样嫩,令人想着所曾触过的最嫩的皮肤;她又不杂些儿尘滓,宛然一块温润的碧玉,只清清的一色——但你却看不透她！我曾见过北京什刹海拂地的绿杨,脱不了鹅黄的底子,似乎太淡了。我又曾见过杭州虎跑寺近旁高峻而深密的"绿壁",丛叠着无穷的碧草与绿叶的,那又似乎太浓了。其余呢,西湖的波太明了,秦淮河的也太暗了。可爱的,我将什么来比拟你呢？我怎么比拟得出呢？大约潭是很深的,故能蕴蓄着这样奇异的绿;仿佛蔚蓝的天融了一块在里面似的，这才这般的鲜润呀。——那醉人的绿呀！我若能裁你以为带，我将赠给那轻盈的舞女；她必能临风飘举了。我若能挹你以为眼，我将赠给那善歌的盲妹；她必明眸善睐了。我舍不得你；我怎舍得你呢？我用手拍着你，抚摩着你，如同一个十二三岁的小姑娘。我又掬你入口，便是吻着她了。我送你一个名字，我从此叫你"女儿绿"，好么？

我第二次到仙岩的时候，我不禁惊诧于梅雨潭的绿了。

2月8日，温州作。

三　白水漈

几个朋友伴我游白水漈。

这也是个瀑布；但是太薄了，又太细了。有时闪着些许的白光；等你定睛看去，却又没有——只剩一片飞烟而已。从前有所谓"雾縠"，大概就是这样了。所以如此，全由于岩石中间突然空了一段；水到那里，无可凭依，凌虚飞下，便扯得又薄又细了。当那空处，最是奇迹。白光嬗为飞烟，已是影子，有时却连影子也不见。有时微风过来，用纤手挽着那影子，它便袅袅的成了一个软弧；但她的手才松，它又像橡皮带儿似的，立刻服服帖帖的缩回来了。我所以猜疑，或者另有双不可知的巧手，要将这些影子织成一个幻网。——微风想夺了她的，她怎么肯呢？

幻网里也许织着诱惑；我的依恋便是个老大的证据。

3月16日，宁波作。

四　生命的价格——七毛钱

生命本来不应该有价格的；而竟有了价格！人贩子，老鸨，以至近来的绑票土匪，都就他们的所有物，标上参差的价格，出卖于人；我想将来许还有公开的人市场呢！在种种"人货"里，价格最高的，自然是土匪们的票了，少则成千，多则成万；大约是有历史以来，"人货"的最高的行情了。其次是老鸨们所有的妓女，由数百元到数千元，是常常听到的。最贱的要算是人贩子的货色！他们所有的，只是些男女小孩，只是些“生货”，所以便卖不起价钱了。

人贩子只是“仲买人”，他们还得取给于“厂家”，便是出卖孩子们的人家。“厂家”的价格才真是道地呢！《青光》里曾有一段记载，说三块钱买了一个丫头；那是移让过来的，但价格之低，也就够令人惊诧了！“厂家”的价格，却还有更低的！三百钱，五百钱买一个孩子，在灾荒时不算难事！但我不曾见过。我亲眼看见的一条最贱的生命，是七毛钱买来的！这是一个五岁的女孩子。一个五岁的“女孩子”卖七毛钱，也许不能算是最贱；但请您细看：将一条生命的自由和七枚小银元各放在天平的一个盘里，您将发现，正如九头牛与一根牛毛一样，两个盘儿的重量相差实在太远了！

我见这个女孩，是在房东家里。那时我正和孩子们吃饭；妻走来叫我看一件奇事，七毛钱买来的孩子！孩子端端正正的坐在条凳上；面孔黄黑色，但还丰润；衣帽也还整洁可看。我看了几眼，觉得和我们的孩子也没有什么差异；我看不出她的低贱的生命的符记——如我们看低贱的货色时所容易发现的符记。我回到自己的饭桌上，看看阿九和阿菜，始终觉得和那个女孩没有什么不同！但是，我毕竟发现真理了！我们的孩子所以高贵，正因为我们不曾出卖他们，而那个女孩所以低贱，正因为她是被出卖的；这就是她只值七毛钱的缘故了！呀，聪明的真理！

妻告诉我这孩子没有父母，她哥嫂将她卖给房东家姑爷开的银匠店里的伙计，便是带着她吃饭的那个人。他似乎没有老婆，手头很窘的，而且喜欢喝酒，是一个糊涂的人！我想这孩子父时若还在世，或者还舍不得卖她，至少也要迟几年卖她；因为她究竟是可怜可怜的小羔羊。到了哥嫂的手里，情形便不同了！家里总不宽裕，多一张嘴吃饭，多费些布做衣，是显而易见的。将来人大了，由哥嫂卖出，究竟是为难的；说不定还得找补些儿，才能送出去。这可多么冤呀！不如趁小的时候，谁也不注意，做个人情，送了干净！您想，温州不算十分穷苦的地方，也没碰着大荒年，干什么得了七个小毛钱，就心甘情愿的将自己的小妹子捧给人家呢？说等钱用？谁也不信！七毛钱了得什么急事！温州又不是没人买的！大约买卖两方本来相知；那边恰要个孩子顽儿，这边也乐得出脱，便半送半卖的含糊定了交易。我猜想那时伙计向袋里一摸一股脑儿掏了出来，只有七毛钱！哥哥原也不指望着这笔钱用，也就大大方方收了完事。于是财货两交,那女孩便归伙计管业了!

这一笔交易的将来,自然是在运命手里;女儿本姓"碰",由她去碰罢了!但可知的,运命决不加惠于她!第一幕的戏已启示于我们了!照妻所说,那伙计必无这样耐心,抚养她成人长大!他将像豢养小猪一样,等到相当的肥壮的时候,便卖给屠户,任他宰割去;这其间他得了赚头,是理所当然的!但屠户是谁呢?在她卖做丫头的时候,便是主人!"仁慈的"主人只宰割她相当的劳力,如养羊而剪它的毛一样。到了相当的年纪,便将她配人。能够这样,她虽然被撇在丫头坯里,却还算不幸中之幸哩。但在目下这钱世界里,如此大方的人究竟是少的;我们所见的,十有六七是刻薄人!她若卖到这种人手里,他们必搒榨她过量的劳力。供不应求时,便骂也来了,打也来了!等她成熟时,却又好转卖给人家作妾;平常搒榨的不够,这儿又找补一个尾子!偏生这孩子模样儿又不好;入门不能得丈夫的欢心,容易遭大妇的凌虐,又是显然的!她的一生,将消磨于眼泪中了!也有些主人自己收婢作妾的;但红颜白发,也只空断送了她的一生!和前例相较,只是五十步与百步而已。——更可危的,她若被那伙计卖在妓院里,老鸨才真是个令人肉颤的屠户呢!我们可以想到:她怎样逼她学弹学唱,怎样驱遣她去做粗活!怎样用藤筋打她,用针刺她!怎样督责她承欢卖笑!她怎样吃残羹冷饭!怎样打熬着不得睡觉!怎样终于生了一身毒疮!她的相貌使她只能做下等妓女;她的沦落风尘是终生的!她的悲剧也是终生的!——唉!七毛钱竟买了你的全生命——你的血肉之躯竟抵不上区区七个小银元么?生命真太贱了!生命真太贱了!

因此想到自己的孩子的运命,真有些胆寒!钱世界里的生命市场存在一日,都是我们孩子的危险!都是我们孩子的侮辱!您有孩子的人呀,想想看,这是谁之罪呢?这是谁之责呢?

4月9日,宁波作。

航船中的文明

第一次乘夜航船，从绍兴府桥到西兴渡口。

绍兴到西兴本有汽油船。我因急于来杭，又因年来逐于火车轮船之中，也想"回到"航船里，领略先代生活的异样的趣味；所以不顾亲戚们的坚留和劝说（他们说航船里是很苦的），毅然决然的于下午六时左右下了船。有了"物质文明"的汽油船，却又有"精神文明"的航船，使我们徘徊其间，左右顾而乐之，真是二十世纪中国人的幸福了！

航船中的乘客大都是小商人；两个军弁是例外。满船没有一个士大夫；我区区或者可充个数儿，——因为我曾读过几年书，又忝为大夫之后——但也是例外之例外！真的，那班士大夫到哪里去了呢？这不消说得，都到了轮船里去了！士大夫虽也搴着大旗拥护精神文明，但千虑不免一失，竟为那物质文明的孙儿，满身洋油气的小顽意儿骗得定定的，忍心害理的撇了那老相好。于是航船虽然照常行驶，而光彩已减少许多！这确是一件可以慨叹的事；而"国粹将亡"的呼声，似也不是徒然的了。呜呼，是谁之咎欤？

既然来到这"精神文明"的航船里，正可将船里的精神文明考察一番，才不虚此一行。但从哪里下手呢？这可有些为难，踌躇之间，恰好来了一个女人。——我说"来了"，仿佛亲眼看见，而孰知不然；我知道她"来了"，是在听见她尖锐的语音的时候。至于她的面貌，我至今还没有看见呢。这第一要怪我的近视眼，第二要怪那袭人的暮色，第三要怪——哼——要怪那"男女分坐"的精神文明了。女人坐在前面，男人坐在后面；那女人离我至少有两丈远，所以便不可见其脸了。且慢，这样左怪右怪，"其词若有憾焉"，你们或者猜想那女人怎样美呢。而孰知又大大的不然！我也曾"约略的"看来，都是乡下的黄面婆而已。至于尖锐的语音，那是少年的妇女所常有的，倒也不足为奇。然而这一次，那来了的女人的尖锐的语音竟致劳动区区的执笔者，却又另有缘故。在那语音里，表示出对于航船里精神文明的抗议；她说，"男人女人都是人！"她要坐到后面来，（因前面太挤，实无他故，合并声明，）而航船里的"规矩"是不许的。

船家拦住她,她仗着她不是姑娘了,便老了脸皮,大着胆子,慢慢的说了那句话。她随即坐在原处,而"批评家"的议论繁然了。一个船家在船沿上走着,随便的说,"男人女人都是人,是的,不错。做秤钩的也是铁,做秤锤的也是铁,做铁锚的也是铁,都是铁呀!"这一段批评大约十分巧妙,说出诸位"批评家"所要说的,于是众喙都息,这便成了定论。至于那女人,事实上早已坐下了;"孤掌难鸣",或者她饱饫了诸位"批评家"的宏论,也不要鸣了罢。"是非之心",虽然"人皆有之",而撑船经商者流,对于名教之大防,竟能剖辨得这样"详明",也着实亏他们了。中国毕竟是礼仪之邦,文明之古国呀!——我悔不该乱怪那"男女分坐"的精神文明了!

"祸不单行",凑巧又来了一个女人。她是带着男人来的。——呀,带着男人!正是;所以才"祸不单行"呀!——说得满口好绍兴的杭州话,在黑暗里隐隐露着一张白脸;带着五六分城市气。船家照他们的"规矩",要将这一对儿生刺刺的分开;男人不好意思做声,女的却抢着说,"我们是'一堆生'的!"太亲热的字眼,竟在"规规矩矩的"航船里说了!于是船家命令的嚷道:"我们有我们的规矩,不管你'一堆生'不'一堆生'的!"大家都微笑了。有的沉吟的说:"一堆生的?"有的惊奇的说:"一'堆'生的!"有的嘲讽的说:"哼,一堆生的!"在这四面楚歌里,凭你怎样伶牙俐齿,也只得服从了!"妇者,服也",这原是她的本行呀。只看她毫不置辩,毫不懊恼,还是若无其事的和人攀谈,便知她确乎是"服也"了。这不能不感谢船家和乘客诸公"卫道"之功;而论功行赏,船家尤当首屈一指。呜呼,可以风矣!

在黑暗里征服了两个女人,这正是我们的光荣;而航船中的精神文明,也粲然可见了——于是乎书。

1924年5月3日。

刹　那

我所谓“刹那”，指“极短的现在”而言。

在这个题目下面，我想略略说明我对于人生的态度。现在人说到人生，总要谈它的意义与价值；我觉得这种“谈”是没有意义与价值的。且看古今多少哲人，他们对于人生，都曾试作解人，议论纷纷，莫衷一是；他们“各思以其道易天下”，但是谁肯真个信从呢？——他们只有自慰自驱吧了！我觉得人生的意义与价值横竖是寻不着的；——至少现在的我们是如此——而求生的意志却是人人都有的。既然求生，当然要求好好的生。如何求好好的生，是我们各人“眼前的”最大的问题；而全人生的意义与价值却反是大而无当的东西，尽可搁在一旁，存而不论。因为要求好好的生，断不能用总解决的办法；若用总解决的办法，便是“好好的”三个字的意义，也尽够你一生的研究了，而“好好的生”终于不能努力去求的！这不是走入牛角湾里去了么？要求好好的生，须零碎解决，须随时随地去体会我生“相当的”意义与价值；我们所要体会的是刹那间的人生，不是上下古今东西南北的全人生！

着眼于全人生的人，往往忘记了他自己现在的生活。他们或以为人生的意义与价值在于过去；时时回顾着从前的黄金时代，垂涎三尺！而不知他们所回顾的黄金时代，实是传说的黄金时代！——就是真有黄金时代；区区的回顾又岂能将它招回来呢？他们又因为念旧的情怀，往往将自己的过去任情扩大，加以点染，作为回顾的资料，惆怅的因由。这种人将在惆怅，惋惜之中度了一生，永没有满足的现在——一刹那也没有！惆怅惋惜常与徬徨相伴；他们将徬徨一生而无一刹那的成功的安息！这是何等的空虚呀。着眼于全人生的，或以为人生的意义与价值在于将来；时时等待着将来的奇迹。而将来的奇迹真成了奇迹，永不降临于笼着手，垫着脚，伸着颈，只知道“等待”的人！他们事事都等待“明天”去做，“今天”却专作为等待之用；自然的，到了明天，又须等待明天的明天了。这种人到了死的一日，将还留着许许多多明天“要”做的事——只好来生再做了吧！他们以将来自驱，在徒然的盼望里送了一生，成功的安慰不用说是没有的，于是也没有满足的一刹那！“虚空的虚空”便是他们的运命了！这两种人的毛病，都在远离了现在——尤其是眼前的一刹那。

着眼于现在的人未尝没有。自古所谓“及时行乐”，正是此种。但重在行乐，容易流于纵欲；结果偏向一端，仍不能得着健全的，谐和的发展——仍不能得着好好的生！况且所谓“及时行乐”，往往“醉翁之意不在酒”；不过借此掩盖悲哀，并非真正在行乐。杨恽说，“及时行乐耳；须富贵何时！”明明是不得志时的牢骚语。“遇饮酒时须饮酒，得高歌处且高歌”，明明是哀时事不可为而厌世的话。这都是消极的！消极的行乐，虽属及时，而意别有所寄；所以便不能认真做去，所以便不能体会行乐的一刹那的意义与价值——虽然行乐，不满足还是依然，甚至变本加厉呢！欧洲的颓废派，自荒于酒色，以求得刹那间官能的享乐为满足；在这些时候，他们见着美丽的幻像，认识了自己。他们的官能虽较从前人敏锐多多，但心情与纵欲的及时行乐的人正是大同小异。他们觉到现世的苦痛，已至忍无可忍的时候，才用颓废的方法，以求暂时的遗忘；正如糖面金鸡纳霜丸一般，面子上一点甜，里面却到心都是苦呀！友人某君说，颓废便是慢性的自杀，实能道出这一派的精微处。总之，无论行乐派，颓废派，深浅虽有不同，却都是“伤心人别有怀抱”；他们有意的或无意的企图“生之毁灭”。这是求生意志的消极的表现；这种表现当然不能算是好好的生了。他们面前的满足安慰他们的力量，决不抵他们背后的不满足压迫他们的力量；他们终于不能解脱自己，仅足使自己沉沦得更深而已！他们所认识的自己，只是被苦痛压得变形了的，虚空的自己；决不是充实的生命，决不是的！所以他们虽着眼于现在，而实未体会现在一刹那的生活的真味；他们不曾体会着一刹那的意义与价值，仍只是白辜负他们的刹那的现在！

我们目下第一不可离开现在，第二还应执著现在。我们应该深入现在的里面，用两只手揿牢它，愈牢愈好！已往的我生如何的美好，或如何的乏味而可憎；已往的我生如何的可珍惜，或如何的可厌弃，“现在”都可不必去管它，因为过去的已“过去”了。——孔子岂不说：“往者不可谏”么？将来的人生与我生，也应作如是观；无论是有望，是无望，是绝望，都还是未来的事，何必空空的操心呢？要晓得“现在”是最容易明白的；“现在”虽不是最好，却是最可努力的地方，就是我们最能管的地方。因为是最能管的，所以是最可爱的。古尔孟曾以葡萄喻人生说：早晨还酸，傍晚又太熟了，最可口的是正午时摘下的。这正午的一刹那，是最可爱的一刹那，便是现在。事情已过，追想是无用的；事情未来，预想也是无用的；只有在事情正来的时候，我们可以把捉它，发展它，改正它，补充它：使它健全，谐和，成为完满的一段落，一历程。历程的满足，给我们相当的欢喜。譬如我来此演讲，在讲的一刹那，我只专心致志的讲；决不想及演讲以前吃饭，看书等事，也不想及演讲以后发表讲稿，毁誉等事。——我说我所爱说的，说一句是一句，都是我心里的话。我说完一句时，心里便轻松了一些，这就是相当的快乐了。这种历程的满足，便是我所谓"我生相当的意义与价值"，便是"我们所能体会的刹那间的人生"。无论您对于全人生有如何的见解，这刹那间的意义与价值总是不可埋没的。您若说人生如电光泡影，则刹那便是光的一闪，影的一现。这光影虽是暂时的存在，但是有不是无，是实在不是空虚；这一闪一现便是实现，也便是发展——也便是历程的满足。您若说人生是不朽的，刹那的生当然也是不朽的。您若说人生向着死之路，那么，未死前的一刹那总是生，总值得好好的体会一番的；何况未死前还有无量数的刹那呢？您若说人生是无限的，好，刹那也可说是无限的。无论怎样说，刹那总是有的，总是真的；刹那间好好的生总可以体会的。好了，不要思前想后的了，耽误了"现在"，又是后来惋惜的资料，向谁去追索呀？你们"正在"做什么，就尽力做什么吧；最好的是 - ing，可宝贵的 - ing 呀！你们要努力满足"此时此地此我"！——这叫做"三此"，又叫做刹那。

言尽于此，相信我的，不要再想，赶快去做你今晚的事吧；不相信的，也不要再想，赶快去做你今晚的事吧！

女人

白水是个老实人，又是个有趣的人。他能在谈天的时候，滔滔不绝地发出长篇大论。这回听勉子说，日本某杂志上有《女?》一文，是几个文人以"女"为题的桌话的记录。他说，"这倒有趣，我们何不也来一下?"我们说，"你先来!"他搔了搔头发道:"好！就是我先来；你们可别临阵脱逃才

1939 年 8 月朱自清与夫人陈竹隐、三子朱乔迈、幼子朱思俞(前右)摄于昆明翠湖公园

好。"我们知道他照例是开口不能自休的。果然，一番话费了这多时候，以致别人只有补充的工夫，没有自叙的余裕。那时我被指定为临时书记，曾

将桌上所说，拉杂写下。现在整理出来，便是以下一文。因为十之八是白水的意见，便用了第一人称，作为他自述的模样；我想，白水大概不至于不承认吧？

老实说，我是个欢喜女人的人；从国民学校时代直到现在，我总一贯地欢喜着女人。虽然不曾受着什么“女难”，而女人的力量，我确是常常领略到的。女人就是磁石，我就是一块软铁；为了一个虚构的或实际的女人，呆呆的想了一两点钟，乃至想了一两个星期，真有不知肉味光景——这种事是屡屡有的。有路上走，远远的有女人来了，我的眼睛便像蜜蜂们嗅着花香一般，直攫过去。但是我很知足，普通的女人，大概看一两眼也就够了，至多再掉一回头。像我的一位同学那样，遇见了异性，就立正——向左或向右转，仔细用他那两只近视眼，从眼镜下面紧紧追出去半日半日，然后看不见，然后开步走——我是用不着的。我们地方有句土话说：“乖子望一眼，呆子望到晚”；我大约总在“乖子”一边了。我到无论什么地方，第一总是用我的眼睛去寻找女人。在火车里，我必走遍几辆车去发现女人；在轮船里，我必走遍全船去发现女人。我若找不到女人时，我便逛游戏场去，赶庙会去，——我大胆地加一句——参观女学校去；这些都是女人多的地方。于是我的眼睛更忙了！我拖着两只脚跟着她们走，往往直到疲倦为止。

我所追寻的女人是什么呢？我所发现的女人是什么呢？这是艺术的女人。从前人将女人比做花，比做鸟，比做羔羊；他们只是说，女人是自然手里创造出来的艺术，使人们欢喜赞叹——正如艺术的儿童是自然的创作，使人们欢喜赞叹一样。不独男人欢喜赞叹，女人也欢喜赞叹；而“妒”便是欢喜赞叹的另一面，正如“爱”是欢喜赞叹的一面一样。受欢喜赞叹的，又不独是女人，男人也有。“此柳风流可爱，似张绪当年”，便是好例；而“美丰仪”一语，尤为“史不绝书”。但男人的艺术气分，似乎总要少些；贾宝玉说得好：男人的骨头是泥做的，女人的骨头是水做的。这是天命呢？还是人事呢？我现在还不得而知；只觉得事实是如此罢了。——你看，目下学绘画的“人体习作”的时候，谁不用了女人做他的模特儿呢？这不是因为女人的曲线更为可爱么？我们说，自有历史以来，女人是比男人更其艺术的；这句话总该不会错吧？所以我说，艺术的女人。所谓艺术的女人，有三种意思：是女人中最为艺术的，是女人的艺术的一面，是我们以艺术的眼去看女人。我说女人比男人更其艺术的，是一般的说法；说女人中最为艺术的，是个别的说法。——而“艺术”一词，我用它的狭义，专指眼睛的艺术而言，与绘画，雕刻，跳舞同其范类。艺术的女人便是有着美好的颜色和轮廓和动作的女人，便是她的容貌，身材，姿态，使我们看了感到“自己圆满”的女人。这里有一块天然的界碑，我所说的只是处女，少妇，中年妇人，那些老太太们，为她们的年岁所侵蚀，已上了凋零与枯萎的路途，在这一件上，已是落伍者了。女人的圆满相，只是她的“人的诸相”之一；她可以有大才能，大智慧，大仁慈，大勇毅，大贞洁等等，但都无碍于这一相。诸相可以帮助这一相，使其更臻于充实；这一相也可帮助诸相，分其圆满于它们，有时更能遮盖它们的缺处。我们之看女人，若被她的圆满相所吸引，便会不顾自己，不顾她的一切，而只陶醉于其中；这个陶醉是刹那的，无关心的，而且在沉默之中的。

我们之看女人，是欢喜而决不是恋爱。恋爱是全般的，欢喜是部分的。恋爱是整个“自我”与整个“自我”的融合，故坚深而久长；欢喜是“自我”间断片的融合，故轻浅而飘忽。这两者都是生命的趣味，生命的姿态。但恋爱是对人的，欢喜却兼人与物而言。——此外本还有“仁爱”，便是“民胞物与”之怀；再进一步，“天地与我并生，万物与我为一”，便是“神爱”，“大爱”了。这种无分物我的爱，非我所要论；但在此又须立一界碑，凡伟大庄严之像，无论属人属物，足以吸引人心者，必为这种爱；而优美艳丽的光景则始在“欢喜”的阈中。至于恋爱，以人格的吸引为骨子，有极强的占有性，又与二者不同。Y君以人与物平分恋爱与欢喜，以为“喜”仅属物，“爱”乃属人；若对人言“喜”，便是蔑视他的人格了。现在有许多人也以为将女人比花，比鸟，比羔羊，便是侮辱女人；赞颂女人的体态，也是侮辱女人。所以者何？便是蔑视她们的人格了！但我觉得我们若不能将“体态的美”排斥于人格之外，我们便要慢慢的说这句话！而美若是一种价值，人格若是建筑于价值的基石上，我们又何能排斥那“体态的美”呢？所以我以为只须将女人的艺术的一面作为艺术而鉴赏它，与鉴赏其他优美的自然一样；艺术与自然是“非人格”的，当然便说不上“蔑视”与否。在这样的立场上，将人比物，欢喜赞叹，自与因袭的玩弄的态度相差十万八千里，当可告无罪于天下。——只有将女人看作“玩物”，才真是蔑视呢；即使是在所谓的“恋爱”之中。艺术的女人，是的，艺术的女人！我们要用惊异的眼去看她，那是一种奇迹！

我之看女人，十六年于兹了，我发现了一件事，就是将女人作为艺术而鉴赏时,切不可使她知道;无论是生疏的,是较熟悉的。因为这要引起她性的自卫的羞耻心或他种嫌恶心,她的艺术味便要变稀薄了;而我们因她的羞耻或嫌恶而关心,也就不能静观自得了。所以我们只好秘密地鉴赏;艺术原来是秘密的呀,自然的创作原来是秘密的呀。但是我所欢喜的艺术的女人,究竟是怎样的呢? 您得问了。让我告诉您:我见过西洋女人,日本女人,江南江北两个女人城内的女人,名闻浙东西的女人;但我的

1947 年朱自清与夫人、子女及友人于清华园北院宅前

眼光究竟太狭了,我只见过不到半打的艺术的女人! 而且其中只有一个西洋人,没有一个日本人! 那西洋的处女是在 Y 城里一条僻巷的拐角上遇着的,惊鸿一瞥似的便过去了。其余有两个是在两次火车里遇着的,一个看了半天,一个看了两天;还有一个是在乡村里遇着的,足足看了三个月。——我以为艺术的女人第一是有她的温柔的空气;使人如听着箫管

的悠扬，如嗅着玫瑰花的芬芳，如躺着在天鹅绒的厚毯上。她是如水的密，如烟的轻，笼罩着我们；我们怎能不欢喜赞叹呢？这是由她的动作而来的；她的一举步，一伸腰，一掠鬓，一转眼，一低头，乃至衣袂的微扬，裙幅的轻舞，都如蜜的流，风的微漾；我们怎能不欢喜赞叹呢？最可爱的是那软软的腰儿；从前人说临风的垂柳，《红楼梦》里说晴雯的"水蛇腰儿"，都是说腰肢的细软的；但我所欢喜的腰呀，简直和苏州的牛皮糖一样，使我满舌头的甜，满牙齿的软呀。腰是这般软了，手足自也有飘逸不凡之概。你瞧她的足胫多么丰满呢！从膝关节以下，渐渐的隆起，像新蒸的面包一样；后来又渐渐渐渐地缓下去了。这足胫上正罩着丝袜，淡青的？或者白的？拉得紧紧的，一些儿皱纹没有，更将那丰满的曲线显得丰满了；而那闪闪的鲜嫩的光，简直可以照出人的影子。你再往上瞧，她的两肩又多么亭匀呢！像双生的小羊似的，又像两座玉峰似的；正是秋山那般瘦，秋水那般平呀。肩以上，便到了一般人讴歌颂赞所集的"面目"了。我最不能忘记的，是她那双鸽子般的眼睛，伶俐到像要立刻和人说话。在惺忪微倦的时候，尤其可喜，因为正像一对睡了的褐色小鸽子。和那润泽而微红的双颊，苹果般照耀着的，恰如曙色之与夕阳，巧妙的相映衬着。再加上那覆额的，稠密而蓬松的发，像天空的乱云一般，点缀得更有情趣了。而她那甜蜜的微笑也是可爱的东西；微笑是半开的花朵，里面流溢着诗与画与无声的音乐。是的，我说的已多了；我不必将我所见的，一个人一个人分别说给你，我只将她们融合成一个 Sketch 给你看——这就是我的惊异的型，就是我所谓艺术的女子的型。但我的眼光究竟太狭了！我的眼光究竟太狭了！

在女人的聚会里，有时也有一种温柔的空气；但只是笼统的空气，没有详细的节目。所以这是要由远观而鉴赏的，与个别的看法不同；若近观时，那笼统的空气也许会消失了的。说起这艺术的"女人的聚会"，我却想着数年前的事了，云烟一般，好惹人怅惘的。在 P 城一个礼拜日的早晨，我到一所宏大的教堂里去做礼拜；听说那边女人多，我是礼拜女人去的。那教堂是男女分坐的。我去的时候，女坐还空着，似乎颇遥遥的；我的遐想便去充满了每个空座里。忽然眼睛有些花了，在薄薄的香泽当中，一群白上衣，黑背心，黑裙子的女人，默默的，远远的走进来了。我现在不曾看见上帝，却看见了带着翼子的这些安琪儿了！另一回在傍晚的湖上，暮霭四合的时候，一只插着小红花的游艇里，坐着八九个雪白雪白的白衣的姑娘;湖风舞弄着她们的衣裳,便成一片浑然的白。我想她们是湖之女神,以游戏三昧,暂现色相于人间的呢!第三回在湖中的一座桥上,淡月微云之下,倚着十来个,也是姑娘,朦朦胧胧的与月一齐白着。在抖荡的歌喉里,我又遇着月姐儿的化身了!——这些是我所发现的又一型。

是的,艺术的女人,那是一种奇迹!

1925 年 2 月 15 日,白马湖。

背　影

我与父亲不相见已两年余了，我最不能忘记的是他的背影。那年冬天，祖母死了，父亲的差使也交卸了，正是祸不单行的日子，我从北京到徐州，打算跟着父亲奔丧回家。到徐州见着父亲，看见满院狼藉的东西，又想起祖母，不禁簌簌地流下眼泪。父亲说，"事已如此，不必难过，好在天无绝人之路！"

回家变卖典质，父亲还了亏空；又借钱办了丧事。这些日子，家中光景很是惨澹，一半为了丧事，一半为了父亲赋闲。丧事完毕，父亲要到南京谋事，我也要回北京念书，我们便同行。

到南京时，有朋友约去游逛，勾留了一日；第二日上午便须渡江到浦口，下午上车北去。父亲因为事忙，本已说定不送我，叫旅馆里一个熟识的茶房陪我同去。他再三嘱咐茶房，甚是仔细。但他终于不放心，怕茶房不妥帖；颇踌躇了一会儿。其实我那年已二十岁，北京已来往过两三次，是没有甚么要紧的了。他踌躇了一会，终于决定还是自己送我去。我两三回劝他不必去；他只说，"不要紧，他们去不好！"

我们过了江，进了车站。我买票，他忙着照看行李。行李太多了，得向脚夫行些小费，才可过去。他便又忙着和他们讲价钱。我那时真是聪明过分，总觉他说话不大漂亮，非自己插嘴不可。但他终于讲定了价钱；就送我上车。他给我拣定了靠车门的一张椅子；我将他给我做的紫毛大衣铺好座位。他嘱我路上小心，夜里要警醒些，不要受凉。又嘱托茶房好好照应我。我心里暗笑他的迂；他们只认得钱，托他们直是白托！而且我这样大年纪的人，难道还不能料理自己么？唉，我现在想想，那时真是太聪明了！

我说道，"爸爸，你走吧。"他望车外看了看，说，"我买几个橘子去。你就在此地，不要走动。"我看那边月台的栅栏外有几个卖东西的等着顾客。走到那边月台，须穿过铁道，须跳下去又爬上去。父亲是一个胖子，走过去自然要费事些。我本来要去的，他不肯，只好让他去。我看见他戴着黑布小帽，穿着黑布大马褂，深青布棉袍，蹒跚地走到铁道边，慢慢探身

1928 年 10 月开明书店初版本《背影》

下去，尚不大难。可是他穿过铁道，要爬上那边月台，就不容易了。他用两手攀着上面，两脚再向上缩；他肥胖的身子向左微倾，显出努力的样子。这时我看见他的背影，我的泪很快地流下来了。我赶紧拭干了泪，怕他看见，也怕别人看见。我再向外看时，他已抱了朱红的橘子往回走了。过铁道时，他先将橘子散放在地上，自己慢慢爬下，再抱起橘子走。到这边时，我赶紧去搀他。他和我走到车上，将橘子一股脑儿放在我的皮大衣上。

于是扑扑衣上的泥土,心里很轻松似的,过一会说,“我走了;到那边来信!”我望着他走出去。他走了几步,回过头看见我,说,“进去吧,里边没人。”等他的背影混入来来往往的人里,再找不着了,我便进来坐下,我的眼泪又来了。

近几年来,父亲和我都是东奔西走,家中光景是一日不如一日。他少年出外谋生,独力支持,做了许多大事。哪知老境却如此颓唐!他触目伤怀,自然情不能自已。情郁于中,自然要发之于外;家庭琐屑便往往触他之怒。他待我渐渐不同往日。但最近两年的不见,他终于忘却我的不好,只是惦记着我,惦记着我的儿子。我北来后,他写了一信给我,信中说道,“我身体平安,唯膀子疼痛厉害,举箸提笔,诸多不便,大约大去之期不远矣。”我读到此处,在晶莹的泪光中,又看见那肥胖的,青布棉袍,黑布马褂的背影。唉!我不知何时再能与他相见!

1925年10月在北京。

说 梦

伪《列子》里有一段梦话，说得甚好：

“周之尹氏大治产，其下趣役者，侵晨昏而不息。有老役夫筋力竭矣，而使之弥勤。昼则呻呼而即事，夜则昏惫而熟寐。精神荒散，昔昔梦为国君：居人民之上，总一国之事；游燕宫观，恣意所欲，其乐无比。觉则复役人。……尹氏心营世事，虑钟家业，心形俱疲，夜亦昏惫而寐。昔昔梦为人仆：趋走作役，无不为也；数骂杖挞，无不至也。眠中啽呓呻呼，彻旦息焉。……”

此文原意是要说出“苦逸之复，数之常也；若欲觉梦兼之，岂可得邪？”这其间大有玄味，我是领略不着的；我只是断章取义地赏识这件故事的自身，所以才老远地引了来。我只觉得梦不是一件坏东西。即真如这件故事所说，也还是很有意思的。因为人生有限，我们若能夜夜有这样清楚的梦，则过了一日，足抵两日，过了五十岁，足抵一百岁；如此便宜的事，真是落得的。至于梦中的“苦乐”，则照我素人的见解，毕竟是“梦中的”苦乐，不必斤斤计较的。若必欲斤斤计较，我要大胆地说一句：他和那些在墙上贴红纸条儿，写着“夜梦不祥，书破大吉”的，同样地不懂得梦！

但庄子说道，“至人无梦。”伪《列子》里也说道，“古之真人，其觉自忘，其寝不梦。”——张湛注曰，“真人无往不忘，乃当不眠，何梦之有？”可知我们这几位先哲不甚以做梦为然，至少也总以为梦是不大高明的东西。但孔子就与他们不同，他深以“不复梦见周公”为憾；他自然是爱做梦的，至少也是不反对做梦的。——殆所谓时乎做梦则做梦者欤？我觉得“至人”，“真人”，毕竟没有我们的份儿，我们大可不必妄想；只看“乃当不眠”一个条件，你我能做到么？唉，你若主张或实行“八小时睡眠”，就别想做“至人”，“真人”了！但是，也不用担心，还有为我们揄木梢的：我们知道，愚人也无梦！他们是一枕黑甜，哼呵到晓，一些儿梦的影子也找不着的！我们徽倖还会做几个梦，虽因此失了“至人”，“真人”的资格，却也因此而得免于愚人,未尝不是运气。至于“至人”,“真人”之无梦和愚人之无梦,究竟有何分别?却是一个难题。我想偷懒,还是摭拾上文说过的话来答吧:“真人……乃当不眠,……”而愚人是“一枕黑甜,哼呵到晓”的!再加一句,此即孔子所谓“上智与下愚不移”也。说到孔子,孔子不反对做梦,难道也做不了“至人”,“真人”?我说,“唯唯,否否!”孔子是“圣人”,自有他的特殊的地位,用不着再来争“至人”,“真人”的名号了。但得知道,做梦而能梦周公,才能成其所以为圣人;我们也还是够不上格儿的。

我们终于只能做第二流人物。但这中间也还有个高低。高的如我的朋友P君:他梦见花,梦见诗,梦见绮丽的衣裳,……真可算得有梦皆甜了。低的如我:我在江南时,本忝在愚人之列,照例是漆黑一团地睡到天光;不过得声明,哼呵是没有的。北来以后,不知怎样,陡然聪明起来,夜夜有梦,而且不一其梦。但我究竟是新升格的,梦尽管做,却做不着一个清清楚楚的梦!成夜地乱梦颠倒,醒来不知所云,恍然若失。最难堪的是每早将醒未醒之际,残梦依人,腻腻不去;忽然双眼一睁,如坠深谷,万象寂然——只有一角日光在墙上痴痴地等着!我此时决不起来,必凝神细想,欲追回梦中滋味于万一;但照例是想不出,只惘惘然茫茫然似乎怀念着些什么而已。虽然如此,有一点是知道的:梦中的天地是自由的,任你徜徉,任你翱翔;一睁眼却就给密密的麻绳绑上了,就大大地不同了!我现在确乎有些精神恍惚,这里所写的就够教你知道。但我不因此诅咒梦;我只怪我做梦的艺术不佳,做不着清楚的梦。若做着清楚的梦,若夜夜做着清楚的梦,我想精神恍惚也无妨的。照现在这样一大串儿糊里糊涂的梦,直是要将这个“我”化成漆黑一团,却有些儿不便。是的,我得学些本事,今夜做他几个好好的梦。我是彻头彻尾赞美梦的,因为我是素人,而且将永远是素人。

1925年10月。

哀韦杰三君

韦杰三君是一个可爱的人；我第一回见他面时就这样想。这一天我正坐在房里，忽然有敲门的声音；进来的是一位温雅的少年。我问他"贵姓"的时候，他将他的姓名写在纸上给我看；说是苏甲荣先生介绍他来的。苏先生是我的同学，他的同乡，他说前一晚已来找过我了，我不在家；所以这回又特地来的。我们闲谈了一会，他说怕耽误我的时间，就告辞走了。是的，我们只谈了一会儿，而且并没有什么重要的话；——我现在已全忘记——但我觉得已懂得他了，我相信他是一个可爱的人。

第二回来访，是在几天之后。那时新生甄别试验刚完，他的国文课是被分在钱子泉先生的班上。他来和我说，要转到我的班上。我和他说，钱先生的学问，是我素来佩服的；在他班上比在我班上一定好。而且已定的局面，因一个人而变动，也不大方便。他应了几声，也没有什么，就走了。从此他就不曾到我这里来。有一回，在三院第一排屋的后门口遇见他，他微笑着向我点头；他本是捧了书及墨盒去上课的，这时却站住了向我说："常想到先生那里，只是功课太忙了，总想去的。"我说："你闲时可以到我这里谈谈。"我们就点首作别。三院离我住的古月堂似乎很远，有时想起来，几乎和前门一样。所以半年以来，我只在上课前，下课后几分钟里，偶然遇着他三四次；除上述一次外，都只匆匆地点头走过，不曾说一句话。但我常是这样想：他是一个可爱的人。

他的同乡苏先生，我还是来京时见过一回，半年来不曾再见。我不曾能和他谈韦君；我也不曾和别人谈韦君，除了钱子泉先生。钱先生有一日告诉我，说韦君总想转到我班上；钱先生又说："他知道不能转时，也很安心的用功了，笔记做得很详细的。"我说，自然还是在钱先生班上好。以后这件事还谈起一两次。直到三月十九日早，有人误报了韦君的死信；钱先生站在我屋外的台阶上惋惜地说："他寒假中来和我谈。我因他常是忧郁的样子，便问他为何这样；是为了我么？他说：'不是，你先生很好的；我是因家境不宽，老是愁烦着。’他说他家里还有一个年老的父亲和未成年的弟弟；他说他弟弟因为家中无钱，已失学了。他又说他历年在外读书的钱，一小半是自己休了学去做教员弄来的，一大半是向人告贷来的。他又说，下半年的学费还没有着落呢。”但他却不愿平白地受人家的钱；我们只看他给大学部学生会起草的请改奖金制为借贷制与工读制的信，便知道他年纪虽轻，做人却有骨干的。

我最后见他，是在三月十八日早上，天安门下电车时。也照平常一样，微笑着向我点头。他的微笑显示他纯洁的心，告诉人，他愿意亲近一切；我是不会忘记的。还有他的静默，我也不会忘记。据陈云豹先生的《行述》，韦君很能说话；但这半年来，我们听见的，却只有他的静默而已。他的静默里含有忧郁，悲苦，坚忍，温雅等等，是最足以引人深长之思和切至之情的。他病中，据陈云豹君在本校追悼会里报告，虽也有一时期，很是躁急，但他终于在离开我们之前，写了那样平静的两句话给校长；他那两句话包蕴着无穷的悲哀，这是静默的悲哀！所以我现在又想，他毕竟是一个可爱的人。

三月十八日晚上，我知道他已危险；第二天早上，听见他死了，叹息而已！但走去看学生会的布告时，知他还在人世，觉得被鼓励似的，忙着将这消息告诉别人。有不信的，我立刻举出学生会布告为证。我二十日进城，到协和医院想去看看他；但不知道医院的规则，去迟了一点钟，不得进去。我很怅惘地在门外徘徊了一会，试问门役道：“你知道清华学校有一个韦杰三，死了没有？”他的回答，我原也知道的，是“不知道”三字！那天傍晚回来；二十一日早上，便得着他死的信息——这回他真死了！他死在二十一日上午一时四十八分，就是二十日的夜里，我二十日若早去一点钟，还可见他一面呢。这真是十分遗憾的！二十三日同人及同学入城迎灵，我在城里十二点才见报，已赶不及了。下午回来，在校门外看见杠房里的人，知道柩已来了。我到古月堂一问，知道柩安放在旧礼堂里。我去的时候，正在重殓，韦君已穿好了殓衣在照相了。据说还光着身子照了一张相，是照伤口的。我没有看见他的伤口；但是这种情景，不看见也罢了。照相毕，入殓，我走到柩旁：韦君的脸已变了样子，我几乎不认识了！他的两颧突出，颊肉瘪下，掀唇露齿，那里还像我初见时的温雅呢？这必是他几日间的痛苦所致的。唉，我们可以想见了！我正在乱想，棺盖已经盖上；唉，韦君，这真是最后一面了！我们从此真无再见之期了！死生之理，我不能懂得，但不能再见是事实，韦君，我们失掉了你，更将从何处觅你呢？

韦君现在一个人睡在刚秉庙的一间破屋里，等着他迢迢千里的老父，天气又这样坏；韦君，你的魂也徬徨着吧！

1926年4月2日。

白采

盛暑中写《白采的诗》一文，刚满一页，便因病搁下。这时候薰宇来了一封信，说白采死了，死在香港到上海的船中。他只有一个人；他的遗物暂存在立达学园里。有文稿，旧体诗词稿，笔记稿，有朋友和女人的通信，还有四包女人的头发！我将薰宇的信念了好几遍，茫然若失了一会；觉得白采虽于生死无所容心，但这样的死在将到吴淞口了的船中，也未免太残酷了些——这是我们后死者所难堪的。

白采是一个不可捉摸的人。他的历史，他的性格，现在虽从遗物中略知梗概，但在他生前，是绝少人知道的；他也绝口不向人说，你问他他只支吾而已。他赋性既这样遗世绝俗，自然是落落寡合了；但我们却能够看出他是一个好朋友，他是一个有真心的人。

"不打不成相识，"我是这样的知道了白采的。这是为学生李芳诗集的事。李芳将他的诗集交我删改，并嘱我作序。那时我在温州，他在上海。我因事忙，一搁就是半年；而李芳已因不知名的急病死在上海。我很懊悔我的需缓，赶紧抽了空给他工作。正在这时，平伯转来白采的信，短短的两行，催我设法将李芳的诗出版；又附了登在《觉悟》上的小说《作诗的儿子》，让我看看——里面颇有讥讽我的话。我当时觉得不应得这种讥讽，便写了一封近两千字的长信，详述事件首尾，向他辩解。信去了便等回信；但是杳无消息。等到我已不希望了，他才来了一张明信片；在我看来，只是几句半冷半热的话而已。我只能以"岂能尽如人意？但求无愧我心！"自解，听之而已。

但平伯因转信的关系，却和他常通函札。平伯来信，屡屡说起他，说是一个有趣的人。有一回平伯到白马湖看我。我和他同往宁波的时候，他在火车中将白采的诗稿《羸疾者的爱》给我看。我在车身不住的动摇中，读了一遍。觉得大有意思。我于是承认平伯的话，他是一个有趣的人。我又和平伯说，他这篇诗似乎是受了尼采的影响。后来平伯来信，说已将此语函告白采，他颇以为然。我当时还和平伯说，关于这篇诗，我想写一篇评论；平伯大约也告诉了他。有一回他突然来信说起此事；他盼望早些见着我的文字，让他知道在我眼中的他的诗究竟是怎样的。我回信答应他，就要做的。以后我们常常通信，他常常提及此事。但现在是三年以后了，我才算将此文完篇；他却已经死了，看不见了！他暑假前最后给我的信还说起他的盼望。天啊！我怎样对得起这样一个朋友，我怎样挽回我的过错呢？

平伯和我都不曾见过白采，大家觉得是一件缺憾。有一回我到上海，和平伯到西门林荫路新正兴里五号去访他：这是按着他给我们的通信地址去的。但不幸得很，他已经搬到附近什么地方去了；我们只好嗒然而归。新正兴里五号是朋友延陵君住过的：有一次谈起白采，他说他姓童，在美术专门学校念书；他的夫人和延陵夫人是朋友，延陵夫妇曾借住他们所赁的一间亭子间。那是我看延陵时去过的，床和桌椅都是白漆的；是一间虽小而极洁净的房子，几乎使我忘记了是在上海的西门地方。现在他存着的摄影里，据我看，有好几张是在那间房里照的。又从他的遗札里，推想他那时还未离婚；他离开新正兴里五号，或是正为离婚的缘故，也未可知。这却使我们事后追想，多少感着些悲剧味了。但平伯终于未见着白采，我竟得和他见了一面。那是在立达学园我预备上火车去上海前的五分钟。这一天，学园的朋友说白采要搬来了；我从早上等了好久，还没有音信。正预备上车站，白采从门口进来了。他说着江西话，似乎很老成了，是饱经世变的样子。我因上海还有约会，只匆匆一谈，便握手作别。他后来有信给平伯说我"短小精悍"，却是一句有趣的话。这是我们最初的一面，但谁知也就是最后的一面呢！

去年年底，我在北京时，他要去集美作教；他听说我有南归之意，因不能等我一面，便寄了一张小影给我。这是他立在露台上远望的背影，他说是聊寄伫盼之意。我得此小影，反复把玩而不忍释，觉得他真是一个好朋友。这回来到立达学园，偶然翻阅《白采的小说》，《作诗的儿子》一篇中讥讽我的话，已经删改；而薰宇告我，我最初给他的那封长信，他还留在箱子里。这使我惭愧从前的猜想，我真是小气的人哪！但是他现在死了，我又能怎样呢？我只相信，如爱默生的话，他在许多朋友的心里是不死的！

上海，江湾，立达学园。

荷塘月色

这几天心里颇不宁静。今晚在院子里坐着乘凉，忽然想起日日走过的荷塘，在这满月的光里，总该另有一番样子吧。月亮渐渐地升高了，墙外马路上孩子们的欢笑，已经听不见了；妻在屋里拍着闰儿，迷迷糊糊地哼着眠歌。我悄悄地披了大衫，带上门出去。

朱自清笔下的清华园荷塘

沿着荷塘，是一条曲折的小煤屑路。这是一条幽僻的路；白天也少人走，夜晚更加寂寞。荷塘四面，长着许多树，蓊蓊郁郁的。路的一旁，是些杨柳，和一些不知道名字的树。没有月光的晚上，这路上阴森森的，有些怕人。今晚却很好，虽然月光也还是淡淡的。

路上只我一个人，背着手踱着。这一片天地好像是我的；我也像超出了平常的自己，到了另一世界里。我爱热闹，也爱冷静；爱群居，也爱独处。像今晚上，一个人在这苍茫的月下，什么都可以想，什么都可以不想，便觉是个自由的人。白天里一定要做的事，一定要说的话，现在都可不理。这是独处的妙处，我且受用这无边的荷香月色好了。

曲曲折折的荷塘上面，弥望的是田田的叶子。叶子出水很高，像亭亭的舞女的裙。层层的叶子中间，零星地点缀着些白花，有袅娜地开着的，有羞涩地打着朵儿的；正如一粒粒的明珠，又如碧天里的星星，又如刚出浴的美人。微风过处，送来缕缕清香，仿佛远处高楼上渺茫的歌声似的。这时候叶子与花也有一丝的颤动，像闪电般，霎时传过荷塘的那边去了。叶子本是肩并肩密密地挨着，这便宛然有了一道凝碧的波痕。叶子底下是脉脉的流水，遮住了，不能见一些颜色；而叶子却更见风致了。

月光如流水一般，静静地泻在这一片叶子和花上。薄薄的青雾浮起在荷塘里。叶子和花仿佛在牛乳中洗过一样；又像笼着轻纱的梦。虽然是满月，天上却有一层淡淡的云，所以不能朗照；但我以为这恰是到了好处——酣眠固不可少，小睡也别有风味的。月光是隔了树照过来的，高处丛生的灌木，落下参差的斑驳的黑影，峭楞楞如鬼一般；弯弯的杨柳的稀疏的倩影，却又像是画在荷叶上。塘中的月色并不均匀；但光与影有着和谐的旋律，如梵婀玲上奏着的名曲。

荷塘的四面，远远近近，高高低低都是树，而杨柳最多。这些树将一片荷塘重重围住；只在小路一旁，漏着几段空隙，像是特为月光留下的。树色一例是阴阴的，乍看像一团烟雾；但杨柳的丰姿，便在烟雾里也辨得出。树梢上隐隐约约的是一带远山，只有些大意罢了。树缝里也漏着一两点路灯光，没精打采的，是瞌睡人的眼。这时候最热闹的，要数树上的蝉声与水里的蛙声；但热闹是它们的，我什么也没有。

忽然想起采莲的事情来了。采莲是江南的旧俗，似乎很早就有，而六朝时为盛；从诗歌里可以约略知道。采莲的是少年的女子，她们是荡着小船，唱着艳歌去的。采莲人不用说很多，还有看采莲的人。那是一个热闹的季节，也是一个风流的季节。梁元帝《采莲赋》里说得好：

于是妖童媛女，荡舟心许；鹢首徐回，兼传羽杯；櫂将移而藻挂，船欲动而萍开。尔其纤腰束素，迁延顾步；夏始春余，叶嫩花初，恐沾裳而浅笑，畏倾船而敛裾。

可见当时嬉游的光景了。这真是有趣的事，可惜我们现在早已无福消受了。

于是又记起《西洲曲》里的句子：

采莲南塘秋，莲花过人头；低头弄莲子，莲子清如水。

今晚若有采莲人，这儿的莲花也算得“过人头”了；只不见一些流水的影子，是不行的。这令我到底惦着江南了。——这样想着，猛一抬头，不觉已是自己的门前；轻轻地推门进去，什么声息也没有，妻已睡熟好久了。

1927 年 7 月，北京清华园。

怀魏握青君

两年前差不多也是这些日子吧，我邀了几个熟朋友，在雪香斋给握青送行。雪香斋以绍酒著名。这几个人多半是浙江人，握青也是的，而又有一两个是酒徒，所以便拣了这地方。说到酒，莲花白太腻，白干太烈；一是北方的佳人，一是关西的大汉，都不宜于浅斟低酌。只有黄酒，如温旧书，如对故友，真是醰醰有味。只可惜雪香斋的酒还上了色；若是"竹叶青"，那就更妙了。握青是到美国留学去，要住上三年；这么远的路，这么多的日子，大家确有些惜别，所以那晚酒都喝得不少。出门分手，握青又要我去中天看电影。我坐下直觉头晕。握青说电影如何如何，我只糊糊涂涂听着；几回想张眼看，却什么也看不出。终于支持不住，出其不意，哇地吐出来了。观众都吃一惊，附近的人全堵上了鼻子；这真有些惶恐。握青扶我回到旅馆，他也吐了。但我们心里都觉得这一晚很痛快。我想握青该还记得那种狼狈的光景吧？

我与握青相识，是在东南大学。那时正是暑假，中华教育改进社借那儿开会。我与方光焘君去旁听，偶然遇着握青；方君是他的同乡，一向认识，便给我们介绍了。那时我只知道他很活动，会交际而已。匆匆一面，便未再见。三年前，我北来作教，恰好与他同事。我初到，许多事都不知怎样做好；他给了我许多帮助。我们同住在一个院子里，吃饭也在一处。因此常和他谈论。我渐渐知道他不只是很活动，会交际；他有他的真心，他有他的锐眼，他也有他的傻样子。许多朋友都以为他是个傻小子，大家都叫他老魏，连听差背地里也是这样叫他；这个太亲昵的称呼，只有他有。

但他决不如我们所想的那么"傻"，他是个玩世不恭的人——至少我在北京见着他是如此。那时他已一度受过人生的戒，从前所有多或少的严肃气氛，暂时都隐藏起来了；剩下的只是那冷然的玩弄一切的态度。我们知道这种剑锋般的态度，若赤裸裸地露出，便是自己矛盾，所以总得用了什么法子盖藏着。他用的是一副傻子的面具。我有时要揭开他这副面具，他便说我是《语丝》派。但他知道我，并不比我知道他少。他能由我一个短语，知道全篇的故事。他对于别人，也能知道；但只默喻着，不大肯说出。他的玩世,在有些事情上,也许太随便些。但以或种意义说,他要复仇;人总是人,又有什么办法呢?至少我是原谅他的。

以上其实也只说得他的一面;他有时也能为人尽心竭力。他曾为我决定一件极为难的事。我们沿着墙根,走了不知多少趟;他原原本本,条分缕析地将形势剖解给我听。你想,这岂是傻子所能做的?幸亏有这一面,他还能高高兴兴过日子;不然,没有笑,没有泪,只有冷脸,只有"鬼脸",岂不郁郁地闷煞人!

我最不能忘的,是他动身前不多时的一个月夜。电灯灭后,月光照了满院,柏树森森地竦立着。屋内人都睡了;我们站在月光里,柏树旁,看着自己的影子。他轻轻地诉说他生平冒险的故事。说一会,静默一会。这是一个幽奇的境界。他叙述时,脸上隐约浮着微笑,就是他心地平静时常浮在他脸上的微笑;一面偏着头,老像发问似的。这种月光,这种院子,这种柏树,这种谈话,都很可珍贵;就由握青自己再来一次,怕也不一样的。

他走之前,很愿我做些文字送他;但又用玩世的态度说,"怕不肯吧?我晓得,你不肯的。"我说,"一定做,而且一定写成一幅横批——只是字不行些。"但是我惭愧我的懒,那"一定"早已几乎变成"不肯"了!而且他来了两封信,我竟未复只字。这叫我怎样说好呢?我实在有种坏脾气,觉得路太遥远,竟有些渺茫一般,什么便都因循下来了。好在他的成绩很好,我是知道的;只此就很够了。别的,反正他明年就回来,我们再好好地谈几次,这是要紧的。——我想,握青也许不那么玩世了吧。

1928年5月25日夜。

儿女

我现在已是五个儿女的父亲了。想起圣陶喜欢用的“蜗牛背了壳”的比喻,便觉得不自在。新近一位亲戚嘲笑我说,“要剥层皮呢!”更有些悚然了。十年前刚结婚的时候,在胡适之先生的《藏晖室札记》里,见过一条,说世界上有许多伟大的人物是不结婚的;文中并引培根的话,“有妻子者,其命定矣。”当时确吃了一惊,仿佛梦醒一般;但是家里已是不由分说给娶了媳妇,又有甚么可说?现在是一个媳妇,跟着来了五个孩子;两个肩头上,加上这么重一副担子,真不知怎样走才好。“命定”是不用说了;从孩子们那一面说,他们该怎样长大,也正是可以忧虑的事。我是个彻头彻尾自私的人,做丈夫已是勉强,做父亲更是不成。自然,“子孙崇拜”,“儿童本位”的哲理或伦理,我也有些知道;既做着父亲,闭了眼抹杀孩子们的权利,知道是不行的。可惜这只是理论,实际上我是仍旧按照古老的传统,在野蛮地对付着,和普通的父亲一样。近来差不多是中年的人了,才渐渐觉得自己的残酷;想着孩子们受过的体罚和叱责,始终不能辩解——像抚摩着旧创痕那样,我的心酸溜溜的。有一回,读了有岛武郎《与幼小者》的译文,对了那种伟大的,沉挚的态度,我竟流下泪来了。去年父亲来信,问起阿九,那时阿九还在白马湖呢;信上说,“我没有耽误你,你也不要耽误他才好。”我为这句话哭了一场;我为什么不像父亲的仁慈?我不该忘记,父亲怎样待我们来着!人性许真是二元的,我是这样地矛盾;我的心像钟摆似的来去。

你读过鲁迅先生的《幸福的家庭》么?我的家便是那一类的“幸福的家庭”!每天午饭和晚饭,就如两次潮水一般。先是孩子们你来他去地在厨房与饭间里查看,一面催我或妻发“开饭”的命令。急促繁碎的脚步,夹着笑和嚷,一阵阵袭来,直到命令发出为止。他们一递一个地跑着喊着,将命令传给厨房里用人;便立刻抢着回来搬凳子。于是这个说,“我坐这儿!”那个说,“大哥不让我!”大哥却说,“小妹打我!”我给他们调解,说好话。但是他们有时候很固执,我有时候也不耐烦,这便用着叱责了;叱

朱自清长女朱采芷4岁时,丰子恺作画、
夏丏尊题字贺喜。后此画作为散文《儿女》
的插图发表

责还不行,不由自主地,我的沉重的手掌便到他们身上了。于是哭的哭,坐的坐,局面才算定了。接着可又你要大碗,他要小碗,你说红筷子好,他说黑筷子好;这个要干饭,那个要稀饭,要茶要汤,要鱼要肉,要豆腐,要萝卜;你说他菜多,他说你菜好。妻是照例安慰着他们,但这显然是太迂缓了。我是个暴躁的人,怎么等得及?不用说,用老法子将他们立刻征服了;虽然有哭的,不久也就抹着泪捧起碗了。吃完了,纷纷爬下凳子,桌上是饭粒呀,汤汁呀,骨头呀,渣滓呀,加上纵横的筷子,欹斜的匙子,就如一块花花绿绿的地图模型。吃饭而外,他们的大事便是游戏。游戏时,大的有大主意,小的有小主意,各自坚持不下,于是争执起来;或者大的欺负了小的,或者小的竟欺负了大的,被欺负的哭着嚷着,到我或妻的面前诉苦;我大抵仍旧要用老法子来判断的,但不理的时候也有。最为难的,是争夺玩具的时候:这一个的与那一个的是同样的东西,却偏要那一个的;而那一个便偏不答应。在这种情形之下，不论如何，终于是非哭了不可的。这些事件自然不至于天天全有，但大致总有好些起。我若坐在家里看书或写什么东西，管保一点钟里要分几回心，或站起来一两次的。若是雨天或礼拜日，孩子们在家的多，那么，摊开书竟看不下一行，提起笔也写不出一个字的事，也有过的。我常和妻说，“我们家真是成日的千军万马呀！”有时是不但“成日”，连夜里也有兵马在进行着，在有吃乳或生病的孩子的时候！

我结婚那一年，才十九岁。二十一岁，有了阿九；二十三岁，又有了阿菜。那时我正像一匹野马，哪能容忍这些累赘的鞍鞯，辔头和缰绳？摆脱也知是不行的，但不自觉地时时在摆脱着。现在回想起来，那些日子，真苦了这两个孩子；真是难以宽宥的种种暴行呢！阿九才两岁半的样子，我们住在杭州的学校里。不知怎地，这孩子特别爱哭，又特别怕生人。一不见了母亲，或来了客，就哇哇地哭起来了。学校里住着许多人，我不能让他扰着他们，而客人也总是常有的；我懊恼极了，有一回，特地骗出了妻，关了门，将他按在地下打了一顿。这件事，妻到现在说起来，还觉得有些不忍；她说我的手太辣了，到底还是两岁半的孩子！我近年常想着那时的光景，也觉黯然。阿菜在台州，那是更小了；才过了周岁，还不大会走路。也是为了缠着母亲的缘故吧，我将她紧紧地按在墙角里，直哭喊了三四分钟；因此生了好几天病。妻说，那时真寒心呢！但我的苦痛也是真的。我曾给圣陶写信，说孩子们的磨折，实在无法奈何；有时竟觉着还是自杀的好。这虽是气愤的话，但这样的心情，确也有过的。后来孩子是多起来了，磨折也磨折得久了，少年的锋棱渐渐地钝起来了；加以增长的年岁增长了理性的裁制力，我能够忍耐了——觉得从前真是一个“不成材的父亲”，如我给另一个朋友信里所说。但我的孩子们在幼小时，确比别人的特别不安静，我至今还觉如此。我想这大约还是由于我们抚育不得法；从前只一味地责备孩子，让他们代我们负起责任，却未免是可耻的残酷了！

正面意义的“幸福”，其实也未尝没有。正如谁所说，小的总是可爱，孩子们的小模样，小心眼儿，确有些教人舍不得的。阿毛现在五个月了，你用手指去拨弄她的下巴，或向她做趣脸，她便会张开没牙的嘴格格地笑，笑得像一朵正开的花。她不愿在屋里待着；待久了，便大声儿嚷。妻常说，“姑娘又要出去溜达了。”她说她像鸟儿般，每天总得到外面溜一些时候。闰儿上个月刚过了三岁，笨得很，话还没有学好呢。他只能说三四个字的短语或句子，文法错误，发音模糊，又得费气力说出；我们老是要笑他的。他说“好”字，总变成“小”字；问他“好不好？”他便说“小”，或“不小”。我们常常逗着他说这个字玩儿；他似乎有些觉得，近来偶然也能说出正确的“好”字了——特别在我们故意说成“小”字的时候。他有一只搪瓷碗，是一毛来钱买的；买来时，老妈子教给他，“这是一毛钱”他便记住“一毛”两个字，管那只碗叫“一毛”，有时竟省称为“毛”。这在新来的老妈子，是必须翻译了才懂的。他不好意思，或见着生客时，便咧着嘴痴笑；我们常用了土话，叫他做“呆瓜”。他是个小胖子，短短的腿，走起路来，蹒跚可笑；若快走或跑，便更“好看”了。他有时学我，将两手叠在背后，一摇一摆的；那是他自己和我们都要乐的。他的大姐便是阿菜，已是七岁多了，在小学校里念着书。在饭桌上，一定得啰啰唆唆地报告些同学或他们父母的事情；气喘喘地说着，不管你爱听不爱听。说完了总问我：“爸爸认识么？”“爸爸知道么？”妻常禁止她吃饭时说话，所以她总是问我。她的问题真多：看电影便问电影里的是不是人？是不是真人？怎么不说话？看照相也是一样。不知谁告诉她，兵是要打人的。她回来便问，兵是人么？为什么打人？近来大约听了先生的话，回来又问张作霖的兵是帮谁的？蒋介石的兵是不是帮我们的？诸如此类的问题，每天短不了，常常闹得我不知怎样答才行。她和闰儿在一处玩儿，一大一小，不很合适，老是吵着哭着。但合适的时候也有：譬如这个往床底下躲，那个便钻进去追着；这个钻出来，那个也跟着——从这个床到那个床，只听见笑着，嚷着，喘着，真如妻所说，像小狗似的。现在在京的，便只有这三个孩子；阿九和转儿是去年北来时，让母亲暂时带回扬州去了。

阿九是欢喜书的孩子。他爱看《水浒》，《西游记》，《三侠五义》，《小朋友》等；没有事便捧着书坐着或躺着看。只不欢喜《红楼梦》，说是没有味儿。是的，《红楼梦》的味儿，一个十岁的孩子，哪里能领略呢？去年我们事实上只能带两个孩子来；因为他大些，而转儿是一直跟着祖母的，便在上海将他俩丢下。我清清楚楚记得那分别的一个早上。我领着阿九从二洋泾桥的旅馆出来，送他到母亲和转儿住着的亲戚家去。妻嘱咐说，“买点吃的给他们吧。”我们走过四马路，到一家茶食铺里。阿九说要熏鱼，我给买了；又买了饼干，是给转儿的。便乘电车到海宁路。下车时，看着他的害怕与累赘，很觉恻然。到亲戚家，因为就要回旅馆收拾上船，只说了一两句话便出来；转儿望望我，没说什么，阿九是和祖母说什么去了。

我回头看了他们一眼，硬着头皮走了。后来妻告诉我，阿九背地里向她说：“我知道爸爸欢喜小妹，不带我上北京去。”其实这是冤枉的。他又曾和我们说，“暑假时一定来接我啊！”我们当时答应着；但现在已是第二个暑假了，他们还在迢迢的扬州待着。他们是恨着我们呢？还是惦着我们呢？妻是一年来老放不下这两个，常常独自暗中流泪；但我有什么法子呢！想到“只为家贫成聚散”一句无名的诗，不禁有些凄然。转儿与我较生疏些。但去年离开白马湖时，她也曾用了生硬的扬州话（那时她还没有到过扬州呢），和那特别尖的小嗓子向着我：“我要到北京去。”她晓得什么北京，只跟着大孩子们说罢了；但当时听着，现在想着的我，却真是抱歉呢。这兄妹俩离开我，原是常事，离开母亲，虽也有过一回，这回可是太长了；小小的心儿，知道是怎样忍耐那寂寞来着！

我的朋友大概都是爱孩子的。少谷有一回写信责备我，说儿女的吵闹，也是很有趣的，何至可厌到如我所说；他说他真不解。子恺为他家华瞻写的文章，真是“蔼然仁者之言”。圣陶也常常为孩子操心：小学毕业了，到什么中学好呢？——这样的话，他和我说过两三回了。我对他们只有惭愧！可是近来我也渐渐觉着自己的责任。我想，第一该将孩子们团聚起来，其次便该给他们些力量。我亲眼见过一个爱儿女的人，因为不曾好好地教育他们，便将他们荒废了。他并不是溺爱，只是没有耐心去料理他们，他们便不能成材了。我想我若照现在这样下去，孩子们也便危险了。我得计划着，让他们渐渐知道怎样去做人才行。但是要不要他们像我自己呢？这一层，我在白马湖教初中学生时，也曾从师生的立场上问过丏尊，他毫不踌躇地说，“自然啰。”近来与平伯谈起教子，他却答得妙，“总不希望比自己坏啰。”是的，只要不“比自己坏”就行，“像”不“像”倒是不在乎的。职业，人生观等，还是由他们自己去定的好；自己顶可贵，只要指导，帮助他们去发展自己，便是极贤明的办法。

予同说，“我们得让子女在大学毕了业，才算尽了责任。”SK说，“不然，要看我们的经济，他们的材质与志愿；若是中学毕了业，不能或不愿升学，便去做别的事，譬如做工人吧，那也并非不行的。”自然，人的好坏与成败，也不尽靠学校教育；说是非大学毕业不可，也许只是我们的偏见。在这件事上，我现在毫不能有一定的主意；特别是这个变动不居的时代，知道将来怎样？好在孩子们还小，将来的事且等将来吧。目前所能做的，只是培养他们基本的力量——胸襟与眼光；孩子们还是孩子们，自然说不上高的远的，慢慢从近处小处下手便了。这自然也只能先按照我自己的样子："神而明之，存乎其人，"光辉也罢，倒霉也罢，平凡也罢，让他们各尽各的力去。我只希望如我所想的，从此好好地做一回父亲，便自称心满意。——想到那"狂人""救救孩子"的呼声，我怎敢不悚然自勉呢？

1928 年 6 月 24 日晚写毕，北京清华园。

看花

生长在大江北岸一个城市里，那儿的园林本是著名的，但近来却很少；似乎自幼就不曾听见过“我们今天看花去”一类话，可见花事是不盛的。有些爱花的人，大都只是将花栽在盆里，一盆盆搁在架上；架子横放在院子里。院子照例是小小的，只够放下一个架子；架上至多搁二十多盆花罢了。有时院子里依墙筑起一座“花台”，台上种一株开花的树；也有在院子里地上种的。但这只是普通的点缀，不算是爱花。

家里人似乎都不甚爱花；父亲只在领我们上街时，偶然和我们到“花房”里去过一两回。但我们住过一所房子，有一座小花园，是房东家的。那里有树，有花架（大约是紫藤花架之类），但我当时还小，不知道那些花木的名字；只记得爬在墙上的是蔷薇而已。园中还有一座太湖石堆成的洞门；现在想来，似乎也还好的。在那时由一个顽皮的少年仆人领了我去，却只知道跑来跑去捉蝴蝶；有时掐下几朵花，也只是随意挼弄着，随意丢弃了。至于领略花的趣味，那是以后的事：夏天的早晨，我们那地方有乡下的姑娘在各处街巷，沿门叫着，“卖栀子花来。”栀子花不是什么高品，但我喜欢那白而晕黄的颜色和那肥肥的个儿，正和那些卖花的姑娘有着相似的韵味。栀子花的香，浓而不烈，清而不淡，也是我乐意的。我这样便爱起花来了。也许有人会问，“你爱的不是花吧？”这个我自己其实也已不大弄得清楚，只好存而不论了。

在高小的一个春天，有人提议到城外F寺里吃桃子去，而且预备白吃；不让吃就闹一场，甚至打一架也不在乎。那时虽远在五四运动以前，但我们那里的中学生却常有打进戏园看白戏的事。中学生能白看戏，小学生为什么不能白吃桃子呢？我们都这样想，便由那提议人鸠合了十几个同学，浩浩荡荡地向城外而去。到了F寺，气势不凡地呵叱着道人们（我们称寺里的工人为道人），立刻领我们向桃园里去。道人们踌躇着说：“现在桃树刚才开花呢。”但是谁信道人们的话？我们终于到了桃园里。大家都丧了气，原来花是真开着呢！这时提议人P君便去折花。道人们是一直步步跟着的，立刻上前劝阻，而且用起手来。但P君是我们中最不好惹的；“说时迟，那时快”，一眨眼，花在他的手里，道人已跪跄在一旁了。那一园子的桃花，想来总该有些可看；我们却谁也没有想着去看。只嚷着，“没有桃子，得沏茶喝！”道人们满肚子委屈地引我们到“方丈”里，大家各喝一大杯茶。这才平了气，谈谈笑笑地进城去。大概我那时还只懂得爱一朵朵的栀子花，对于开在树上的桃花，是并不了然的；所以眼前的机会，便从眼前错过了。

以后渐渐念了些看花的诗，觉得看花颇有些意思。但到北平读了几年书，却只到过崇效寺一次；而去得又嫌早些，那有名的一株绿牡丹还未开呢。北平看花的事很盛，看花的地方也很多；但那时热闹的似乎也只有一班诗人名士，其余还是不相干的。那正是新文学运动的起头，我们这些少年，对于旧诗和那一班诗人名士，实在有些不敬；而看花的地方又都远不可言，我是一个懒人，便干脆地断了那条心了。后来到杭州做事，遇见了Y君，他是新诗人兼旧诗人，看花的兴致很好。我和他常到孤山去看梅花。孤山的梅花是古今有名的，但太少；又没有临水的，人也太多。有一回坐在放鹤亭上喝茶，来了一个方面有须，穿着花缎马褂的人，用湖南口音和人打招呼道，“梅花盛开嗒！”“盛”字说得特别重，使我吃了一惊；但我吃惊的也只是说在他嘴里“盛”这个声音罢了，花的盛不盛，在我倒并没有什么的。

有一回，Y来说，灵峰寺有三百株梅花；寺在山里，去的人也少。我和Y，还有N君，从西湖边雇船到岳坟，从岳坟入山。曲曲折折走了好一会，又上了许多石级，才到山上寺里。寺甚小，梅花便在大殿西边园中。园也不大，东墙下有三间净室，最宜喝茶看花；北边有座小山，山上有亭，大约叫“望海亭”吧，望海是未必，但钱塘江与西湖是看得见的。梅树确是不少，密密地低低地整列着。那时已是黄昏，寺里只我们三个游人；梅花并没有开，但那珍珠似的繁星似的骨朵儿，已经够可爱了；我们都觉得比孤山上盛开时有味。大殿上正做晚课，送来梵呗的声音，和着梅林中的暗香，真叫我们舍不得回去。在园里徘徊了一会，又在屋里坐了一会，天是黑定了，又没有月色，我们向庙里要了一个旧灯笼，照着下山。路上几乎迷了道，又两次三番地狗咬；我们的Y诗人确有些窘了，但终于到了岳坟。船夫远远迎上来道：“你们来了，我想你们不会冤我呢！”在船上，我们还不离口地说着灵峰的梅花，直到湖边电灯光照到我们的眼。

Y回北平去了，我也到了白马湖。那边是乡下，只有沿湖与杨柳相间着种了一行小桃树，春天花发时，在风里娇媚地笑着。还有山里的杜鹃花也不少。这些日日在我们眼前，从没有人像煞有介事地提议，“我们看花去。”但有一位S君，却特别爱养花；他家里几乎是终年不离花的。我们上他家去，总看他在那里不是拿着剪刀修理枝叶，便是提着壶浇水。我们常乐意看着。他院子里一株紫薇花很好，我们在花旁喝酒，不知多少次。白马湖住了不过一年，我却传染了他那花的嗜好。但重到北平时，住在花事很盛的清华园里，接连过了三个春，却从未想到去看一回。只在第二年秋天，曾经和孙三先生在园里看过几次菊花。“清华园之菊”是著名的，孙三先生还特地写了一篇文，画了好些画。但那种一盆一干一花的养法，花是好了，总觉没有天然的风趣。直到去年春天，有了些余闲，在花开前，先向人问了些花的名字。一个好朋友是从知道姓名起的，我想看花也正是如此。恰好Y君也常来园中，我们一天三四趟地到那些花下去徘徊。今年Y君忙些，我便一个人去。我爱繁花老干的杏，临风婀娜的小红桃，贴梗累累如珠的紫荆；但最恋恋的是西府海棠。海棠的花繁得好，也淡得好；艳极了，却没有一丝荡意。疏疏的高干子，英气隐隐逼人。可惜没有趁着月色看过；王鹏运有两句词道：“只愁淡月朦胧影，难验微波上下潮。”我想月下的海棠花，大约便是这种光景吧。为了海棠，前两天在城里特地冒了大风到中山公园去，看花的人倒也不少；但不知怎的，却忘了畿辅先哲祠。Y告我那里的一株，遮住了大半个院子；别处的都向上长，这一株却是横里伸张的。花的繁没有法说；海棠本无香，昔人常以为恨，这里花太繁了，却酝酿出一种淡淡的香气，使人久闻不倦。Y告我，正是刮了一日还不息的狂风的晚上；他是前一天去的。他说他去时地上已有落花了，这一日一夜的风，准完了。他说北平看花，是要赶着看的：春光太短了，又晴的日子多；今年算是有阴的日子了，但狂风还是逃不了的。我说北平看花，比别处有意思，也正在此。这时候，我似乎不甚菲薄那一班诗人名士了。

1930年4月。

我所见的叶圣陶

我第一次与圣陶见面是在民国十年的秋天。那时刘延陵兄介绍我到吴淞炮台湾中国公学教书。到了那边，他就和我说："叶圣陶也在这儿。"我们都念过圣陶的小说，所以他这样告我。我好奇地问道："怎样一个人？"出乎我的意料，他回答我："一位老先生哩。"但是延陵和我去访问圣陶的时候，我觉得他的年纪并不老，只那朴实的服色和沉默的风度与我们平日所想象的苏州少年文人叶圣陶不甚符合罢了。

记得见面的那一天是一个阴天。我见了生人照例说不出话；圣陶似乎也如此。我们只谈了几句关于作品的泛泛的意见，便告辞了。延陵告诉我每星期六圣陶总回甪直去；他很爱他的家。他在校时常邀延陵出去散步；我因与他不熟，只独自坐在屋里。不久，中国公学忽然起了风潮。我向延陵说起一个强硬的办法；——实在是一个笨而无聊的办法！——我说只怕叶圣陶未必赞成。但是出乎我的意料，他居然赞成了！后来细想他许是有意优容我们吧；这真是老大哥的态度呢。我们的办法天然是失败了，风潮延宕下去；于是大家都住到上海来。我和圣陶差不多天天见面；同时又认识了西谛，予同诸兄。这样经过了一个月；这一个月实在是我的很好的日子。

我看出圣陶始终是个寡言的人。大家聚谈的时候，他总是坐在那里听着。他却并不是喜欢孤独，他似乎老是那么有味地听着。至于与人独对的时候，自然多少要说些话；但辩论是不来的。他觉得辩论要开始了，往往微笑着说："这个弄不大清楚了。"这样就过去了。他又是个极和易的人，轻易看不见他的怒色。他辛辛苦苦保存着的《晨报》副刊，上面有他自己的文字的，特地从家里捎来给我看；让我随便放在一个书架上，给散失了。当他和我同时发现这件事时，他只略露惋惜的颜色，随即说："由他去末哉，由他去末哉！"我是至今惭愧着，因为我知道他作文是不留稿的。他的和易出于天性，并非阅历世故，矫揉造作而成。他对于世间妥协的精神是极厌恨的。在这一月中，我看见他发过一次怒；——始终我只看见他发过这一次怒——那便是对于风潮的妥协论者的蔑视。

风潮结束了,我到杭州教书。那边学校当局要我约圣陶去。圣陶来信说:“我们要痛痛快快游西湖,不管这是冬天。”他来了,教我上车站去接。我知道他到了车站这一类地方,是会觉得寂寞的。他的家实在太好了,他的衣着,一向都是家里管。我常想,他好像一个小孩子;像小孩子的天真,也像小孩子的离不开家里人。必须离开家里人时,他也得找些熟朋友伴着;孤独在他简直是有些可怕的。所以他到校时,本来是独住一屋的,却愿意将那间屋做我们两人的卧室,而将我那间做书室。这样可以常常相伴;我自然也乐意,我们不时到西湖边去;有时下湖,有时只喝喝酒。在校时各据一桌,我只预备功课,他却老是写小说和童话。初到时,学校当局来看过他。第二天,我问他,“要不要去看看他们?”他皱眉道:“一定要去么? 等一天吧。”后来始终没有去。他是最反对形式主义的。

那时他小说的材料,是旧日的储积;童话的材料有时却是片刻的感兴。如《稻草人》中《大喉咙》一篇便是。那天早上,我们都醒在床上,听见工厂的汽笛;他便说:“今天又有一篇了,我已经想好了,来的真快呵。”那篇的艺术很巧,谁想他只是片刻的构思呢! 他写文字时,往往拈笔伸纸,便手不停挥地写下去,开始及中间,停笔踌躇时绝少。他的稿子极清楚,每页至多只有三五个涂改的字。他说他从来是这样的。每篇写毕,我自然先睹为快;他往往称述结尾的适宜,他说对于结尾是有些把握的。看完,他立即封寄《小说月报》;照例用平信寄。我总劝他挂号;但他说:“我老是这样的。”他在杭州不过两个月,写的真不少,教人羡慕不已。《火灾》里从《饭》起到《风潮》这七篇,还有《稻草人》中一部分,都是那时我亲眼看他写的。

在杭州待了两个月,放寒假前,他便匆匆地回去了;他实在离不开家,临去时让我告诉学校当局,无论如何不回来了。但他却到北平住了半年,也是朋友拉去的。我前些日子偶翻十一年的《晨报》副刊,看见他那时途中思家的小诗,重念了两遍,觉得怪有意思。北平回去不久,便入了商务印书馆编译部,家也搬到上海。从此在上海待下去,直到现在——中间又被朋友拉到福州一次,有一篇《将离》抒写那回的别恨,是缠绵悱恻的文字。这些日子,我在浙江乱跑,有时到上海小住,他常请了假和我各处玩儿或喝酒。有一回,我便住在他家,但我到上海,总爱出门,因此他老说没有能畅谈;他写信给我,老说这回来要畅谈几天才行。

十六年一月,我接眷北来,路过上海,许多熟朋友和我饯行,圣陶也在。那晚我们痛快地喝酒,发议论;他是照例地默着。酒喝完了,又去乱走,他也跟着。到了一处,朋友们和他开了个小玩笑;他脸上略露窘意,但仍微笑地默着。圣陶不是个浪漫的人;在一种意义上,他正是延陵所说的“老先生”。但他能了解别人,能谅解别人,他自己也能“作达”,所以仍然——也许格外——是可亲的。那晚快夜半了,走过爱多亚路,他向我诵周美成的词,“酒已都醒,如何消夜永!”我没有说什么;那时的心情,大约也不能说什么的。我们到一品香又消磨了半夜。这一回特别对不起圣陶;他是不能少睡觉的人。他家虽住在上海,而起居还依着乡居的日子;早七点起,晚九点睡。有一回我九点十分去,他家已熄了灯,关好门了。这种自然的,有秩序的生活是对的。那晚上伯祥说:“圣兄明天要不舒服了。”想起来真是不知要怎样感谢才好。

第二天我便上船走了,一眨眼三年半,没有上南方去。信也很少,却全是我的懒。我只能从圣陶的小说里看出他心境的迁变;这个我要留在另一文中说。圣陶这几年里似乎到十字街头走过一趟,但现在怎么样呢?我却不甚了然。他从前晚饭时总喝点酒,“以半醺为度”;近来不大能喝酒了,却学了吹笛——前些日子说已会一出《八阳》,现在该又会了别的了吧。他本来喜欢看看电影,现在又喜欢听听昆曲了。但这些都不是“厌世”,如或人所说的;圣陶是不会厌世的,我知道。又,他虽会喝酒,加上吹笛,却不曾抽什么“上等的纸烟”,也不曾住过什么“小小别墅”,如或人所想的,这个我也知道。

1930 年 7 月,北平清华园。

给亡妇

谦，日子真快，一眨眼你已经死了三个年头了。这三年里世事不知变化了多少回，但你未必注意这些个，我知道。你第一惦记的是你几个孩子，第二便轮着我。孩子和我平分你的世界，你在日如此；你死后若还有知，想来还如此的。告诉你，我夏天回家来着：迈儿长得结实极了，比我高一个头。闰儿父亲说是最乖，可是没有先前胖了。采芷和转子都好。五儿全家夸她长得好看；却在腿上生了个湿疮，整天坐在竹床上不能下来，看了怪可怜的。六儿，我怎么说好，你明白，你临终时也和母亲谈过，这孩子是只可以养着玩儿的，他左挨右挨去年春天，到底没有挨过去。这孩子生了几个月，你的肺病就重起来了。我劝你少亲近他，只监督着老妈子照管就行。你总是忍不住，一会儿提，一会儿抱的。可是你病中为他操的那一份儿心也够瞧的。那一个夏天他病的时候多，你成天儿忙着，汤呀，药呀，冷呀，暖呀，连觉也没有好好儿睡过。哪里有一分一毫想着你自己。瞧着他硬朗点儿你就乐，干枯的笑容在黄蜡般的脸上，我只有暗中叹气而已。

从来想不到做母亲的要像你这样。从迈儿起，你总是自己喂乳，一连四个都这样。你起初不知道按钟点儿喂，后来知道了，却又弄不惯；孩子们每夜里几次将你哭醒了，特别是闷热的夏季。我瞧你的觉老没睡足。白天里还得做菜，照料孩子，很少得空儿。你的身子本来坏，四个孩子就累你七八年。到了第五个，你自己实在不成了，又没乳，只好自己喂奶粉，另雇老妈子专管她。但孩子跟老妈子睡，你就没有放过心；夜里一听见哭，就竖起耳朵听，工夫一大就得过去看。十六年初，和你到北京来，将迈儿，转子留在家里；三年多还不能去接他们，可真把你惦记苦了。你并不常提，我却明白。你后来说你的病就是惦记出来的；那个自然也有份儿，不过大半还是养育孩子累的。你的短短的十二年结婚生活，有十一年耗费在孩子们身上；而你一点不厌倦，有多少力量用多少，一直到自己毁灭为止。你对孩子一般儿爱，不问男的女的，大的小的。也不想到什么"养儿防老，积谷防饥"，只拼命的爱去。你对于教育老实说有些外行，孩子们只要吃得好玩得好就成了。这也难怪你,你自己便是这样长大的。况且孩子们原都还小,吃和玩本来也要紧的。你病重的时候最放不下的还是孩子。病的只剩皮包着骨头了,总不信自己不会好;老说:“我死了,这一大群孩子可苦了。”后来说送你回家,你想着可以看见迈儿和转子,也愿意;你万不想到会一走不返的。我送车的时候,你忍不住哭了,说:“还不知能不能再见?”可怜,你的心我知道,你满想着好好儿带着六个孩子回来见我的。谦,你那时一定这样想,一定的。

除了孩子,你心里只有我。不错,那时你父亲还在;可是你母亲死了,他另有个女人,你老早就觉得隔了一层似的。出嫁后第一年你虽还一心一意依恋着他老人家,到第二年上我和孩子可就将你的心占住,你再没有多少工夫惦记他了。你还记得第一年我在北京,你在家里。家里来信说你待不住,常回娘家去。我动气了,马上写信责备你。你教人写了一封复信,说家里有事,不能不回去。这是你第一次也可以说第末次的抗议,我从此就没给你写信。暑假时带了一肚子主意回去,但见了面,看你一脸笑,也就拉倒了。打这时候起,你渐渐从你父亲的怀里跑到我这儿。你换了金镯子帮助我的学费,叫我以后还你;但直到你死,我没有还你。你在我家受了许多气,又因为我家的缘故受你家里的气,你都忍着。这全为的是我,我知道。那回我从家乡一个中学半途辞职出走。家里人讽你也走。哪里走!只得硬着头皮往你家去。那时你家像个冰窖子,你们在窖里足足住了三个月。好容易我才将你们领出来了,一同上外省去。小家庭这样组织起来了。你虽不是什么阔小姐,可也是自小娇生惯养的,做起主妇来,什么都得干一两手;你居然做下去了,而且高高兴兴地做下去了。菜照例满是你做,可是吃的都是我们;你至多夹上两三筷子就算了。你的菜做得不坏,有一位老在行大大地夸奖过你。你洗衣服也不错,夏天我的绸大褂大概总是你亲自动手。你在家老不乐意闲着;坐前几个“月子”,老是四五天就起床,说是躺着家里事没条没理的。其实你起来也还不是没条理;咱们家那么多孩子,哪儿来条理?在浙江住的时候,逃过两回兵难,我都在北平。真亏你领着母亲和一群孩子东藏西躲的;末一回还要走多少里路,翻一道大岭。这两回差不多只靠你一个人。你不但带了母亲和孩子们,还带了我一箱箱的书;你知道我是最爱书的。在短短的十二年里,你操的心比人家一辈子还多;谦,你那样身子怎么经得住!你将我的责任一股脑儿担负了去,压死了你;我如何对得起你!

你为我的捞什子书也费了不少神；第一回让你父亲的男用人从家乡捎到上海去。他说了几句闲话，你气得在你父亲面前哭了。第二回是带着逃难，别人都说你傻子。你有你的想头："没有书怎么教书？况且他又爱这个玩意儿。"其实你没有晓得，那些书丢了也并不可惜；不过教你怎么晓得，我平常从来没和你谈过这些个！总而言之，你的心是可感谢的。这十二年里你为我吃的苦真不少，可是没有过几天好日子。我们在一起住，算来也还不到五个年头。无论日子怎么坏，无论是离是合，你从来没对我发过脾气，连一句怨言也没有。——别说怨我，就是怨命也没有过。老实说，我的脾气可不大好，迁怒的事儿有的是。那些时候你往往抽噎着流眼泪，从不回嘴，也不号啕。不过我也只信得过你一个人，有些话我只和你一个人说，因为世界上只你一个人真关心我，真同情我。你不但为我吃苦，更为我分苦；我之有我现在的精神，大半是你给我培养着的。这些年来我很少生病。但我最不耐烦生病，生了病就呻吟不绝，闹那伺候病的人。你是领教过一回的，那回只一两点钟，可是也够麻烦了。你常生病，却总不开口，挣扎着起来：一来怕搅我，二来怕没人做你那份儿事。我有一个坏脾气，怕听人生病，也是真的。后来你天天发烧，自己还以为南方带来的疟疾，一直瞒着我。明明躺着，听见我的脚步，一骨碌就坐起来。我渐渐有些奇怪，让大夫一瞧，这可糟了，你的一个肺已烂了一个大窟窿了！大夫劝你到西山去静养，你丢不下孩子，又舍不得钱；劝你在家里躺着，你也丢不下那份儿家务。越看越不行了，这才送你回去。明知凶多吉少，想不到只一个月工夫你就完了！本来盼望还见得着你，这一来可拉倒了。你也何尝想到这个？父亲告诉我，你回家独住着一所小住宅，还嫌没有客厅，怕我回去不便哪。

前年夏天回家，上你坟上去了。你睡在祖父母的下首，想来还不孤单的。只是当年祖父母的坟太小了，你正睡在圹底下。这叫做"抗圹"，在生人看来是不安心的；等着想办法哪。那时圹上圹下密密地长着青草，朝露浸湿了我的布鞋。你刚埋了半年多，只有圹下多出一块土，别的全然看不出新坟的样子。我和隐今夏回去，本想到你的坟上来；因为她病了没来成。我们想告诉你，五个孩子都好，我们一定尽心教养他们，让他们对得起死了的母亲——你！谦，好好儿放心安睡吧，你。

1932 年 10 月。

冬天

说起冬天,忽然想到豆腐。是一"小洋锅"(铝锅)白煮豆腐,热腾腾的。水滚着,像好些鱼眼睛,一小块一小块豆腐养在里面,嫩而滑,仿佛反穿的白狐大衣。锅在"洋炉子"(煤油不打气炉)上,和炉子都熏得乌黑乌黑,越显出豆腐的白。这是晚上,屋子老了,虽点着"洋灯",也还是阴暗。围着桌子坐的是父亲跟我们哥儿三个。"洋炉子"太高了,父亲得常常站起来,微微地仰着脸,觑着眼睛,从氤氲的热气里伸进筷子,夹起豆腐,一一地放在我们的酱油碟里。我们有时也自己动手,但炉子实在太高了,总还是坐享其成的多。这并不是吃饭,只是玩儿。父亲说晚上冷,吃了大家暖和些。我们都喜欢这种白水豆腐;一上桌就眼巴巴望着那锅,等着那热气,等着热气里从父亲筷子上掉下来的豆腐。

又是冬天,记得是阴历十一月十六晚上,跟S君P君在西湖里坐小划子。S君刚到杭州教书,事先来信说:"我们要游西湖,不管它是冬天。"那晚月色真好,现在想起来还像照在身上。本来前一晚是"月当头";也许十一月的月亮真有些特别吧。那时九点多了,湖上似乎只有我们一只划子。有点风,月光照着软软的水波;当间那一溜儿反光,像新砑的银子。湖上的山只剩了淡淡的影子。山下偶尔有一两星灯火。S君口占两句诗道:"数星灯火认渔村,淡墨轻描远黛痕。"我们都不大说话,只有均匀的桨声。我渐渐地快睡着了。P君"喂"了一下,才抬起眼皮,看见他在微笑。船夫问要不要上净寺去;是阿弥陀佛生日,那边蛮热闹的。到了寺里,殿上灯烛辉煌,满是佛婆念佛的声音,好像醒了一场梦。这已是十多年前的事了,S君还常常通着信,P君听说转变了好几次,前年是在一个特税局里收特税了,以后便没有消息。

在台州过了一个冬天,一家四口子。台州是个山城,可以说在一个大谷里。只有一条二里长的大街。别的路上白天简直不大见人;晚上一片漆黑。偶尔人家窗户里透出一点灯光,还有走路的拿着的火把;但那是少极了。我们住在山脚下。有的是山上松林里的风声,跟天上一只两只的鸟影。夏末到那里,春初便走,却好像老在过着冬天似的;可是即便真冬天也并不冷。我们住在楼上,书房临着大路;路上有人说话,可以清清楚楚地听见。但因为走路的人太少了,间或有点说话的声音,听起来还只当远风送来的,想不到就在窗外。我们是外路人,除上学校去之外,常只在家里坐着。妻也惯了那寂寞,只和我们爷儿们守着。外边虽老是冬天,家里却老是春天。有一回我上街去,回来的时候,楼下厨房的大方窗开着,并排地挨着她们母子三个;三张脸都带着天真微笑地向着我。似乎台州空空的,只有我们四人;天地空空的,也只有我们四人。那时是民国十年,妻刚从家里出来,满自在。现在她死了快四年了,我却还老记着她那微笑的影子。

无论怎么冷,大风大雪,想到这些,我心上总是温暖的。

买书

买书也是我的嗜好，和抽烟一样。但这两件事我其实都不在行，尤其是买书。在北平这地方，像我那样买，像我买的那些书，说出来真寒碜死人；不过本文所要说的既非诀窍，也算不得经验，只是些小小的故事，想来也无妨的。

在家乡中学时候，家里每月给零用一元。大部分都报效了一家广益书局，取回些杂志及新书。那老板姓张，有点儿抽肩膀，老是捧着水烟袋；可是人好，我们不觉得他有市侩气。他肯给我们这班孩子记账。每到节下，我总欠他一元多钱。他催得并不怎么紧；向家里商量商量，先还个一元也就成了。那时候最爱读的一本《佛学易解》（贾丰臻著，中华书局印行）就是从张手里买的。那时候不买旧书，因为家里有。只有一回，不知哪儿检来《文心雕龙》的名字，急着想看，便去旧书铺访求：有一家拿出一部广州套版的，要一元钱，买不起；后来另买到一部，书品也还好，纸墨差些，却只花了小洋三角。这部书还在，两三年前给换上了磁青纸的皮儿，却显得配不上。

到北平来上学入了哲学系，还是喜欢找佛学书看。那时候佛经流通处在西城卧佛寺街鹫峰寺。在街口下了车，一直走，快到城根儿了，才看见那个寺。那是个阴沉沉的秋天下午，街上只有我一个人。到寺里买了《因明入正理论疏》、《百法明门论疏》、《翻译名义集》等。这股傻劲儿回味起来颇有意思；正像那回从天坛出来，挨着城根，独自个儿，探险似的穿过许多没人走的碱地去访陶然亭一样。在毕业的那年，到琉璃厂华洋书庄去，看见新版韦伯斯特大字典，定价才十四元。可是十四元并不容易找。想来想去，只好硬了心肠将结婚时候父亲给做的一件紫毛（猫皮）水獭领大氅亲手拿着，走到后门一家当铺里去，说当十四元钱。柜上人似乎没有什么留难就答应了。这件大氅是布面子，土式样，领子小而毛杂——原是用了两副"马蹄袖"拼凑起来的。父亲给做这件衣服，可很费了点张罗。拿去当的时候，也踌躇了一下，却终于舍不得那本字典。想着将来准赎出来就是了。想不到竟不能赎出来，这是直到现在翻那本字典时常引为遗憾的。

重来北平之后，有一年忽然想搜集一些杜诗。一家小书铺叫文雅堂的给找了不少，都不算贵；那伙计是个麻子，一脸笑，是铺子里少掌柜的。铺子靠他父亲支持，并没有什么好书；去年他父亲死了，他本人不大内行，让伙计吃了，现在长远不来了，他不知怎么样。说起杜诗，有一回，一家书铺送来高丽本《杜律分韵》，两本书，索价三百元。书极不相干而索价如此之高，荒谬之至，况且书面上原购者明明写着“以银二两得之”。第二天另一家送来一样的书，只要二元钱，我立刻买下。北平的书价，离奇有如此者。

旧历正月里厂甸的书摊值得看；有些人天天巡礼去。我住得远，每年只去一个下午——上午摊儿少。土地祠内外人山人海摩肩接踵地来往。也买过些零碎东西；其中有一本是《伦敦竹枝词》，花了三毛钱。买来以后，恰好《论语》要稿子，选抄了些寄去，加上一点说明，居然得着五元稿费。这是仅有的一次，买的书赚了钱。

在伦敦的时候，从寓所出来，走过近旁小街。有一家小书店门口摆着一架旧书。上前去徘徊了一下，看见一本《牛津书话选》(*The book Lovers' Anthology*)，烫花布面，装订不马虎，四百多面，本子也不小，准有七八成新，才一先令六便士，那时合中国一元三毛钱，比东安市场旧洋书还贱些。这选本节录许多名家诗文，说到书的各方面的；性质有点像叶德辉氏《书林清话》，但不像《清话》有系统；他们旨趣原是两样的。因为买这本书，结识了那掌柜的；他以后给我找了不少便宜的旧书。有一种书，他找不到旧的，便和我说，他们批购新书按七五扣，他愿意少赚一扣，按九扣卖给我。我没有要他这么办，但是很感谢他的好意。

1935年1月10日。

北平沦陷那一天

二十六年七月二十七日的下午，风声很紧，我们从西郊搬到西单牌楼左近胡同里朋友的屋子里。朋友全家回南，只住着他的一位同乡和几个仆人。我们进了城，城门就关上了。街上有点儿乱，但是大体上还平静。听说敌人有哀的美敦书给我们北平的当局，限二十八日答复，实在就是叫咱们非投降不可。要不然，二十八日他们便要动手。我们那时虽然还猜不透当局的意思。但是看光景，背城一战是不可免的。

二十八日那一天，在床上便听见隆隆的声音。我们想，大概是轰炸西苑兵营了。赶紧起来。到胡同口买报去。胡同口正冲着西长安街。这儿有西城到东城的电车道，可是这当儿两头都不见电车的影子。只剩两条电车轨在闪闪的发光。街上洋车也少，行人也少。那么长一条街，显得空空的，静静的。胡同口，街两边走道儿上却站着不少闲人，东望望，西望望，都不做声，像等着什么消息似的。街中间站着一个警察，沉着脸不说话。有一个骑车的警察，扶着车和他咬了几句耳朵，又匆匆上车走了。

报上看出咱们是决定打了。我匆匆拿着报看着回到住的地方。隆隆的声音还在稀疏的响着。午饭匆匆的吃了。门口接二连三的叫“号外！号外！”买进来抢着看，起先说咱们抢回丰台，抢回天津老站了，后来说咱们抢回廊坊了，最后说咱们打进通州了。这一下午，屋里的电话铃也直响。有的朋友报告消息，有的朋友打听消息。报告的消息有的从地方政府里得来，有的从外交界得来，都和“号外”里说的差不多。我们眼睛忙着看号外，耳朵忙着听电话，可是忙得高兴极了。

六点钟的样子，忽然有一架飞机嗡嗡的出现在高空中。大家都到院子里仰起头看，想看看是不是咱们中央的。飞机绕着弯儿，随着弯儿，均匀的撒着一搭一搭的纸片儿，像个长尾巴似的。纸片儿马上散开了，纷纷扬扬的像蝴蝶儿乱飞。我们明白了，这是敌人打得不好，派飞机来撒传单冤人了。仆人们开门出去，在胡同里捡了两张进来，果然是的。满纸荒谬的劝降的话。我们略看一看，便撕掉扔了。

天黑了，白天里稀疏的隆隆的声音却密起来了。这时候屋里的电话

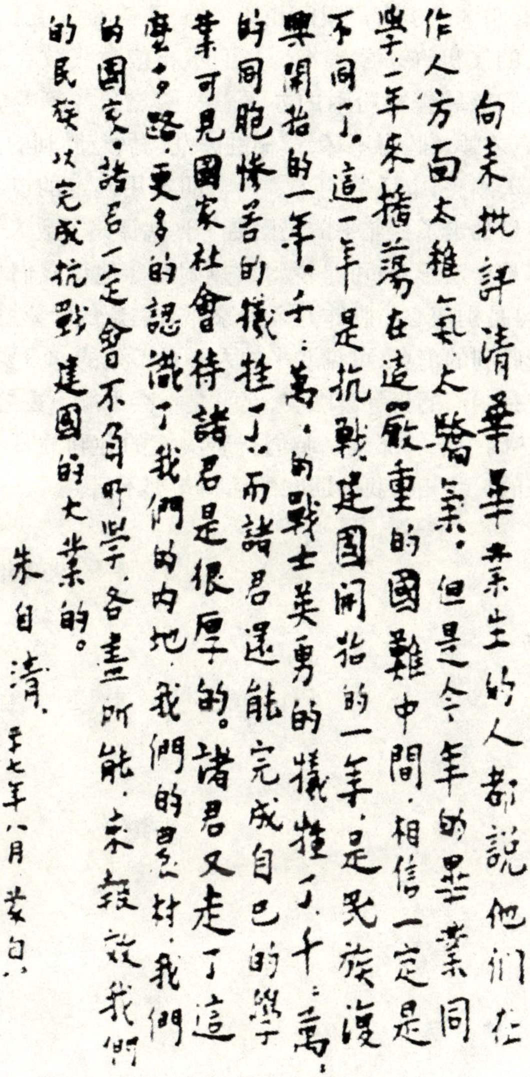
向来批評清華畢業生的人都說他們在作人方面太稚氣太驕氣。但是今年的畢業同學，一年來播蕩在這嚴重的國難中間，相信一定是不同了。這一年是抗戰建國開始的一年，是民族復興開始的一年。千千萬萬的戰士英勇的犧牲了，千千萬萬的同胞慘苦的犧牲了，而諸君還能完成自己的學業，可見國家社會待諸君是很厚的。諸君又走了這麼多路，更多的認識了我們的內地，我們的農村，我們的國家，諸君一定會不負所學，各盡所能，來報效我們的民族，以完成抗戰建國的大業的。

朱自清 廿七年八月 蒙自

“七七”事变后，平津陷落，清华、北大、南开三校组成国立长沙临时大学，被迫南迁。几经辗转，最后到达云南蒙自。图为朱自清在蒙自为清华大学毕业生赠言手迹

铃也响得密起来了。大家在电话里猜着，是敌人在进攻西苑了，是敌人在进攻南苑了。这是炮声，一下一下响的是咱们的，两下两下响的是他们的。可是敌人怎么就能够打到西苑或南苑呢？谁都在闷葫芦里！一会儿

警察挨家通知，叫塞严了窗户跟门儿什么的，还得准备些土，拌上尿跟葱，说是夜里敌人的飞机许来放毒气。我们不相信敌人敢在北平城里放毒气。但是仆人们照着警察吩咐的办了。我们焦急的等着电话里的好消息，直到十二点才睡。睡得不坏，模糊的凌乱的做着胜利的梦。

二十九日天刚亮，电话铃响了。一个朋友用确定的口气说，宋哲元、秦德纯昨儿夜里都走了！北平的局面变了！就算归了敌人了！他说昨儿的好消息也不是全没影儿，可是说得太热闹些。他说我们现在像从天顶上摔下来了，可是别灰心！瞧昨儿个大家那么焦急的盼望胜利的消息，那么热烈的接受胜利的消息，可见北平的人心是不死的。只要人心不死，最后的胜利终究是咱们的！等着瞧罢，北平是不会平静下去的，总有那么一天，咱们会更热闹一下。那就是咱们得着决定的胜利的日子！这个日子不久就会到来的！我相信我的朋友的话句句都不错！

1939年6月于昆明。

杂 感

有人说，"抽烟有什么好处？还不如吃点口香糖，甜甜的，倒不错。"不用说，你知道这准是外行……

谈抽烟

有人说，“抽烟有什么好处？还不如吃点口香糖，甜甜的，倒不错。”不用说，你知道这准是外行。口香糖也许不错，可是喜欢的怕是女人孩子居多；男人很少赏识这种玩意儿的；除非在美国，那儿怕有些个例外。一块口香糖得咀嚼老半天，还是嚼不完，凭你怎么斯文，那朵颐的样子，总遮掩不住，总有点儿不雅相。这其实不像抽烟，倒像衔橄榄。你见过衔着橄榄的人？腮帮子上凸出一块，嘴里不时地嗞儿嗞儿的。抽烟可用不着这么费劲；烟卷儿尤其省事，随便一叼上，悠然的就吸起来，谁也不来注意你。抽烟说不上是什么味道；勉强说，也许有点儿苦吧。但抽烟的不稀罕那“苦”而稀罕那“有点儿”。他的嘴太闷了，或者太闲了，就要这么点儿来凑个热闹，让他觉得嘴还是他的。嚼一块口香糖可就太多，甜甜的，够多腻味；而且有了糖也许便忘记了“我”。

抽烟其实是个玩意儿。就说抽卷烟吧，你打开匣子或罐子，抽出烟来，在桌上顿几下，衔上，擦洋火，点上。这其间每一个动作都带股劲儿，像做戏一般。自己也许不觉得，但到没有烟抽的时候，便觉得了。那时候你必然闲得无聊；特别是两只手，简直没放处。再说那吐出的烟，袅袅地缭绕着，也够你一回两回地捉摸；它可以领你走到顶远的地方去。——即便在百忙当中，也可以让你轻松一忽儿。所以老于抽烟的人，一叼上烟，真能悠然遐想。他霎时间是个自由自在的身子，无论他是靠在沙发上的绅士，还是蹲在台阶上的瓦匠。有时候他还能够叼着烟和人说闲话；自然有些含含糊糊的，但是可喜的是那满不在乎的神气。这些大概也算是游戏三昧吧。

好些人抽烟，为的有个伴儿。譬如说一个人单身住在北平，和朋友在一块儿，倒是有说有笑的，回家来，空屋子像水一样。这时候他可以摸出一支烟抽起来，借点儿暖气。黄昏来了，屋子里的东西只剩些轮廓，暂时懒得开灯，也可以点上一支烟，看烟头上的火一闪一闪的，像亲密的低语，只有自己听得出。要是生气，也不妨迁怒一下，使劲儿吸它十来口。客来了，若你倦了说不得话，或者找不出可说的，干坐着岂不着急？这时候最好拈起一支烟将嘴堵上等你对面的人。若是他也这么办，便尽时间在烟子里爬过去。各人抓着一个新伴儿，大可以盘桓一会的。

从前抽水烟旱烟，不过一种不伤大雅的嗜好，现在抽烟却成了派头。抽烟卷儿指头黄了，由它去。用烟嘴不独麻烦，也小气，又跟烟隔得那么老远的。今儿大褂上一个窟窿，明儿坎肩上一个，由它去。一支烟里的尼古丁可以毒死一个小麻雀，也由它去。总之，别别扭扭的，其实也还是个"满不在乎"罢了。烟有好有坏，味有浓有淡，能够辨味的是内行，不择烟而抽的是大方之家。

论 诚 意

诚伪是品性，却又是态度。从前论人的诚伪，大概就品性而言。诚实，诚笃，至诚，都是君子之德；不诚便是诈伪的小人。品性一半是生成，一半是教养；品性的表现出于自然，是整个儿的为人。说一个人是诚实的君子或诈伪的小人，是就他的行迹总算账。君子大概总是君子，小人大概总是小人。虽然说气质可以变化，盖了棺才能论定人，那只是些特例。不过一个社会里，这种定型的君子和小人并不太多，一般常人都浮沉在这两界之间。所谓浮沉，是说这些人自己不能把握住自己，不免有诈伪的时候。这也是出于自然。还有一层，这些人对人对事有时候自觉的加减他们的诚意，去适应那局势。这就是态度。态度不一定反映出品性来；一个诚实的朋友到了不得已的时候，也会撒个谎什么的。态度出于必要，出于处世的或社交的必要，常人是免不了这种必要的。这是"世故人情"的一个项目。有时可以原谅，有时甚至可以容许。态度的变化多，在现代多变的社会里也许更会使人感兴趣些。我们嘴里常说的，笔下常写的"诚恳""诚意"和"虚伪"等词，大概都是就态度说的。

但是一般人用这几个词似乎太严格了一些。照他们的看法，不诚恳无诚意的人就未免太多。而年轻人看社会上的人和事，除了他们自己以外差不多尽是虚伪的。这样用"虚伪"那个词，又似乎太宽泛了一些。这些跟老先生们开口闭口说"人心不古，世风日下"同样犯了笼统的毛病。一般人似乎将品性和态度混为一谈，年轻人也如此，却又加上了"天真""纯洁"种种幻想。诚实的品性确是不可多得，但人孰无过，不论哪方面，完人或圣贤总是很少的。我们恐怕只能宽大些，卑之无甚高论，从态度上着眼。不然无谓的烦恼和纠纷就太多了。至于天真纯洁，似乎只是儿童的本分——老气横秋的儿童实在不顺眼。可是一个人若总是那么天真纯洁下去，他自己也许还没有什么，给别人的麻烦却就太多。有人赞美"童心""孩子气"，那也只限于无关大体的小节目，取其可以调剂调剂平板的氛围气。若是重要关头也如此，那时天真恐怕只是任性，纯洁恐怕只是无知罢了。幸而不诚恳，无诚意，虚伪等等已经成了口头禅，一般人只是跟着大家信口说着，至多皱皱眉，冷笑笑，表示无可奈何的样子就过去了。自然也短不了认真的，那却苦了自己，甚至于苦了别人。年轻人容易认真，容易不满意，他们的不满意往往是社会改革的动力。可是他们也得留心，若是在诚伪的分别上认真得过了分，也许会成为虚无主义者。

人与人事与事之间各有分际，言行最难得恰如其分。诚意是少不得的，但是分际不同，无妨斟酌加减点儿。种种礼数或过场就是从这里来的。有人说礼是生活的艺术，礼的本意应该如此。日常生活里所谓客气，也是一种礼数或过场。有些人觉得客气太拘形迹，不见真心，不是诚恳的态度。这些人主张率性自然。率性自然未尝不可，但是得看人去。若是一见生人就如此这般，就有点野了。即使熟人，毫无节制的率性自然也不成。夫妇算是熟透了的，有时还得"相敬如宾"，别人可想而知。总之，在不同的局势下，率性自然可以表示诚意，客气也可以表示诚意，不过诚意的程度不一样罢了。客气要大方，合身份，不然就是诚意太多；诚意太多，诚意就太贱了。

看人，请客，送礼，也都是些过场。有人说这些只是虚伪的俗套，无聊的玩意儿。但是这些其实也是表示诚意的。总得心里有这个人，才会去看他，请他，送他礼，这就有诚意了。至于看望的次数，时间的长短，请作主客或陪客，送礼的情形，只是诚意多少的分别，不是有无的分别。看人又有回看，请客有回请，送礼有回礼，也只是回答诚意。古语说得好，"来而不往非礼也"，无论古今，人情总是一样的。有一个人送年礼，转来转去，自己送出去的礼物，有一件竟又回到自己手里。他觉得虚伪无聊，当作笑谈。笑谈确乎是的，但是诚意还是有的。又一个人路上遇见一个本不大熟的朋友向他说，"我要来看你。"这个人告诉别人说，"他用不着来看我，我也知道他不会来看我，"你瞧这句话才没意思哪！那个朋友的诚意似乎是太多了。凌叔华女士写过一个短篇小说，叫做《外国规矩》，说一位青年留学生陪着一位旧家小姐上公园，尽招呼她这样那样的。她以为让他爱上了，哪里知道他行的只是"外国规矩"！这喜剧由于那位旧家小姐不明白新礼数，新过场，多估量了那位留学生的诚意。可见诚意确是有分量的。

人为自己活着，也为别人活着。在不伤害自己身份的条件下顾全别人的情感，都得算是诚恳，有诚意。这样宽大的看法也许可以使一些人活得更有兴趣些。西方有句话，"人生是做戏。"做戏也无妨，只要有心往好里做就成。客气等等一定有人觉得是做戏,可是只要为了大家好,这种戏也值得做的。另一方面,诚恳,诚意也未必不是戏。现在人常说,“我很诚恳的告诉你”,“我是很有诚意的”,自己标榜自己的诚恳,诚意,大有卖瓜的说瓜甜的神气,诚实的君子大概不会如此。不过一般人也已习惯自然,知道这只是为了增加诚意的分量,强调自己的态度,跟买卖人的吆喝到底不是一回事儿。常人到底是常人,得跟着局势斟酌加减他们的诚意,变化他们的态度;这就不免沾上了些戏味。西方还有句话,“诚实是最好的政策”,“诚实”也只是态度;这似乎也是一句戏词儿。

论无话可说

十年前我写过诗；后来不写诗了，写散文；人中年以后，散文也不大写得出了——现在是，比散文还要"散"的无话可说！许多人苦于有话说不出，另有许多人苦于有话无处说；他们的苦还在话中，我这无话可说的苦却在话外。我觉得自己是一张枯叶，一张烂纸，在这个大时代里。

在别处说过，我的"忆的路"是"平如砥""直如矢"的；我永远不曾有过惊心动魄的生活，即使在别人想来最风华的少年时代。我的颜色永远是灰的。我的职业是三个教书；我的朋友永远是那么几个，我的女人永远是那么一个。有些人生活太丰富了，太复杂了，会忘记自己，看不清楚自己，我是什么时候都"了了玲玲地"知道，记住，自己是怎样简单的一个人。

但是为什么还会写出诗文呢？——虽然都是些废话。这是时代为之！十年前正是五四运动的时期，大伙儿蓬蓬勃勃的朝气，紧逼着我这个年轻的学生；于是乎跟着人家的脚印，也说说什么自然，什么人生。但这只是些范畴而已。我是个懒人，平心而论，又不曾遭过怎样了不得的逆境；既不深思力索，又未亲自体验，范畴终于只是范畴，此外也只是廉价的，新瓶里装旧酒的感伤。当时芝麻黄豆大的事，都不惜郑重地写出来，现在看看，苦笑而已。

先驱者告诉我们说自己的话。不幸这些自己往往是简单的，说来说去是那一套；终于说的听的都腻了。——我便是其中的一个。这些人自己其实并没有什么话，只是说些中外贤哲说过的和并世少年将说的话。真正有自己的话要说的是不多的几个人；因为真正一面生活一面吟味那生活的只有不多的几个人。一般人只是生活，按着不同的程度照例生活。

这点简单的意思也还是到中年才觉出的；少年时多少有些热气，想不到这里。中年人无论怎样不好，但看事看得清楚，看得开，却是可取的。这时候眼前没有雾，顶上没有云彩，有的只是自己的路。他负着经验的担子，一步步踏上这条无尽的然而实在的路。他回看少年人那些情感的玩意，觉得一种轻松的意味。他乐意分析他背上的经验，不止是少年时的那些;他不愿远远地捉摸,而愿剥开来细细地看。也知道剥开后便没了那跳跃着的力量,但他不在乎这个,他明白在冷静中有他所需要的。这时候他若偶然说话,决不会是感伤的或印象的,他要告诉你怎样走着他的路,不然就是,所剥开的是些什么玩意。但中年人是很胆小的;他听别人的话渐渐多了,说了的他不说,说得好的他不说。所以终于往往无话可说——特别是一个寻常的人像我。但沉默又是寻常的人所难堪的,我说苦在话外,以此。

中年人若还打着少年人的调子,——姑不论调子的好坏——原也未尝不可,只总觉"像煞有介事"。他要用很大的力量去写出那冒着热气或流着眼泪的话;一个神经敏锐的人对于这个是不容易忍耐的,无论在自己在别人。这好比上了年纪的太太小姐们还涂脂抹粉地到大庭广众里去卖弄一般,是殊可不必的了。

其实这些都可以说是废话,只要想一想咱们这年头。这年头要的是"代言人",而且将一切说话的都看作"代言人";压根儿就无所谓自己的话。这样一来,如我辈者,倒可以将从前狂妄之罪减轻,而现在是更无话可说了。

但近来在戴译《唯物史观的文学论》里看到,法国俗语"无话可说"竟与"一切皆好"同意。呜呼,这是多么损的一句话,对于我,对于我的时代!

1931 年 3 月。

论老实语

美国前国务卿贝尔纳斯退职后写了一本书，题为《老实话》。这本书中国已经有了不止一个译名，或作《美苏外交秘录》，或作《美苏外交内幕》，或作《美苏外交纪实》，“秘录”“内幕”和“纪实”都是“老实话”的意译。前不久笔者参加一个宴会，大家谈起贝尔纳斯的书，谈起这个书名。一个美国客人笑着说，“贝尔纳斯最不会说老实话！”大家也都一笑。贝尔纳斯的这本书是否说的全是“老实话”，暂时不论，他自题为《老实话》，以及中国的种种译名都含着“老实话”的意思，却可见无论中外，大家都在要求着“老实话”。贝尔纳斯自题这样一个书名，想来是表示他在做国务卿办外交的时候有许多话不便“老实说”，现在是自由了，无官一身轻了，不妨“老实说”了——原名直译该是《老实说》，还不是《老实话》。但是他现在真能自由的“老实说”，真肯那么的“老实说”吗？——那位美国客人的话是有他的理由的。

无论中外，也无论古今，大家都要求“老实话”，可见“老实话”是不容易听到见到的。大家在知识上要求真实，他们要知道事实，寻求真理。但是抽象的真理，打破沙缸问到底，有的说可知，有的说不可知，至今纷无定论，具体的事实却似乎或多或少总是可知的。况且照常识上看来，总是先有事后才有理，而在日常生活里所要应付的也都是些事，理就包含在其中，在应付事的时候，理往往是不自觉的。因此强调就落到了事实上。常听人说“我们要明白事实的真相”，既说“事实”，又说“真相”，叠床架屋，正是强调的表现。说出事实的真相，就是“实话”。买东西叫卖的人说“实价”，问口供叫犯人“从实招来”，都是要求“实话”。人与人如此，国与国也如此。有些时事评论家常说美苏两强若是能够肯老实说出两国的要求是些什么东西，再来商量，世界的局面也许能够明朗化。可是又有些评论家认为两强的话，特别是苏联方面的，说的已经够老实了，够明朗化了。的确，自从去年维辛斯基在联合国大会上指名提出了“战争贩子”以后，美苏两强的话是越来越老实了，但是明朗化似乎还未见其然。

人们为什么不能不肯说实话呢？归根结蒂，关键是在利害的冲突上。

自己说出实话,让别人知道自己的虚实,容易制自己。就是不然,让别人知道底细,也容易比自己抢先一着。在这个分配不公平的世界上,生活好像战争,往往是有你无我;因此各人都得藏着点儿自己,让人莫名其妙。于是乎钩心斗角,捉迷藏,大家在不安中猜疑着。向来有句老话,“知人知面不知心”,还有,“逢人只说三分话,未可全抛一片心”,这种处世的格言正是教人别说实话,少说实话,也正是暗示那利害的冲突。我有人无,我多人少,我强人弱,说实话恐怕人来占我的便宜,强的要越强,多的要越多,有的要越有。我无人有,我少人多,我弱人强,说实话也恐怕人欺我不中用;弱的想变强,少的想变多,无的想变有。人与人如此,国与国又何尝不如此!

说到战争。还有句老实话,“兵不厌诈”!真的交兵“不厌诈”,钩心斗角,捉迷藏,要花样,也正是个“不厌诈”!“不厌诈”,就是越诈越好,从不说实话少说实话大大的跨进了一步;于是乎模糊事实,夸张事实,歪曲事实,甚至于捏造事实!于是乎种种谎话,应有尽有,你想我是骗子,我想你是骗子。这种情形,中外古今大同小异,因为分配老是不公平,利害也老在冲突着。这样可也就更要求实话,老实话。老实话自然是有的,人们没有相当限度的互信,社会就不成其为社会了。但是实话总还太少,谎话总还太多,社会的和谐恐怕还远得很罢。不过谎话虽然多,全然出于捏造的却也少,因为不容易使人信。麻烦的是谎话里搀实话,实话里搀谎话——巧妙可也在这儿。日常的话多多少少是两搀的,人们的互信就建立在这种两搀的话上,人们的猜疑可也发生在这两搀的话上。即如贝尔纳斯自己标榜的“老实话”,他的同国的那位客人就怀疑他在用好名声骗人。我们这些常人谁能知道他的话老实或不老实到什么程度呢?

人们在情感上要求真诚,要求真心真意,要求开诚相见或诚恳的态度。他们要听“真话”,“真心话”,心坎儿上的,不是嘴边儿上的话。这也可以说是“老实话”。但是“心口如一”向来是难得的,“口是心非”恐怕大家有时都不免,读了奥尼尔的《奇异的插曲》就可恍然。“口蜜腹剑”却真成了小人。真话不一定关于事实,主要的是态度。可是,如前面引过的,“知人知面不知心”,不看什么人就掏出自己的心肝来,人家也许还嫌血腥气呢!所以交浅不能言深,大家一见面儿只谈天气,就是这个道理。所谓“推心置腹”,所谓“肺腑之谈”,总得是二三知己才成;若是泛泛之交,只能敷敷衍衍,客客气气,说一些不相干的门面话。这可也未必就是假的，虚伪的。他至少眼中有你。有些人一见面冷冰冰的，拉长了面孔，爱理人不理人的，可以算是“真”透了顶，可是那份儿过了火的“真”，有几个人受得住！本来彼此既不相知，或不深知，相干的话也无从说起，说了反容易出岔儿，乐得远远儿的，淡淡儿的，慢慢儿的，不过就是彼此深知，像夫妇之间，也未必处处可以说真话。“人心不同，各如其面”，一个人总有些不愿意叫别人知道的秘密，若是不顾忌着些个，怎样亲爱的也会碰钉子的。真话之难，就在这里。

真话虽然不一定关于事实，但是谎话一定不会是真话。假话却不一定就是谎话，有些甜言蜜语或客气话，说得过火，我们就认为假话，其实说话的人也许倒并不缺少爱慕与尊敬。存心骗人，别有作用，所谓“口蜜腹剑”的，自然当作别论。真话又是认真的话，玩话不能当作真话。将玩话当真话，往往闹别扭，即使在熟人甚至亲人之间。所以幽默感是可贵的。真话未必是好听的话，所谓“苦口良言”，“药石之言”，“忠言”，“直言”，往往是逆耳的，一片好心往往倒得罪了人。可是人们又要求“直言”，专制时代“直言极谏”是选用人才的一个科目，甚至现在算命看相的，也还在标榜“铁嘴”，表示直说，说的是真话，老实话。但是这种“直言”“直说”大概是不至于刺耳至少也不至于太刺耳的。又是“直言”，又不太刺耳，岂不两全其美吗！不过刺耳也许还可忍耐，刺心却最难宽恕；直说遭怨，直言遭忌，就为刺了别人的心——小之被人骂为“臭嘴”，大之可以杀身。所以不折不扣的“直言极谏”之臣，到底是寥寥可数的。直言刺耳，进而刺心，简直等于相骂，自然会叫人生气，甚至于翻脸。反过来，生了气或翻了脸，骂起人来，冲口而出，自然也多直言，真话，老实话。

人与人是如此，国与国在这里却不一样。国与国虽然也讲友谊，和人与人的友谊却不相当，亲谊更简直是没有。这中间没有爱，说不上“真心”，也说不上“真话”“真心话”。倒是不缺少客气话，所谓外交辞令；那只是礼尚往来，彼此表示尊敬而已。还有，就是条约的语言，以利害为主，有些是互惠，更多是偏惠，自然是弱小吃亏。这种条约倒是“实话”，所以有时得有秘密条款，有时更全然是密约。条约总说是双方同意的，即使只有一方是“欣然同意”。不经双方同意而对一方有所直言，或彼此相对直言，那就往往是谴责，也就等于相骂。像去年联合国大会以后的美苏两强，就是如此。话越说得老实，也就越尖锐化，当然，翻脸倒是还不至于的。这种老实话一方面也是宣传。照一般的意见，宣传决不会是老实话。

然而美苏两强互相谴责，其中的确有许多老实话，也的确有许多人信这一方或那一方，两大阵营对垒的形势因此也越见分明，世界也越见动荡。这正可见出宣传的力量。宣传也有各等各样。毫无事实的空头宣传，不用说没人信；有事实可也搀点儿谎，就有信的人。因为有事实就有自信，有自信就能多多少少说出些真话，所以教人信。自然，事实越多越分明，信的人也就越多。但是有宣传，也就有反宣传，反宣传意在打消宣传。判断当然还得凭事实。不过正反错综，一般人眼花缭乱，不胜其麻烦，就索性一句话抹杀，说一切宣传都是谎！可是宣传果然都是谎，宣传也就不会存在了，所以还当分别而论。即如贝尔纳斯将他的书自题为《老实说》，或《老实话》，那位美国客人就怀疑他在自我宣传；但是那本书总不能够全是谎罢？一个人也决不能够全靠撒谎而活下去，因为那么着他就掉在虚无里，就没了。

沉　默

沉默是一种处世哲学，用得好时，又是一种艺术。

谁都知道口是用来吃饭的，有人却说是用来接吻的。我说满没有错儿；但是若统计起来，口的最多的（也许不是最大的）用处，还应该是说话，我相信。按照时下流行的议论，说话大约也算是一种“宣传”，自我的宣传。所以说话彻头彻尾是为自己的事。若有人一口咬定是为别人，凭了种种神圣的名字；我却也愿意让步，请许我这样说：说话有时的确只是间接地为自己，而直接的算是为别人！

自己以外有别人，所以要说话；别人也有别人的自己，所以又要少说话或不说话。于是乎我们要懂得沉默。你若念过鲁迅先生的《祝福》，一定会立刻明白我的意思。

一般人见生人时，大抵会沉默的，但也有不少例外。常在火车轮船里，看见有些人迫不及待似的到处向人问询，攀谈，无论那是搭客或茶房，我只有羡慕这些人的健康；因为在中国这样旅行中，竟会不感觉一点儿疲倦！见生人的沉默，大约由于原始的恐惧，但是似乎也还有别的。假如这个生人的名字，你全然不熟悉，你所能做的工作，自然只是有意或无意的防御——像防御一个敌人。沉默便是最安全的防御战略。你不一定要他知道你，更不想让他发现你的可笑的地方——一个人总有些可笑的地方不是？——；你只让他尽量说他所要说的，若他是个爱说的人。末了你恭恭敬敬和他分别。假如这个生人，你愿意和他做朋友，你也还是得沉默。但是得留心听他的话，选出几处，加以简短的，相当的赞词；至少也得表示相当的同意。这就是知己的开场，或说起码的知己也可。假如这个人是你所敬仰的或未必敬仰的“大人物”，你记住，更不可不沉默！大人物的言语，乃至脸色眼光，都有异样的地方；你最好远远地坐着，让那些勇敢的同伴上前线去。——自然，我说的只是你偶然地遇着或随众访问大人物的时候。若你愿意专诚拜谒，你得另想办法；在我，那却是一件可怕的事。——你看看大人物与非大人物或大人物与大人物间谈话的情形，准可以满足，而不用从牙缝里迸出一个字。说话是一件费神的事；能少说或不说以及应少说或不说的时候，沉默实在是长寿之一道。至于自我宣传，诚哉重要——谁能不承认这是重要呢？——，但对于生人，这是白费的；他不会领略你宣传的旨趣，只暗笑你的宣传热；他会忘记得干干净净，在和你一鞠躬或一握手以后。

朋友和生人不同，就在他们能听也肯听你的说话——宣传。这不用说是交换的，但是就是交换的也好。他们在不同的程度下了解你，谅解你；他们对于你有了相当的趣味和礼貌。你的话满足他们的好奇心，他们就趣味地听着；你的话严重或悲哀，他们因为礼貌的缘故，也能暂时跟着你严重或悲哀。在后一种情形里，满足的是你；他们所真感到的怕倒是矜持的气氛。他们知道"应该"怎样做；这其实是一种牺牲，"应该"也"值得"感谢的。但是即使在知己的朋友面前，你的话也还不应该说得太多，同样的故事，情感和警句，隽语，也不宜重复的说。《祝福》就是一个好榜样。你应该相当的节制自己，不可妄想你的话占领朋友们整个的心——你自己的心，也不会让别人完全占领呀。你更应该知道怎样藏匿你自己。只有不可知，不可得的，才有人去追求；你若将所有的尽给了别人，你对于别人，对于世界，将没有丝毫意义，正和医学生实习解剖时用过的尸体一样。那时是不可思议的孤独，你将不能支持自己，而倾扑到无底的黑暗里去。一个情人常喜欢说："我愿意将所有的都献给你！"谁真知道他或她所有的是些什么呢？第一个说这句话的人，只是表示自己的慷慨，至多也只是表示一种理想；以后跟着说的，更只是"口头禅"而已。所以朋友间，甚至恋人间，沉默还是不可少的。你的话应该像黑夜的星星，不应该像除夕的爆竹——谁稀罕那彻宵的爆竹呢？而沉默有时更有诗意。譬如在下午，在黄昏，在深夜，在大而静的屋子里，短时的沉默，也许远胜于连续不断的倦怠了的谈话。有人称这种境界为"无言之美"，你瞧，多漂亮的名字！——至于所谓"拈花微笑"，那更了不起了！

可是沉默也有不行的时候。人多时你容易沉默下去，一主一客时，就不准行。你的过分沉默，也许把你的生客惹恼了，赶跑了！倘使你愿意赶他，当然很好；倘使你不愿意呢，你就得不时的让他喝茶，抽烟，看画片，读报，听话匣子，偶然也和他谈谈天气，时局——只是复述报纸的记载，加上几个不能解决的疑问——，总以引他说话为度。于是你点点头，哼哼鼻子，时而叹叹气，听着。他说完了，你再给起个头，照样的听着。但是我的朋友遇见过一个生客，他是一位准大人物，因某种礼貌关系去看我的朋友。他坐下时，将两手拢起，搁在桌上。说了几句话，就止住了，两眼炯炯地直看着我的朋友。我的朋友窘极了，好容易陆陆续续地找出一句半句话来敷衍。这自然也是沉默的一种用法，是上司对属僚保持威严用的。用在一般交际里，未免太露骨了；而在上述的情形中，不为主人留一些余地，更属无礼。大人物以及准大人物之可怕，正在此等处。至于应付的方法，其实倒也有，那还是沉默；只消照样拢了手，和他对看起来，他大约也就无可奈何了吧？

不知道

世间有的是以不知为知的人。孔子老早就教人"知之为知之,不知为不知,是知也。"这是知识的诚实。知道自己的不知道,已经难,承认自己的不知道,更是难。一般人在知识上总爱表示自己知道,至少不愿意叫人家知道自己不知道。苏格拉底也早看出这个毛病,他可总是盘问人家,直到那些人承认不知道而止。他是为真理。那些受他盘问的人,让他一层层逼下去,到了儿无可奈何,才只得承认自己不知道;但凡有一点儿躲闪的地步,这班人一定还要强词夺理,不肯轻易吐出"不知道"那句话的。在知识上肯坦白的承认自己不知道的,是个了不得的人,即使不是圣人,也该是君子人。知道自己的不知道,并且让人家知道自己的不知道,这是诚实,是勇敢。孔子说"是知也",这个不知道其实是真知道——至少真知道自己,所谓自知之明。

世间可也有以不知为妙的人。《庄子·齐物论》记着:

> 啮缺问乎王倪曰,"子知物之所同是乎?"曰,"吾恶乎知之!""子知子之所不知邪?"曰,"吾恶知之!""然则物无知邪?"曰,"吾恶乎知之!虽然,尝试言之,庸讵知吾所谓知之非不知邪?庸讵知吾所谓不知之非知邪?……"

三问而三不知。最后啮缺问道,"子不知利害,则至人固不知利害乎?"王倪的回答是,至人神妙不测,还有什么利害呢!他虽然似乎知道至人,可是并不知道至人知道不知道利害,所以还是一个不知。所以《应帝王》里说,"啮缺问于王倪,四问而四不知,啮缺因跃而大喜。"庄学反对知识,王倪才会说知也许是不知,不知也许是知——再进一层说,那神妙不测的境界简直是个不可知。王倪的四个不知道使啮缺恍然悟到了那境界,所以他"跃而大喜"。这是不知道的妙处,知道了妙处就没有了。《桃花源》里人"不知有汉,无论魏晋"。太上隐者"山中无历日,寒尽不知年",人与自然为一,也是个不知道的妙。

人情上也有以不知道为妙的。章回小说叙到一位英雄落难,正在难解难分的生死关头,突然打住道,“不知英雄性命如何,且听下回分解。”这叫做“卖关子”。作书的或“说话的”明知道那英雄的性命如何,“看官”或听书的也明知道他知道,他却卖痴卖呆的装作不知道,愣说不知道。他知道大家关心,急着要知道,却偏偏且不说出,让大家更担心,更着急,这才更不能不去听他的看他的。妙就妙在这儿。再说少男少女未结婚的已结婚的提到他们的爱人或伴儿,往往只秃头说一个“他”或“她”字。你若问他或她是谁,那说话的会赌气似的答你,“不知道!”赌气似的是为你明知故问,害羞带撒娇可是一大半儿。孩子在赌气的时候,你问什么,他往往会给你一个“不知道!”专心的时候也会如此。就是不赌气不专心的时候,你若问到他忌讳或瞒人的话,他还会给你那个“不知道!”而且会赌起气来,至少也会赌气似的。孩子们总还是天真,他的不知道就是天真的妙。这些个不知道其实是“不告诉你!”或“不理你!”或“我管不着!”

有些脾气不好的成人,在脾气发作的时候也会像孩子似的,问什么都不知道。特别是你弄坏了他的东西或事情向他商量怎么办的时候,他的第一句答话往往是重重的或冷冷的一个“不知道!”这儿说的还是和你平等的人,若是他高一等,那自然更够受的。——孩子遇见这种情形,大概会哭闹一场,可是哭了闹了就完事,倒不像成人会放在心里的。——这个“不知道!”其实是“不高兴说给你!”成人也有在专心的时候问什么都不知道的,那是所谓忘性儿大的人,不太多,而且往往是一半儿忘,一半儿装。忌讳的或瞒人的话,成人的比孩子的多而复杂,不过临到人家问着,他大概会用轻轻的一个“不知道”遮掩过去;他不至于动声色,为的是动了声色反露出马脚。至于像“你这个人真是,不知道利害!”还有,“咳,不知道得多少钱才够我花的!”这儿的不知道却一半儿认真,一半闹着玩儿。认真是真不知道,因为谁能知道呢?你可以说:“天知道你这个人多利害!”“鬼知道得多少钱才够我花的!”还是一样的语气。“天知道”,“鬼知道”,明明没有人知道。既然明明没有人知道,还要说“不知道”,不是费话?闹着玩儿?闹着玩可并非没有意义,这个不知道其实是为了加重语气,为了强调“你这个人多利害”,“得多少钱才够我花的”那两句话。

世间可也有成心以知为不知的,这是世故或策略。俗语道,“一问三不知”,就指的这种世故人。他事事怕惹是非,担责任,所以老是给你一个不知道。他不知道,他没有说什么,闹出了大小错儿是你们的,牵不到他身上去。这个可以说是“明哲保身”的不知道。老师在教室里问学生的书,学生回答“不知道”。也许他懒,没有看书,答不出;也许他看了书,还弄不清楚,想着答错了还不如回一个不知道,老师倒可以多原谅些。后一个不知道便是策略。五四运动的时候,北平有些学生被警察厅逮去送到法院。学生会请刘崇佑律师作辩护人。刘先生教那些学生到法院受讯的时候,对于审判官的问话如果不知道怎样回答才好,或者怕出了岔儿,就干脆说一个“不知道”。真的,你说“不知道”,人家抓不着你的把柄,派不着你的错处。从前用刑讯,即使真不知道,也可以逼得你说“知道”,现在的审判官却只能盘问你,用话套你,逼你,或诱你,说出你知道的。你如果小心提防着,多说些个“不知道”,审判官也没法奈何你。这个不知道更显然是策略。不过这策略的运用还在乎人。老辣的审判官在一大堆废话里夹带上一两句要紧话,让你提防不着,也许你会漏出一两个知道来,就定了案,那时候你所有的不知道就都变成废物了。

最需要“不知道”这策略的,是政府人员在回答新闻记者的问话的时候。记者若是提出不能发表或不便发表的内政外交问题来,政府发言人在平常的情形之下总得答话,可是又着不得一点儿边际,所以有些左右为难。固然他有时也可以“默不作声”,有时也可以老实答道,“不能奉告”或“不便奉告”;但是这么办得发言人的身份高或问题的性质特别严重才成,不然便不免得罪人。在平常的情形之下,发言人可以只说“不知道”,既得体,又比较婉转。

这个不知道其实是“无可奉告”,比“不能奉告”或“不便奉告”语气略觉轻些。至于发言人究竟是知道,是不知道,那是另一回事儿,可以不论。现代需用这一个不知道的机会很多,每回的局面却不完全一样。发言人斟酌当下的局面,有时将这句话略加变化,说得更婉转些,也更有趣些,教那些记者不至于窘着走开去。这也可以说是新的人情世故,这种新的人情世故也许比老的还要来得微妙些。

这个“不知道”的变化,有时只看得出一个“不”字。例如说,“未获得续到报告之前,不能讨论此事”,其实就是“现在无可奉告”的意思。前年9月20日,美国赫尔国务卿接见记者时,“某记者问,外传美国远东战队已奉令集中菲律宾之加维特之说是否属实。赫尔答称,‘微君言，余固不知此事。"'从现在看，赫尔的话大概是真的，不过在当时似乎只是一句幽默的辞令，他的"不知"似乎只是策略而已。去年8月罗斯福总统和丘吉尔首相在大西洋上会晤，华盛顿6日国际社电——"海军当局宣称：当局接得总统所发波多马克号游艇来电，内称游艇现正沿海岸缓缓前进；电讯中并未提及总统将赴海上某地与英首相会晤。"这是一般的宣告，因为当时全世界都在关心这件事。但是宣告里只说了些闲话，紧要关头却用"电讯中并未提及"一句遮掩过去，跟没有说一样。还有，威尔基去年从英国回去，参议员克拉克问他，"威尔基先生，你在周游英伦时，英国希望美国派舰护送军备，你有些知道吗？"威尔基答道，"我想不起有人表示过这样的愿望。""想不起"比"不知道"活动得多；参议员不是新闻记者，威尔基不能不更婉转些，更谨慎些——，可是结果也还是一个"无可奉告"。

这个不知道有时甚至会变成知道，不过知道的都是些似相干又似不相干的事儿，你摸不着头脑，还是一般无二。前年10月8日华盛顿国际社电，说罗斯福总统"恐亚洲局势因滇缅路重开而将发生突变"，"日来屡与空军作战部长史塔克，海军舰队总司令李却逊，及前海军作战部长现充国防顾问李海等三巨头会商。总统并于接见记者时称，彼等会谈时仅研究地图而已云云。""仅研究地图而已"是答应了"知道"，但是这样轻描淡写的，还是"不知道"的比"知道"的多。去年5月，澳总理孟席尔到美国去，谒见罗斯福总统，"会谈一小时之久。后孟氏对记者称：吾人仅对数项事件，加以讨论，吾人实已经行地球一周，结果极令人振奋云。澳驻美公使加赛旋亦对记者称，澳总理与总统所商谈者为古今与将来之事件。""经行地球一周"，"古今与将来之事件"，"知道"的圈儿越大，圈儿里"不知道"的就越多。

这个不知道还会变成"他知道"。去年8月27日华盛顿合众社电，说记者"问总统对于野村大使所谓日美政策之睽隔必须弥缝，有何感想。总统避不作答，仅谓现已有人以此事询诸赫尔国务卿矣。"已经有人去问赫尔国务卿，国务卿知道，总统就不必作答了。去年5月16日华盛顿合众社电，说罗斯福总统今日接见记者，说"美国过去曾两次不宣而战，第一次系北非巴巴拉之海盗，曾于1883年企图封锁地中海上美国之航行。第二次美将派海军至印度，以保护美国商业，打击英、法、西之海盗。""记者询以'今日亦有巴巴拉海盗式之人物乎？'总统称，'请诸君自己判断可也。'""诸君自己判断",你们自己知道,总统也就不必作答了。"他知道"或"你知道",还用发言人的"我"说什么呢?——这种种的变形,有些虽面目全非,细心吟味,却都从那一个不知道脱胎换骨,不过很微妙就是了。发言人临机应变,尽可层出不穷,但是百变不离其宗;这个不知道也算是神而明之的了。

论东西

中国读书人向来不大在乎东西。“家徒四壁”不失为书生本色，做了官得“两袖清风”才算好官；爱积聚东西的只是俗人和贪吏，大家是看不起的。这种不在乎东西可以叫做清德。至于像《世说新语》里记的：

王恭从会稽还，王大看之，见其坐六尺簟，因语恭，“卿东来，故应有此物。可以一领及我。”恭无言。大去后，即举所坐者送之。即无余席，便坐荐上。后大闻之，甚惊曰，“吾本谓卿多，故求耳。”对曰，“丈人不悉恭，恭作人无长物。”

“作人无长物”也是不在乎东西，不过这却是达观了。后来人常说“身外之物，何足计较！”一类话，也是这种达观的表现，只是在另一角度下。不为物累，才是自由人，“清”是从道德方面看，“达”是从哲学方面看，清是不浊，达是不俗，是雅。

读书人也有在乎东西的时候，他们有的有收藏癖。收藏的可只是书籍，字画，古玩，邮票之类。这些人爱逛逛书店，逛逛旧货铺，地摊儿，积少也可成多，但是不能成为大收藏家。大收藏家总得沾点官气或商气才成。大收藏家可认真的在乎东西，书生的爱美的收藏家多少带点儿游戏三昧。——他们随时将收藏的东西公诸同好，有时也送给知音的人，并不严封密裹，留着“子孙永宝用”。这些东西都不是实用品，这些爱美的收藏家也还不失为雅癖。日常的实用品，读书人是向来不在乎也不屑在乎的。事实上他们倒也短不了什么，一般的说，吃的穿的总有的。吃的穿的有了，别的短点儿也就没什么了。这些人可老是舍不得添置日用品，因此常跟太太们闹别扭。而在搬家或上路的时候，太太们老是要多带东西，他们老是要多丢东西，更会大费唇舌——虽然事实上是太太胜利的多。

现在读书人可也认真的在乎东西了，而且连实用品都一视同仁了。这两年东西实在涨得太快，电兔儿都追不上，一般读书人吃的穿的渐渐没把握；他们虽然还在勉力保持清德，但是那种达观却只好暂时搁在一边儿了。于是乎谈烟，谈酒，更开始谈柴米油盐布。这儿是第一回，先生们和太太们谈到一路上去了。酒不喝了，烟越抽越坏，越抽越少，而且在打主意戒了——将来收藏起烟斗烟嘴儿当古玩看。柴米油盐布老在想法子多收藏点儿，少消费点儿。什么都爱惜着，真做到了“一粥一饭当思来处不易”。这些人不但不再是痴聋的阿家翁，而且简直变成克家的令子了。那爱美的雅癖，不用说也得暂时的搁在一边儿。这些人除了职业的努力以外，就只在柴米油盐布里兜圈子，好像可怜见儿的。其实倒也不然。他们有那一把清骨头，够自己骄傲的。再说柴米油盐布里也未尝没趣味，特别是在现在这时候。例如，今天忽然知道了油盐有公卖处，便宜那么多；今天知道了王老板家的花生油比张老板的每斤少五毛钱；今天知道柴涨了，幸而昨天买了三百斤收藏着。这些消息都可以，人带着胜利的微笑回家。这是挣扎，可也是消遣不是？能够在柴米油盐布里找着消遣的是有福的。在另一角度下，这也是达观或雅癖哪。

读书人大概不乐意也没本事改行，他们很少会摇身一变成为囤积居奇的买卖人的。他们现在虽然也爱惜东西，可是更爱惜自己；他们爱惜东西，其实也只能爱惜自己的。他们不用说爱惜自己需要的柴米油盐布，还有就只是自己箱儿笼儿里一些旧东西，书籍呀，衣服呀，什么的。这些东西跟着他们在自己的中国里流转了好多地方，几个年头，可是他们本人一向也许并不怎样在意这些旧东西，更不会跟它们亲热过一下子。可是东西越来越贵了，而且有的越来越少了，他们这才打开自己的箱笼细看，嘿！多么可爱呀，还存着这么多东西哪！于是乎一样样拿起来端详，越端详越有意思，越有劲儿，像多年不见的老朋友似的，不知道怎样亲热才好。有了这些，得闲儿就去摩挲一番，尽抵得上逛旧货铺，地摊儿，也尽抵得上喝一回好酒，抽几支好烟的。再说自己看自己原也跟别人看自己一般，压根儿是穷光蛋一个；这一来且不管别人如何，自己确是觉得富有了。瞧，寄售所，拍卖行，有的是，暴发户的买主有的是，今天拿去卖点儿，明天拿去卖点儿，总该可以贴补点儿吃的穿的。等卖光了，抗战胜利的日子也就到了，那时候这些读书人该是老脾气了，那时候他们会这样想，“一些身外之物算什么哪，又都是破烂儿！咱们还是等着逛书店，旧货铺，地摊儿罢。”

论做作

做作就是“佯”,就是“乔”,也就是“装”。苏北方言有“装佯”的话,“乔装”更是人人皆知。旧小说里女扮男装的乔装,那需要许多做作。难在装得像。只看坤角儿扮须生的,像的有几个?何况做戏还只在戏台上装,一到后台就可以照自己的样儿,而女扮男装却得成天儿到处那么看!侦探小说里的侦探也常在乔装,装得像也不易,可是自在得多。不过——难也罢,易也罢,人反正有时候得装。其实你细看,不但“有时候”,人简直就爱点儿装。“三分模样七分装”是说女人,男人也短不了装,不过不大在模样上罢了。装得像难,装得可爱更难;一番努力往往只落得个“矫揉造作”!所以“装”常常不是一个好名儿。

“一个做好,一个做歹”,小呢逼你出些码头钱,大呢就得让你去做那些不体面的尴尬事儿。这已成了老套子,随处可以看见。那做好的是装做好,那做歹的也装得格外歹些;一松一紧的拉住你,会弄得你啼笑皆非。这一套儿做作够受的。贫和富也可以装。贫寒人怕人小看他,家里尽管有一顿没一顿的,还得穿起好衣服在街上走,说话也满装着阔气,什么都不在乎似的。——所谓“苏空头”。其实“空头”也不止苏州有。——有钱人却又怕人家打他的主意,开口闭口说穷,他能特地去当点儿什么,拿当票给人家看。这都怪可怜见的。还有一些人,人面前老爱论诗文,谈学问,仿佛天生他一副雅骨头。装斯文其实不能算坏,只是未免“雅得这样俗”罢了。

有能耐的人,有权位的人有时不免“装模作样”,“装腔作势”。马上可以答应的,却得“考虑考虑”;直接可以答应的,却让你绕上几个大弯儿。论地位也只是“上不在天,下不在田”,而见客就不起身,只点点头儿,答话只喉咙里哼一两声儿。谁教你求他,他就是这么着!——“笑骂由他笑骂,好官儿什么的我自为之!”话说回来,拿身份,摆架子有时也并非全无道理。老爷太太在仆人面前打情骂俏,总不大像样,可不是得装着点儿?可是,得恰到分际,“过犹不及”。总之别忘了自己是谁!别尽拣高枝爬,一失脚会摔下来的。老想着些自己,谁都装着点儿,也就不觉得谁在装。所谓“装模作样”，“装腔作势”，却是特别在装别人的模样，别人的腔和势！为了抬举自己，装别人；装不像别人，又不成其为自己，也怪可怜见的。

“不痴不聋，不作阿姑阿翁”，有些事大概还是装聋作哑的好。倒不是怕担责任，更不是存着什么坏心眼儿。有些事是阿姑阿翁该问的，值得问的，自然得问；有些是无需他们问的，或值不得他们问的，若不痴不聋，事必躬亲，阿姑阿翁会做不成，至少也会不成其为阿姑阿翁。记得哪儿说过美国一家大公司经理，面前八个电话，每天忙累不堪，另一家经理，室内没有电话，倒是从容不迫的。这后一位经理该是能够装聋作哑的人。“不闻不问”，有时候该是一句好话；“充耳不闻”，“闭目无睹”，也许可以作“无为而治”的一个注脚。其实无为多半也是装出来的。至于装作不知，那更是现代政治家外交家的惯技，报纸上随时看得见。——他们却还得钩心斗角的“做姿态”，大概不装不称其为政治家外交家罢？

装欢笑，装悲泣，装嗔，装恨，装惊慌，装镇静，都很难；固然难在像，有时还难在不像而不失自然。“小心赔笑”也许能得当局的青睐，但是旁观者在恶心。可是“强颜为欢”，有心人却领会那欢颜里的一丝苦味。假意虚情的哭泣，像旧小说里妓女向客人那样，尽管一把眼泪一把鼻涕的，也只能引起读者的微笑。——倒是那“忍泪佯低面”，教人老大不忍。佯嗔薄怒是女人的“作态”，作得恰好是爱娇，所以《乔醋》是一折好戏。爱极翻成恨，尽管“恨得人牙痒痒的”，可是还不失为爱到极处。“假意惊慌”似乎是旧小说的常语，事实上那“假意”往往露出马脚。镇静更不易，秦舞阳心上有气脸就铁青，怎么也装不成，荆轲的事，一半儿败在他的脸上。淝水之战谢安装得够镇静的，可是不觉得意忘形摔折了屐齿。所以一个人喜怒不形于色，真够一辈子半辈子装的。

《乔醋》是戏，其实凡装，凡做作，多少都带点儿戏味——有喜剧，有悲剧。孩子们爱说“假装”这个，“假装”那个，戏味儿最厚。他们认真“假装”，可是悲喜一场，到头儿无所为。成人也都认真的装，戏味儿却淡薄得多；戏是无所为的，至少扮戏中人的可以说是无所为，而人们的做作常常是有所为的。所以戏台上装得像的多，人世间装得像的少。戏台上装得像就有叫好儿的，人世间即使装得像，逗人爱也难。逗人爱的大概是比较的少有所为或只消极的有所为的。前面那些例子，值得我们吟味，而装痴装傻也许是值得重提的一个例子。

作阿姑阿翁得装几分痴，这装是消极的有所为；“金殿装疯”也有所为，就是积极的。历来才人名士和学者，往往带几分傻气。那傻气多少有点儿装，而从一方面看，那装似乎不大有所为，至多也只是消极的有所为。陶渊明的“我醉欲眠卿且去”说是率真，是自然；可是看魏晋人的行径，能说他不带着几分装？不过装得像，装得自然罢了。阮嗣宗大醉六十日，逃脱了和司马昭做亲家，可不也一半儿醉一半儿装？他正是“喜怒不形于色”的人，而有一向当时人多说他痴，他大概是颇能做作的罢？

装睡装醉都只是装糊涂。睡了自然不说话，醉了也多半不说话——就是说话，也尽可以装疯装傻的，给他个驴头不对马嘴。郑板桥最能懂得装糊涂，他那“难得糊涂”一个警句，真喝破了千古聪明人的秘密。还有善忘也往往是装傻，装糊涂；省麻烦最好自然是多忘记，而“忘怀”又正是一件雅事儿。到此为止，装傻，装糊涂似乎是能以逗人爱的；才人名士和学者之所以成为才人名士和学者，至少有几分就仗着他们那不大在乎的装劲儿能以逗人爱好。可是这些人也良莠不齐，魏晋名士颇有仗着装糊涂自私自利的。这就“在乎”了，有所为了，这就不再可爱了。在四川话里装糊涂称为“装疯迷窍”，北平话却带笑带骂的说“装蒜”，“装孙子”，可见民众是不大赏识这一套的——他们倒是下的稳着儿。

论 气 节

气节是我国固有的道德标准，现代还用着这个标准来衡量人们的行为，主要的是所谓读书人或士人的立身处世之道。但这似乎只在中年一代如此，青年一代倒像不大理会这种传统的标准，他们在用着正在建立的新的标准，也可以叫做新的尺度。中年一代一般的接受这传统，青年一代却不理会它，这种脱节的现象是这种变的时代或动乱时代常有的。因此就引不起什么讨论。直到近年，冯雪峰先生才将这标准这传统作为问题提出，加以分析和批判：这是在他的《乡风与市风》那本杂文集里。

冯先生指出"士节"的两种典型：一是忠臣，一是清高之士。他说后者往往因为脱离了现实，成为"为节而节"的虚无主义者，结果往往会变了节。他却又说"士节"是对人生的一种坚定的态度，是个人意志独立的表现。因此也可以成就接近人民的叛逆者或革命家，但是这种人物的造就或完成，只有在后来的时代，例如，我们的时代。冯先生的分析，笔者大体同意；对这个问题笔者近来也常常加以思索，现在写出自己的一些意见，也许可以补充冯先生所没有说到的。

气和节似乎原是两个各自独立的意念。《左传》上有"一鼓作气"的话，是说战斗的。后来所谓"士气"就是这个气，也就是"斗志"；这个"士"指的是武士。孟子提倡的"浩然之气"，似乎就是这个气的转变与扩充。他说"至大至刚"，说"养勇"，都是带有战斗性的。"浩然之气"是"集义所生"，"义"就是"有理"或"公道"。后来所谓"义气"，意思要狭隘些，可也算是"浩然之气"的分支。现在我们常说的"正义感"，虽然特别强调现实，似乎也还可以算是跟"浩然之气"联系着的。至于文天祥所歌咏的"正气"更显然跟"浩然之气"一脉相承。不过在笔者看来两者却并不完全相同，文氏似乎在强调那消极的节。

节的意念也在先秦时代就有了，《左传》里有"圣达节，次守节，下失节"的话。古代注重礼乐，乐的精神是"和"，礼的精神是"节"。礼乐是贵族生活的手段，也可以说是目的。他们要定等级，明分际，要有稳固的社会秩序，所以要"节"，但是他们要统治，要上统下，所以也要"和"。礼以

“节”为主，可也得跟“和”配合着；乐以“和”为主，可也得跟“节”配合着。节跟和是相反相成的。明白了这个道理，我们可以说所谓“圣达节”等等的“节”，是从礼乐里引申出来成了行为的标准或做人的标准；而这个节其实也就是传统的“中道”。按说“和”也是中道，不同的是“和”重在合，“节”重在分；重在分所以重在不犯不乱，这就带上消极性了。

向来论气节的，大概总从东汉末年的党祸起头。那是所谓处士横议的时代。在野的士人纷纷的批评和攻击宦官们的贪污政治，中心似乎在太学。这些在野的士人虽然没有严密的组织，却已经在联合起来，并且博得了人民的同情。宦官们害怕了，于是乎逮捕拘禁那些领导人。这就是所谓“党锢”或“钩党”，“钩”是“钩连”的意思。从这两个名称上可以见出这是一种群众的力量。那时逃亡的党人，家家愿意收容着，所谓“望门投止”，也可以见出人民的态度，这种党人，大家尊为气节之士。气是敢作敢为，节是有所不为——有所不为也就是不合作。这敢作敢为是以集体的力量为基础的，跟孟子的“浩然之气”与世俗所谓“义气”只注重领导者的个人不一样。后来宋朝几千大学生请愿罢免奸臣，以及明朝东林党的攻击宦官，都是集体行动，也都是气节的表现。但是这种表现里似乎积极的“气”更重于消极的“节”。

在专制时代的种种社会条件之下，集体的行动是不容易表现的，于是士人的立身处世就偏向了“节”这个标准。在朝的要做忠臣。这种忠节或是表现在冒犯君主尊严的直谏上，有时因此牺牲性命；或是表现在不做新朝的官甚至以身殉国上。忠而至于死，那是忠而又烈了。在野的要做清高之士，这种人表示不愿和在朝的人合作，因而游离于现实之外；或者更逃避到山林之中，那就是隐逸之士了。这两种节，忠节与高节，都是个人的消极的表现。忠节至多造就一些失败的英雄，高节更只能造就一些明哲保身的自了汉，甚至于一些虚无主义者。原来气是动的，可以变化。我们常说志气，志是心之所向，可以在四方，可以在千里，志和气是配合着的。节却是静的，不变的；所以要“守节”，要不“失节”。有时候节甚至于是死的，死的节跟活的现实脱了榫，于是乎自命清高的人结果变了节，冯雪峰先生论到周作人，就是眼前的例子。从统治阶级的立场看，“忠言逆耳利于行”，忠臣到底是卫护着这个阶级的，而清高之士消纳了叛逆者，也是有利于这个阶级的。所以宋朝人说“饿死事小，失节事大”，原先说的是女人，后来也用来说士人，这正是统治阶级代言人的口气，但是也表示着到了那时代士的个人地位的增高和责任的加重。

“士”或称为“读书人”，是统治阶级最下层的单位，并非“帮闲”。他们的利害跟君相是共同的，在朝固然如此，在野也未尝不如此。固然在野的处士可以不受君臣名分的束缚，可以“不事王侯，高尚其事”，但是他们得吃饭，这饭恐怕还得靠农民耕给他们吃，而这些农民大概是属于他们做官的祖宗的遗产的。“躬耕”往往是一句门面话，就是偶然有个把真正躬耕的如陶渊明，精神上或意识形态上也还是在负着天下兴亡之责的士，陶的《述酒》等诗就是证据。可见处士虽然有时横议，那只是自家人吵嘴闹架，他们生活的基础一般的主要的还是在农民的劳动上，跟君主与在朝的大夫并无两样，而一般的主要的意识形态，彼此也是一致的。

然而士终于变质了，这可以说是到了民国时代才显著。从清朝末年开设学校，教员和学生渐渐加多，他们渐渐各自形成一个集团；其中有不少的人参加革新运动或革命运动，而大多数也倾向着这两种运动。这已是重气于节了。等到民国成立，理论上人民是主人，事实上是军阀争权。这时代的教员和学生意识着自己的主人身份，游离了统治的军阀；他们是在野，可是由于军阀政治的腐败，却渐渐获得了一种领导的地位。他们虽然还不能和民众打成一片，但是已经在渐渐地接近民众。五四运动划出了一个新时代。自由主义建筑在自由职业和社会分工的基础上。教员是自由职业者，不是官，也不是候补的官。学生也可以选择多元的职业，不是只有做官一路。他们于是从统治阶级独立，不再是“士”或所谓“读书人”，而变成了“知识分子”，集体的就是“知识阶级”。残余的“士”或“读书人”自然也还有，不过只是些残余罢了。这种变质是中国现代化的过程的一段，而中国的知识阶级在这过程中也曾尽了并且还在想尽他们的义务，跟这时代世界上别处的知识阶级一样，也分享着他们一般的运命。若用气节的标准来衡量，这些知识分子或这个知识阶级开头是气重于节，到了现在却又似乎是节重于气了。

知识阶级开头凭着集团的力量勇猛直前，打倒种种传统，那时候是敢作敢为一股气。可是这个集团并不大，在中国尤其如此，力量到底有限，而与民众打成一片又不容易，于是碰到集中的武力，甚至加上外来的压力，就抵挡不住。而一方面广大的民众抬头要饭吃，他们也没法满足这些饥饿的民众。他们于是失去了领导的地位，逗留在这夹缝中间，渐渐感觉着不自由，闹了个“四大金刚悬空八只脚”。他们于是只能保守着自己，这也算是节吧；也想缓缓地落下地去，可是气不足，得等着瞧。可是这里的是偏于中年一代。青年一代的知识分子却不如此，他们无视传统的“气节”，特别是那种消极的“节”，替代的是“正义感”，接着“正义感”的是“行动”，其实“正义感”是合并了“气”和“节”，“行动”还是“气”。这是他们的新的做人的尺度。等到这个尺度成为标准，知识阶级大概是还要变质的吧？

论标语口号

许多人讨厌标语口号，笔者也是一个。可是从北伐到现在二十多年了，标语口号一直流行着；虽然小有盛衰，可是一直流行着。现在标语口号是显然又盛起来了。这值得我们想想，为什么会如此呢？是一般人爱起哄吗？还是标语口号的确有用，非用不可呢？

标语口号的办法虽然是外来的，然而在我们的文化传统里也未尝没有根据。我们说“登高一呼，群山四应”，说“大声疾呼”，说“振聋发聩”，都指先知先觉或志士仁人而言，近代又说“唤醒人民”“唤起民众”，更强调了人民或民众。这里的“呼”和“唤”，正是一种口号，为的是“振聋发聩”，是“群山四应”（这是一个比喻，就是众人四应），是人民的觉醒与起来。这“呼”和“唤”是一种领导作用，领导着人们行动，向着某一些目的。这是由上而下的。《孟子》引《尚书》的《汤誓篇》，说夏桀的时候，人民怨恨那暴政，喊出“时日害丧，予及汝皆亡！”孟子说“民欲与之皆亡”，是不错的。用现在的话，就是“太阳啊，你灭亡吧！我们一块儿灭亡吧！”这是反抗的口号，是由下而上的。

我们向来没有“标语”这个名称，但是有格言，有名言。格言常常用作修养的标准，就是为学与做人的标准，如“一寸光阴一寸金”（抗战期中“一滴汽油一滴血”的标语就是套的这个调子）之类。“名言”这个名称是笔者暂定的，指的是“饿死事小，失节事大”乃到“天下兴亡，匹夫有责”这一类的话；这些话常常用作批评的标准，就是论人论事的标准。格言偏重个人的修养，名言的作用似乎广泛些，所以另给加上这个“名言”的名目。格言也罢，名言也罢，作用其实都在指示人们行动，向着某一些目的。现在的标语也正是如此；格言常常写来贴在墙上，更和标语近些。但是格言和名言似乎都只是由上而下的。封建时代在下的农民地位是那么低，知识是那么浅，他们的话难得见于记载，更不必提入“格”和成“名”了，没有他们的份儿，也是自然的。

然而先知先觉或志士仁人是寥寥可数的；就是近代，说清末吧，在做唤醒或唤起人民的工作的也还不算多。一方面格言名言都经过相当的时间的淘汰，才见出分量，也就不会太多，更重要的是，这一切都拿一个个的人做对象。“群山四应”是一个峰一个峰也就是一个人一个人在那儿应，“唤醒”或“唤起”的，是一个个的人民或民众的一个个人，总之还没有明朗的集体的意念。现代标语口号却以集体为主，集体的贴标语喊口号，拿更大的集体来做对象。不但要唤醒集体的人群或民众起来行动，并且要帮助他们组织起来。标语口号往往就是这种集体运动的纲领。集体的力量渐渐发展，广大的下层民众也渐渐有了地位。标语口号有些是代他们说的，也未尝没有他们自己说的。于是乎标语口号多起来了，也就不免滥起来了。

集体的力量的表现，往往不免骚动或动乱，足以打搅多少时间的平静，而对于个人，这种力量又往往是一种压迫，足以妨碍自由。知识分子一般是爱平静爱自由的个人主义者，一时自然不容易接受这种表现，因此对目见耳闻的标语口号就不免厌烦起来。再说格言和名言是理智的结晶，作用在“渐”，标语口号多而且滥，以激动情感为主，作用在“顿”，跟所谓“登高一呼”“大声疾呼”也许相近些。冷静惯了的知识分子不免觉得这是起哄，这是叫嚣，这是符咒，这是语文的魔术。然而这里正见出了标语口号的力量。人们要求生存，要求吃饭，怎么能单怪他们起哄或叫嚣呢？“符咒”也罢，“魔术”也罢，只要有效，只要能以达到人们的要求，达成人们的目的，也未尝不好。况且标语口号是有意义可解的，跟符咒和魔术的全凭迷信的究竟不同。古语说“口诛笔伐”，口和笔本来可以用来做战斗的武器，标语口号正是战斗的武器啊。

但是标语口号既然多而且滥，就不免落套子，就不免公式化，因此让人们觉得没分量，不值钱。公式化足以麻痹集体的力量，但是在集体的表现里，这也是不可免的。这个需要有经验的领导，有经验的宣传家来指示、来帮助。标语口号虽然要激动情感，可是标语口号的提出和制造，不该只是情感的爆发，该让理智控制着。标语口号要简单直截，如“打倒军阀”“打倒帝国主义”“抗战到底”乃到现在流行的“我们要吃饭等”。这些还有一层好处，就是贴出也成，喊出也成。真简截的标语口号，该都可以两用。但是像“饥饿事大，读书事小”这标语，虽然不宜于喊出，因为太文了，不够直截，可是套了“饿死事小，失节事大”那句过了时的名言，一面讽刺了道学家，一面强调了饥饿的现实性，也足以让知识分子大家仔细想想。

标语口号用在战斗当中，有现实性是必然的；但是由于认识的足够与否，表达出来的现实性也有多有少。不过标语口号有些时候竟用来装点门面，在当事人随意的写写叫叫，只图个好看好听。其实这种不由衷的语句，这种口是心非的呼声，终于是不会有人去看去听的；看了听了也只是个讨厌。古人说“修辞立其诚”，标语口号要发生领导群众的作用，众目所视，众手所指，有一丝一毫的不诚都是遮掩不住的。大家最讨厌的其实就这种已经失掉标语口号性的标语口号，却往往连累了别种标语口号，也不分皂白的讨厌起来，这是不公道的。我们这些知识分子现在虽然还未必能够完全接受标语口号这办法，但是标语口号有它们存在的理由，我们是该去求了解的。

论不满现状

那一个时代事实上总有许许多多不满现状的人。现代以前，这些人怎样对付他们的“不满”呢？在老百姓是怨命，怨世道，怨年头。年头就是时代，世道由于气数，都是机械的必然；主要的还是命，自己的命不好，才生在这个世道里，这个年头上，怪谁呢！命也是机械的必然。这可以说是“怨天”，是一种定命论。命定了吃苦头，只好吃苦头，不吃也得吃。读书人固然也怨命，可是强调那“时世日非”“人心不古”的慨叹，好像“人心不古”才“时世日非”的。这可以说是“怨天”而兼“尤人”，主要的是“尤人”。人心为什么会不古呢？原故是不行仁政，不施德教，也就是贤者不在位，统治者不好。这是一种唯心的人治论。可是贤者为什么不在位呢？人们也只会说“天实为之！”这就又归到定命论了。可是读书人比老百姓强，他们可以做隐士，啸傲山林，让老百姓养着；固然没有富贵荣华，却不至于吃着老百姓吃的那些苦头。做隐士可以说是不和统治者合作，也可以说是扔下不管。所谓“穷则独善其身”，一般就是这个意思。既然“独善其身”，自然就管不着别人死活和天下兴亡了。于是老百姓不满现状而忍下去，读书人不满现状而避开去，结局是维持现状，让统治者稳坐江山。

但是读书人也要“达则兼善天下”。从前时代这种“达”就是“得君行道”；真能得君行道，当然要多多少少改变那自己不满别人也不满的现状。可是所谓别人，还是些读书人；改变现状要以增加他们的利益为主，老百姓只能沾些光，甚至于只担个名儿。若是太多照顾到老百姓，分了读书人的利益，读书人会得更加不满，起来阻挠改变现状；他们这时候是宁可维持现状的。宋朝王安石变法，引起了大反动，就是个显明的例子。有些读书人虽然不能得君行道，可是一辈子憧憬着有这么一天。到了既穷且老，眼看着不会有这么一天了，他们也要著书立说，希望后世还可以有那么一天，行他们的道，改变改变那不满人意的现状。但是后世太渺茫了，自然还是自己来办的好，那怕只改变一点儿，甚至于只改变自己的地位，也是好的。况且能够著书立说的究竟不太多；著书立说诚然渺茫，还是一条出路，连这个也不能，那一腔子不满向哪儿发泄呢！于是乎有了失志之士或失意之士。这种读书人往往不择手段，只求达到目的。政府不用他们，他们就去依附权门，依附地方政权，依附割据政权，甚至于和反叛政府的人合作；极端的甚至于甘心去做汉奸，像刘豫、张邦昌那些人。这种失意的人往往只看到自己或自己的一群的富贵荣华，没有原则，只求改变，甚至于只求破坏——他们好浑水捞鱼。这种人往往少有才，挑拨离间，诡计多端，可是得依附某种权力，才能发生作用，他们只能做俗话说的"军师"。统治者却又讨厌又怕这种人，他们是捣乱鬼！但是可能成为这种人的似乎越来越多，又杀不尽，于是只好给些闲差，给些干薪，来绥靖他们，吊着他们的口味。这叫做"养士"，为的正是维持现状，稳坐江山。

然而老百姓的忍耐性，这里面包括韧性和惰性，虽然很大，却也有个限度。"狗急跳墙"，何况是人！到了现状坏到怎么吃苦还是活不下去的时候，人心浮动，也就是情绪高涨，老百姓本能的不顾一切的起来了，他们要打破现状。他们不知道怎样改变现状，可是一股子劲先打破了它再说，想着打破了总有希望些。这种局势，规模小的叫"民变"，大的就是"造反"。农民是主力，他们有他们自己的领导人。在历史上这种"民变"或"造反"并不少，但是大部分都给暂时的压下去了，统治阶级的史官往往只轻描淡写的带几句，甚至于削去不书，所以看来好像天下常常太平似的。然而汉明两代都是农民打出来的天下，老百姓的力量其实是不可轻视的。不过汉明两代虽然是老百姓自己打出来的，结局却依然是一家一姓稳坐江山；而这家人坐了江山，早就失掉了农民的面目，倒去跟读书人一鼻孔出气。老百姓出了一番力，所得的似乎不多。是打破了现状，可又复原了现状，改变是很少的。至于权臣用篡弑，军阀靠武力，夺了政权，换了朝代，那改变大概是更少了罢。

过去的时代以私人为中心，自己为中心，读书人如此，老百姓也如此。所以老百姓打出来的天下还是归于一家一姓，落到读书人的老套里。从前虽然也常说"众擎易举"，"众怒难犯"，也常说"爱众"，"得众"，然而主要的是"一人有庆，万众赖之"的，"天与人归"的政治局势，那"众"其实是"一盘散沙"而已。现在这时代可改变了。不论叫"群众"，"公众"，"民众"，"大众"，这个"众"的确已经表现一种力量；这种力量从前固然也潜在着，但是非常微弱，现在却强大起来，渐渐足以和统治阶级对抗了，而且还要一天比一天强大。大家在内忧外患里增加了知识和经验，知道了"团结就是力量"，他们渐渐地扬弃那机械的定命论，也渐渐在扬弃那唯心的人治论。一方面读书人也渐渐和统治阶级拆伙，变质为知识阶级。他们已经不能够找到一个角落去不闻理乱的隐居避世，又不屑做也幸而已经没有地方去做“军师”。他们又不甘心做那被人“养着”的“士”，而知识分子又已经太多，事实上也无法“养”着这么大量的“士”。他们只有凭自己的技能和工作来“养”着自己。早些年他们还可以暂时躲在所谓象牙塔里。到了现在这年头，象牙塔下已经变成了十字街，而且这塔已经开始在拆卸了。于是乎他们恐怕只有走出来，走到人群里。大家一同苦闷在这活不下去的现状之中。如果这不满人意的现状老不改变，大家恐怕忍不住要联合起来动手打破它的。重要的是打破之后改变成什么样子？这真是个空前的危疑震撼的局势，我们得提高警觉来应付的。

1947 年 12 月。

游　记

一九二三年八月的一晚，我和平伯同游秦淮河；平伯是初泛，我是重来了。我们雇了一只“七板子”……

桨声灯影里的秦淮河

一九二三年八月的一晚，我和平伯同游秦淮河；平伯是初泛，我是重来了。我们雇了一只“七板子”，在夕阳已去，皎月方来的时候，便下了

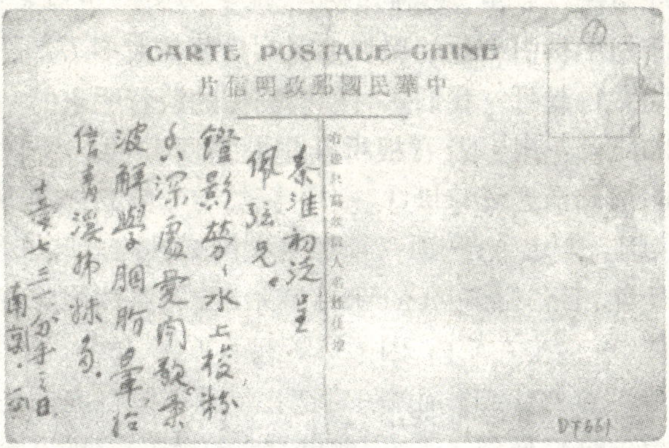

俞平伯初泛秦淮时赠给朱自清的明信片。上为明信片背面——秦淮夫子庙风景；下为俞平伯亲笔题诗

船。于是桨声汩——汩，我们开始领略那晃荡着蔷薇色的历史的秦淮河的滋味了。

秦淮河里的船，比北京万生园，颐和园的船好，比西湖的船好，比扬州瘦西湖的船也好。这几处的船不是觉着笨，就是觉着简陋、局促；都不能

引起乘客们的情韵，如秦淮河的船一样。秦淮河的船约略可分为两种：一是大船；一是小船，就是所谓“七板子”。大船舱口阔大，可容二三十人。里面陈设着字画和光洁的红木家具，桌上一律嵌着冰凉的大理石面。窗格雕镂颇细，使人起柔腻之感。窗格里映着红色蓝色的玻璃；玻璃上有精致的花纹，也颇悦人目。“七板子”规模虽不及大船，但那淡蓝色的阑干，空敞的舱，也足系人情思。而最出色处却在它的舱前。舱前是甲板上的一部，上面有弧形的顶，两边用疏疏的栏干支着。里面通常放着两张藤的躺椅。躺下，可以谈天，可以望远，可以顾盼两岸的河房。大船上也有这个，便在小船上更觉清隽罢了。舱前的顶下，一律悬着灯彩；灯的多少，明暗，彩苏的精粗，艳晦，是不一的，但好歹总还你一个灯彩。这灯彩实在是最能勾人的东西。夜幕垂垂地下来时，大小船上都点起灯火。从两重玻璃里映出那辐射着的黄黄的散光，反晕出一片朦胧的烟霭；透过这烟霭，在黯黯的水波里，又逗起缕缕的明漪。在这薄霭和微漪里，听着那悠然的间歇的桨声，谁能不被引入他的美梦去呢？只愁梦太多了，这些大小船儿如何载得起呀？我们这时模模糊糊的谈着明末的秦淮河的艳迹，如《桃花扇》及《板桥杂记》里所载的。我们真神往了。我们仿佛亲见那时华灯映水，画舫凌波的光景了。于是我们的船便成了历史的重载了。我们终于恍然秦淮河的船所以雅丽过于他处，而又有奇异的吸引力的，实在是许多历史的影像使然了。

秦淮河的水是碧阴阴的；看起来厚而不腻，或者是六朝金粉所凝么？我们初上船的时候，天色还未断黑，那漾漾的柔波是这样的恬静，委婉，使我们一面有水阔天空之想，一面又憧憬着纸醉金迷之境了。等到灯火明时，阴阴的变为沉沉了：黯淡的水光，像梦一般；那偶然闪烁着的光芒，就是梦的眼睛了。我们坐在舱前，因了那隆起的顶棚，仿佛总是昂着首向前走着似的；于是飘飘然如御风而行的我们，看着那些自在的湾泊着的船，船里走马灯般的人物，便像是下界一般，迢迢的远了，又像在雾里看花，尽朦朦胧胧的。这时我们已过了利涉桥，望见东关头了。沿路听见断续的歌声：有从沿河的妓楼飘来的，有从河上船里渡来的。我们明知那些歌声，只是些因袭的言辞，从生涩的歌喉里机械的发出来的；但它们经了夏夜的微风的吹漾和水波的摇拂，袅娜着到我们耳边的时候，已经不单是她们的歌声，而混着微风和河水的密语了。于是我们不得不被牵惹着，震撼着，相与浮沉于这歌声里了。从东关头转弯，不久就到大中桥。大中桥共有三个桥拱,都很阔大,俨然是三座门儿;使我们觉得我们的船和船里的我们,在桥下过去时,真是太无颜色了。桥砖是深褐色,表明它的历史的长久;但都完好无缺,令人太息于古昔工程的坚美。桥上两旁都是木壁的房子,中间应该有街路。这些房子都破旧了,多年烟熏的迹,遮没了当年的美丽。我想象秦淮河的极盛时,在这样宏阔的桥上,特地盖了房子,必然是髹漆得富富丽丽的;晚间必然是灯火通明的。现在却只剩下一片黑沉沉!但是桥上造着房子,毕竟使我们多少可以想见往日的繁华;这也慰情聊胜无了。过了大中桥,便到了灯月交辉,笙歌彻夜的秦淮河;这才是秦淮河的真面目哩。

大中桥外,顿然空阔,和桥内两岸排着密密的人家的大异了。一眼望去,疏疏的林,淡淡的月,衬着蓝蔚的天,颇像荒江野渡光景;那边呢,郁葱葱的,阴森森的,又似乎藏着无边的黑暗:令人几乎不信那是繁华的秦淮河了。但是河中眩晕着的灯光,纵横着的画舫,悠扬着的笛韵,夹着那吱吱的胡琴声,终于使我们认识绿如茵陈酒的秦淮水了。此地天裸露着的多些,故觉夜来的独迟些;从清清的水影里,我们感到的只是薄薄的夜——这正是秦淮河的夜。大中桥外,本来还有一座复成桥,是船夫口中的我们的游踪尽处,或也是秦淮河繁华的尽处了。我的脚曾踏过复成桥的脊,在十三四岁的时候。但是两次游秦淮河,却都不曾见着复成桥的面;明知总在前途的,却常觉得有些虚无缥缈似的。我想,不见倒也好。这时正是盛夏。我们下船后,借着新生的晚凉和河上的微风,暑气已渐渐消散;到了此地,豁然开朗,身子顿然轻了——习习的清风荏苒在面上,手上,衣上,这便又感到了一缕新凉了。南京的日光,大概没有杭州猛烈;西湖的夏夜老是热蓬蓬的,水像沸着一般,秦淮河的水却尽是这样冷冷地绿着。任你人影的憧憧,歌声的扰扰,总像隔着一层薄薄的绿纱面幂似的;它尽是这样静静的,冷冷的绿着。我们出了大中桥,走不上半里路,船夫便将船划到一旁,停了桨由它宕着。他以为那里正是繁华的极点,再过去就是荒凉了;所以让我们多多赏鉴一会儿。他自己却静静的蹲着。他是看惯这光景的了,大约只是一个无可无不可。这无可无不可,无论是升的沉的,总之,都比我们高了。

那时河里热闹极了;船大半泊着,小半在水上穿梭似的来往。停泊着的都在近市的那一边,我们的船自然也夹在其中。因为这边略略的挤,便觉得那边十分的疏了。在每一只船从那边过去时,我们能画出它的轻轻的影和曲曲的波，在我们的心上；这显着是空，且显着是静了。那时处处都是歌声和凄厉的胡琴声，圆润的喉咙，确乎是很少的。但那生涩的，尖脆的调子能使人有少年的，粗率不拘的感觉，也正可快我们的意。况且多少隔开些儿听着，因为想象与渴慕的做美，总觉更有滋味；而竞发的喧嚣，抑扬的不齐，远近的杂沓，和乐器的嘈嘈切切，合成另一意味的谐音，也使我们无所适从，如随着大风而走。这实在因为我们的心枯涩久了，变为脆弱；故偶然润泽一下，便疯狂似的不能自主了。但秦淮河确也腻人。即如船里的人面，无论是和我们一堆儿泊着的，无论是从我们眼前过去的，总是模模糊糊的，甚至渺渺茫茫的；任你张圆了眼睛，揩净了眦垢，也是枉然。这真够人想呢。在我们停泊的地方，灯光原是纷然的；不过这些灯光都是黄而有晕的。黄已经不能明了，再加上了晕，便更不成了。灯愈多，晕就愈甚；在繁星般的黄的交错里，秦淮河仿佛笼上了一团光雾。光芒与雾气腾腾的晕着，什么都只剩了轮廓了；所以人面的详细的曲线，便消失于我们的眼底了。但灯光究竟夺不了那边的月色；灯光是浑的，月色是清的，在浑沌的灯光里，渗入了一派清辉，却真是奇迹！那晚月儿已瘦削了两三分。她晚妆才罢，盈盈的上了柳梢头。天是蓝得可爱，仿佛一汪水似的；月儿便更出落得精神了。岸上原有三株两株的垂杨树，淡淡的影子，在水里摇曳着。它们那柔细的枝条浴着月光，就像一支支美人的臂膊，交互的缠着，挽着；又像是月儿披着的发。而月儿偶然也从它们的交叉处偷偷窥看我们，大有小姑娘怕羞的样子。岸上另有几株不知名的老树，光光的立着；在月光里照起来，却又俨然是精神矍铄的老人。远处——快到天际线了，才有一两片白云，亮得现出异彩，像美丽的贝壳一般。白云下便是黑黑的一带轮廓；是一条随意画的不规则的曲线。这一段光景，和河中的风味大异了。但灯与月竟能并存着，交融着，使月成了缠绵的月，灯射着渺渺的灵辉；这正是天之所以厚秦淮河，也正是天之所以厚我们了。

这时却遇着了难解的纠纷。秦淮河上原有一种歌妓，是以歌为业的。从前都在茶舫上，唱些大曲之类。每日午后一时起；什么时候止，却忘记了。晚上照样也有一回，也在黄晕的灯光里。我从前过南京时，曾随着朋友去听过两次。因为茶舫里的人脸太多了，觉得不大适意，终于听不出所以然。前年听说歌妓被取缔了，不知怎的，颇涉想了几次——却想不出什么。这次到南京，先到茶舫上去看看，觉得颇是寂寥，令我无端的怅怅了。不料她们却仍在秦淮河里挣扎着，不料她们竟会纠缠到我们，我于是很张皇了。她们也乘着“七板子”，她们总是坐在舱前的。舱前点着石油汽灯，光亮炫人眼目：坐在下面的，自然是纤毫毕现了——引诱客人们的力量，也便在此了。舱里躲着乐工等人，映着汽灯的余辉蠕动着；他们是永远不被注意的。每船的歌妓大约都是二人；天色一黑，她们的船就在大中桥外往来不息的兜生意。无论行着的船，泊着的船，都要来兜揽的。这都是我后来推想出来的。那晚不知怎样，忽然轮着我们的船了。我们的船好好的停着，一只歌舫划向我们来的；渐渐和我们的船并着了。铄铄的灯光逼得我们皱起了眉头；我们的风尘色全给它托出了，这使我踧踖不安了。那时一个伙计跨过船来，拿着摊开的歌折，就近塞向我的手里，说，“点几出吧！”他跨过来的时候，我们船上似乎有许多眼光跟着。同时相近的别的船上也似乎有许多眼睛炯炯的向我们船上看着。我真窘了！我也装出大方的样子，向歌妓们瞥了一眼，但究竟是不成的！我勉强将那歌折翻了一翻，却不曾看清了几个字；便赶紧递还那伙计，一面不好意思地说，“不要，我们……不要。”他便塞给平伯。平伯掉转头去，摇手说，“不要！”那人还腻着不走。平伯又回过脸来，摇着头道，“不要！”于是那人重到我处。我窘着再拒绝了他。他这才有所不屑似的走了。我的心立刻放下，如释了重负一般。我们就开始自白了。

我说我受了道德律的压迫，拒绝了她们；心里似乎很抱歉的。这所谓抱歉，一面对于她们，一面对于我自己。她们于我们虽然没有很奢的希望；但总有些希望的。我们拒绝了她们，无论理由如何充足，却使她们的希望受了伤；这总有几分不做美了。这是我觉得很怅怅的。至于我自己，更有一种不足之感。我这时被四面的歌声诱惑了，降服了；但是远远的，远远的歌声总仿佛隔着重衣搔痒似的，越搔越搔不着痒处。我于是憧憬着贴耳的妙音了。在歌舫划来时，我的憧憬，变为盼望；我固执的盼望着，有如饥渴。虽然从浅薄的经验里，也能够推知，那贴耳的歌声，将剥去了一切的美妙；但一个平常的人像我的，谁愿凭了理性之力去丑化未来呢？我宁愿自己骗着了。不过我的社会感性是很敏锐的；我的思力能拆穿道德律的西洋镜，而我的感情却终于被它压服着，我于是有所顾忌了，尤其是在众目昭彰的时候。道德律的力，本来是民众赋予的；在民众的面前，自然更显出它的威严了。我这时一面盼望，一面却感到了两重的禁制：一，在通俗的意义上，接近妓者总算一种不正当的行为；二，妓是一种不健全的职业，我们对于她们，应有哀矜勿喜之心，不应赏玩的去听她们的歌。

在众目睽睽之下，这两种思想在我心里最为旺盛。她们暂时压倒了我的听歌的盼望，这便成就了我的灰色的拒绝。那时的心实在异常状态中，觉得颇是昏乱。歌舫去了，暂时宁静之后，我的思绪又如潮涌了。两个相反的意思在我心头往复：卖歌和卖淫不同，听歌和狎妓不同，又干道德甚事？——但是，但是，她们既被逼的以歌为业，她们的歌必无艺术味的；况她们的身世，我们究竟该同情的。所以拒绝倒也是正办。但这些意思终于不曾撇开我的听歌的盼望。它力量异常坚强；它总想将别的思绪踏在脚下。从这重重的争斗里，我感到了浓厚的不足之感。这不足之感使我的心盘旋不安，起坐都不安宁了。唉！我承认我是一个自私的人！平伯呢，却与我不同。他引周启明先生的诗，"因为我有妻子，所以我爱一切的女人，因为我有子女，所以我爱一切的孩子。"他的意思可以见了。他因为推及的同情，爱着那些歌妓，并且尊重着她们，所以拒绝了她们。在这种情形下，他自然以为听歌是对于她们的一种侮辱。但他也是想听歌的，虽然不和我一样，所以在他的心中，当然也有一番小小的争斗；争斗的结果，是同情胜了。至于道德律，在他是没有什么的；因为他很有蔑视一切的倾向，民众的力量在他是不大觉着的。这时他的心意的活动比较简单，又比较松弱，故事后还怡然自若；我却不能了。这里平伯又比我高了。

在我们谈话中间，又来了两只歌舫。伙计照前一样的请我们点戏，我们照前一样的拒绝了。我受了三次窘，心里的不安更甚了。清艳的夜景也为之减色。船夫大约因为要赶第二趟生意，催着我们回去；我们无可无不可的答应了。我们渐渐和那些晕黄的灯光远了，只有些月色冷清清的随着我们的归舟。我们的船竟没个伴儿，秦淮河的夜正长哩！到大中桥近处，才遇着一只来船。这是一只载妓的板船，黑漆漆的没有一点光。船头上坐着一个妓女；暗里看出，白地小花的衫子，黑的下衣。她手里拉着胡琴，口里唱着青衫的调子。她唱得响亮而圆转；当她的船箭一般驶过去时，余音还袅袅的在我们耳际，使我们倾听而向往。想不到在弩末的游踪里，还能领略到这样的清歌！这时船过大中桥了，森森的水影，如黑暗张着巨口，要将我们的船吞了下去，我们回顾那渺渺的黄光，不胜依恋之情；我们感到了寂寞了！这一段地方夜色甚浓，又有两头的灯火招邀着；桥外的灯火不用说了，过了桥另有东关头疏疏的灯火。我们忽然仰头看见依人的素月，不觉深悔归来之早了！走过东关头，有一两只大船弯泊着，又有几只船向我们来着。嚣嚣的一阵歌声人语，仿佛笑我们无伴的孤舟哩。

东关头转湾，河上的夜色更浓了；临水的妓楼上，时时从帘缝里射出一线一线的灯光；仿佛黑暗从酣睡里眨了一眨眼。我们默然的对着，静听那汩——汩的桨声，几乎要入睡了；朦胧里却温寻着适才的繁华的余味。我那不安的心在静里愈显活跃了！这时我们都有了不足之感，而我的更其浓厚。我们却只不愿回去，于是只能由懊悔而怅惘了。船里便满载着怅惘了。直到利涉桥下，微微嘈杂的人声，才使我豁然一惊；那光景却又不同。右岸的河房里，都大开了窗户，里面亮着晃晃的电灯，电灯的光射到水上，蜿蜒曲折，闪闪不息，正如跳舞着的仙女的臂膊。我们的船已在她的臂膊里了；如睡在摇篮里一样，倦了的我们便又入梦了。那电灯下的人物，只觉像蚂蚁一般，更不去萦念。这是最后的梦；可惜是最短的梦！黑暗重复落在我们面前，我们看见傍岸的空船上一星两星的，枯燥无力又摇摇不定的灯光。我们的梦醒了，我们知道就要上岸了；我们心里充满了幻灭的情思。

1923 年 10 月 11 日作完，于温州。

旅行杂记

这次中华教育改进社在南京开第三届年会，我也想观观光；故“不远千里”的从浙江赶到上海，决于七月二日附赴会诸公的车尾而行。

一　殷勤的招待

七月二日正是浙江与上海的社员乘车赴会的日子。在上海这样大车站里，多了几十个改进社社员，原也不一定能够显出甚么异样；但我却觉得确乎是不同了，“一时之盛”的光景，在车站的一角上，是显然可见的。这是在茶点室的左边；那里丛着一群人，正在向两位特派的招待员接洽。壁上贴着一张黄色的磅纸，写着龙蛇飞舞的字：“二等四元□，三等二元□。”两位招待员开始执行职务了；这时已是六点四十分，离开车还有二十分钟了。招待员所应做的第一大事，自然是买车票。买车票是大家都会的，买半票却非由他们二位来“优待”一下不可。“优待”可真不是容易的事！他们实行“优待”的时候，要向每个人取名片，票价，——还得找钱。他们往还于茶点室和售票处之间，少说些，足有二十次！他们手里拿着一叠名片和钞票洋钱；眼睛总是张望着前面，仿佛遗失了什么，急急寻觅一样；面部筋肉平板地紧张着；手和足的运动都像不是他们自己的。好容易费了二虎之力，居然买了几张票，凭着名片分发了。每次分发时，各位候补人都一拥而上。等到得不着票子，便不免有了三三两两的怨声了。那两位招待员买票事大，却也顾不得这些。可是钟走得真快，不觉七点还欠五分了。这时票子还有许多人没买着，大家都着急；而招待员竟不出来！有的人急忙寻着他们，情愿取回了钱，自买全票；有的向他们顿足舞手的责备着。他们却只是忙着照名片退钱，一言不发。——真好性儿！于是大家三步并作两步，自己去买票子；这一挤非同小可！我除照付票价外，还出了一身大汗，才弄到一张三等车票。这时候对两位招待员的怨声真载道了：“这样的饭桶！”“真饭桶！”“早做什么事的？”“六点钟就来了，还是自己买票，冤不冤！”我猜想这时候两位招待员的耳朵该有些儿热了。

其实我倒能原谅他们，无论招待的成绩如何，他们的眼睛和腿总算忙得可以了，这也总算是殷勤了；他们也可以对得起改进社了，改进社也可以对得起他们的社员了。——上车后，车就开了；有人问，“两个饭桶来了没有?”“没有吧!”车是开了。

二　“躬逢其盛”

七月二日的晚上，花了约莫一点钟的时间，才在大会注册组买了一张旁听的标识。这个标识很不漂亮，但颇有实用。七月三日早晨的年会开幕大典，我得躬逢其盛，全靠着它呢。

七月三日的早晨，大雨倾盆而下。这次大典在中正街公共讲演厅举行。该厅离我所住的地方有六七里路远；但我终于冒了狂风暴雨，乘了黄包车赴会。在这一点上，我的热心决不下于社员诸君的。

到了会场门首，早已停着许多汽车，马车；我知道这确乎是大典了。走进会场，坐定细看，一切都很从容，似乎离开会的时间还远得很呢！——虽然规定的时间已经到了。楼上正中是女宾席，似乎很是寥寥；两旁都是军警席——正和楼下的两旁一样。一个黑色的警察，间着一个灰色的兵士，静默的立着。他们大概不是来听讲的，因为既没有赛磁的社员徽章，又没有和我一样的旁听标识，而且也没有真正的“席”——座位。（我所谓“军警席”，是就实际而言，当时场中并无此项名义，合行声明。）听说督军省长都要“驾临”该场；他们原是保卫“两长”来的，他们原是监视我们来的，好一个武装的会场！

那时“两长”未到，盛会还未开场；我们忽然要做学生了！一位教员风的女士走上台来，像一道光闪在听众的眼前；她请大家练习《尽力中华》歌。大家茫然的立起，跟着她唱。但“出其不意，攻其不备，”有些人不敢高唱，有些人竟唱不出。所以唱完的时候，她温和地笑着向大家说：“这回太低了，等等再唱一回。”她轻轻的鞠了躬，走了。等了一等，她果然又来了。说完“一——二——三——四”之后，《尽力中华》的歌声果然很响地起来了。她将左手插在腰间，右手上下的挥着，表示节拍；挥手的时候，腰部以上也随着微微的向左右倾侧，显出极为柔软的曲线；她的头略略偏右仰着，嘴唇轻轻的动着，嘴唇以上，尽是微笑。唱完时，她仍笑着说，“好些了，等等再唱。”再唱的时候，她拍着两手，发出清脆的响，其余和前回一样。唱完,她立刻又"一——二——三——四"的要大家唱。大家似乎很惊愕,似乎她真看得大家和学生一样了;但是半秒钟的惊愕与不耐以后,终于又唱起来了——自然有一部分人,因疲倦而休息。于是大家的临时的学生时代告终。不一会,场中忽然纷扰,大家的视线都集中在东北角上;这是齐督军,韩省长来了,开会的时间真到了!

空空的讲坛上,这时竟济济一台了。正中有三张椅子,两旁各有一排椅子。正中的三人是齐爕元,韩国钧,另有一个西装少年;后来他演说,才知是"高督办"——就是讳"恩洪"的了——的代表。这三人端坐在台的正中,使我联想到大雄宝殿上的三尊佛像;他们虽坦然的坐着,我却无端的为他们"惶恐"着。——于是开会了,照着秩序单进行。详细的情形,有各报记述可看,毋庸在下再来饶舌。现在单表齐爕元,韩国钧和东南大学校长郭秉文博士的高论。齐爕元究竟是督军兼巡阅使,他的声音是加倍的宏亮;那时场中也特别肃静——齐爕元究竟与众不同呀!他咬字眼儿真咬得清白;他的话是"字本位",是一个字一个字吐出来的。字与字间的时距,我不能指明,只觉比普通人说话延长罢了;最令我惊异而且焦躁的,是有几句说完之后。那时我总以为第二句应该开始了,岂知一等不来,二等不至,三等不到;他是在唱歌呢,这儿碰着全休止符了!等到三等等完,四拍拍毕,第二句的第一个字才姗姗的来了。这其间至少有一分钟;要用主观的计时法,简直可说足有五分钟!说来说去,究竟他说的是什么呢?我恭恭敬敬的答道:半篇八股!他用拆字法将"中华教育改进社"一题拆为四段:先做"教育"二字,是为第一股;次做"教育改进",是为第二股;"中华教育改进"是第三股;加上"社"字,是第四股。层层递进,如他由督军而升巡阅使一样。齐爕元本是廪贡生,这类文章本是他的拿手戏;只因时代维新,不免也要改良一番,才好应世;八股只剩了四股,大约便是为此了。最教我不忘记的,是他说完后的那一鞠躬。那一鞠躬真是与众不同,鞠下去时,上半身全与讲桌平行,我们只看见他一头的黑发;他然后慢慢的立起退下。这其间费了普通人三个一鞠躬的时间,是的的确确的。接着便是韩国钧了。他有一篇改进社开会词,是开会前已分发了的。里面曾有一节,论及现在学风的不良,颇有痛心疾首之概。我很想听听他的高见。但他却不曾照本宣扬,他这时另有一番说话。他也经过了许多时间;但不知是我的精神不济,还是另有原因,我毫没有领会他的意思。只有煞尾的时候,他提高了喉咙,我也竖起了耳朵,这才听见他的警句了。他说:“现在政治上南北是不统一的。今天到会诸君,却南北都有,同以研究教育为职志,毫无畛域之见。可见统一是要靠文化的,不能靠武力!”这最后一句话确是漂亮,赢得如雷的掌声和许多轻微的赞叹。他便在掌声里退下。这时我们所注意的,是在他肘腋之旁的齐燮元;可惜我眼睛不佳,不能看到他面部的变化,因而他的心情也不能详说:这是很遗憾的。于是——是我行文的“于是”,不是事实的“于是”,请注意——来了郭秉文博士。他说,我只记得他说,“青年的思想应稳健,正确。”旁边有一位告诉我说:“这是齐燮元的话。”但我却发现了,这也是韩国钧的话,便是开会辞里所说的。究竟是谁的话呢?或者是“英雄所见,大略相同”么?这却要请问郭博士自己了。但我不能明白:什么思想才算正确和稳健呢?郭博士的演说里不曾下注脚,我也只好终于莫测高深了。

还有一事,不可不记。在那些点缀会场的警察中,有一个瘦长的,始终笔直的站着,几乎不曾移过一步,真像石像一般,有着可怕的静默。我最佩服他那昂着的头和垂着的手;那天真苦了他们三位了!另有一个警官,也颇可观。他那肥硕的身体,凸出的肚皮,老是背着的双手,和那微微仰起的下巴,高高翘着的仁丹胡子,以及胸前累累挂着的徽章——那天场中,这后两件是他所独有的——都显出他的身份和骄傲。他在楼下左旁往来的徘徊着,似乎在督率着他的部下。我不能忘记他。

三 第三人称

七月□日,正式开会。社员全体大会外,便是许多分组会议。我们知道全体大会不过是那么回事,值得注意的是后者。我因为也忝然的做了国文教师,便决然无疑地投到国语教学组旁听。不幸听了一次,便生了病,不能再去。那一次所议的是“采用他,她,牠案”(大意如此,原文忘记了);足足议了两个半钟头,才算不解决地解决了。这次讨论,总算详细已极,无微不至;在讨论时,很有几位英雄,舌本翻澜,妙绪环涌,使得我茅塞顿开,摇头佩服。这不可以不记。

其实我第一先应该佩服提案的人!在现在大家已经“采用”“他,她,牠”的时候,他才从容不迫地提出了这件议案,真可算得老成持重,“不敢为天下先”,确遵老子遗训的了。在我们礼仪之邦,无论何处,时间先生总是要先请一步的;所以这件议案不因为他的从容而被忽视,反因为他的从容而被尊崇，这就是所谓“让德”。且看当日之情形，谁不兴高而采烈？便可见该议案的号召之力了。本来呢，“新文学”里的第三人称代名词也太分歧了！既“她”“伊”之互用，又“牠”“它”之不同，更有“佢”“彼”之流，窜跳其间；于是乎乌烟瘴气，一塌糊涂！提案人虽只为辨“性”起见，但指定的三字，皆属于也字系统，俨然有正名之意。将来“也”字系统若竟成为正统，那开创之功一定要归于提案人的。提案人有如彼的力量，如此的见解，怎不教人佩服？

讨论的中心点是在女人，就是在“她”字。“人”让他站着，“牛”也让它站着；所饶不过的是“女”人，就是“她”字旁边立着的那“女”人！于是辩论开始了。一位教师说，“据我的‘经验’，女学生总不喜欢‘她’字——男人的‘他’，只标一个‘人’字旁，女子的‘她’，却特别标一个‘女’字旁，表明是个女人；这是她们所不平的！我发出的讲义，上面的‘他’字，她们常常要将‘人’字旁改成‘男’字旁，可以见她们报复的意思了。”大家听了，都微微笑着，像很有味似的。另一位却起来驳道，“我也在女学堂教书，却没有这种情形！”海格尔的定律不错，调和派来了，他说，“这本来有两派：用文言的欢喜用‘伊’字，如周作人先生便是；用白话的欢喜用‘她’字，‘伊’字用的少些；其实两个字都是一样的。”“用文言的欢喜用‘伊’字，”这句话却有意思！文言里间或有“伊”字看见，这是真理；但若说那些“伊”都是女人，那却不免委屈了许多男人！周作人先生提倡用“伊”字也是实，但只是用在白话里；我可保证，他决不曾有什么“用文言”的话！而且若是主张“伊”字用于文言，那和主张人有两只手一样，何必周先生来提倡呢？于是又冤枉了周先生！——调和终于无效，一位女教师立起来了。大家都倾耳以待，因为这是她们的切身问题，必有一番精当之论！她说话快极了，我听到的警句只是，“历来加‘女’字旁的字都是不好的字；‘她’字是用不得的！”一位“他”立刻驳道，“‘好’字岂不是‘女’字旁么？”大家都大笑了，在这大笑之中。忽有苍老的声音：“我看‘他’字譬如我们普通人坐三等车；‘她’字加了‘女’字旁，是请她们坐二等车，有什么不好呢？”这回真哄堂了，有几个人笑得眼睛亮晶晶的，眼泪几乎要出来；真是所谓“笑中有泪”了。后来的情形可有些模糊，大约便在谈笑中收了场；于是乎一幕喜剧告成。

“二等车”，“三等车”这一个比喻，真是新鲜，足为修辞学开一崭新的局面，使我有永远的趣味。从前贾宝玉说男人的骨头是泥做的，女人的骨头是水做的，至今传为佳话；现在我们的辩士又发明了这个“二三等车”的比喻，真是媲美前修，启迪来学了。但这个“二三等之别”究竟也有例外；我离开南京那一晚，明明在三等车上看见三个“她”！我想：“她”“她”“她”何以不坐二等车呢？难道客气不成？——那位辩士的话应该是不错的！

1924 年，温州。

海行杂记

这回从北京南归，在天津搭了通州轮船，便是去年曾被盗劫的。盗劫的事，似乎已很渺茫；所怕者船上的肮脏，实在令人不堪耳。这是英国公司的船；这样的肮脏似乎尽够玷污了英国国旗的颜色。但英国人说：这有什么呢？船原是给中国人乘的，肮脏是中国人的自由，英国人管得着！英国人要乘船，会去坐在大菜间里，那边看看是什么样子？那边，官舱以下的中国客人是不许上去的，所以就好了。是的，这不怪同船的几个朋友要骂这只船是“帝国主义”的船了。“帝国主义的船”！我们到底受了些什么“压迫”呢？有的，有的！

我现在且说茶房吧。

我若有常常恨着的人，那一定是宁波的茶房了。他们的地盘，一是轮船，二是旅馆。他们的团结，是宗法社会而兼梁山泊式的；所以未可轻侮，正和别的“宁波帮”一样。他们的职务本是照料旅客；但事实正好相反，旅客从他们得着的只是侮辱，恫吓，与欺骗罢了。中国原有“行路难”之叹，那是因交通不便的缘故；但在现在便利的交通之下，即老于行旅的人，也还时时发出这种叹声，这又为什么呢？茶房与码头工人之艰于应付，我想比仅仅的交通不便，有时更显其“难”吧！所以从前的“行路难”是唯物的；现在的却是唯心的。这固然与社会的一般秩序及道德观念有多少关系，不能全由当事人负责任；但当事人的“性格恶”实也占着一个重要的地位的。

我是乘船既多，受侮不少，所以姑说轮船里的茶房。你去定舱位的时候，若遇着乘客不多，茶房也许会冷脸相迎；若乘客拥挤，你可就倒霉了。他们或者别转脸，不来理你；或者用一两句比刀子还尖的话，打发你走路——譬如说：“等下趟吧。”他说得如此轻松，凭你急死了也不管。大约行旅的人总有些异常，脸上总有一付着急的神气。他们是以逸待劳的，乐得和你开开玩笑，所以一切反应总是懒懒的，冷冷的；你愈急，他们便愈乐了。他们于你也并无仇恨，只想玩弄玩弄，寻寻开心罢了，正和太太们玩弄叭儿狗一样。所以你记着：上船定舱位的时候，千万别先高声呼唤茶房。你不是急于要找他们说话么？但是他们先得训你一顿，虽然只是低低的自言自语："啥事体啦？哇啦哇啦的！"接着才响声说，"噢，来哉，啥事体啦？"你还得记着：你的话说得愈慢愈好，愈低愈好；不要太客气，也不要太不客气。这样你便是门槛里的人，便是内行；他们固然不见得欢迎你，但也不会玩弄你了。——只冷脸和你简单说话；要知道这已算承蒙青眼，应该受宠若惊的了。

定好了舱位，你下船是愈迟愈好；自然，不能过了开船的时候。最好开船前两小时或一小时到船上，那便显得你是一个有"涵养工夫"的，非急莘莘的"阿木林"可比了。而且茶房也得上岸去办他自己的事，去早了倒绊住了他；他虽然可托同伴代为招呼，但总之麻烦了。为了客人而麻烦，在他们是不值得，在客人是不必要；所以客人便只好受"阿木林"的待遇了。有时船于明早十时开行，你今晚十点上去，以为晚上总该合适了；但也不然。晚上他们要打牌，你去了足以扰乱他们的清兴；他们必也恨恨不平的。这其间有一种"分"，一种默喻的"规矩"，有一种"门槛经"，你得先做若干次"阿木林"，才能应付得"恰到好处"呢。

开船以后，你以为茶房闲了，不妨多呼唤几回。你若真这样做时，又该受教训了。茶房日里要谈天，料理私货；晚上要抽大烟，打牌，那有闲工夫来伺候你！他们早上给你舀一盆脸水，日里给你开饭，饭后给你拧手巾；还有上船时给你摊开铺盖，下船时给你打起铺盖：好了，这已经多了，这已经够了。此外若有特别的事要他们做时，那只算是额外效劳。你得自己走出舱门，慢慢地叫着茶房，慢慢地和他说，他也会照你所说的做，而不加损害于你。最好是预先打听了两个茶房的名字，到这时候悠然叫着，那是更其有效的。但要叫得大方，仿佛很熟悉的样子，不可有一点讷讷。叫名字所以更其有效者，被叫者觉得你有意和他亲近（结果酒资不会少给），而别的茶房或竟以为你与这被叫者本是熟悉的，因而有了相当的敬意；所以你第二次第三次叫时，别人往往会帮着你叫的。但你也只能偶尔叫他们；若常常麻烦，他们将发现，你到底是"阿木林"而冒充内行，他们将立刻改变对你的态度了。至于有些人睡在铺上高声朗诵的叫着"茶房"的，那确似乎搭足了架子；在茶房眼中，其为"阿"字号无疑了。他们于是忿然的答应："啥事体啦？哇啦啦！"但走来倒也会走来的。你若再多叫两声，他们又会说："啥事体啦？茶房当山歌唱！"除非你真麻木，或真生了气，你大概总不愿再叫他们了吧。

“子入太庙，每事问，”至今传为美谈。但你入轮船，最好每事不必问。茶房之怕麻烦，之懒惰，是他们的特征；你问他们，他们或说不晓得，或故意和你开开玩笑，好在他们对客人们，除行李外，一切是不负责任的。大概客人们最普遍的问题，“明天可以到吧?”“下午可以到吧?”一类。他们或随便答复，或说，“慢慢来好啰，总会到的。”或简单的说，“早呢！”总是不得要领的居多。他们的话常常变化，使你不能确信；不确信自然不问了。他们所要的正是耳根清净呀。

茶房在轮船里，总是盘踞在所谓“大菜间”的吃饭间里。他们常常围着桌子闲谈，客人也可插进一两个去。但客人若是坐满了，使他们无处可坐，他们便恨恨了；若在晚上，他们老实不客气将电灯灭了，让你们暗中摸索去吧。所以这吃饭间里的桌子竟像他们专利的。当他们围桌而坐，有几个固然有话可谈；有几个却连话也没有，只默默坐着，或者在打牌。我似乎为他们觉着无聊，但他们也就这样过去了。他们的脸上充满了倦怠，嘲讽，麻木的气愤，仿佛下工夫练就了似的。最可怕的就是这满脸：所谓“訑訑然拒人于千里之外”者，便是这种脸了。晚上映着电灯光，多少遮过了那灰滞的颜色；他们也开始有了些生气。他们搭了铺抽大烟，或者拖开桌子打牌。他们抽了大烟，渐有笑语；他们打牌，往往通宵达旦——牌声，争论声充满那小小的“大菜间”里。客人们，尤其是抱了病，可睡不着了；但于他们有什么相干呢？活该你们洗耳恭听呀！他们也有不抽大烟，不打牌的，便搬出香烟画片来一张张细细赏玩：这却是“雅人深致”了。

我说过茶房的团结是宗法社会而兼梁山泊式的，但他们中间仍不免时有战氛。浓郁的战氛在船里是见不着的；船里所见，只是轻微淡远的罢了。“唯口出好兴戎”，茶房的口，似乎很值得注意。他们的口，一例是练得极其尖刻的；一面自然也是地方性使然。他们大约是“宁可输在腿上，不肯输在嘴上”。所以即使是同伴之间，往往因为一句有意的或无意的，不相干的话，动了真气，抡眉竖目的恨恨半天而不已。这时脸上全失了平时冷静的颜色，而换上热烈的狰狞了。但也终于只是口头“恨恨”而已，真个拔拳来打，举脚来踢的，倒也似乎没有。语云，“君子动口，小人动手；”茶房们虽有所争乎，殆仍不失为君子之道也。有人说，“这正是南方人之所以为南方人，”我想，这话也有理。茶房之于客人，虽也“不肯输在嘴上”，但全是玩弄的态度，动真气的似乎很少；而且你愈动真气，他倒愈可以玩弄你。这大约因为对于客人，是以他们的团体为靠山的；客人总是孤单的多，他们“倚众欺”起来，不怕你不就范围的：所以用不着动真气。而且万一吃了客人的亏，那也必是许多同伴陪着他同吃的，不是一个人失了面子；又何必动真气呢？尅实说来，客人要他们动真气，还不够资格哪！至于他们同伴间的争执，那才是切身的利害，而且单枪匹马做去，毫无可恃的现成的力量；所以便是小题，也不得不大做了。

茶房若有向客人微笑的时候，那必是收酒资的几分钟了。酒资的数目照理虽无一定，但却有不成文的谱。你按着谱斟酌给与，虽也不能得着一声“谢谢”，但言语的压迫是不会来的了。你若给得太少，离谱太远，他们会始而嘲你，继而骂你，你还得加钱给他们；其实既受了骂，大可以不加的了，但事实上大多数受骂的客人，慑于他们的威势，总是加给他们的。加了以后，还得听许多唠叨才罢。有一回，和我同船的一个学生，本该给一元钱的酒资的，他只给了小洋四角。茶房狠狠力争，终不得要领，于是说：“你好带回去做车钱吧！”将钱向铺上一撂，忿然而去。那学生后来终于添了一些钱重交给他；他这才默然拿走，面孔仍是板板的，若有所不屑然。——付了酒资，便该打铺盖了；这时仍是要慢慢来的，一急还是要受教训，虽然你已给过酒资了。铺盖打好以后，茶房的压迫才算是完了，你再预备受码头工人和旅馆茶房的压迫吧。

我原是声明了叙述通州轮船中事的，但却做了一首“诅茶房文”；在这里，我似乎有些自己矛盾。不，“天下老鸦一般黑，”我们若很谨慎的将这句话只用在各轮船里的宁波茶房身上，我想是不会悖谬的。所以我虽就一般立说，通州轮船的茶房却已包括在内；特别指明与否，是无关重要的。

1926年7月，白马湖。

南行杂记

前些日子回南方去，曾在“天津丸”中写了一篇通信，登在本《草》上。后来北归时，又在“天津丸”上写了一篇，在天津东站亲手投入邮筒。但直到现在，一个月了，还不见寄到，怕是永不会寄到的了。我一点不敢怪邮局，在这个年头儿；我只怪自己太懒，反正要回到北平来，为什么不会亲手带给编辑人，却白费四分票，“送掉”一封虽不关紧要，到底是亲手一个字一个字写出的信呢？

我现在算是对那封信绝了望，于是乎怪到“通信”两个字，而来写这个“杂记”。那封信仿佛说了一些“天津丸”中的事，这里是该说青岛了。

我来去两次经过青岛。船停的时间虽不算少却也不算多，所以只看到青岛的一角；而我们上岸又都在白天，不曾看到青岛的夜——听说青岛夏夜的跳舞很可看，有些人是特地从上海赶来跳舞的。

青岛之所以好，在海和海上的山。青岛的好在夏天，在夏天的海滨生活；凡是在那一条大胳膊似的海滨上的，多少都有点意思。而在那手腕上，有一间“青岛咖啡”。这是一间长方的平屋，半点不稀奇；但和海水隔不几步，让你坐着有一种喜悦。这间屋好在并不像“屋”，说是大露台，也许还贴切些。三面都是半截板栏，便觉得是海阔天空的气象。一溜儿满挂着竹帘。这些帘子卷着固然显得不寂寞，可是放着更好，特别在白天，我想。隔着竹帘的海和山，有些朦胧的味儿，在夏天的太阳里，只有这样看，凉味最足。自然，黄昏和月下应该别有境界，可惜我们没福受用了。在这里坐着谈话，时时听见海波打在沙滩上的声音，我们有时便静听着，抽着烟卷，瞪着那袅袅的烟儿。谢谢C君，他的眼力不坏，第一次是他介绍给我这个好地方。C君又说那里的侍者很好，不像北平那一套客气，也不像上海那一套不客气。但C君大概是熟主顾又是山东人吧，我们第二次去时，他说的那一套好处便满没表现了。

我自小就听人念“江无底，海无边”这两句谚语，后又读了些诗文中海的描写；我很羡慕海，想着见了海定要吃一惊，暗暗叫声“哎哟”的。那知并不！在南方北方乘过上十次的海轮，毫无发现海的伟大，只觉得单调无聊,即使在有浪的时候。但有一晚满满的月光照在船的一面的海上,海水黑白分明,我们在狭狭一片白光里,看着船旁浪花热闹着,那是不能忘记的。而那晚之好实在月！这两回到青岛,似乎有些喜欢海起来了。可是也喜欢抱着的山,抱着的那只大胳膊,也喜欢"青岛咖啡",海究竟是有限的。海自己给我的好处,只有海水浴,那在我是第一次的。

去时过青岛,船才停五点钟。我问C君,"会泉(海浴处)怎样?"他说,"看'光腚子'? 穿了大褂去没有意思!"从"青岛咖啡"出来时,他掏出表来看,说:"光腚子给你保留着回来看罢。"但我真想洗个海水澡。一直到回来时才洗了。我和S君一齐下去,W君有点怕这个玩意,在饭店里坐着喝汽水。S君会游泳走得远些,我只在浅处练几下。海水最宜于初学游泳的,容易浮起多了。更有一桩大大的妙处,便是浪。浪是力量,我站着踉跄了好几回;有一回正浮起,它给我个不知道,冲过来了,我竟吃了惊,茫然失措了片刻,才站起来。这固然可笑,但是事后真得劲儿！好些外国小孩子在浪来时,被滚滚的白花埋下去,一会儿又笑着昂起头向前快快游着;他们倒像和浪是好朋友似的。我们在水里呆了约莫半点钟,我和S君说,"上去吧,W怕要睡着了。"我们在沙滩上躺着。C君曾告诉我,浴后仰卧在沙滩上,看着青天白云,会什么都不愿想。沙软而细,躺着确是不错,可恨我们去的时候不好,太阳正在头上,不能看青天白云,只试了一试就算了。

除了海,青岛的好处是曲折的长林。德国人真"有根",长林是长林,专为游览,不许造房子。我和C君乘着汽车左弯右转地绕了三四十分钟,车夫说还只在"第一公园"里。C君说,"长着哪!"但是我们终于匆匆出来了。这些林子延绵得好,幽曲得很,低得好,密得好;更好是马路随山而下,俯仰不时,与我们常走的"平如砥,直如矢"的迥乎不同。青岛的马路大都如此;这与"向'右'边走"的马路规则,是我初到青岛时第一个新鲜的印象。

C君说福山路的住屋,建筑安排得最美,但我两次都未得走过。至于崂山,胜景更多,也未得去;只由他指给我看崂山的尖形的峰。现在想来,颇有"山在虚无缥缈间"之感了。

九月十三日夜。

扬州的夏日

扬州从隋炀帝以来，是诗人文士所称道的地方；称道的多了，称道得久了，一般人便也随声附和起来。直到现在，你若向人提起扬州这个名字，他会点头或摇头说："好地方！好地方！"特别是没去过扬州而念过些唐诗的人，在他心里，扬州真像蜃楼海市一般美丽；他若念过《扬州画舫录》一类书，那更了不得了。但在一个久住扬州像我的人，他却没有那么多美丽的幻想，他的憎恶也许掩住了他的爱好；他也许离开了三四年并不去想它。若是想呢，——你说他想什么？女人；不错，这似乎也有名，但怕不是现在的女人吧？——他也只会想着扬州的夏日，虽然与女人仍然不无关系的。

北方和南方一个大不同，在我看，就是北方无水而南方有。诚然，北方今年大雨，永定河，大清河甚至决了堤防，但这并不能算是有水；北平的三海和颐和园虽然有点儿水，但太平衍了，一览而尽，船又那么笨头笨脑的。有水的仍然是南方。扬州的夏日，好处大半便在水上——有人称为"瘦西湖"，这个名字真是太"瘦"了，假西湖之名以行，"雅得这样俗"，老实说，我是不喜欢的。下船的地方便是护城河，蔓延开去，曲曲折折，直到平山堂，——这是你们熟悉的名字——有七八里河道，还有许多杈杈桠桠的支流。这条河其实也没有顶大的好处，只是曲折而有些幽静，和别处不同。

沿河最著名的风景是小金山，法海寺，五亭桥；最远的便是平山堂了。金山你们是知道的，小金山却在水中央。在那里望水最好，看月自然也不错——可是我还不曾有过那样福气。"下河"的人十之九是到这儿的，人不免太多些。法海寺有一个塔，和北海的一样，据说是乾隆皇帝下江南，盐商们连夜督促匠人造成的。法海寺著名的自然是这个塔；但还有一桩，你们猜不着，是红烧猪头。夏天吃红烧猪头，在理论上也许不甚相宜；可是在实际上，挥汗吃着，倒也不坏的。五亭桥如名字所示，是五个亭子的桥。桥是拱形，中一亭最高，两边四亭，参差相称；最宜远看，或看影子，也好。桥洞颇多，乘小船穿来穿去，另有风味。平山堂在蜀冈上。登堂可见江南诸山淡淡的轮廓;“山色有无中”一句话,我看是恰到好处,并不算错。这里游人较少,闲坐在堂上,可以永日。沿路光景,也以闲寂胜。从天宁门或北门下船,蜿蜒的城墙,在水里倒映着苍黝的影子,小船悠然地撑过去,岸上的喧扰像没有似的。

船有三种:大船专供宴游之用,可以狎妓或打牌。小时候常跟了父亲去,在船里听着谋得利洋行的唱片。现在这样乘船的大概少了吧?其次是“小划子”,真像一瓣西瓜,由一个男人或女人用竹篙撑着。乘的人多了,便可雇两只,前后用小凳子跨着:这也可算得“方舟”了。后来又有一种“洋划”,比大船小,比“小划子”大,上支布篷,可以遮日遮雨。“洋划”渐渐地多,大船渐渐地少,然而“小划子”总是有人要的。这不独因为价钱最贱,也因为它的伶俐。一个人坐在船中,让一个人站在船尾上用竹篙一下一下地撑着,简直是一首唐诗,或一幅山水画。而有些好事的少年,愿意自己撑船,也非“小划子”不行。“小划子”虽然便宜,却也有些分别。譬如说,你们也可想到的,女人撑船总要贵些;姑娘撑的自然更要贵啰。这些撑船的女子,便是有人说过的“瘦西湖上的船娘”。船娘们的故事大概不少,但我不很知道。据说以乱头粗服,风趣天然为胜;中年而有风趣,也仍然算好。可是起初原是逢场作戏,或尚不伤廉惠;以后居然有了价格,便觉意味索然了。

北门外一带,叫做下街,“茶馆”最多,往往一面临河。船行过时,茶客与乘客可以随便招呼说话。船上人若高兴时,也可以向茶馆中要一壶茶,或一两种“小笼点心”,在河中喝着,吃着,谈着。回来时再将茶壶和所谓小笼,连价款一并交给茶馆中人。撑船的都与茶馆相熟,他们不怕你白吃。扬州的小笼点心实在不错:我离开扬州,也走过七八处大大小小的地方,还没有吃过那样好的点心;这其实是值得惦记的。茶馆的地方大致总好,名字也颇有好的。如香影廊,绿杨村,红叶山庄,都是到现在还记得的。绿杨村的幌子,挂在绿杨树上,随风飘展,使人想起“绿杨城郭是扬州”的名句。里面还有小池,丛竹,茅亭,景物最幽。这一带的茶馆布置都错落有致,迥非上海,北平方方正正的茶楼可比。

“下河”总是下午。傍晚回来,在暮霭朦胧中上了岸,将大褂折好搭在腕上,一手微微摇着扇子;这样进了北门或天宁门走回家中。这时候可以念“又得浮生半日闲”那一句诗了。

南京

南京是值得留恋的地方，虽然我只是来来去去，而且又都在夏天。也想夸说夸说，可惜知道的太少；现在所写的，只是一个旅行人的印象罢了。

逛南京像逛古董铺子，到处都有些时代侵蚀的遗痕。你可以摩挲，可以凭吊，可以悠然遐想；想到六朝的兴废，王谢的风流，秦淮的艳迹。这些也许只是老调子，不过经过自家一番体贴，便不同了。所以我劝你上鸡鸣寺去，最好选一个微雨天或月夜。在朦胧里，才酝酿着那一缕幽幽的古味。你坐在一排明窗的豁蒙楼上，吃一碗茶，看面前苍然蜿蜒着的台城。台城外明净荒寒的玄武湖就像大涤子的画。豁蒙楼一排窗子安排得最有心思，让你看的一点不多，一点不少。寺后有一口灌园的井，可不是那陈后主和张丽华躲在一堆儿的"胭脂井"。那口胭脂井不在路边，得破费点工夫寻觅。井栏也不在井上；要看，得老远地上明故宫遗址的古物保存所去。

从寺后的园地，拣着路上台城；没有垛子，真像平台一样。踏在茸茸的草上，说不出的静。夏天白昼有成群的黑蝴蝶，在微风里飞；这些黑蝴蝶上下旋转地飞，远看像一根粗的圆柱子。城上可以望南京的每一角。这时候若有个熟悉历代形势的人，给你指点，隋兵是从这角进来的，湘军是从那角进来的，你可以想象异样装束的队伍，打着异样的旗帜，拿着异样的武器，汹汹涌涌地进来，远远仿佛还有哭喊之声。假如你记得一些金陵怀古的诗词，趁这时候暗诵几回，也可印证印证，许更能领略作者当日的情思。

从前可以从台城爬出去，在玄武湖边；若是月夜，两三个人，两三个零落的影子，歪歪斜斜地挪移下去，够多好。现在可不成了，得出寺，下山，绕着大弯儿出城。七八年前，湖里几乎长满了苇子，一味地荒寒，虽有好月光，也不大能照到水上；船又窄，又小，又漏，教人逛着愁着。这几年大不同了，一出城，看见湖，就有烟水苍茫之意；船也大多了，有藤椅子可以躺着。水中岸上都光光的；亏得湖里有五个洲子点缀着，不然便一览无余了。这里的水是白的，又有波澜，俨然长江大河的气势，与西湖的静绿不同,最宜于看月,一片空蒙,无边无界。若在微醺之后,迎着小风,似睡非睡地躺在藤椅上,听着船底汩汩的波响与不知何方来的箫声,真会教你忘却身在哪里。五个洲子似乎都局促无可看,但长堤宛转相通,却值得走走。湖上的樱桃最出名。据说樱桃熟时,游人在树下现买,现摘,现吃,谈着笑着,多热闹的。

清凉山在一个角落里,似乎人迹不多。扫叶楼的安排与豁蒙楼相仿佛,但窗外的景象不同。这里是滴绿的山环抱着,山下一片滴绿的树;那绿色真是扑到人眉宇上来。若许我再用画来比,这怕象王石谷的手笔了。在豁蒙楼上不容易坐得久,你至少要上台城去看看。在扫叶楼上却不想走;窗外的光景好像满为这座楼而设,一上楼便什么都有了。夏天去确有一股"清凉"味。这里与豁蒙楼全有素面吃,又可口,又贱。

莫愁湖在华严庵里。湖不大,又不能泛舟,夏天却有荷花荷叶,临湖一带屋子,凭栏眺望,也颇有远情。莫愁小像,在胜棋楼下,不知谁画的,大约不很古吧;但脸子开得秀逸之至,衣褶也柔活之至,大有"挥袖凌虚翔"的意思;若让我题,我将毫不踌躇地写上"仙乎仙乎"四字。另有石刻的画像,也在这里,想来许是那一幅画所从出;但生气反而差得多。这里虽也临湖,因为屋子深,显得阴暗些;可是古色古香,阴暗得好。诗文联语当然多,只记得王湘绮的半联云:"莫轻他北地胭脂,看艇子初来,江南儿女无颜色。"气概很不错。所谓胜棋楼,相传是明太祖与徐达下棋,徐达胜了,太祖便赐给他这一所屋子。太祖那样人,居然也会做出这种雅事来了。左手临湖的小阁却敞亮得多,也敞亮得好。有曾国藩画像,忘记是谁横题着"江天小阁坐人豪"一句。我喜欢这个题句,"江天"与"坐人豪",景象阔大,使得这屋子更加开朗起来。

秦淮河我已另有记。但那文里所说的情形,现在已大变了。从前读《桃花扇》《板桥杂记》一类书,颇有沧桑之感;现在想到自己十多年前身历的情形,怕也会有沧桑之感了。前年看见夫子庙前旧日的画舫,那样狼狈的样子,又在老万全酒栈看秦淮河水,差不多全黑了,加上巴掌大,透不出气的所谓秦淮小公园,简直有些厌恶,再别提做什么梦了。贡院原也在秦淮河上,现在早拆得只剩一点儿了。民国五年父亲带我去看过,已经荒凉不堪,号舍里草都长满了。父亲曾经办过江南闱差,熟悉考场的情形,说来头头是道。他说考生入场时,都有送场的,人很多,门口闹嚷嚷的。天不亮就点名,搜夹带。大家都归号。似乎直到晚上,头场题才出来,写在灯牌上，由号军扛着在各号里走。所谓“号”，就是一条狭长的胡同，两旁排列着号舍，口儿上写着什么天字号，地字号等等的。每一号舍之大，恰好容一个人坐着；从前人说是像轿子，真不错。几天里吃饭，睡觉，做文章，都在这轿子里；坐的伏的各有一块硬板，如是而已。官号稍好一些，是给达官贵人的子弟预备的，但得补褂朝珠地入场，那时是夏秋之交，天还热，也够受的。父亲又说，乡试时场外有兵巡逻，防备通关节。场内也竖起黑幡，叫鬼魂们有冤报冤，有仇报仇；我听到这里，有点毛骨悚然。现在贡院已变成碎石路；在路上走的人，怕很少想起这些事情的了吧？

明故宫只是一片瓦砾场，在斜阳里看，只感到李太白《忆秦娥》的“西风残照，汉家陵阙”二语的妙。午门还残存着，遥遥直对洪武门的城楼，有万千气象。古物保存所便在这里，可惜规模太小，陈列得也无甚次序。明孝陵道上的石人石马，虽然残缺凌乱，还可见泱泱大风；享殿并不巍峨，只陵下的隧道，阴森袭人，夏天在里面待着，凉风沁人肌骨。这陵大概是开国时草创的规模，所以简朴得很；比起长陵，差得真太远了。然而简朴得好。

雨花台的石子，人人皆知；但现在怕也捡不着什么了。那地方毫无可看。记得刘后村的诗云：“昔年讲师何处在，高台犹以‘雨花’名。有时宝向泥寻得，一片山无草敢生。”我所感的至多也只如此。还有，前些年南京枪决囚人都在雨花台下，所以洋车夫遇见别的车夫和他争先时，常说，“忙什么！赶雨花台去！”这和从前北京车夫说“赶菜市口儿”一样。现在时移势异，这种话渐渐听不见了。

燕子矶在长江里看，一片绝壁，危亭翼然，的确惊心动魄。但到了上边，逼窄污秽，毫无可以盘桓之处。燕山十二洞，去过三个。只三台洞层层折折，由幽入明，别有匠心，可是也年久失修了。

南京的新名胜，不用说，首推中山陵。中山陵全用青白两色，以象征青天白日，与帝王陵寝用红墙黄瓦的不同。假如红墙黄瓦有富贵气，那青琉璃瓦的享堂，青琉璃瓦的碑亭却有名贵气。从陵门上享堂，白石台阶不知多少级，但爬得够累的；然而你远看，决想不到会有这么多的台阶儿。这是设计的妙处。德国波慈达姆无愁宫前的石阶，也同此妙。享堂进去也不小；可是远处看，简直小得可以，和那白石的飞阶不相称，一点儿压不住，仿佛高个儿戴着小尖帽。近处山角里一座阵亡将士纪念塔，粗粗的，矮矮的，正当着一个青青的小山峰，让两边儿的山紧紧抱着，静极，稳极。——谭墓没去过，听说颇有点丘壑。中央运动场也在中山陵近处，全仿外洋的样子。全国运动会时，也不知有多少照相与描写登在报上；现在是时髦的游泳的地方。

若要看旧书，可以上江苏省立图书馆去。这在汉西门龙蟠里，也是一个角落里。这原是江南图书馆，以丁丙的善本书室藏书为底子；词曲的书特别多。此外中央大学图书馆近年来也颇有不少书。中央大学是个散步的好地方。宽大，干净，有树木；黄昏时去兜一个或大或小的圈儿，最有意思。后面有个梅庵，是那会写字的清道人的遗迹。这里只是随意地用树枝搭成的小小的屋子。庵前有一株六朝松，但据说实在是六朝桧；桧荫遮住了小院子，真是不染一尘。

南京茶馆里干丝很为人所称道。但这些人必没有到过镇江，扬州，那儿的干丝比南京细得多，又从来不那么甜。我倒是觉得芝麻烧饼好，一种长圆的，刚出炉，既香，且酥，又白，大概各茶馆都有。咸板鸭才是南京的名产，要热吃，也是香得好；肉要肥要厚，才有咬嚼。但南京人都说盐水鸭更好，大约取其嫩，其鲜；那是冷吃的，我可不知怎样，老觉得不大得劲儿。

潭柘寺　戒坛寺

早就知道潭柘寺，戒坛寺。在商务印书馆的《北平指南》上，见过潭柘的铜图，小小的一块，模模糊糊的，看了一点没有想去的意思。后来不断地听人说起这两座庙；有时候说路上不平静，有时候说路上红叶好。说红叶好的劝我秋天去；但也有人劝我夏天去。有一回骑驴上八大处，赶驴的问逛过潭柘没有，我说没有。他说潭柘风景好，那儿满是老道，他去过，离八大处七八十里地，坐轿骑驴都成。我不大喜欢老道的装束，尤其是那满蓄着的长头发，看上去罗里罗唆，龌里龌龊的。更不想骑驴走七八十里地，因为我知道驴子与我都受不了。真打动我的倒是“潭柘寺”这个名字。不懂不是？就是不懂的妙。躲懒的人念成“潭柘寺”，那更莫名其妙了。这怕是中国文法的花样；要是来个欧化，说是“潭和柘的寺”，那就用不着咬嚼或吟味了。还有在一部诗话里看见近人咏戒台松的七古，诗腾挪夭矫，想来松也如此。所以去。但是在夏秋之前的春天，而且是早春；北平的早春是没有花的。

这才认真打听去过的人。有的说住潭柘好，有的说住戒坛好。有的人说路太难走，走到了筋疲力尽，再没兴致玩儿；有人说走路有意思。又有人说，去时坐了轿子，半路上前后两个轿夫吵起来，把轿子搁下，直说不抬了。于是心中暗自决定，不坐轿，也不走路；取中道，骑驴子。又按普通说法，总是潭柘寺在前，戒坛寺在后，想着戒坛寺一定远些；于是决定住潭柘，因为一天回不来，必得住。门头沟下车时，想着人多，怕雇不着许多驴，但是并不然——雇驴的时候，才知道戒坛去便宜一半，那就是说近一半。这时候自已忽然逞起能来，要走路。走吧。

这一段路可够瞧的。像是河床，怎么也挑不出没有石子的地方，脚底下老是绊来绊去的，叫人心烦。又没有树木，甚至于没有一根草。这一带原是煤窑，拉煤的大车往来不绝，尘土里饱和着煤屑，变成黯淡的深灰色，叫人看了透不出气来。走一点钟光景。自已觉得已经有点办不了，怕没有走到便筋疲力尽；幸而山上下来一条驴，如获至宝似的雇下，骑上去。这一天东风特别大。平常骑驴就不稳，风一大真是祸不单行。山上东西都有路，很窄，下面是斜坡；本来从西边走，驴夫看风势太猛，将驴拉上东路。就这么着，有一回还几乎让风将驴吹倒；若走西边，没有准儿会驴我同归哪。想起从前人画风雪骑驴图，极是雅事；大概那不是上潭柘寺去的。驴背上照例该有些诗意，但是我，下有驴子，上有帽子眼镜，都要照管；又有迎风下泪的毛病，常要掏手巾擦干。当其时真恨不得生出第三只手来才好。

东边山峰渐起，风是过不来了；可是驴也骑不得了，说是坎儿多。坎儿可真多。这时候精神倒好起来了：崎岖的路正可以练腰脚，处处要眼到心到脚到，不像平地上。人多更有点竞赛的心理，总想走上最前头去，再则这儿的山势虽然说不上险，可是突兀，丑怪，巉刻的地方有的是。我们说这才有点儿山的意思；老像八大处那样，真叫人气闷闷的。于是一直走到潭柘寺后门；这段坎儿路比风里走过的长一半，小驴毫无用处，驴夫说："咳，这不过给您做个伴儿！"

墙外先看见竹子，且不想进去。又密，又粗，虽然不够绿。北平看竹子，真不易。又想到八大处了，大悲庵殿前那一溜儿，薄得可怜，细得也可怜，比起这儿，真是小巫见大巫了。进去过一道角门，门旁突然亭亭地矗立着两竿粗竹子，在墙上紧紧地挨着；要用批文章的成语，这两竿竹子足称得起"天外飞来之笔"。

正殿屋角上两座琉璃瓦的鸱吻，在台阶下看，值得徘徊一下。神话说殿基本是青龙潭，一夕风雨，顿成平地，涌出两鸱吻。只可惜现在的两座太新鲜，与神话的朦胧幽秘的境界不相称。但是还值得看，为的是大得好，在太阳里嫩黄得好，闪亮得好；那拴着的四条黄铜链子也映衬得好。寺里殿很多，层层折折高上去，走起来已经不平凡，每殿大小又不一样，塑像摆设也各出心裁。看完了，还觉得无穷无尽似的。正殿下延清阁是待客的地方，远处群山像屏障似的。屋子结构甚巧，穿来穿去，不知有多少间，好像一所大宅子。可惜尘封不扫，我们住不着。话说回来，这种屋子原也不是预备给我们这末多人挤着住的。寺门前一道深沟，上有石桥；那时没有水，若是现在去，倚在桥上听潺潺的水声，倒也可以忘我忘世。过桥四株马尾松，枝枝覆盖，叶叶交通，另成一个境界。西边小山上有个古观音洞。洞无可看，但上去时在山坡上看潭柘的侧面，宛如仇十洲的《仙山楼阁图》；往下看是陡峭的沟岸，越显得深深无极，潭柘简直有海上蓬莱的意味了。寺以泉水著名，到处有石槽引水长流，倒也涓涓可爱。只是流觞亭雅得那样俗，在石地上楞刻着蚯蚓般的槽；那样流觞，怕只有孩子们愿意干。现在兰亭的“流觞曲水”也和这儿的一鼻孔出气，不过规模大些。晚上因为带的铺盖薄，冻得睁着眼，却听了一夜的泉声；心里想要不冻着，这泉声够多清雅啊！寺里并无一个老道，但那几个和尚，满身铜臭，满眼势利，叫人老不能忘记，倒也麻烦的。

第二天清早，二十多人满雇了牲口，向戒坛而去，颇有浩浩荡荡之势。我的是一匹骡子，据说稳得多。这是第一回，高高兴兴骑上去。这一路要翻罗喉岭。只是土山，可是道儿窄，又曲折；虽不高，老那么凸凸凹凹的。许多处只容得一匹牲口过去。平心说，是险点儿。想起古来用兵，从间道袭敌人，许也是这种光景吧。

戒坛在半山上，山门是向东的。一进去就觉得平旷；南面只有一道低低的砖栏，下边是一片平原，平原尽处才是山，与众山屏蔽的潭柘气象便不同。进二门，更觉得空阔疏朗，仰看正殿前的平台，仿佛汪洋千顷。这平台东西很长，是戒坛最胜处，眼界最宽，叫人想起“振衣千仞冈”的诗句。三株名松都在这里。“卧龙松”与“抱塔松”同是偃仆的姿势，身躯奇伟，鳞甲苍然，有飞动之意。“九龙松”老干槎枒，如张牙舞爪一般。若在月光底下，森森然的松影当更有可看。此地最宜低徊流连，不是匆匆一览所可领略。潭柘以层折胜，戒坛以开朗胜；但潭柘似乎更幽静些。戒坛的和尚，春风满面，却远胜于潭柘的；我们之中颇有悔不该住潭柘的。戒坛后山上也有个观音洞。洞宽大而深，大家点了火把嚷嚷闹闹地下去；半里光景的洞满是油烟，满是声音。洞里有石虎，石龟，上天梯，海眼等等，无非是凑凑人的热闹而已。

还是骑骡子。回到长辛店的时候，两条腿几乎不是我的了。

松堂游记

去年夏天，我们和S君夫妇在松堂住了三日。难得这三日的闲，我们约好了什么事不管，只玩儿，也带了两本书，却只是预备闲得真没办法时消消遣的。

出发的前夜，忽然雷雨大作。枕上颇为怅怅，难道天公这么不做美吗！第二天清早，一看却是个大晴天。上了车，一路树木带着宿雨，绿得发亮，地下只有一些水塘，没有一点尘土，行人也不多。又静，又干净。

想着到还早呢，过了红山头不远，车却停下了。两扇大红门紧闭着，门额是国立清华大学西山牧场。拍了一会门，没人出来，我们正在没奈何，一个过路的孩子说这门上了锁，得走旁门。旁门上挂着牌子，"内有恶犬"。小时候最怕狗，有点趑趄。门里有人出来，保护着进去，一面吆喝着汪汪的群犬，一面只是说，"不碍不碍"。

过了两道小门，真是豁然开朗，别有天地。一眼先是亭亭直上，又刚健又婀娜的白皮松。白皮松不算奇，多得好，你挤着我我挤着你也不算奇，疏得好，要像住宅的院子里，四角上各来上一棵，疏不是？谁爱看？这儿就是院子大得好，就是四方八面都来得好。中间便是松堂，原是一座石亭子改造的，这座亭子高大轩敞，对得起那四围的松树，大理石柱，大理石栏杆，都还好好的，白，滑，冷。白皮松没有多少影子，堂中明窗净几，坐下来清清楚楚觉得自己真太小，在这样高的屋顶下。树影子少，可不热，廊下端详那些松树灵秀的姿态，洁白的皮肤，隐隐的一丝儿凉意便袭上心头。

堂后一座假山，石头并不好，堆叠得还不算傻瓜。里头藏着个小洞，有神龛，石桌，石凳之类。可是外边看，不仔细看不出，得费点心去发现。假山上满可以爬过去，不顶容易，也不顶难。后山有座无梁殿，红墙，各色琉璃砖瓦，屋脊上三个瓶子，太阳里古艳照人。殿在半山，岿然独立，有俯视八极气象。天坛的无梁殿太小，南京灵谷寺的太黯淡，又都在平地上。山上还残留着些旧碉堡，是乾隆打金川时在西山练健锐云梯营用的，在阴雨天或斜阳中看最有味。又有座白玉石牌坊，和碧云寺塔院前那一座一般，不知怎样，前年春天倒下了，看着怪不好过的。

可惜我们来的还不是时候，晚饭后在廊下黑暗里等月亮，月亮老不上，我们什么都谈，又赌背诗词，有时也沉默一会儿。黑暗也有黑暗的好处，松树的长影子阴森森的有点像鬼物拿土。但是这么看的话，松堂的院子还差得远，白皮松也太秀气，我想起郭沫若君《夜步十里松原》那首诗，那才够阴森森的味儿——而且得独自一个人。好了，月亮上来了，却又让云遮去了一半，老远的躲在树缝里，像个乡下姑娘，羞答答的。从前人说："千呼万唤始出来，犹抱琵琶半遮面。"真有点儿！云越来越厚，由他罢，懒得去管了。可是想，若是一个秋夜，刮点西风也好。虽不是真松树，但那奔腾澎湃的"涛"声也该得听吧。

西风自然是不会来的。临睡时，我们在堂中点上了两三支洋蜡。怯怯的焰子让大屋顶压着，喘不出气来。我们隔着烛光彼此相看，也像蒙着一层烟雾。外面是连天漫地一片黑，海似的。只有远近几声犬吠，教我们知道还在人间世里。

1935年5月15日。

《伦敦杂记》

自 序

一九三一到一九三二年承国立清华大学给予休假的机会，得在欧洲住了十一个月，其中在英国住了七个月。回国后写过一本《欧游杂记》，专记大陆上的游踪。在英国的见闻，原打算另写一本，比《欧游杂记》要多些。但只写成九篇就打住了。现在开明书店惠允印行；因为这九篇都只写伦敦生活，便题为《伦敦杂记》。

当时自己觉得在英国住得久些，尤其是伦敦这地方，该可以写得详尽些。动手写的时候，虽然也参考裴歹克的《伦敦指南》，但大部分还是凭自己的经验和记忆。可是动手写的时候已经在回国两三年之后，记忆已经不够新鲜的，兴趣也已经不够活泼的。——自己却总还认真地写下去。有一天，看见《华北日报》上有记载伦敦拉衣恩司公司的文字，著者的署名已经忘记。自己在《吃的》那一篇里也写了拉衣恩司食堂；但看了人家原原本本的叙述，惭愧自己知道的真太少。从此便有搁笔之意，写得就慢了。抗战后才真搁了笔。

不过在英国的七个月毕竟是我那旅程中最有意思的一段儿。承柳无忌先生介绍，我能以住到歇卜士太太家去。这位老太太如《房东太太》那篇所记，不但是我们的房东，而且成了我们的忘年朋友。她的风趣增加我们在异国旅居的意味。《圣诞节》那篇所记的圣诞节，就是在她家过的。那加尔东尼市场，也是她说给我的。她现在不知怎样了，但愿还活着！伦敦的文人宅，我是和李健吾先生同去的。他那时从巴黎到伦敦玩儿。有了他对于那些文人的深切的向往，才引起我访古的雅兴。这个也应该感谢。

在英国的期间，赶上莎士比亚故乡新戏院落成。我和刘崇鋐先生，陈麟瑞先生，柳无忌先生夫妇，同赶到"爱文河上的斯特拉福特"去"躬逢其盛"。我们连看了三天戏。那几天看的，走的，吃的，住的，样样都有意思。莎翁的遗迹触目皆是，使人思古的幽情油然而生。而那安静的城市，安静的河水，亲切的旅馆主人，亲切的旅馆客人，也都使人乐于住下去。至于那新戏院，立体的作风，简朴而精雅，不用说是值得盘桓的。我还赶上《阿丽思漫游奇境记》的作者加乐尔的纪念——记得当时某刊物上登着那还活着的真的阿丽思十三岁时的小影。而《泰晤士报》举行纪念，登载《伦敦的五十年》的文字，也在这时候。其中一篇写五十年来的男女社交，最惹起人今昔之感。这些我本打算都写在我的杂记里。我的拟目比写出的要多一半。其中有关于伦敦的戏的，我特别要记吉尔伯特和瑟利文的轻快而活泼的小歌剧。还有一篇要记高斯华绥的读诗会。——那回读诗会是动物救济会主办的。当场有一个工人背出高斯华绥《法网》那出戏里的话责问他，说他有钱了，就不管正义了。他打住了一下，向全场从容问道，“诸位女士，诸位先生，你们要我读完么?”那工人终于嘀咕着走了。——但是我知道的究竟太少，也许还是藏拙为佳。

写这些篇杂记时，我还是抱着写《欧游杂记》的态度，就是避免“我”的出现。“身边琐事”还是没有，浪漫的异域感也还是没有。并不一定讨厌这些。只因新到异国还摸不着头脑，又不曾交往异国的朋友，身边一些琐事差不多都是国内带去的，写出来无非老调儿。异域感也不是没有，只因已入中年，不够浪漫的。为此只能老老实实写出所见所闻，像新闻的报道一般；可是写得太认真，又不能像新闻报道那么轻快，真是无可奈何的。游记也许还是让“我”出现，随便些的好；但是我已经来不及了。但是这九篇里写活着的人的比较多些，如《乞丐》《圣诞节》《房东太太》，也许人情要比《欧游杂记》里多些罢。

这九篇里除《公园》《加尔东尼市场》《房东太太》三篇外，都曾登在《中学生》杂志上。那时开明书店就答应我出版，并且已经在随排随等了。记得“七七”前不久开明的朋友还来信催我赶快完成这本书，说免得彼此损失。但是抗战开始了，开明的印刷厂让敌人的炮火毁了，那排好的《杂记》版也就跟着葬在灰里了。直到前些日子，在旧书堆里发现了这九篇稿子。这是抗战那年从北平带出来的，跟着我走了不少路，陪着我这几年——有一篇已经残缺了。我重读这些文字，不免怀旧的感慨，又记起和开明的一段因缘，就交给开明印。承他们答应了，那残缺的一篇并已由叶圣陶先生设法抄补，感谢之至！只可惜图片印不出，恐怕更会显出我文字的笨拙来，这是很遗憾的。

朱自清，1943年3月，昆明。

三家书店

伦敦卖旧书的铺子，集中在切林克拉斯路（Charing CrossRoad）；那是热闹地方，顶容易找。路不宽，也不长，只这么弯弯的一段儿；两旁不短的是书，玻璃窗里齐整整排着的，门口摊儿上乱哄哄摆着的，都有。加上那徘徊在窗前的，围绕着摊儿的，看书的人，到处显得拥拥挤挤，看过去路便更窄了。摊儿上看最痛快，随你翻，用不着"劳驾""多谢"；可是让风吹日晒的到底没什么好书，要看好的还得进铺子去。进去了有时也可随便看，随便翻，但用得着"劳驾""多谢"的时候也有；不过爱买不买，决不至于遭白眼。说是旧书，新书可也有的是；只是来者多数为的旧书罢了。

最大的一家要算福也尔（Foyle），在路西；新旧大楼隔着一道小街相对着，共占七号门牌，都是四层，旧大楼还带地下室——可并不是地窨子。店里按着书的性质分二十五部；地下室里满是旧文学书。这爿店二十八年前本是一家小铺子，只用了一个店员；现在店员差不多到了二百人，藏书到了二百万种，伦敦的《晨报》称为"世界最大的新旧书店"。两边店门口也摆着书摊儿，可是比别家的大。我的一本《袖珍欧洲指南》，就在这儿从那穿了满染着书尘的工作衣的店员手里，用半价买到的。在摊儿上翻书的时候，往往看不见店员的影子；等到选好了书四面找他，他却从不知哪一个角落里钻出来了。但最值得流连的还是那间地下室；那儿有好多排书架子，地上还东一堆西一堆的。乍进去，好像掉在书海里；慢慢地才找出道儿来。屋里不够亮，土又多，离窗户远些的地方，白日也得开灯。可是看得自在；他们是早七点到晚九点，你待个几点钟不在乎，一天去几趟也不在乎。只有一件，不可着急。你得像逛庙会逛小市那样，一半玩儿，一半当真，翻翻看看，看看翻翻；也许好几回碰不见一本合意的书，也许霎时间到手了不止一本。

开铺子少不了生意经，福也尔的却颇高雅。他们在旧大楼的四层上留出一间美术馆，不时地展览一些画。去看不花钱，还送展览目录；目录后面印着几行字，告诉你要买美术书可到馆旁艺术部去。展览的画也并不坏，有卖的，有不卖的。他们又常在馆里举行演讲会，讲的人和主席的人当中，不缺少知名的。听讲也不用花钱；只每季的演讲程序表下，“恭请你注意组织演讲会的福也尔书店”。还有所谓文学午餐会，记得也在馆里。他们请一两个小名人做主角，随便谁，纳了餐费便可加入；英国的午餐很简单，费不会多。假使有闲工夫，去领略领略那名隽的谈吐，倒也值得的，不过去的却并不怎样多。

牛津街是伦敦的东西通衢，繁华无比，街上呢绒店最多；但也有一家大书铺，叫做彭勃思（Bumpus）的便是。这铺子开设于一七九〇年左右，原在别处；一八五〇年在牛津街开了一个分店，十九世纪末便全挪到那边去了，维多利亚时代，店主多马斯彭勃思很通声气，来往的有狄更狄，兰姆，麦考莱，威治威斯等人；铺子就在这时候出了名。店后本连着旧法院，有看守所，守卫室等，十几年来都让店里给买下了。这点古迹增加了人对于书店的趣味。法院的会议圆厅现在专作书籍展览会之用；守卫室陈列插图的书，看守所变成新书的货栈。但当日的光景还可从一些画里看出：如十八世纪罗兰生（Rowlandson）所画守卫室内部，是晚上各守卫提了灯准备去查监的情形，瞧着很忙碌的样子。再有一个图，画的是一七二九的一个守卫，神气够凶的。看守所也有一幅画，砖砌的一重重大拱门，石板铺的地，看守室的厚木板门严严锁着，只留下一个小方窗，还用十字形的铁条界着；真是铜墙铁壁，插翅也飞不出去。

这家铺子是五层大楼，却没有福也尔家地方大。下层卖新书，三楼卖儿童书，外国书，四楼五楼卖廉价书；二楼卖绝版书，难得的本子，精装的新书，还有《圣经》，祈祷书，书影等等，似乎是菁华所在。他们有初印本，精印本，著者自印本，著者签字本等目录，搜罗甚博，福也尔家所不及。新书用小牛皮或摩洛哥皮（山羊皮——羊皮也可仿制）装订，烫上金色或别种颜色的立体派图案；稀疏的几条平直线或弧线，还有“点儿”，错综着配置，透出干净，利落，平静，显豁，看了心目清朗。装订的书，数这儿讲究，别家书店里少见。书影是仿中世纪的抄本的一叶，大抵是祷文之类。中世纪抄本用黑色花体字，文首第一字母和叶边空处，常用蓝色金色画上各种花饰，典丽矞皇，穷极工巧，而又经久不变；仿本自然说不上这些，只取其也有一点古色古香罢了。

一九三一年里，这铺子举行过两回展览会，一回是剑桥书籍展览，一回是近代插图书籍展览，都在那“会议厅”里。重要的自然是第一回。牛津剑桥是英国最著名的大学；各有印刷所，也都著名。这里从前展览过牛津书籍，现在再展览剑桥的，可谓无遗憾了。这一年是剑桥目下的辟特印刷所（The PittPress）奠基百年纪念，展览会便为的庆祝这个。展览会由鼎鼎大名的斯密兹将军（General Smuts）开幕，到者有科学家詹姆士金斯（James Jeans），亚特爱丁顿（Arthur Eddington），还有别的人。展览分两部，现在出版的书约莫四千册是一类；另一类是历史部分。剑桥的书字型清晰，墨色匀称，行款合式，书扉和书衣上最见工夫；尤其擅长的是算学书，专门的科学书。这两种书需要极精密的技巧，极仔细的校对；剑桥是第一把手。但是这些东西，还有他们印的那些冷僻的外国语书，都卖得少，赚不了钱。除了是大学印刷所，别家大概很少愿意承印。剑桥又承印《圣经》；英国准印《圣经》的只剑桥牛津和王家印刷人。斯密兹说剑桥就靠《圣经》和教科书赚钱。可是《泰晤士报》社论中说现在印《圣经》的责任重大，认真地考究地印，也只能够本罢了。——一五八八年英国最早的《圣经》便是由剑桥承印的。

英国印第一本书，出于伦敦威廉甲克司登（William Caxon）之手，那是一四七七年。到了一五二一年，约翰席勃齐（John Siberch）来到剑桥，一年内印了八本书；剑桥印刷事业才创始。八年之后，大学方面因为有一家书纸店与异端的新教派勾结，怕他们利用书籍宣传，便呈请政府，求英王核准，在剑桥只许有三家书铺，让他们宣誓不卖未经大学检查员审定的书。那时英王是亨利第八；一五三四年颁给他们勅书，授权他们选三家书纸店兼印刷人，或书铺，“印行大学校长或他的代理人等所审定的各种书籍”。这便是剑桥印书的法律根据。不过直到一五八三年，他们才真正印起书来。那时伦敦各家书纸店有印书的专利权，任意抬高价钱。他们妒忌剑桥印书，更恨的是卖得贱。恰好一六二〇年剑桥翻印了他们一本文法书，他们就在法庭告了一状。剑桥师生老早不乐意他们抬价钱，这一来更愤愤不平；大学副校长第二年乘英王詹姆士第一上新市场去，半路上就递上一件呈子，附了一个比较价目表。这样小题大做，真有些书呆子气。王和诸大臣商议了一下，批道，我们现在事情很多，没工夫讨论大学与诸家书纸店的权益；但准大学印刷人出售那些文法书，以救济他的支绌。这算是碰了个软钉子，可也算是胜利。那呈子，那批，和上文说的那本《圣经》都在这一回展览中。席勃齐印的八本书也有两种在这里。此外还有一六二九年初印的定本《圣经》，书扉雕刻繁细，手艺精工之极。又密尔顿《力息达斯》（Lycidas）的初本也在展览着，那是经他亲手校改过的。

近代插图书籍展览，在圣诞节前不久，大约是让做父母的给孩子们多买点节礼吧。但在一个外国人，却也值得看看。展览的是七十年来的作品，虽没有什么系统，在这里却可以找着各种美，各种趋势。插图与装饰画不一样，得吟味原书的文字，透出自己的机锋。心要灵，手要熟，二者不可缺一。或实写，或想象，因原书情境，画人性习而异。——童话的插图却只得凭空着笔，想象更自由些；在不自由的成人看来，也许别有一种滋味。看过赵译《阿丽思漫游奇境记》里谭尼尔（JohnTenniel）的插画的，当会有同感吧。——所展览的，幽默，秀美，粗豪，典重，各擅胜场，琳琅满目；有人称为“视觉的音乐”，颇为近之。最有味的，同一作家，各家插画所表现的却大不相同。譬如莪默伽亚谟（Omar Khayyam），莎士比亚，几乎在一个人手里一个样子；展览会里书多，比较着看方便，可以扩充眼界。插图有“黑白”的，有彩色的；“黑白”的多，为的省事省钱。就黑白画而论，从前是雕版，后来是照相；照相虽然精细，可是失掉了那种生力，只要拿原稿对看就会觉出。这儿也展览原稿，或是俟笔画，或是水彩画；不但可以“对看”，也可以让那些艺术家更和我们接近些。《观察报》记者记这回展览会，说插图的书，字往往印得特别大，意在和谐；却实在不便看。他主张书与图分开，字还照寻常大小印。他自然指大本子而言。但那种“和谐”其实也可爱；若说不便，这种书原是让你慢慢玩赏的，哪能像读报一样目下数行呢？再说，将配好了的对儿生生拆开，不但大小不称，怕还要多花钱。

诗籍铺（The Poetry Bookshop）真是米米小，在一个大地方的一道小街上。“叫名”街，实在一条小胡同吧。门前不大见车马，不说；就是行人，一天也只寥寥几个。那道街斜对着无人不知的大英博物院；街口钉着小小的一块字号木牌。初次去时，人家教在博物院左近找。问院门口守卫，他不知道有这个铺子，问路上戴着常礼帽的老者，他想没有这么一个铺子；好容易才找着那块小木牌，真是“远在天边，近在眼前”。这铺子从前在另一处，那才冷僻，连裴歹克的地图上都没名字，据说那儿是一所老宅子，才真够诗味，挪到现在这样平常的地带，未免太可惜。那时候美国游客常去，一个原因许是美国看不见那样老宅子。

诗人赫洛德孟罗（Harold Monro）在一九一二年创办了这爿诗籍铺。用意在让诗与社会发生点切实的关系。孟罗是二十多年来伦敦文学生涯里一个要紧角色。从一九一一年给诗社办《诗刊》（Poetry Review）起知名。在第一期里,他说,“诗与人生的关系得再认真讨论,用于别种艺术的标准也该用于诗。”他觉得能做诗的该做诗,有困难时该帮助他,让他能做下去;一般人也该念诗,受用诗。为了前一件,他要自办杂志,为了后一件,他要办读诗会;为了这两件,他办了诗籍铺。这铺子印行过《乔治诗选》(Georgian Poetry),乔治是现在英王的名字,意思就是当代诗选,所收的都是代表作家。第一册出版,一时风靡,买诗念诗的都多了起来;社会确乎大受影响。诗选共五册;出第五册时在一九二二年,那时乔治诗人的诗兴却渐渐衰了。一九一九到二五年铺子里又印行《市本》月刊(TheChapbook)登载诗歌,评论,木刻等,颇多新进作家。

读诗会也在铺子里;星期四晚上准六点钟起,在一间小楼上。一年中也有些时候定好了没有。从创始以来,差不多没有间断过。前前后后著名的诗人几乎都在这儿读过诗:他们自己的诗,或他们喜欢的诗。入场券六便士,在英国算贱,合四五毛钱。在伦敦的时候,也去过两回。那时孟罗病了,不大能问事,铺子里颇为黯淡。两回都是他夫人爱立达克莱曼答斯基(Alida Klementaski)读,说是找不着别人。那间小楼也容得下四五十位子,两回去,人都不少;第二回满了座,而且几乎都是女人——还有挨着墙站着听的。屋内只读诗的人小桌上一盏蓝罩子的桌灯亮着,幽幽的。她读济兹和别人的诗,读得很好,口齿既清楚,又有顿挫,内行说,能表出原诗的情味。英国诗有两种读法,将每个重音咬得清清楚楚,顿挫的地方用力,和说话的调子不相像,约翰德林瓦特(John Drinkwater)便主张这一种。他说,读诗若用说话的调子,太随便,诗会跑了。但是参用一点儿,像克莱曼答斯基女士那样,也似乎自然流利,别有味道。这怕要看什么样的诗,什么样的读诗人,不可一概而论。但英国读诗,除不吟而诵,与中国根本不同之外,还有一件:他们按着文气停顿,不按着行,也不一定按着韵脚。这因为他们的诗以轻重为节奏,文句组织又不同,往往一句跨两行三行,却非作一句读不可,韵脚便只得轻轻地滑过去。读诗是一种才能,但也需要训练;他们注重这个,训练的机会多,所以是诗人都能来一手。

铺子在楼下,只一间,可是和读诗那座楼远隔着一条甬道。屋子有点黑,四壁是书架,中间桌上放着些诗歌篇子(Sheets),木刻画。篇子有宽长两种,印着诗歌,加上些零星的彩画,是给大人和孩子玩儿的。犄角儿上一张账桌子,坐着一个戴近视眼镜的,和蔼可亲的,圆脸的中年妇人。桌前装着火炉,炉旁蹲着一只大白狮子猫,和女人一样胖。有时也遇见克莱曼答斯基女士，匆匆地来匆匆地去。孟罗死在一九三二年三月十五日。第二天晚上到铺子里去，看见两个年轻人在和那女人司账说话；说到诗，说到人生，都是哀悼孟罗的。话音很悲伤，却如清泉流泻，差不多句句像诗；女司账说不出什么，唯唯而已。孟罗在日最尽力于诗人文人的结合，他老让各色的才人聚在一块儿。又好客，家里炉旁（英国终年有用火炉的时候）常有许多人聚谈，到深夜才去。这两位青年的伤感不是偶然的。他的铺子可是赚不了钱；死后由他夫人接手，勉强张罗，现在许还开着。

文人宅

杜甫《最能行》云，“若道士无英俊才，何得山有屈原宅？”《水经注》，秭归“县北一百六十里有屈原故宅，累石为屋基。”看来只是一堆烂石头，杜甫不过说得嘴响罢了。但代远年湮，渺茫也是当然。往近里说，《孽海花》上的“李纯客”就是李慈铭，书里记着他自撰的楹联，上句云，“保安寺街藏书一万卷”；但现在走过北平保安寺街的人，谁知道哪一所屋子是他住过的？更不用提屋子里怎么个情形，他住着时怎么个情形了。要凭吊，要留连，只好在街上站一会儿出出神而已。

西方人崇拜英雄可真当回事儿，名人故宅往往保存得好。譬如莎士比亚吧，老宅子，新宅子，太太老太太宅子，都好好的，连家具什物都存着。莎士比亚也许特别些，就是别人，若有故宅可认的话，至少也在墙上用木牌标明，让访古者有低徊之处；无论宅里住着人或已经改了铺子。这回在伦敦所见的四文人宅，时代近，宅内情形比莎士比亚的还好；四所宅子大概都由私人捐款收买，布置起来，再交给公家的。

约翰生博士（Samuel Johnsom，1709—1784）宅，在旧城，是三层楼房，在一个小方场的一角上，静静的。他一七四八年进宅，直住了十一年；他太太死在这里。他和助手就在三层楼上小屋里编成了他那部大字典。那部寓言小说（allegorical novel）《刺塞拉斯》（《Rasselas》）大概也在这屋子里写成；是晚上写的，只写了一礼拜，为的要付母亲下葬的费用。屋里各处，如门堂，复壁板，楼梯，碗橱，厨房等，无不古气盎然。那著名的大字典陈列在楼下客室里；是第三版，厚厚的两大册。他编著这部字典，意在保全英语的纯粹，并确定字义；因为当时作家采用法国字的实在太多了。字典中所定字义有些很幽默：如“女诗人，母诗人也”（she - poet，盖准 she goat——母山羊——字例），又如“燕麦，谷之一种，英格兰以饲马，而苏格兰则以为民食也”，都够损的。——伦敦约翰生社便用这宅子作会所。

济兹（John Keats，1795—1821）宅，在市北汉姆司台德区（Hampstead）。他生卒虽然都不在这屋子里，可是在这儿住，在这儿恋爱，在这儿受人攻击，在这儿写下不朽的诗歌。那时汉姆司台德区还是乡下，以风景著名，不像现时人烟稠密。济兹和他的朋友布朗（Charles Armitage Brown）同住。屋后是个大花园，绿草繁花，静如隔世；中间一棵老梅树，一九二一年干死了，干子还在。据布朗的追记，济兹《夜莺歌》似乎就在这棵树下写成。布朗说，“一八一九年春天，有只夜莺做窠在这屋子近处。济兹常静听它歌唱以自怡悦；一天早晨吃完早饭，他端起一张椅子坐到草地上梅树下，直坐了两三点钟。进屋子的时候，见他拿着几张纸片儿，塞向书后面去。问他，才知道是歌咏我们的夜莺之作。”这里说的梅树，也许就是花园里那一棵。但是屋前还有草地，地上也是一棵三百岁老桑树，枝叶扶疏，至今结桑椹；有人想《夜莺歌》也许在这棵树下写的。济兹的好诗在这宅子里写的最多。

他们隔壁住过一家姓布龙（Brawne）的。有位小姐叫凡耐（Fanny），让济兹爱上了，他俩订了婚，他的朋友颇有人不以为然，为的女的配不上；可是女家也大不乐意，为的济兹身体弱，又像疯疯癫癫的。济兹自己写小姐道：“她个儿和我差不多——长长的脸蛋儿——多愁善感——头梳得好——鼻子不坏，就是有点小毛病——嘴有坏处有好处——脸侧面看好，正面看，又瘦又少血色，像没有骨头。身架苗条，姿态如之——胳膊好，手差点儿——脚还可以——她不止十七岁，可是天真烂漫——举动奇奇怪怪的，到处跳跳蹦蹦，给人编诨名，近来愣叫我‘自美自的女孩子’——我想这并非生性坏，不过爱闹一点漂亮劲儿罢了。”

一八二〇年二月，济兹从外面回来，吐了一口血。他母亲和三弟都死在痨病上，他也是个痨病底子；从此便一天坏似一天。这一年九月，他的朋友赛焚（Joseph Severn）伴他上罗马去养病；次年二月就死在那里，葬新教坟场，才二十六岁。现在这屋子里陈列着一圈头发，大约是赛焚在他死后从他头上剪下来的。又次年，赛焚向人谈起，说他保存着可怜的济兹一点头发，等个朋友捎回英国去；他说他有个怪想头，想照他的希腊琴的样子做根别针，就用济兹头发当弦子，送给可怜的布龙小姐，只恨找不到这样的手艺人。济兹头发的颜色在各人眼里不大一样：有的说赤褐色，有的说棕色，有的说暖棕色，他二弟两口子说是金红色，赛焚追画他的像，却又画作深厚的棕黄色。布龙小姐的头发，这儿也有一并存着。

他俩订婚戒指也在这儿，镶着一块红宝石。还有一册仿四折本《莎士比亚》，是济兹常用的。他对于莎士比亚，下过一番苦工夫；书中页边行里都画着道儿，也有些精湛的评语。空白处亲笔写着他见密尔顿发和独坐重读《黎琊王》剧作两首诗；书名页上记着“给布龙凡耐，一八二〇”，照年份看，准是上意大利去时送了作纪念的。珂罗版印的《夜莺歌》墨迹，有一份在这儿，另有哈代《汉姆司台德宅作》一诗手稿，是哈代夫人捐赠的，宅中出售影印本。济兹书法以秀丽胜，哈代的以苍老胜。

这屋子保存下来却并不易。一九二一年，业主想出售，由人翻盖招租。地段好，脱手一定快的；本区市长知道了，赶紧组织委员会募款一万镑。款还募得不多，投机的建筑公司已经争先向业主讲价钱。在这千钧一发的当儿，亏得市长和本区四委员迅速行动，用私人名义担保付款，才得挽回危局。后来共收到捐款四千六百五十镑（约合七八万元），多一半是美国人捐的；那时正当大战之后，为这件事在英国募款是不容易的。

加莱尔（Thomes Carlyle，1795—1881）宅，在泰晤士河旁乞而西区（Chelsea）；这一区至今是文人艺士荟萃之处。加莱尔是维多利亚时代初期的散文家，当时号为“乞而西圣人”。一八三四年住到这宅子里，一直到死。书房在三层楼上，他最后一本书《弗来德力大帝传》就在这儿写的。这间房前面临街，后面是小园子；他让前后都砌上夹墙，为的怕那街上的嚣声，园中的鸡叫。他著书时坐的椅子还在；还有一件呢浴衣。据说他最爱穿浴衣，有不少件；苏格兰国家画院所藏他的画像，便穿着灰呢浴衣，坐在沙发上读书，自有一番宽舒的气象。画中读书用的架子还可看见。宅里存着他几封信，女司事愿意念给访问的人听，朗朗有味。二楼加莱尔夫人屋里放着架小屏，上面横的竖的斜的正的贴满了世界各处风景和人物的画片。

狄更斯（Charles Dickens，1812—1870）宅，在“西头”，现在是热闹地方。狄更斯出身贫贱，熟悉下流社会情形；他小说里写这种情形，最是酣畅淋漓之至。这使他成为“本世纪最通俗的小说家，又，英国大幽默家之一”，如他的老友浮斯大（John Forster）给他作的传开端所说。他一八三六年动手写《比克维克秘记》（《Pickwick Papers》），在月刊上发表。起初是绅士比克维克等行猎故事，不甚为世所重；后来仆人山姆（Sam Weller）出现，诙谐嘲讽，百变不穷，那月刊顿时风行起来。狄更斯手头渐宽，这才迁入这宅子里，时在一八三七年。

他在这里写完了《比克维克秘记》，就是这一年印成单行本。他算是一举成名，从此直到他死时，三十四年间，总是蒸蒸日上。来这屋子不多日子，他借了一个饭店举行《秘记》发表周年纪念，又举行他夫妇结婚周年纪念。住了约莫两年,又写成《块肉余生述》,《滑稽外史》等。这其间生了两个女儿,房子挤不下了;一八三九年终,他便搬到别处去了。

屋子里最热闹的是画,画着他小说中的人物,墙上大大小小,突梯滑稽,满是的。所以一屋子春气。他的人物虽只是类型,不免奇幻荒唐之处,可是有真味,有人味;因此这么让人欢喜赞叹。屋子下层一间厨房,所谓"丁来谷厨房",道地老式英国厨房,是特地布置起来的——"丁来谷"是比克维克一行下乡时寄住的地方。厨房架子上摆着带釉陶器,也都画着狄更斯的人物。这宅里还存着他的手杖,头发;一朵玫瑰花,是从他尸身上取下来的;一块小窗户,是他十一岁时住的楼顶小屋里的;一张书桌,他带到美洲去过,临死时给了二女儿,现时罩着紫色天鹅绒,蛮伶俐的。此外有他从这屋子寄出的两封信,算回了老家。

这四所宅子里的东西,多半是人家捐赠;有些是特地买了送来的。也有借得来陈列的。管事的人总是在留意搜寻着,颇为苦心热肠。经常用费大部靠基金和门票、指南等余利;但门票卖的并不多,指南照顾的更少,大约维持也不大容易。

格雷(Thomas Gray,1716—1771)以《挽歌辞》(《ElegyWritten in a Country Churchyard》)著名。原题中所云"作于乡村教堂墓地中",指司妥克波忌士(Stoke Poges)的教堂而言。诗作于一七四二格雷二十五岁时,成于一七五〇年,当时诗人怀古之情,死生之感,亲近自然之意,诗中都委婉达出,而句律精妙,音节谐美,批评家以为最足代表英国诗,称为诗中之诗。诗出后,风靡一时,诵读模拟,遍于欧洲各国;历来引用极多,至今已成为英美文学教育的一部分。司妥克波忌士在伦敦西南,从那著名的温泽堡(Windsor Castle)去是很近的。四月一个下午,微雨之后,我们到了那里。一路幽静,似乎鸟声也不大听见。拐了一个小弯儿,眼前一片平铺的碧草,点缀着稀疏的墓碑;教堂木然孤立,像戏台上布景似的。小路旁一所小屋子,门口有小木牌写着格雷陈列室之类。出来一位白发老人,殷勤地引我们去看格雷墓,长方形,特别大,是和他母亲、姨母合葬的,紧挨着教堂墙下。又看水松树(yew - tree),老人说格雷在那树下写《挽歌辞》来着;《挽歌辞》里提到水松树,倒是确实的。我们又兜了个大圈子,才回到小屋里,看《挽歌辞》真迹的影印本。还有几件和格雷关系很疏的旧东西。屋后有井,老人自己汲水灌园,让我们想起"灌园叟"来;临别他送我们每人一张教堂影片。

博　物　院

伦敦的博物院带画院，只拣大的说，足足有十个之多。在巴黎和柏林，并不“觉得”博物院有这么多似的。柏林的本来少些；巴黎的不但不少，还要多些，但除卢佛宫外，都不大。最要紧的，伦敦各院陈列得有条有理的，又疏朗，房屋又亮，得看；不像卢佛宫，东西那么挤，屋子那么黑，老教人喘不出气。可是，伦敦虽然得看，说起来也还是千头万绪；真只好拣大的说罢了。

先看西南角。维多利亚亚伯特院最为堂皇富丽。这是个美术博物院，所收藏的都是美术史材料，而装饰用的工艺品尤多，东方的西方的都有。漆器，磁器，家具，织物，服装，书籍装订，道地五光十色。这里颇有中国东西。漆器瓷器玉器不用说，壁画佛像，罗汉木像，还有乾隆宝座也都见于该院的“东方百珍图录”里。图录里还有明朝李麟（原作 Li Ling，疑系此人）画的《波罗球戏图》；波罗球骑着马打，是唐朝从西域传来的。中国现在似乎没存着这种画。院中卖石膏像，有些真大。

自然史院是从不列颠博物院分出来的。这里才真古色古香，也才真“巨大”。看了各种史前人的模型，只觉得远烟似的时代，无从凭吊，无从怀想——满够不上分儿。中生代大爬虫的骨架，昂然站在屋顶下，人还够不上它们一条腿那么长，不用提“项背”了。现代鲸鱼的标本虽然也够大的，但没腿，在陆居的我们眼中就差多了。这里有夜莺，自然是死的，那样子似乎也并不特别秀气；嗓子可真脆真圆，我在话匣片里听来着。

欧战院成立不过十来年。大战各方面，可以从这里略见一斑。这里有模型，有透视画（dioramas），有照相，有电影机，有枪炮等等。但最多的还是画。大战当年，英国情报部雇用一群少年画家，教他们搁下自己的工作，大规模的画战事画，以供宣传，并作为历史纪录。后来少年画家不够用，连老画家也用上了。那时情报部常常给这些画家开展览会，个人的或合伙的。欧战院的画便是那些展览作品的一部分。少年画家大约都是些立体派，和老画家的浪漫作风迥乎不同。这些画家都透视了战争，但他们所成就的却只是历史纪录，艺术是没有什么的。

现在该到西头来，看人所熟知的不列颠博物院了。考古学的收藏，名人文件，抄本和印本书籍，都数一数二；顾恺之《女史箴》卷子和敦煌卷子便在此院中。磁器也不少，中国的，土耳其的，欧洲各国的都有；中国的不用说，土耳其的青花，浑厚朴拙，比欧洲金的蓝的或刻镂的好。考古学方面，埃及王拉米塞斯第二（约公元前1250）巨大的花岗石像，几乎有自然史院大爬虫那么高，足为我们扬眉吐气；也有坐像。坐立像都僵直而四方，大有虽地动山摇不倒之势。这些像的石质尺寸和形状，表示统治者永久的超人的权力。还有贝叶的《死者的书》，用象形字和俗字两体写成。罗塞他石，用埃及两体字和希腊文刻着诏书一通（公元前195），一七九八年出土；从这块石头上，学者比对希腊文，才读通了埃及文字。

希腊巴昔农庙（Parthenon）各件雕刻，是该院最足以自豪的。这个庙在雅典，奉祀女神雅典巴昔奴；配利克里斯（Pericles）时代，教成千带万的艺术家，用最美的大理石，重建起来，总其事的是配氏的好友兼顾问，著名雕刻家费迪亚斯（Phidias）。那时物阜民丰，费了二十年工夫，到了公元前四三五年，才造成。庙是长方形，有门无窗；或单行或双行的石柱围绕着，像女神的马队一般。短的两头，柱上承着三角形的楣；这上面都雕着像。庙墙外上部，是著名的刻壁。庙在一六八七年让威尼斯人炸毁了一部分；一八〇一年，爱而近伯爵从雅典人手里将三角楣上的像，刻壁，和些别的买回英国，费了七万镑，约合百多万元；后来转卖给这博物院，却只要一半价钱。院中特设了一间爱而近室陈列那些艺术品，并参考巴黎国家图书馆所藏的巴昔农庙诸图，做成庙的模型，巍巍然立在石山上。

希腊雕像与埃及大不相同，绝无僵直和紧张的样子。那些艺术家比较自由，得以研究人体的比例；骨架，肌理，皮肉，他们都懂得清楚，而且有本事表现出来。又能抓住要点，使全体和谐不乱。无论坐像立像，都自然，庄严，造成希腊艺术的特色：清明而有力。当时运动竞技极发达；艺术家雕神像，常以得奖的人为“模特儿”，赤裸裸的身体里充满了活动与力量。可是究竟是神像；所以不能是如实的人像而只是理想的人像。这时代所缺少的是热情，幻想；那要等后世艺人去发展了。庙的东楣上运命女神三姊妹像，头已经失去了，可是那衣褶如水的轻妙，衣褶下身体的充盈，也从繁复的光影中显现，几乎不相信是石人。那刻壁浮雕着女神节贵家少女献衣的行列。少女们穿着长袍，庄严的衣褶，和运命女神的又不一样，手里各自拿着些东西；后面跟着成队的老人，妇女，雄赳赳的骑士，还有带祭品的人，齐向诸神而进。诸神清明彻骨，在等待着这一行人众。这刻壁上那么多人，却不繁杂，不零散，打成一片，布局时必然煞费苦心。而细看诸少女诸骑士，也各有精神，绝不一律；其间刀锋或深或浅，光影大异。少壮的骑士更像生龙活虎，千载如见。

院中所藏名人的文件太多了。像莎士比亚押房契，密尔顿出卖《失乐园》合同（这合同是书记代签，不出密氏亲笔），巴格来夫（Palgrave）《金库集》稿，格雷《挽歌》稿，哈代《苔丝》稿，达文齐，密凯安杰罗的手册，还有维多利亚后四岁时铅笔签字，都亲切有味。至于荷马史诗的贝叶，公元一世纪所写，在埃及发现的，以及九世纪时希伯来文《旧约圣经》残页，据说也许是世界上最古《圣经》钞本的，却真令人悠然遐想。还有，二世纪时，罗马舰队一官员，向兵丁买了一个七岁的东方小儿为奴，立了一张贝叶契，上端盖着泥印七颗；和英国大宪章的原本，很可比着看。院里藏的中古钞本也不少；那时欧洲僧侣非常闲，日以抄书为事；字用峨特体，多棱角，精工是不用说的。他们最考究字头和插画，必然细心勾勒着上鲜丽的颜色，蓝和金用得多些；颜色也选得精，至今不变。某抄本有岁历图，二幅，画十二月风俗，细致风华，极为少见。每幅下另有一栏，画种种游戏，人物短小，却也滑稽可喜。画目如下：正月，析薪；二月，炬舞；三月，种花，伐木；四月，情人园会；五月，荡舟；六月，比武；七月，行猎，刈麦；八月，获稻；九月，酿酒；十月，耕种；十一月，猎归；十二月，屠豕。钞本和印本书籍之多，世界上只有巴黎国家图书馆可与这博物院相比；此处印本共三百二十万余册。有穹隆顶的大阅览室，圆形，室中桌子的安排，好像车轮的辐，可坐四百八十五人；管理员高居在毂中。

次看画院。国家画院在西中区闹市口，匹对着特拉伐加方场一百八十四英尺高的纳尔逊石柱子。院中的画不算很多，可是足以代表欧洲画史上的各派；他们自诩，在这一方面，世界上哪儿也及不上这里。最完全的是意大利十五六世纪的作品，特别是佛罗伦司派，大约除了意大利本国，便得上这儿来了。画按派别排列，可也按着时代。但是要看英国美术、此地不成，得上南边儿泰特（Tate）画院去。那画院在泰晤士河边上；一九二八年水上了岸，给浸坏了特耐尔（Joseph MallordWilliam Turner，1775—1851）好多画，最可惜。特耐尔是十九世纪英国最大的风景画家，也是印象派的先锋。他是个穷苦的孩子，小时候住在菜市旁的陋巷里，常只在泰晤士河的码头和驳船上玩儿。他对于泰晤士河太熟了，所以后来爱画船,画水,画太阳光。再后来他费了二十多年工夫专研究光影和色彩,轮廓与内容差不多全不管;这便做了印象派的前驱了。他画过一幅《日出:湾头堡子》,那堡子淡得只见影儿,左手一行树,也只有树的意思罢了;可是,瞧,那金黄的朝阳的光,顺着树水似的流过去,你只觉着温暖,只觉着柔和,在你的身上,那光却又像一片海,满处都是的,可是闪闪铄铄,仪态万千,教你无从捉摸,有点儿着急。

特耐尔以前,坚士波罗(Gainsborough,1727—1788)是第一个人脱离荷兰影响,用英国景物作风景画的题材;又以画像著名。何嘉士(Hogarth,1697—1764)画了一套《结婚式》,又生动又亲切,当时刻板流传,风行各处,现存在这画院中。美国大画家惠斯勒(Whistler)称他为英国仅有的大画家。雷诺尔兹(Reynolds,1723—1792)的画像,与坚士波罗并称。画像以性格与身份为主,第一当然要像。可是从看画者一面说,像主若是历史上的或当代的名人,他们的性格与身份,多少总知道些,看起来自然有味,也略能批评得失。若只是平凡的人,凭你怎样像,陈列到画院里,怕就少有去理会的。因此,画家为维持他们永久的生命计,有时候重视技巧,而将"像"放在第二着。雷诺尔兹与坚士波罗似乎就是这样的人。他们画的像,色调鲜明而缥缈。庄严的男相,华贵的女相,优美活泼的孩子相,都算登峰造极;可就是不大"像"。坚氏的女像总太瘦;雷氏的不至于那么瘦,但是像主往往退回他的画,说太不像。——国家画院旁有个国家画像院,专陈列英国历史上名人的像,文学家,艺术家,科学家,政治家,皇族,应有尽有,约共二千一百五十人。油画是大宗,排列依着时代。这儿也看见雷坚二氏的作品;但就全体而论,历史比艺术多的多。

泰特画院中还藏着诗人勃来克(William Blake,1757—1827)和罗塞蒂(Dante Gabriel Rossetti,1828—1882)的画。前一位是浪漫诗人的先驱,号称神秘派。自幼儿想象多,都表现在诗与画里。他的图案非常宏伟;色彩也如火焰,如一飞冲天的翅膀。所画的人体并不切实,只用作表现姿态,表现动的符号而已。后一位是先拉斐尔派的主角;这一派是诗与画双管齐下的。他们不相信"为艺术的艺术",而以知识为重。画要叙事,要教训,要接触民众的心,让他们相信美的新观念;画笔要细腻,颜色却不必调和。罗氏作品有着清明的调子,强厚的感情;只是理想虽高,气韵却不够生动似的。

当代英国名雕塑家爱勃斯坦(Jacob Epstein)也有几件东西陈列在这

里。他是新派的浪漫雕塑家。这派人要在形体的部分中去找新的情感力量;那必是不寻常的部分,足以扩展他们自己情感或感觉的经验的。他们以为这是美,夸张的表现出来;可是俗人却觉得人不像人,物不像物,觉得丑,只认为滑稽画一类。爱氏雕石头,但是塑泥似乎更多:塑泥的表面,决不刮光,就让那么凸凸凹凹的堆着,要的是这股劲儿。塑完了再倒铜。——他也卖素描,形体色调也是那股浪漫劲儿。

以上只有不列颠博物院的历史可以追溯到十八世纪;别的都是十九世纪建立的,但欧战院除外。这些院的建立,固然靠国家的力量,却也靠私人的捐助——捐钱盖房子或捐自己的收藏的都有。各院或全不要门票,像不列颠博物院就是的;或一礼拜中两天要门票,票价也极低。他们印的图片及专册,廉价出售,数量惊人。又差不多都有定期的讲演,一面讲一面领着看;虽然讲的未必怎样精,听讲的也未必怎样多。这种种全为了教育民众,用意是值得我们佩服的。

公　园

英国是个尊重自由的国家，从伦敦海德公园（Hyde Park）可以看出。学政治的人一定知道这个名字；近年日报的海外电讯里也偶然有这个公园出现。每逢星期日下午，各党各派的人都到这儿来宣传他们的道理。公说公有理，婆说婆有理，井水不犯河水。从耶稣教到共产党，差不多样样有。每一处说话的总是一个人。他站在桌子上，椅子上，或是别的什么上，反正在听众当中露出那张嘴脸就成；这些桌椅等等可得他们自己预备，公园里的长椅子是只让人歇着的。听的人或多或少。有一回一个讲耶稣教的，没一个人听，却还打起精神在讲；他盼望来来去去的游人里也许有一两个三四个五六个……爱听他的，只要有人驻一下脚，他的口舌就算不白费了。

见过一回共产党示威，演说的东也是，西也是；有的站在大车上，颇有点巍巍然。按说那种马拉的大车平常不让进园，这回大约办了个特许。其中有个女的约莫四十上下，嗓子最大，说的也最长；说的是伦敦土话，凡是开口音，总将嘴张到不能再大的地步，一面用胳膊助势。说到后来，嗓子沙了，还是一字不苟的喊下去。天快黑了，他们整队出园喊着口号，标语旗帜也是五光十色的。队伍两旁，又高又大的马巡缓缓跟着，不说话。出的是北门，外面便是热闹的牛津街。

北门这里一片空旷的沙地，最宜于露天演说家，来的最多。也许就在共产党队伍走后吧，这里有人说到中日的事；那时刚过"一二八"不久，他颇为我们抱不平。他又赞美甘地；却与贾波林相提并论，说贾波林也是为平民打抱不平的。这一比将听众引得笑起来了；不止一个人和他辩论，一位老太太甚至嘀咕着掉头而去。这个演说的即使不是共产党，大约也不是"高等"英人吧。公园里也闹过一回大事：一八六六年国会改革的暴动（劳工争选举权），周围铁阑干毁了半里多路长，警察受伤了二百五十名。

公园周围满是铁阑干，车门九个，游人出入的门无数，占地二千二百多亩，绕园九里，是伦敦公园中最大的，来的人也最多。园南北都是闹市，园中心却静静的。灌木丛里各色各样野鸟，清脆的繁碎的语声，夏天绿草地上，洁白的绵羊的身影，教人像下了乡，忘记在世界大城里。那草地一片迷濛的绿，一片芊绵的绿，像水，像烟，像梦；难得的，冬天也这样。西南角上蜿蜒着一条蛇水，算来也占地三百亩，养着好些水鸟，如苍鹭之类。可以摇船，游泳；并有救生会，让下水的人放心大胆。这条水便是雪莱的情人西河女士（Harriet Westbrook）自沉的地方，那是一百二十年前的事了。

南门内有拜伦立像，是五十年前希腊政府捐款造的；又有座古英雄阿契来斯像，是惠灵顿公爵本乡人造了来纪念他的，用的是十二尊法国炮的铜，到如今却有一百多年了。还有英国现负盛名的雕塑家爱勃司坦（Epstein）的壁雕，是纪念自然学家赫德生的。一个似乎要飞的人，张着臂，仰着头，散着发，有原始的朴拙犷悍之气，表现的是自然精神的化身；左右四只鸟在飞，大小旁正都不相同，也有股野劲儿。这件雕刻的价值，引起过许多讨论。南门内到蛇水边一带游人最盛。夏季每天上午有铜乐队演奏；在栏外听算白饶，进栏得花点票钱，但有椅子坐。游人自然步行的多，也有跑车的，骑马的；骑马的另有一条“马”路。

这园子本来是鹿苑，在里面行猎；一六三五年英王查理斯第一才将它开放，作赛马和竞走之用。后来变成决斗场。一八五一年第一次万国博览会开在这里，用玻璃和铁搭盖的会场；闭会后拆了盖在别处，专作展览的处所，便是那有名的水晶宫了。蛇水本没有，只有六个池子；是十八世纪初叶才打通的。

海德公园东南差不多毗连着的，是圣詹姆士公园（St. James's Park），约有五百六七十亩。本是沮洳的草地，英王亨利第八抽了水，砌了围墙，改成鹿苑。查理斯第二扩充园址，铺了路，改为游玩的地方；以后一百年里，便成了伦敦最时髦的散步场。十九世纪初才改造为现在的公园样子。有湖，有悬桥；湖里鹈鹕最多，倚在桥栏上看它们水里玩儿，可以消遣日子。周围是白金罕宫，西寺，国会，各部官署，都是最忙碌的所在；倚在桥栏上的人却能偷闲赏鉴那西寺和国会的戈昔式尖顶的轮廓，也算福气了。

海德公园东北有摄政公园，原也是鹿苑；十九世纪初“摄政王”（后为英王乔治第四）才修成现在样子。也有湖，摇的船最好；座位下有小轮子，可以进退自如，滚来滚去顶好玩儿的。野鸽子野鸟很多，松鼠也不少。松鼠原是动物园那边放过来的，只几对罢了；现在却繁殖起来了。常见些老头儿带着食物到园里来喂麻雀，鸽子，松鼠。这些小东西和人混熟了，大大方方到人手里来吃食;看去怪亲热的。别的公园里也有这种人。这似乎比提鸟笼有意思些。

动物园在摄政园东北犄角上,属于动物学会,也有了百多年的历史。搜集最完备,有动物四千,其中哺乳类八百,鸟类二千四百。去逛的据说每年超过二百万人。不用问孩子们去的一定不少;他们对于动物比成人亲近得多,关切得多。只看见教科书上或字典上的彩色动物图,就够琢磨的,不用提实在的东西了。就是成人,可不也愿意开开眼,看看没看过的,山里来的,海里来的,异域来的,珍禽,奇兽,怪鱼?要没有动物园,或许一辈子和这些东西都见不着面呢。再说像狮子老虎,哪能随便见面!除非打猎或看马戏班。但打猎遇着这些,正是拼死活的时候,哪里来得及玩味它们的生活状态?马戏班里的呢,也只表演些扭捏的玩艺儿,时候又短,又隔得老远的;哪有动物园里的自然,得看?这还只说的好奇的人;艺术家更可仔细观察研究,成功新创作,如画和雕塑,十九世纪以来,用动物为题材的便不少。近些年电影里的动物趣味,想来也是这么培养出来的;不过那却作动物园所可限了。

伦敦人对动物园的趣味很大,有的报馆专派有动物园的访员,给园中动物作起居注,并报告新来到的东西;他们的通信有些地方就像童话一样。去动物园的人最乐意看喂食的时候,也便是动物和人最亲近的时候。喂食有时得用外交手腕,譬如鱼池吧,若随手将食撒下去,让大家来抢,游得快的,厉害的,不用说占了便宜,剩下的便该活活饿死了。这当然不公道,那一视同仁的管理人一定不愿意的。他得想法子,比方说,分批来喂,那些快的,厉害的,吃完了,便用网将它们拦在一边,再照料别的。各种动物喂食都有一定钟点,著名的裴歹克《伦敦指南》便有一节专记这个。孩子们最乐意的还有骑象,骑骆驼(骆驼在伦敦也算异域珍奇)。再有,游客若能和管理各动物的工人攀谈攀谈.他们会亲切地讲这个那个动物的故事给你听,像传记的片段一般;那时你再去看他说的那些东西,便更有意思了。

园里最好玩儿的事,黑猩猩茶会,白熊洗澡。茶会夏天每日下午五点半举行,有茶,有牛油面包。它们会用两只前足,学人的样子。有时“生手”加入,却往往只用一只前足,牛油也是它来,面包也是它来;这种虽是天然,看的人倒好笑了。白熊就是北极熊,从冰天雪地里来,却最喜欢夏天;越热越高兴,赤日炎炎的中午,它们能整个儿躺在太阳里。也爱下水洗澡，身上老是雪白。它们待在熊台上，有深沟为界；台旁有池，洗澡便在池里。池的一边，隔着一层玻璃可以看它们载浮载沉的姿势。但是一冷到华氏表五十度下，就不肯下水，身上的白雪也便慢慢让尘土封上了。

非洲南部的企鹅也是人们特别乐意看的。它有一岁半婴孩这么大，不会飞，会下水，黑翅膀，灰色胸脯子挺得高高的，昂首缓步，旁若无人。它的特别处就在乎直立着。比鹅大不多少，比鸵鸟，鹤，小得多，可是一直立就有人气，便当另眼相看了。自然，别的鸟也是直立着的，可是太小了，说不上。企鹅又拙得好，现代装饰图案有用它的。只是不耐冷，一到冬天，便没精打采的了。

鱼房鸟房也特别值得看。鱼房分淡水房海水房热带房（也是淡水）。屋内黑洞洞的，壁上嵌着一排镜框似的玻璃，横长方。每框里一种鱼，在水里游来游去，都用电灯光照着，像画。鸟房有两处，热带房里颜色声音最丰富，最新鲜；有种上截脆蓝下截褐红的小鸟，不住地飞上飞下，不住地咭咭呱呱，怪可怜见的。

这个动物园各部分空气光线都不错，又有冷室温室，给动物很周到的设计。只是才二百亩地，实在施展不开，小东西还罢了，像狮子老虎老是关在屋里，未免委屈英雄，就是白熊等物虽有特备的台子，还是局蹐得很；这与鸟笼子也就差得有限了。固然，让这些动物完全自由，那就无所谓动物园；可是若能给它们较大的自由，让它们活得比较自然些，看的人岂不更得看些。所以一九二七年上，动物学会又在伦敦西北惠勃司奈得（Whipsnade，Bedfordshire）地方成立了一所动物园，有三千多亩；据说，那些庞然大物自如多了，游人看起来也痛快多了。

以上几个园子都在市内，都在泰晤士河北。河南偏西有个大大有名的邱园（Kew Gardens）。却在市外了。邱园正名“王家植物园”，世界最重要，最美丽的植物园之一；大一千七百五十亩，栽培的植物在二万四千种以上。这园子现在归农部所管，原也是王室的产业，一八四一年捐给国家；从此起手研究经济植物学和园艺学，便渐渐著名了。他们编印大英帝国植物志。又移种有用的新植物于帝国境内——如西印度群岛的波罗蜜，印度的金鸡纳霜，都是他们介绍进去的。园中博物院四所；第二所经济植物学博物院设于一八四八年，是欧洲最早的一个。

但是外行人只能赏识花木风景而已。水仙花最多，四月尾有所谓“水仙花礼拜日”，游人盛极。温室里奇异的花也不少。园里有什么好花正开着，门口通告牌上逐日都列着表。暖气室最大，分三部：喜马拉耶室养着石楠和山茶，中国石楠也有，小些；中部正面安排着些大凤尾树和棕榈树；凤尾树真大，得仰起脖子看，伸开两胳膊还不够它宽的。周围绕着些时花与灌木之类。另一部是墨西哥室，似乎没有什么特别的东西。

东南角上一座塔，可不能上；十层，一百五十五尺，造于十八世纪中，那正是中国文化流行欧洲的时候，也许是中国的影响吧。据说还有座小小的孔子庙，但找了半天，没找着。不远儿倒有座彩绘的日本牌坊，所谓"敕使门"的，那却造了不过二十年。从塔下到一个人工的湖有一条柏树甬道，也有森森之意；可惜树太细瘦，比起我们中山公园，真是小巫见大巫了。所谓"竹园"更可怜，又不多，又不大，也不秀，还赶不上西山大悲庵那些。

加尔东尼市场

在北平住下来的人，总知道逛庙会逛小市的趣味。你来回踱着，这儿看看，那儿站站；有中意的东西，磋磨磋磨价钱，买点儿回去让人一看，说真好；再提价钱，说哪有这么巧的。你这一乐，可没白辛苦一趟！要什么都没买成，那也不碍；就凭看中的一两件三四件东西，也够你讲讲说说的。再说在市上流连一会子，到底过了"蘑菇"的瘾，还有什么抱怨的？

伦敦人纷纷上加尔东尼市场（Caldonian Market），也正是这股劲儿。房东太太客厅里炉台儿上放着一个手榴弹壳，是盛烟灰用的。比甜瓜小一点，面上擦得精亮，方方的小块儿，界着又粗又深的黑道儿，就是蛮得好，傻得好。房东太太说还是她家先生在世时逛加尔东尼市场买回来的。她说这个市场卖旧货，可以还价，花样不少，有些是偷来的，倒也有好东西；去的人可真多。市场只在星期二星期五上午十时至下午四时开放，有些像庙会；市场外另有几家旧书旧货铺子，却似乎常做买卖，又有些像小市。

先到外头一家旧书铺。没窗没门。仰面灰蓬蓬的，土地，刚下完雨，门口还积着个小小水潭儿。从乱书堆中间进去，一看倒也分门别类的。"文学"在里间，空气变了味，扑鼻子一阵阵的——到如今三年了，不忘记，可也叫不出什么味。《圣经》最多，整整一箱子。不相干的小说左一堆右一堆；却也挑出了一本莎翁全集，几本正正经经诗选。莎翁全集当然是普通本子，可是只花了九便士，才合五六毛钱。铺子里还卖旧话匣片子，不住地开着让人听，三五个男女伙计穿梭似的张罗着。别几家铺子没进去，外边瞧了瞧，也一团灰土气。

市场门口有小牌子写着开放日期，又有一块写着"谨防扒手"——伦敦别处倒没见过这玩意儿。地面大小和北平东安市场差不多，一半带屋顶，一半露天；干净整齐，却远不如东安市场。满是摊儿，屋里没有地摊儿，露天里有。

摆摊儿的，男女老少，色色俱全；还有缠着头的印度人。卖的是日用什物，布匹，小摆设；花样也不怎样多，多一半古旧过了头。有几件日本磁器，中国货色却不见。也有卖吃的，卖杂耍的。踱了半天，看见一个铜狮子镇纸，够重的，狮子颇有点威武；要价三先令（二元余），还了一先令，没买成。快散了，却瞥见地下大大的厚厚的一本册子，拿起来翻着，原来是书纸店里私家贺年片的样本。这些旧贺年片虽是废物，却印得很好看，又各不相同；问价钱才四便士，合两毛多，便马上买了。出门时又买了个擦皮鞋的绒卷儿，也贱——到现在还用着。这时正愁大册子夹着不便，抬头却见面前立着个卖硬纸口袋的，大小都有，买了东西的人，大概全得买上那么一只；这当口门外沿路一直到大街上，挨挨擦擦的，差不离尽是提纸口袋的。——我口袋里那册贺年片样本，回国来让太太小姐孩子们瞧，都爱不释手；让她们猜价儿，至少说四元钱。我忍不住要想，逛那么一趟加尔东尼，也算值得了。

吃 的

提到欧洲的吃喝,谁总会想到巴黎,伦敦是算不上的。不用说别的,就说煎山药蛋吧。法国的切成小骨牌块儿,黄澄澄的,油汪汪的,香喷喷的;英国的"条儿"(chips)却半黄半黑,不冷不热,干干儿的什么味也没有,只可以当饱罢了。再说英国饭吃来吃去,主菜无非是煎炸牛肉排羊排骨,配上两样素菜;记得在一个人家住过四个月,只吃过一回煎小牛肝儿,算是新花样。可是菜做得简单,也有好处;材料坏容易见出,像大陆上厨子将坏东西做成好样子,在英国是不会的。大约他们自己也觉着腻味,所以一九二六年有一位华衣脱女士(E. White)组织了一个英国民间烹调社,搜求各市各乡的食谱,想给英国菜换点儿花样,让它好吃些。一九三一年十二月烹调社开了一回晚餐会,从十八世纪以来的食谱中选了五样菜(汤和点心在内),据说是又好吃,又不费事。这时候正是英国的国货年,所以报纸上颇为揄扬一番。可是,现在欧洲的风气,吃饭要少要快,那些陈年的老古董,怕总有些不合时宜吧。

吃饭要快,为的忙,欧洲人不能像咱们那样慢条斯理儿的,大家知道。干吗要少呢?为的卫生,固然不错,还有别的:女的男的都怕胖。女的怕胖,胖了难看;男的也爱那股标劲儿,要像个运动家。这个自然说的是中年人少年人;老头子挺着个大肚子的却有的是。欧洲人一日三餐,分量颇不一样。像德国,早晨只有咖啡面包,晚间常冷食,只有午饭重些。法国早晨是咖啡,月芽饼,午饭晚饭似乎一般分量。英国却早晚饭并重,午饭轻些。英国讲究早饭,和我国成都等处一样。有麦粥,火腿蛋,面包,茶,有时还有熏咸鱼,果子。午饭顶简单的,可以只吃一块烤面包,一杯咖啡;有些小饭店里出卖午饭盒子,是些冷鱼冷肉之类,却没有卖晚饭盒子的。

伦敦头等饭店总是法国菜,二等的有意大利菜,法国菜,瑞士菜之分;旧城馆子和茶饭店等才是本国味道。茶饭店与煎炸店其实都是小饭店的别称。茶饭店的"饭"原指的午饭,可是卖的东西并不简单,吃晚饭满成;煎炸店除了煎炸牛肉排羊排骨之外,也卖别的。头等饭店没去过,意大利的馆子却去过两家。一家在牛津街，规模很不小，晚饭时有女杂耍和跳舞。只记得那回第一道菜是生蚝之类；一种特制的盘子，边上围着七八个圆格子，每格放半个生蚝，吃起来很雅相。另一家在由斯敦路，也是个热闹地方。这家却小小的，通心细粉做得最好；将粉切成半分来长的小圈儿，用黄油煎熟了，平铺在盘儿里，洒上干酪（计司）粉，轻松鲜美，妙不可言。还有炸"搁气蚝"，鲜嫩清香，蝤蛑，瑶柱，都不能及；只有宁波的蛎黄仿佛近之。

茶饭店便宜的有三家：拉衣恩司（Lyons），快车奶房，ABC 面包房。每家都开了许多店子，遍布市内外；ABC 比较少些，也贵些，拉衣恩司最多。快车奶房炸小牛肉小牛肝和红烧鸭块都还可口；他们烧鸭块用木炭火，所以颇有中国风味。ABC 炸牛肝也可吃，但火急肝老，总差点儿事；点心烤得却好，有几件比得上北平法国面包房。拉衣恩司似乎没什么出色的东西；但他家有两处"角店"，都在闹市转角处，那里却有好吃的。角店一是上下两大间，一是三层三大间，都可容一千五百人左右；晚上有乐队奏乐。一进去只见黑压压的坐满了人，过道处窄得可以，但是气象颇为阔大（有个英国学生讥为"穷人的宫殿"，也许不错）；在那里往往找了半天站了半天才等着空位子。这三家所有的店子都用女侍者，只有两处角店里却用了些男侍者——男侍者工钱贵些。男女侍者都穿了黑制服，女的更戴上白帽子，分层招待客人。也只有在角店里才要给点小费（虽然门上标明"无小费"字样），别处这三家开的铺子里都不用给的。曾去过一处角店，烤鸡做得还入味；但是一只鸡腿就合中国一元五角，若吃鸡翅还要贵点儿。茶饭店有时备着骨牌等等，供客人消遣，可是向侍者要了玩的极少；客人多的地方，老是有人等位子，干脆就用不着备了。此外还有一些生蚝店，专吃生蚝，不便宜；一位房东太太告诉我说"不卫生"，但是吃的人也不见少。吃生蚝却不宜在夏天，所以英国人说月名中没有"R"（五六七八月），生蚝就不当令了。伦敦中国饭店也有七八家，贵贱差得很大，看地方而定。菜虽也有些高低，可都是变相的广东味儿，远不如上海新雅好。在一家广东楼要过一碗鸡肉馄饨，合中国一元六角，也够贵了。

茶饭店里可以吃到一种甜烧饼（muffin）和窝儿饼（crumpet）。甜烧饼仿佛我们的火烧，但是没馅儿，软软的，略有甜味，好像掺了米粉做的。窝儿饼面上有好些小窝窝儿，像蜂房，比较地薄，也像掺了米粉。这两样大约都是法国来的；但甜烧饼来的早，至少二百年前就有了。厨师多住在祝来巷（Drury Lane），就是那著名的戏园子的地方；从前用盘子顶在头上卖，手里摇着铃子。那时节人家都爱吃，买了来，多多抹上黄油，在客厅或饭厅壁炉上烤得热辣辣的，让油都浸进去，一口咬下来，要不沾到两边口角上。这种偷闲的生活是很有意思的。但是后来的窝儿饼浸油更容易，更香，又不太厚，太软，有咬嚼些，样式也波俏；人们渐渐地喜欢它，就少买那甜烧饼了。一位女士看了这种光景，心下难过；便写信给《泰晤士报》，为甜烧饼抱不平。《泰晤士报》特地做了一篇小社论，劝人吃甜烧饼以存古风；但对于那位女士所说的窝儿饼的坏话，却宁愿存而不论，大约那论者也是爱吃窝儿饼的。

复活节（三月）时候，人家吃煎饼（pancake），茶饭店里也卖；这原是忏悔节（二月底）忏悔人晚饭后去教堂之前吃了好熬饿的，现在却在早晨吃了。饼薄而脆，微甜。北平中原公司卖的“胖开克”（煎饼的音译）却未免太“胖”，而且软了。——说到煎饼，想起一件事来：美国麻省勃克夏地方（Berkshire Country）有“吃煎饼竞争”的风俗，据《泰晤士报》说，一九三二年的优胜者一气吃下四十二张饼，还有腊肠热咖啡。这可算“真正大肚皮”了。

英国人每日下午四时半左右要喝一回茶，就着烤面包黄油。请茶会时，自然还有别的，如火腿夹面包，生豌豆苗夹面包，茶馒头（tea scone）等等。他们很看重下午茶，几乎必不可少。又可乘此请客，比请晚饭简便省钱得多。英国人喜欢喝茶，对于喝咖啡，和法国人相反；他们也煮不好咖啡。喝的茶现在多半是印度茶；茶饭店里虽卖中国茶，但是主顾寥寥。不让利权外溢固然也有关系，可是不利于中国茶的宣传（如说制时不干净）和茶味太淡才是主要原因。印度茶色浓味苦，加上牛奶和糖正合式；中国红茶不够劲儿，可是香气好。奇怪的是茶饭店里卖的，色香味都淡得没影子。那样茶怎么会运出去，真莫名其妙。

街上偶然会碰着提着筐子卖落花生的（巴黎也有），推着四轮车卖炒栗子的，教人有故国之思。花生栗子都装好一小口袋一小口袋的，栗子车上有炭炉子，一面炒，一面装，一面卖。这些小本经纪在伦敦街上也颇古色古香，点缀一气。栗子是干炒，与我们“糖炒”的差得太多了。——英国人吃饭时也有干果，如核桃，榛子，榧子，还有巴西乌菱（原名 BrazilsD，巴西出产，中国通称“美国乌菱”），乌菱实大而肥，香脆爽口，运到中国的太干，便不大好。他们专有一种干果夹，像钳子，将干果夹进去，使劲一握夹子柄，“格”的一声，皮壳碎裂，有些蹦到远处，也好玩儿的。苏州有瓜子夹，象剪刀，却只透着玲珑小巧，用不上劲儿去。

朱自清卷

乞丐

“外国也有乞丐”，是的；但他们的丐道或丐术不大一样。近些年在上海常见的，马路旁水门汀上用粉笔写着一大堆困难情形，求人帮助，粉笔字一边就坐着那写字的人，——北平也见过这种乞丐，但路旁没有水门汀，便只能写在纸上或布上——却和外国乞丐相像；这办法不知是“来路货”呢，还是“此心同，此理同”呢？

伦敦乞丐在路旁画画的多，写字的却少。只在特拉伐加方场附近见过一个长须老者（外国长须的不多），在水门汀上端坐着，面前几行潦草的白粉字。说自己是大学出身，现在一寒至此，大学又有何用，这几句牢骚话似乎颇打动了一些来来往往的人，加上老者那炯炯的双眼，不露半星儿可怜相，也教人有点肃然。他右首放着一只小提箱，打开了，预备人往里扔钱。那地方本是四通八达的闹市，扔钱的果然不少。箱子内外都撒的铜子儿（便士）；别的乞丐却似乎没有这么好的运气。

画画的大半用各色粉笔，也有用颜料的。见到的有三种花样。或双钩 To Live（求生）二字，每一个字母约一英尺见方，在双钩的轮廓里精细地作画。字母整齐匀净，通体一笔不苟。或双钩 Good Luck（好运）二字，也有只用 Luck（运气）一字的。——“求生”是自道；“好运”“运气”是为过客颂祷之辞。或画着四五方风景，每方大小也在一英尺左右。通常画者坐在画的一头，那一头将他那旧帽子翻过来放着，铜子儿就扔在里面。

这些画丐有些在艺术学校受过正式训练，有些平日爱画两笔，算是“玩艺儿”。到没了落儿，便只好在水门汀上动起手来了。一九三二年五月十日，这些人还来了一回展览会。那天的晚报（The Evening News）上选印了几幅，有两幅是彩绣的。绣的人诨名“牛津街开特尔老大”，拳乱时做水手，来过中国，他还记得那时情形。这两幅画绣在帆布（画布）上，每幅下了八万针。他绣过英王爱德华像，据说颇为当今王后所赏识；那是他生平最得意的时候。现在却只在牛津街上浪荡着。

晚报上还记着一个人。他在杂戏馆（Halls）干过三十五年，名字常大书在海报上。三年前还领了一个杂戏班子游行各处，他扮演主要的角色。

英伦三岛的城市都到过；大陆上到过百来处，美国也到过十来处。也认识贾波林。可是时运不济，“老伦敦”却没一个子儿。他想起从前朋友们说过静物写生多么有意思，自己也曾学着玩儿；到了此时，说不得只好凭着这点“玩艺儿”在泰晤士河长堤上混混了。但是他怕认得他的人太多，老是背向着路中，用大帽檐遮了脸儿。他说在水门汀上作画颇不容易；最怕下雨，几分钟的雨也许毁了整天的工作。他说总想有朝一日再到戏台上去。

画丐外有乐丐。牛津街见过一个，开着话匣子，似乎是坐在三轮自行车上；记得颇有些堂哉皇也的神气。复活节星期五在冷街中却见过一群，似乎一人推着风琴，一人按着，一人高唱《颂圣歌》——那推琴的也和着。这群人样子却就狼狈了。据说话匣子等等都是赁来；他们大概总有得赚的。另一条冷街上见过一个男的带着两个女的，穿着得像刚从垃圾堆里出来似的。一个女的还抹着胭脂，简直是一块块红土！男的奏乐，女的乱七八糟的跳舞，在刚下完雨泥滑滑的马路上。这种女乞丐像很少。又见过一个拉小提琴的人，似乎很年轻，很文雅，向着步道上的过客站着。右手本来抱着个小猴儿；拉琴时先把它抱在左肩头蹲着。拉了没几弓子，猴儿尿了；他只若无其事，让衣服上淋淋漓漓的。

牛津街上还见过一个，那真狼狈不堪。他大概赁话匣子等等的力量都没有；只找了块板儿，三四尺长，五六寸宽，上面安上条弦子，用只玻璃水杯将弦子绷起来。把板儿放在街沿下，便蹲着，两只手穿梭般弹奏着。那是明灯初上的时候，步道上人川流不息；一双双脚从他身边匆匆的跨过去，看见他的似乎不多。街上汽车声脚步声谈话声混成一片，他那独弦的细声细气，怕也不容易让人听见。可是他还是埋着头弹他那一手。

几年前一个朋友还见过背诵狄更斯小说的。大家正在戏园门口排着班等买票；这个人在旁背起《块肉余生述》来，一边念，一边还做着。这该能够多找几个子儿，因为比那些话匣子等等该有趣些。

警察禁止空手空口的乞丐，乞丐便都得变做卖艺人。若是无艺可卖，手里也得拿点东西，如火柴皮鞋带之类。路角落里常有男人或女人拿着这类东西默默站着，脸上大都是黯淡的。其实卖艺，卖物，大半也是幌子；不过到底教人知道自尊些，不许不做事白讨钱。只有瞎子，可以白讨钱。他们站着或坐着；胸前有时挂一面纸牌子，写着“盲人”。又有一种人，在乞丐非乞丐之间。有一回找一家杂耍场不着，请教路角上一个老者。他殷勤领着走，一面说刚失业，没钱花，要我帮个忙儿。给了五个便士（约合中国三毛钱），算是酬劳，他还争呢。其实只有二三百步路罢了。跟着走，诉苦，白讨钱的，只遇着一次；那里街灯很暗，没有警察，路上人也少，我又是外国人，他所以厚了脸皮，放了胆子——他自然不是瞎子。

圣诞节

十二月二十五日圣诞节。英国人过圣诞节，好像我们旧历年的味儿。习俗上宗教上，这一日简直就是“元旦”；据说七世纪时便已如此，十四世纪至十八世纪中叶，虽然将“元旦”改到三月二十五日，但是以后情形又照旧了。至于一月一日，不过名义上的岁首，他们向来是不大看重的。

这年头人们行乐的机会越过越多，不在乎等到逢年过节；所以年情节景一回回地淡下去，像从前那样热狂地期待着，热狂地受用着的事情，怕只在老年人的回忆，小孩子的想象中存在着罢了。大都市里特别是这样；在上海就看得出，不用说更繁华的伦敦了。再说这种不景气的日子，谁还有心肠认真找乐儿？所以虽然圣诞节，大家也只点缀点缀，应个景儿罢了。

可是邮差却忙坏了，成千成万的贺片经过他们的手。贺片之外还有月份牌。这种月份牌一点儿大，装在卡片上，也有画，也有吉语。花样也不少，却比贺片差远了。贺片分两种，一种填上姓名，一种印上姓名。交游广的用后一种，自然贵些；据说前些年也得钩心斗角地出花样，这一年却多半简简单单的，为的好省些钱。前一种却不同，各家书纸店得抢买主，所以花色比以前还多些。不过据说也没有十二分新鲜出奇的样子，这个究竟只是应景的玩意儿呀。但是在一个外国人眼里，五光十色，也就够瞧的。曾经到旧城一家大书纸店里看过，样本厚厚的四大册，足有三千种之多。

样本开头是皇家贺片：英王的是圣保罗堂图；王后的内外两幅画，其一是花园图；威尔士亲王的是候人图；约克公爵夫妇的是一六六○年圣詹姆士公园冰戏图；马利公主的是行猎图。圣保罗堂庄严宏大，下临伦敦城；园里的花透着上帝的微笑；候人比喻好运气和欢乐在人生的大道上等着你；圣詹姆士公园（在圣詹姆士宫南）代表宫廷，溜冰和行猎代表英国人运动的嗜好。那幅溜冰图古色古香，而且十足神气。这些贺片原样很大，也有小号的，谁都可以买来填上自己名字寄给人。此外有全金色的，晶莹照眼；有“蝴蝶翅”的，闪闪的宝蓝光；有雕空嵌花纱的，玲珑剔透，如嚼冰雪。又有羊皮纸仿四折本的;嵌铜片小风车的;嵌彩玻璃片圣母像的;嵌剪纸的鸟的;在猫头鹰头上粘羊毛的:都为的教人有实体感。

太太们也忙得可以的,张罗着亲戚朋友丈夫孩子的礼物,张罗着装饰屋子,圣诞树,火鸡等等。节前一个礼拜,每天电灯初亮时上牛津街一带去看,步道上挨肩擦背匆匆来往的满是办年货的;不用说是太太们多。装饰屋子有两件东西不可没有,便是冬青和"苹果寄生"(mistletoe)的枝子。前者教堂里也用;后者却只用在人家里;大都插在高处。冬青取其青,有时还带着小红果儿;用以装饰圣诞节,由来已久,有人疑心是基督教徒从罗马风俗里捡来的。"苹果寄生"带着白色小浆果儿,却是英国土俗,至晚十七世纪初就用它了。从前在它底下,少年男人可以和任何女子接吻;但接吻后他得摘掉一粒果子。果子摘完了,就不准再在下面接吻了。

圣诞树也有种种装饰,树上挂着给孩子们的礼物,装饰的繁简大约看人家的情形。我在朋友的房东太太家看见的只是小小一株;据说从乌尔乌斯三六公司(货价只有三便士六便士两码)买来,才六便士,合四五毛钱。可是放在餐桌上,青青的,的里瓜拉挂着些耀眼的玻璃球儿,绕着树更安排些"哀斯基摩人"一类小玩意,也热热闹闹地凑趣儿。圣诞树的风俗是从德国来的;德国也许是从斯堪第那维亚传下来的。斯堪第那维亚神话里有所谓世界树,叫做"乙格抓西儿"(Yggdrasil),用根和枝子联系着天地幽冥三界。这是株枯树,可是滴着蜜。根下是诸德之泉;树中间坐着一只鹰,一只松鼠,四只公鹿;根旁一条毒蛇,老是啃着根。松鼠上下窜,在顶上的鹰与聪敏的毒蛇之间挑拨是非。树震动不得,震动了,地底下的妖魔便会起来捣乱。想着这段神话,现在的圣诞树真是更显得温暖可亲了。圣诞树和那些冬青,"苹果寄生",到了来年六日一齐烧去;烧的时候,在场的都动手,为的是分点儿福气。

圣诞节的晚上,在朋友的房东太太家里。照例该吃火鸡,酸梅布丁;那位房东太太手头颇窘,却还卖了几件旧家具,买了一只二十二磅重的大火鸡来过节。可惜女仆不小心,烤枯了一点儿;老太太自个儿唠叨了几句,大节下,也就算了。可是火鸡味道也并不怎样特别似的。吃饭时候,大家一面扔纸球,一面扯花炮——两个人扯,有时只响一下,有时还夹着小纸片儿,多半是带着"爱"字儿的吉语。饭后做游戏,有音乐椅子(椅子数目比人少一个;乐声止时,众人抢着坐),掩目吹蜡烛,抓瞎,抢人(分队),抢气球等等,大家居然一团孩子气。最后还有跳舞。这一晚过去,第二天差不多什么都照旧了。

新年大家若无其事地过去;有些旧人家愿意上午第一个进门的是个头发深,气色黑些的人,说这样人带进新年是吉利的。朋友的房东太太那早晨特意通电话请一家熟买卖的掌柜上她家去;他正是这样的人。新年也卖历本;人家常用的是老摩尔历本(Old Moore's Almanack),书纸店里买,价钱贱,只两便士。这一年的,面上印着"乔治王陛下登极第二十三年";有一块小图,画着日月星地球,地球外一个圈儿,画着黄道十二宫的像,如"白羊""金牛""双子"等。古来星座的名字,取像于人物,也另有风味。历本前有一整幅观像图,题道,"将来怎样?""老摩尔告诉你"。从图中看,老摩尔创于一千七百年,到现在已经六百多年了。每月一面,上栏可以说是"推背图",但没有神秘气;下栏分日数,星期,大事记,日出没时间,月出没时间,伦敦潮汛,时事预测各项。此外还有月盈缺表,各港潮汛表,行星运行表,三岛集期表,邮政章程,大路规则,做点心法,养家禽法,家事常识。广告也不少,卖丸药的最多,满是给太太们预备的;因为这种历本原是给太太们预备的。

房东太太

歇卜士太太(Mrs. Hibbs)没有来过中国,也并不怎样喜欢中国,可是我们看,她有中国那老味儿。她说人家笑她母女是维多利亚时代的人,那是老古板的意思;但她承认她们是的,她不在乎这个。

真的,圣诞节下午到了她那间黯淡的饭厅里,那家具,那人物,那谈话,都是古气盎然,不像在现代。这时候她还住在伦敦北郊芬乞来路(Finchley Road)。那是一条阔人家的路;可是她的房子已经抵押满期,经理人已经在她门口路边上立了一座木牌,标价招买,不过半年多还没人过问罢了。那座木牌,和篮球架子差不多大,只是低些;一走到门前,准看见。晚餐桌上,听见厨房里尖叫了一声,她忙去看了,回来说,火鸡烤枯了一点,可惜,二十二磅重,还是卖了几件家具买的呢。她可惜的是火鸡,倒不是家具;但我们一点没吃着那烤枯了的地方。

她爱说话,也会说话,一开口滔滔不绝;押房子,卖家具等等,都会告诉你。但是只高高兴兴地告诉你,至少也平平淡淡地告诉你,决不垂头丧气,决不唉声叹气。她说话是个趣味,我们听话也是个趣味(在她的话里,她死了的丈夫和儿子都是活的,她的一些住客也是活的);所以后来虽然听了四个多月,倒并不觉得厌倦。有一回早餐时候,她说有一首诗,忘记是谁的,可以作她的墓铭,诗云:

> 这儿一个可怜的女人,
> 她在世永没有住过嘴。
> 上帝说她会复活,
> 我们希望她永不会。

其实我们倒是希望她会的。

道地的贤妻良母,她是;这里可以看见中国那老味儿。她原是个阔小姐,从小送到比利时受教育,学法文,学钢琴。钢琴大约还熟,法文可生疏了。她说街上如有法国人向她问话,她想起答话的时候,那人怕已经拐了弯儿了。结婚时得着她姑母一大笔遗产；靠着这笔遗产，她支持了这个家庭二十多年。歇卜士先生在剑桥大学毕业，一心想作诗人，成天住在云里雾里。他二十年只在家里待着，偶然教几个学生。他的诗送到剑桥的刊物上去，原稿却寄回了，附着一封客气的信。他又自己花钱印了一小本诗集，封面上注明，希望出版家采纳印行，但是并没有什么回响。太太常劝先生删诗行，譬如说，四行中可以删去三行罢；但是他不肯割爱，于是乎只好敝帚自珍了。

歇卜士先生却会说好几国话。大战后太太带了先生小姐，还有一个朋友去逛意大利；住旅馆雇船等等，全交给诗人的先生办，因为他会说意大利话。幸而没出错儿。临上火车，到了站台上，他却不见了。眼见车就要开了，太太这一急非同小可，又不会说给别人，只好教小姐去张看，却不许她远走。好容易先生钻出来了，从从容容的，原来他上"更衣室"来着。

太太最伤心她的儿子。他也是大学生，长的一表人才。大战时去从军；训练的时候偶然回家，非常爱惜那庄严的制服，从不教它有一个褶儿。大战快完的时候，却来了恶消息，他尽了他的职务了。太太最伤心的是这个时候的这种消息，她在举世庆祝休战声中，迷迷糊糊过了好些日子。后来逛意大利，便是解闷儿去的。她那时甚至于该领的恤金，无心也不忍去领——等到限期已过，即使要领，可也不成了。

小姐现在是她唯一的亲人；她就为这个女孩子活着。早晨一块儿拾掇拾掇屋子，吃完了早饭，一块儿上街散步，回来便坐在饭厅里，说说话，看看通俗小说，就过了一天。晚上睡在一屋里。一星期也同出去看一两回电影。小姐大约有二十四五了，高个儿，总在五英尺十寸左右；蟹壳脸，露牙齿，脸上倒是和和气气的。爱笑，说话也天真得像个十二三岁小姑娘。先生死后，他的学生爱利斯(Ellis)很爱歇卜士太太，几次想和她结婚，她不肯。爱利斯是个传记家，有点小名气。那回诗人德拉梅在伦敦大学院讲文学的创造，曾经提到他的书。他很高兴，在歇卜士太太晚餐桌上特意说起这个。但是太太说他的书干燥无味，他送来，她们只翻了三五页就搁在一边儿了。她说最恨猫怕狗，连书上印的狗都怕，爱利斯却养着一大堆。她女儿最爱电影，爱利斯却瞧不起电影。她的不嫁，怎么穷也不嫁，一半为了女儿。

这房子招徕住客，远在歇卜士先生在世时候。那时只收一个人，每日供早晚两餐，连宿费每星期五镑钱，合八九十元，够贵的。广告登出了，第一个来的是日本人，他们答应下了。第二天又来了个西班牙人，却只好谢绝了。从此住这所房的总是日本人多；先生死了，住客多了，后来竟有“日本房”的名字。这些日本人有一两个在外边有女人，有一个还让女人骗了，他们都回来在饭桌上报告，太太也同情的听着。有一回，一个人忽然在饭桌上谈论自由恋爱，而且似乎是冲着小姐说的。这一来太太可动了气。饭后就告诉那个人，请他另外找房住。这个人走了，可是日本人有个俱乐部，他大约在俱乐部里报告了些什么，以后日本人来住的便越来越少了。房间老是空着，太太的积蓄早完了；还只能在房子上打主意，这才抵押了出去。那时自然盼望赎回来，可是日子一天一天过去，情形并不见好。房子终于标卖，而且圣诞节后不久，便卖给一个犹太人了。她想着年头不景气，房子且没人要呢，哪知犹太人到底有钱，竟要了去，经理人限期让房。快到期了，她直说来不及。经理人又向法院告诉，法院出传票教她去。她去了，女儿搀扶着；她从来没上过堂，法官说欠钱不让房，是要坐牢的。她又气又怕，几乎昏倒在堂上；结果只得答应了加紧找房。这种种也都是为了女儿，她可一点儿不悔。

她家里先后也住过一个意大利人，一个西班牙人，都和小姐做过爱；那西班牙人并且和小姐定过婚，后来不知怎样解了约。小姐倒还惦着他，说是“身架真好看！”太太却说，“那是个坏家伙！”后来似乎还有个“坏家伙”，那是太太搬到金树台的房子里才来住的。他是英国人，叫凯德，四十多了。先是作公司兜售员，沿门兜售电气扫除器为生。有一天撞到太太旧宅里去了，他要表演扫除器给太太看，太太拦住他，说不必，她没有钱；她正要卖一批家具，老卖不出去，烦着呢。凯德说可以介绍一家公司来买；那一晚太太很高兴，想着他定是个大学毕业生。没两天，果然介绍了一家公司，将家具买去了。他本来住在他姊姊家，却搬到太太家来了。他没有薪水，全靠兜售的佣金；而电气扫除器那东西价钱很大，不容易脱手。所以便干搁起来了。这个人只是个买卖人，不是大学毕业生。大约穷了不止一天，他有个太太，在法国给人家看孩子，没钱，接不回来；住在姊姊家，也因为穷，让人家给请出来了。搬到金树台来，起初整付了一回房饭钱，后来便零碎的半欠半付，后来索性付不出了。不但不付钱，有时连午饭也要叨光。如是者两个多月，太太只得将他赶了出去。回国后接着太太的信，才知道小姐却有点喜欢凯德这个“坏蛋”，大约还跟他来往着。太太最提心这件事，小姐是她的命，她的命决不能交在一个“坏蛋”手里。

小姐在芬乞来路时,教着一个日本太太英文。那时这位日本太太似乎非常关心歇卜士家住着的日本先生们,老是问这个问那个的;见了他们,也很亲热似的。歇卜士太太瞧着不大顺眼,她想着这女人有点儿轻狂。凯德的外甥女有一回来了,一个摩登少女。她照例将手绢掖在袜带子上,拿出来用时,让太太看在眼里。后来背地里议论道,“这多不雅相!”太太在小事情上是很敏锐的。有一晚那爱尔兰女仆端菜到饭厅,没有戴白帽檐儿。太太很不高兴,告诉我们,这个侮辱了主人,也侮辱了客人。但那女仆是个“社会主义”的贪婪的人,也许匆忙中没想起戴帽檐儿;压根儿她怕就觉得戴不戴都是无所谓的。记得那回这女仆带了男朋友到金树台来,是个失业的工人。当时刚搬了家,好些零碎事正得一个人。太太便让这工人帮帮忙,每天给点钱。这原是一举两得,各相情愿的。不料女仆却当面说太太揩了穷小子的油。太太听说,简直有点莫名其妙。

太太不上教堂去,可是迷信。她虽是新教徒,可是有一回丢了东西,却照人家传给的法子,在家点上一枝蜡,一条腿跪着,口诵安东尼圣名,说是这么着东西就出来了。拜圣者是旧教的花样,她却不管。每回作梦,早餐时总翻翻占梦书。她有三本占梦书;有时她笑自己,三本书说的都不一样,甚至还相反呢。喝碗茶,碗里的茶叶,她也爱看;看像什么字头,便知是姓什么的来了。她并不盼望访客,她是在盼望住客啊。到金树台时,前任房东太太介绍一位英国住客继续住下。但这位半老的住客却嫌客人太少,女客更少,又嫌饭桌上没有笑,没有笑话,只看歇卜士太太的独角戏,老母亲似的唠唠叨叨,总是那一套。他终于托故走了,搬到别处去了。我们不久也离开英国,房子于是乎空空的。去年接到歇卜士太太来信,她和女儿已经作了人家管家老妈了;“维多利亚时代”的上流妇人,这世界已经不是她的了。

导　读

秋天的后半夜，月亮下去了，太阳还没有出，只剩下一片乌蓝的天；除了夜游的东西，什么都睡着……

鲁迅《药》指导大概

药

一

①秋天的后半夜,月亮下去了,太阳还没有出,只剩下一片乌蓝的天;除了夜游的东西,什么都睡着。华老栓忽然坐起身,擦着火柴,点上遍身油腻的灯盏,茶馆的两间屋子里,便弥满了青白的光。

②"小栓的爹,你就去么?"是一个老女人的声音。里边的小屋子里,也发出一阵咳嗽。

"唔。"老栓一面听,一面应,一面扣上衣服;伸手过去说,"你给我罢。"

华大妈在枕头底下掏了半天,掏出一包洋钱,交给老栓,老栓接了,抖抖的装入衣袋,又在外面按了两下;便点上灯笼,吹熄灯盏,走向里屋子去了。那屋子里面,正在窸窸窣窣的响,接着便是一通咳嗽。老栓候他平静下去,才低低的叫道,"小栓……你不要起来。……店么?你娘会安排的。"

③老栓听得儿子不再说话,料他安心睡了;便出了门,走到街上。街上黑沉沉的一无所有,只有一条灰白的路,看得分明。灯光照着他的两脚,一前一后的走。有时也遇到几只狗,可是一只也没有叫。天气比屋子里冷得多了;老栓倒觉爽快,仿佛一旦变了少年,得了神通,有给人生命的本领似的,跨步格外高远。而且路也愈走愈分明,天也愈走愈亮了。

④老栓正在专心走路,忽然吃了一惊,远远里看见一条丁字街,明明白白横着。他便退了几步,寻到一家关着门的铺子,蹩进檐下,靠门立住了。好一会,身上觉得有些发冷。

⑤"哼,老头子。"

"倒高兴……"

老栓又吃一惊，睁眼看时，几个人从他面前过去了。一个还回头看他，样子不甚分明，但很像久饿的人见了食物一般，眼里闪出一种攫取的光。老栓看看灯笼，已经熄了。按一按衣袋，硬硬的还在。仰起头两面一望，只见许多古怪的人，三三两两，鬼似的在那里徘徊；定睛再看，却也看不出什么别的奇怪。

⑥没有多久，又见几个兵，在那边走动；衣服前后的一个大白圆圈，远地里也看得清楚，走过面前的，并且看出号衣上暗红色的镶边。——一阵脚步声响，一眨眼，已经拥过了一大簇人。那三三两两的人，也忽然合作一堆，潮一般向前赶；将到丁字街口，便突然立住，簇成一个半圆。

⑦老栓也向那边看，却只见一堆人的后背；颈项都伸得很长，仿佛许多鸭，被无形的手捏住了的，向上提着。静了一会，似乎有点声音，便又动摇起来，轰的一声，都向后退；一直散到老栓立着的地方，几乎将他挤倒了。

⑧"喂！一手交钱，一手交货！"一个浑身黑色的人，站在老栓面前，眼光正像两把刀，刺得老栓缩小了一半。那人一只大手，向他摊着；一只手却撮着一个鲜红的馒头，那红的还是一点一点的往下滴。

⑨老栓慌忙摸出洋钱，抖抖的想交给他，却又不敢去接他的东西。那人便焦急起来，嚷道，"怕什么？怎的不拿！"老栓还踌躇着；黑的人便抢过灯笼，一把扯下纸罩，裹了馒头，塞与老栓；一手抓过洋钱，捏一捏，转身去了。嘴里哼着说，"这老东西……"

⑩"这给谁治病的呀？"老栓也似乎听得有人问他，但他并不答应；他的精神，现在只在一个包上，仿佛抱着一个十世单传的婴儿，别的事情，都已置之度外了。他现在要将这包里的新的生命，移植到他家里，收获许多幸福。太阳也出来了；在他面前，显出一条大道，直到他家中，后面也照见丁字街头破匾上"古□亭口"这四个黯淡的金字。

二

⑪老栓走到家，店面早经收拾干净，一排一排的茶桌，滑溜溜的发光。但是没有客人：只有小栓坐在里排的桌前吃饭，大粒的汗，从额上滚下，夹袄也贴住了脊心，两块肩胛骨高高凸出，印成一个阳文的"八"字。老栓见这样子，不免皱一皱展开的眉心。他的女人，从灶下急急走出，睁着眼睛，嘴唇有些发抖。

“得了么？”

“得了。”

⑫两个人一起走进灶下，商量了一会；华大妈便出去了，不多时，拿着一片老荷叶回来，摊在桌上。老栓也打开灯笼罩，用荷叶重新包了那红的馒头。小栓也吃完饭，他的母亲慌忙说：——

“小栓——你坐着，不要到这里来。”

一面整顿了灶火，老栓便把一个碧绿的包，一个红红白白的破灯笼，一同塞在灶里；一阵红黑的火焰过去时，店屋里散满了一种奇怪的香味。

⑬“好香！你们吃什么点心呀？”这是驼背五少爷到了。这人每天总在茶馆里过日，来得最早，去得最迟，此时恰恰蹩到临街的壁角的桌边，便坐下问话，然而没有人答应他。“炒米粥么？”仍然没有人应。老栓匆匆走出，给他泡上茶。

⑭“小栓进来罢！”华大妈叫小栓进了里面的屋子，中间放好一条凳，小栓坐了。他的母亲端过一碟乌黑的圆东西，轻轻说：——

“吃下去罢，——病便好了。”

⑮小栓撮起这黑东西，看了一会，似乎拿着自己的性命一般，心里说不出的奇怪。十分小心的拗开了，焦皮里面窜出一道白气，白气散了，是两半个白面的馒头。——不多工夫，已经全在肚里了，却全忘了什么味；面前只剩下一张空盘。他的旁边，一面立着他的父亲，一面立着他的母亲，两人的眼光，都仿佛要在他身里注进什么又要取出什么似的；便禁不住心跳起来，按着胸膛，又是一阵咳嗽。

⑯“睡一会罢，——便好了。”

小栓依他母亲的话，咳着睡了。华大妈候他喘气平静，才轻轻的给他盖上了满幅补丁的夹被。

三

⑰店里坐着许多人，老栓也忙了，提着大铜壶，一趟一趟的给客人冲茶；两个眼眶，都围着一圈黑线。

“老栓，你有些不舒服么？——你生病么？”一个花白胡子的人说。

“没有。”

“没有？——我想笑嘻嘻的，原也不像……”花白胡子便取消了自己的话。

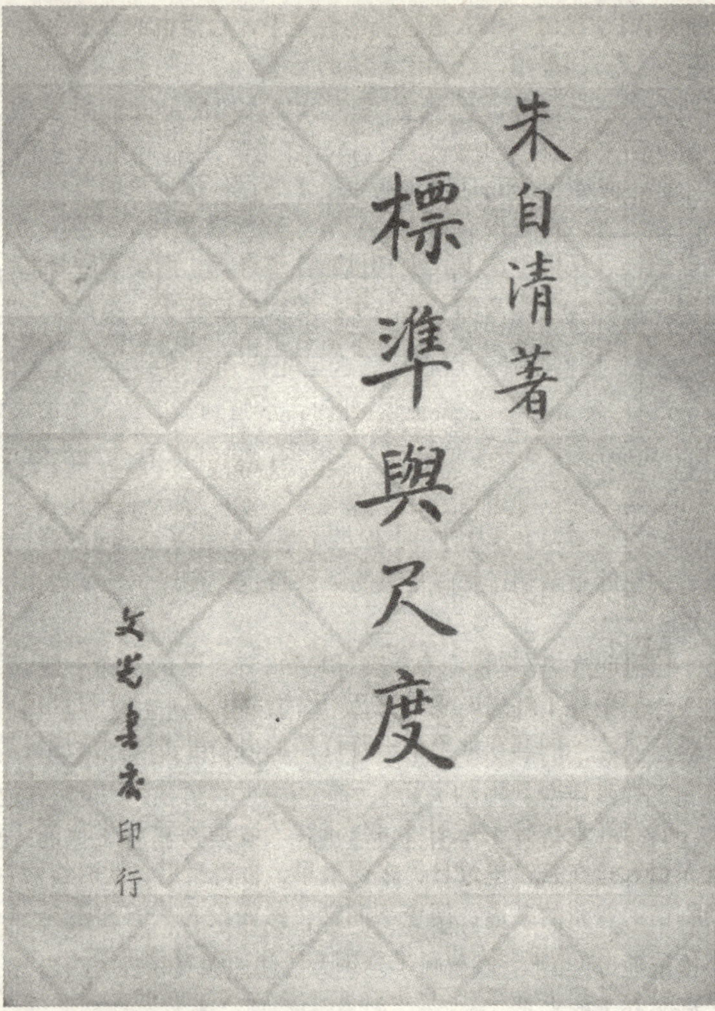

1948 年 4 月由文光书店出版的《标准与尺度》

⑱“老栓只是忙。要是他的儿子……”驼背五少爷话还未完，突然闯进了一个满脸横肉的人，披一件玄色布衫，散着纽扣，用很宽的玄色腰带，胡乱捆在腰间。刚进门，便对老栓嚷道：——

“吃了么？好了么？老栓，就是运气了你！你运气，要不是我信息灵……”

⑲老栓一手提了茶壶，一手恭恭敬敬的垂着；笑嘻嘻的听。满座的人，也都恭恭敬敬的听。华大妈也黑着眼眶，笑嘻嘻的送出茶碗茶叶来，

加上一个橄榄,老栓便去冲了水。

⑳“这是包好!这是与众不同的。你想,趁热的拿来,趁热吃下。”横肉的人只是嚷。

“真的呢,要没有康大叔照顾,怎么会这样……”华大妈也很感激的谢他。

“包好,包好!这样的趁热吃下。这样的人血馒头,什么痨病都包好!”

华大妈听到“痨病”这两个字,变了一点脸色,似乎有些不高兴;但又立刻堆上笑,搭赸着走开了。这康大叔却没有觉察,仍然提高了喉咙只是嚷,嚷得里面睡着的小栓也合伙咳嗽起来。

㉑“原来你家小栓碰到了这样的好运气了。这病自然一定全好;怪不得老栓整天的笑着呢。”花白胡子一面说,一面走到康大叔面前,低声下气的问道,“康大叔——听说今天结果的一个犯人,便是夏家的孩子,那是谁的孩子?究竟是什么事?”

㉒“谁的?不就是夏四奶奶的儿子么?那个小家伙!”康大叔见众人都耸起耳朵听他,便格外高兴,横肉块块饱绽,越发大声说,“这小东西不要命,不要就是了。我可是这一回一点没有得到好处;连剥下来的衣服,都给管牢的红眼睛阿义拿去了。——第一要算我们栓叔运气;第二是夏三爷赏了二十五两雪白的银子,独自落腰包,一文不花。”

㉓小栓慢慢的从小屋子走出,两手按了胸口,不住的咳嗽;走到灶下,盛出一碗冷饭,泡上热水,坐下便吃。华大妈跟着他走,轻轻的问道,“小栓你好些么?——你仍旧只是肚饿?……”

㉔“包好,包好!”康大叔瞥了小栓一眼,仍然回过脸,对众人说,“夏三爷真是乖角儿,要是他不先告官,连他满门抄斩。现在怎样?银子!——这小东西也真不成东西!关在牢里,还要劝牢头造反。”

“阿呀,那还了得。”坐在后排的一个二十多岁的人,很现出气愤模样。

“你要晓得红眼睛阿义是去盘盘底细的,他却和他攀谈了。他说,这大清的天下是我们大家的。你想:这是人话么?红眼睛原知道他家里只有一个老娘,可是没有料到他竟会那么穷。榨不出一点油水,已经气破肚皮了。他还要老虎头上搔痒,便给他两个嘴巴!”

“义哥是一手好拳棒,这两下,一定够他受用了。”壁角的驼背忽然高兴起来。

㉕“他这贱骨头打不怕，还要说可怜可怜哩。”

花白胡子的人说，“打了这种东西，有什么可怜呢？”

康大叔显出看他不上的样子，冷笑着说，“你没有听清我的话；看他神气，是说阿义可怜哩！”

听着的人的眼光，忽然有些板滞；话也停顿了。小栓已经吃完饭，吃得满身流汗，头上都冒出蒸气来。

㉖“阿义可怜——疯话，简直是发了疯了。”花白胡子恍然大悟似的说。

“发了疯了。”二十多岁的人也恍然大悟的说。

店里的坐客，便又现出活气，谈笑起来。小栓也趁着热闹，拼命咳嗽；康大叔走上前，拍他肩膀说：——

“包好！小栓——你不要这么咳。包好！”

“疯了。”驼背五少爷点着头说。

四

㉗西关外靠着城根的地面，本是一块官地；中间歪歪斜斜一条细路，是贪走便道的人，用鞋底造成的，但却成了自然的界限。路的左边，都埋着死刑和瘐毙的人，右边是穷人的丛冢。两面都已埋到层层叠叠，宛然阔人家祝寿时候的馒头。

㉘这一年的清明，分外寒冷；杨柳才吐出半粒米大的新芽。天明未久，华大妈已在右边的一座新坟前面，排出四碟菜，一碗饭，哭了一场。化过纸，呆呆的坐在地上；仿佛等候什么似的，但自己也说不出等候什么。微风起来，吹动他短发，确乎比去年白得多了。

㉙小路上又来了一个女人，也是半白头发，褴褛的衣裙；提一个破旧的朱漆圆篮，外挂一串纸锭，三步一歇的走。忽然见华大妈坐在地上看他，便有些踌躇，惨白的脸上，现出些羞愧的颜色；但终于硬着头皮，走到左边的一座坟前，放下了篮子。

㉚那坟与小栓的坟，一字儿排着，中间只隔一条小路。华大妈看他排好四碟菜，一碗饭，立着哭了一通，化过纸锭；心里暗暗地想：“这坟里的也是儿子了。”那老女人徘徊观望了一回，忽然手脚有些发抖，跄跄踉踉退下几步，瞪着眼只是发怔。

㉛华大妈见这样子，生怕他伤心到快要发狂了；便忍不住立起身，跨过小路，低声对他说："你这位老奶奶不要伤心了，——我们还是回去罢。"

㉜那人点一点头，眼睛仍然向上瞪着；也低声吃吃的说道，"你看，——看这是什么呢？"

华大妈跟了他指头看去，眼光便到了前面的坟，这坟上草根还没有全合，露出一块一块的黄土，煞是难看。再往上仔细看时，却不觉也吃一惊；——分明有一圈红白的花，围着那尖圆的坟顶。

㉝他们的眼睛都已老花多年了，但望这红白的花，却还能明白看见。花也不很多，圆圆的排成一个圈，不很精神，倒也整齐。华大妈忙看他儿子和别人的坟，却只有不怕冷的几点青白小花，零星开着；便觉得心里忽然感到一种不足和空虚，不愿意根究。那老女人又走近几步，细看了一遍，自言自语的说，"这没有根，不像自己开的。——这地方有谁来呢？孩子不会来玩；——亲戚本家早不来了。——这是怎么一回事呢？"他想了又想，忽又流下泪来，大声说道：——

"瑜儿，他们都冤枉了你，你还是忘不了，伤心不过，今天特意显点灵，要我知道么？"他四面一看，只见一只乌鸦，站在一株没有叶的树上，便接着说，"我知道了。——瑜儿，可怜他们坑了你，他们将来总有报应，天都知道；你闭了眼睛就是了。——你如果真在这里，听到我的话，——便教这乌鸦飞上你的坟顶，给我看罢。"

㉞微风早经停息了；枯草支支直立，有如铜丝。一丝发抖的声音，在空气中愈颤愈细，细到没有，周围便都是死一般静。两人站在枯草丛里，仰面看那乌鸦；那乌鸦也在笔直的树枝间，缩着头，铁铸一般站着。

㉟许多的工夫过去了，上坟的人渐渐增多，几个老的小的，在土坟间出没。

㊱华大妈不知怎的，似乎卸下了一挑重担，便想到要走；一面劝着说，"我们还是回去罢。"

㊲那老女人叹一口气，无精打采的收起饭菜；又迟疑了一刻，终于慢慢地走了。嘴里自言自语的说，"这是怎么一回事呢？……"

㊳他们走不上二三十步远，忽听得背后"哑——"的一声大叫；两个人都竦然的回过头，只见那乌鸦张开两翅，一挫身，直向着远处的天空，箭也似的飞去了。

指导大概

本篇是短篇小说。正题旨是亲子之爱,副题旨是革命者的寂寞的悲哀。这故事是在清朝的末年,那时才有革命党;本篇第三段“这大清的天下是我们大家的”一句话,表示了革命党的主张,也表示了朝代。这故事是个小城市的故事,出面的人物也都是小城市的人物。那时代的社会还是所谓封建的社会;这些人物,这些人物的思想,自然充满了封建社会的色彩。从华老栓到夏四奶奶,都是如此。

故事只是这样:小茶馆的掌柜华老栓和华大妈夫妇只有小栓一个儿子,像是已经成了年。小栓生了痨病,总不好。老夫妇捡到一个秘方,人血馒头可以治好痨病。老栓便托了刽子手康大叔;当然,得花钱。刚好这一个秋天的日子,杀一个姓夏名瑜的革命党,老栓去向康大叔买回那人血馒头,让小栓吃了。小栓可终于没有好,死了。那夏瑜是他的三伯父夏三爷告了密逮着的。夏瑜很穷,只有一个老母亲,便是夏四奶奶。他在牢里还向管牢的红眼睛阿义宣传革命,却挨了两个嘴巴。夏三爷告密,官厅赏了二十五两银子。一般人没有同情那革命党的。他是死刑犯人,埋在西关外官地上;华家是穷人,小栓也埋在那里。第二年清明,华大妈去上坟,夏四奶奶也去。夏四奶奶发现儿子坟上有一个花圈,却不认识是什么,以为他让人冤枉死了,在特意显灵呢。华大妈瞧着夏四奶奶发怔,过去想安慰她;看见花圈,也不认识,只觉得自己儿子坟上没有,“感到一种不足和空虚”㉝。她终于劝着夏四奶奶离开了坟场。

本篇从“秋天的后半夜”①老栓忙着起来去等人血馒头开场。第一段说到馒头到了手为止。第二段说老栓夫妇商量着烧那馒头,直到看着小栓吃下去。第三段康大叔来到茶馆里,和老栓夫妇谈人血馒头;从馒头谈到了那革命党。这却只是茶客们和他问答着,议论着。这两段里都穿插着小栓的病相。第一段的时间是后半夜到天明;第二三段只是一个早上。第四段是第二年清明节的一个早上,华大妈去上儿子的坟,可见小栓是死了。夏四奶奶也去上儿子的坟,却有人先已放了一个花圈在那坟上。第一段里,主要的是老栓的动作;第二段里是华大妈的。第三段里主要是康大叔和茶客们的对话。第四段里主要的却是夏四奶奶的动作。

老栓和华大妈都将整个儿的心放在小栓的身上,放在小栓的病上。人血馒头只是一个环;在这以前可能还试过许多方子,在这以后,可能也想过一些法子。但只这一环便可见出老夫妇爱儿子的心专到怎样程度，别的都不消再提了。鲁迅先生没有提“爱”字，可是全篇从头到尾都见出老夫妇这番心。他们是穷人。不等到第四段说小栓埋在“穷人的丛冢”㉗里我们才知道，从开始一节里“华老栓”这名字，和“遍身油腻的灯盏”“茶馆的两间屋子”，便看出主人公是穷人了。穷人的钱是不容易来的，更是不容易攒的。华大妈枕头底下那一包洋钱，不知她夫妇俩怎样辛苦才省下来的。可是为了人血馒头，为了儿子的病，他们愿意一下子花去这些辛苦钱。“华大妈在枕头底下掏了半天”，才掏出那包钱。老栓“抖抖的装入衣袋，又在外面按了两下”②。他后来在丁字街近处的那家铺子门边站着的时候，又“按一按衣袋，硬硬的还在”⑤。这些固然见出老夫妇俩钱来的不易，他们可并不是在心疼钱。他们觉得儿子的命就在那人血馒头上，也就在这包钱上；所以慎重的藏着，慎重的装着，慎重的守着。这简直是一种虔敬的态度。

老栓夫妇是忙人，一面得招呼茶客们，一面还得招呼小栓的病。他们最需要好好的睡。可是老栓去等馒头这一夜，他俩都没有睡足，也没有睡好；所以第二天早上两个人的眼眶都围上一圈黑线⑰⑲。那花白胡子甚至疑心老栓生了病⑰。这一夜老栓其实不必起来得那么早，连华大妈似乎都觉得他太早了一些，所以带点疼惜的说，“你就去么？”②但是这是关系儿子生命的大事，他怎敢耽误呢！大概他俩惦记着这件大事，那上半夜也没有怎样睡着，所以第二天才累得那样儿。老栓出了门，到了丁字街近处那家关着门的铺子前面立住，“好一会”④，才有赶杀场的人“从他面前过去”⑤，他确是太早了一些。这当儿华大妈也不会再睡。她惦记着，盼望着；而且这一早收拾店面是她一个人的事儿。老栓出门前不是叫了小栓“你不要起来。……店么？你娘会安排的”②。“老栓走到家，店面早经收拾干净，一排一排的茶桌，滑溜溜的发光”⑪，可见她起来也是特别早的。两夫妇一个心，只是为了儿子。

老栓是安分良民，和那些天刚亮就起来赶杀场的流浪汉和那些刽子手不是一路。他们也看出他的异样，所以说，“哼，老头子。”“倒高兴。……”⑤“这老东西……”⑨，他胆儿小，怕看杀人，怕见人血，怕拿人血馒头。他始终立在那铺子的檐下，不去看杀场。固然他心里只有儿子的病，没心赶热闹去；害怕可也是一半儿。他连那些去看杀人和那杀人的人的眼光都禁不起⑤⑧，他甚至看见那杀人的地方——丁字街——，听见讥讽他也来看杀人的话，都“吃一惊”④⑤，何况是杀人呢？人血馒头是那刽子手送到他面前来的。他还不敢接那“鲜红的馒头”⑧，是那刽子手扯下他的灯笼罩，塞给他，他才拿着的。这人血馒头本该“趁热的拿来，趁热吃下”⑳，可是老栓夫妇害怕这么办。“两个人一齐走进灶下商量了一会”⑫，才决定拿一片老荷叶“重新包了那红的馒头”⑫，和那“红红白白的破灯笼，一同塞在灶里”⑫，烧了给小栓吃。他们不但自己害怕，还害怕小栓害怕，所以才商量出这个不教人害怕的办法来。他们硬着头皮去做那害怕的事儿，拿那害怕的东西，只是为了儿子。但他们要尽可能的让儿子不害怕，一来免得他不敢吃，二来免得他吃下去不舒服。所以在重包馒头的时候，华大妈“慌忙说：‘小栓——你坐着，不要到这里来”’⑫。她正是害怕小栓看见“那红的馒头”⑫。——但那是人血馒头，能治病，小栓是知道的。

老栓夫妇唯一关心的是小栓的病。老栓起来的时候，小栓醒了，“里边的小屋子里，也发出一阵咳嗽”②，他出门的时候，吹熄灯盏，特地走向里屋子去。小栓又是一通咳嗽。老栓“候他平静下去，才低低的叫”他不要起来，店面由他娘收拾去②。“听得儿子不再说话，料他安心睡了”③，老栓才出了门。一个作父亲的这样体贴儿子，也就算入微了。母亲自然更是无微不至。重包馒头时华大妈那句话，上节已引过了。她和小栓说话，给小栓作事，都是“轻轻”的。第二段第三段里见了三回：一回是“轻轻说”⑭，一回是“候他气喘平静，才轻轻的给他盖上了满幅补丁的夹被”⑯，又一回是“轻轻的问道”㉓，老栓固然也是“低低的叫”，但那是在夜里，在一个特殊境地里。华大妈却常是“轻轻”的，老是“轻轻”的，母亲的细心和耐性是更大了。

老栓夫妇是粗人，自然盼望人血馒头治好小栓的病，而且盼望马上治好。老栓在街上走的时候，“仿佛一旦变了少年，得了神通，有给人生命的本领似的，跨步格外高远”③。他的高兴，由于信和望。他拿到那馒头的时候，听得有人问他话。“但他并不答应；他的精神，现在只在一个包上，仿佛抱着一个十世单传的婴儿，别的事情，都已置之度外了。他现在要将这包里的新的生命，移植到他家里，收获许多幸福”⑩。这是一种虔敬的信和望。华大妈的信和望和老栓其实不相上下。“老栓走到家”的时候，她“从灶下急急走出，睁着眼睛，嘴唇有些发抖，”问：“得了吗？”⑪只这半句话，便是她的整个儿的心。后来她和小栓说，“吃下去罢，——病便好了”⑯。又说，“睡一会罢，——病便好了”⑯。她盼望小栓的病便会好的。所以小栓又在吃饭的时候。她便“跟着他走，轻轻的问道，‘小栓你好些么？——你仍旧只是肚饿？”’㉓“仍旧”这个词表示她的失望，也就是表示她的盼望。她不高兴“听到‘痨病’这两个字”⑳，也由于她的盼望；她盼望小栓不是“痨病”。她知道他是可是不相信他是，不愿意他是，更不愿意别人说他是“痨病”。老栓和她一样的盼望着小栓不是“痨病”，可是他走到家，看见小栓坐着吃饭的样子，“不免皱一皱展开的眉心”⑪。他是男人，自然比华大妈容易看清楚现实些，也比她禁得住失望些。但是他俩对于那个人血馒头却有着共同的信和望。小栓吃下那馒头的时候，“一面立着他的父亲，一面立着他的母亲，两人的眼光，都仿佛要在他身里注进什么又要取出什么似的”⑮。

老两口子这早上真高兴。老栓一直是“笑嘻嘻的”。那花白胡子说了两回：一回在康大叔来到茶馆之前，他说，“我想笑嘻嘻的，原也不像……（生病）”⑰。一回在康大叔来到之后，他说，“怪不得老栓整天的笑着呢”㉑。老栓如此，华大妈可想而知。康大叔来到的当儿，老栓“笑嘻嘻的听”，华大妈也“笑嘻嘻的送出茶碗茶叶来，加上一个橄榄”⑲；他俩的笑出于本心。后来康大叔说出“痨病”那两个字，华大妈听到“变了一点脸色”，“但又立刻堆上笑，搭赸着走开了”⑳，那笑却是敷衍康大叔的。敷衍康大叔，固然也是害怕得罪这个人，多一半还是为了儿子。她谢康大叔的那一句话⑳，感激是真的。他们夫妇俩这早上只惦着馒头，只惦着儿子；很少答别人的话——自然，忙也有点儿。老栓不答应路上人的问话，上文已提过了。烧馒头的时候，驼背五少爷接连问了两回，老夫妇都没有答应；虽然“老栓匆匆走出，给他泡上茶”⑬。花白胡子问，“老栓，你有些不舒服么？——你生病么？”他也只答了“没有”两个字⑰，就打住了。连康大叔来，他都没有说一句话。这早上他夫妇答别人的话只有华大妈的一句和他的半句。奇怪的是，他们有了那么一件高兴的事儿，怎么不赶紧说给人家听呢？——特别在花白胡子向老栓探听似的问着的时候。也许因为那是一个秘方，吃了最好别教人家知道，更灵验些；也许因为那是一件罪过，不教人家知道，良心上责任轻些。若是罪过，不但他俩，小栓也该有份儿。所以无论如何，总还是为了儿子。

小栓终于死了。不用说，老夫妇俩会感到种种“不足和空虚”。但第二年清明节，去上坟的却只有华大妈一个人。这是因为老栓得招呼店面，分不开身子。他俩死了儿子,可还得活下去。茶馆的生意是很忙的。第三段里说,“店里坐着许多人,老栓也忙了,提着大铜壶,一趟一趟的给客人冲茶”⑰,驼背五少爷也说,“老栓只是忙”⑱,他一个人是忙不开的,得华大妈帮着。所以这一日“天明未久”㉘,她便去上坟,为的是早点回来,好干活儿。她在小栓坟前“哭了一场,化过纸,呆呆的坐在地上;仿佛等候什么似的,但自己也说不出等候什么”㉘。儿子刚死在床上,也许可以不相信,也许还可以痴心妄想的等候他活转来;儿子死后,也许可以等候他到梦里相见。现在是“天明未久”在儿子的坟前,华大妈心里究竟在等候着些什么呢?或者是等候他“显点灵”罢?“微风起来,吹动她短发,确乎比去年白得多了”㉘。半年来的伤心日子,也够她过的了。华大妈如此,老栓也可想而知。她后来看着夏四奶奶在哭,“心里暗暗地想,‘这坟里的也是儿子了”’㉚。所以在夏四奶奶发怔的时候,“便忍不住立起身,跨过小路,低声”劝慰㉛。这种同情正是从“儿子”来的。后来见夏家儿子坟顶上“分明有一圈红白的花”围着㉜,“忙看他儿子和别人的坟。却只有不怕冷的几点青白小花,零星开着”㉜。夏家儿子的坟确有些与众不同,小栓的似乎相形见绌。这使她“忽然感到一种不足和空虚,不愿意根究”㉝。她是在羡慕着,也妒忌着,为了坟里的儿子。但是她还同情的陪着夏四奶奶,直到“上坟的人渐渐增多”㉟,才“想到要走”㊱。她早就该回茶馆帮老栓干活儿,为了同病相怜,却耽搁了这么久,将活儿置之度外。她整个儿的心,还是在“儿子”身上。——以上是亲子之爱正题旨。

副题旨是革命者的寂寞的悲哀。这只从侧面见出。那革命党并没有出面,他的故事是在康大叔的话里,和夏四奶奶的动作里。故事是从那人血馒头引起的。第三段里那花白胡子一面和老栓说(那时华大妈已经“搭赸着走开了”⑳),“原来你家小栓碰到了这样的好运气了”,“一面走到康大叔面前,低声下气的问道,‘康大叔——听说今天结果的一个犯人,便是夏家的孩子,那是谁的孩子?究竟是什么事?”’㉑从这几句话里可以见出那位革命党的处决,事先是相当秘密的;大家只知道那是“夏家的孩子”,犯了不寻常的死罪而已。难怪康大叔刚进茶馆“便对老栓嚷道”:——“你运气,要不是我信息灵……”⑱。那“信息”自然也是秘密的。他回答花白胡子的第一问:“谁的?不就是夏四奶奶的儿子么?那个小家伙!”接着说:“这小东西不要命,不要就是了。我可是这一回一点没有得到好处;连剥下来的衣服,都给管牢的红眼睛阿义拿去了。——第一要算我们栓叔运气；第二是夏三爷赏了二十五两雪白的银子，独自落腰包，一文不花”㉒。这些话并不是回答花白胡子，只是没有得到什么好处，自己有点牢骚罢了。夏三爷独得“二十五两雪白的银子”，康大叔羡慕这个。他自然不会忘记老栓的那包洋钱，可是比起“二十五两雪白的银子”，那就不算什么了。何况那是“一手交钱，一手交货”⑧。而且是他“照顾”⑳老栓的，怎能算是他的好处！他说“信息灵”，他说运气了老栓⑱，“第一要算我们的栓叔运气”，都是要将人情卖在老栓的身上。但就故事的发展说，这一节话却是重要的关键。那革命党是不出面的。他的故事中的人物，全得靠康大叔的嘴介绍给读者。这儿介绍了夏四奶奶，第四段里那老女人便有着落了。那儿不提起“夏四奶奶”，是给华大妈留地步；那一段主要的原是夏四奶奶的动作，假如让华大妈分明的知道了那老女人就是夏四奶奶，那必露出一番窘相。那会妨碍故事的发展。但他听了那老女人“他们都冤枉了你”㉝一番话之后，好像也有些觉得了；“似乎卸了一挑重担”那一句便是从这里来的。这里又介绍了牢头红眼睛阿义和那告官的夏三爷；这些是那片段的故事的重要角色。但康大叔并没有直接回答花白胡子的第二问，他只说“这小东西也真不成东西！关在牢里！还要劝牢头造反”㉔。“关在牢里，还要劝牢头造反”，没“关在牢里”的时候，不用说是在“造反”了；这还不该杀头之罪吗？不但他该杀头，夏三爷要是“不先告官”，连他也会“满门抄斩”呢㉔。这就是回答了花白胡子了。至于详细罪状，必是没有“告示”；大约只有官知道，康大叔也不会知道的。

康大叔提到那革命党，口口声声是“那个小家伙”㉒，“这小东西”㉒㉔，“贱骨头”㉔。那革命党向红眼睛阿义说过“这大清的天下是我们大家的”；康大叔说这不是“人话”㉔。一面还称赞“夏三爷真是乖角儿”㉔。红眼睛阿义是他一流人，第一是想得好处。他原知道那革命党“家里只有一个老娘，可是没有料到他竟会那么穷，榨不出一点油水，已经气破肚皮了；他还要老虎头上搔痒，便给他两个嘴巴”㉔。这儿借着阿义的口附带叙述了那革命党家中的情形。康大叔和阿义除了都想得到好处之外，还都认为革命党是“造反”，不但要杀头，而且有“满门抄斩”之罪。他们原是些做公的人，这样看法也是当然。那热心的革命党可不管这个，他宣传他的。阿义打他，他并不怕，还说“可怜可怜”呢㉕。革命者的气概从此可见。但是一般人是在康大叔阿义这一边儿。那二十多岁的茶客听到说

“劝牢头造反”,道,“阿呀,那还了得!”“很现出气愤模样”㉔。那驼背五少爷听到“给他两个嘴巴”,便“忽然高兴起来”,说,“义哥是一手好拳棒,这两下,一定够他受用了”㉔。那花白胡子听到康大叔“还要说可怜可怜哩”㉕那句话,以为那革命党是在向阿义乞怜了,便看不上他似的道,“打了这种东西,有什么可怜呢?”㉕经康大叔矫正以后,他“恍然大悟似的说”,“阿义可怜,——疯话,简直是发了疯了”。那二十多岁的人“也恍然大悟的说”,“发了疯了”。那驼背五少爷后来也“点着头说”,“疯了”㉖。他们三个人原先怎么也想不到“可怜可怜”是指阿义说的,所以都是“恍然大悟”的样子。那三个茶客代表各种年纪的人。他们也都相信“造反”是大逆不道的;他们和康大叔和阿义一样,都觉得“那小东西也真不成东西”㉔,而且“简直是发了疯了”。——“疯子”这名目是“吃人”的巧妙的借口;这是封建社会的“老谱”。《狂人日记》里也早已说过了的。——这就无怪乎夏家的亲戚早不上他家来了㉝。(夏四奶奶“亲戚本家早不来了”这句话里的“来”字不大清楚;若说“来往”,就没有歧义了。)其实就是夏四奶奶,她对于革命党的意见,也还是个差不多。不过她不信她儿子是的。她说,“瑜儿,他们都冤枉了你”,又说,“可怜他们坑了你”。她甚至疑心他坟顶上那“一圈红白的花”是“特意显灵”要她知道的。她是爱她的儿子,可是并没有了解她的儿子。革命者是寂寞的,这样难得了解和同情的人!幸而,还不至于完全寂寞,那花圈便是证据。有了送花圈的人,这社会便还没有死透,便还是有希望的。鲁迅先生在《呐喊自序》里说,他不愿意抹杀人们的希望,所以“不恤用了曲笔平空添上”一个花圈在瑜儿的坟上。这是他的创作的态度。第四段是第一个故事的结尾,尤其是第二个故事的结尾。这里主要的是夏四奶奶的动作;可是用了“亲子之爱”这个因子,却将她的动作和华大妈的打成一片了。

通常说短篇小说只该有“一个”题旨,才见得是“经济的”。这句话不能呆看。正题旨确乎是只能有“一个”,但正题旨以外不妨有副题旨。副题旨若能和正题旨错综糅合得恰到好处,确有宾主却又像不分宾主似的,那只有见得更丰厚些,不会松懈或枝蔓的。这一篇便可以作适当的例子。再有,小说虽也在叙述文和描写文类里,跟普通的叙述文和描写文却有些不同之处。它得有意念的发展。普通的叙述文和描写文自然也离不了意念;可得跟着事实,不能太走了样子,意念的作用不大。小说虽也根据事实,却不必跟着事实;不但选择有更多的自由,还可以糅合融铸,发展作者的意念。这里意念的作用是很大的。题旨固然是意念的发展，取材和词句也都离不了意念的发展。即使是自然派的作家，好像一切客观，其实也还有他们的意念。不然，他们为什么写这种那种故事，为什么取这件那件材料，为什么用这些那些词句，而不写、不取、不用别的，就难以解释了。这种意念的发展在短篇小说里作用尤其大。短篇小说里意念比较单纯，发展得恰当与否最容易见出。所谓“经济的”便是处处紧凑，处处有照应，无一闲笔；也便是意念发展恰到好处。本篇题旨的发展，上文已经解析。取材和词句却还有可说的。

本篇副题旨的取材，《呐喊自序》里的话已够说明。鲁迅先生的创作是在五四前后所谓启蒙时代（本篇作于民国八年四月）。他的创作的背景大部分是在清末民初的乡村或小城市里。所谓农村的社会或封建的社会，便是这些。鲁迅先生所以取材于这些，一方面自然因为这些是他最熟悉的，一方面也因为那是一个重新估定价值的时代，他要以智慧的光辉照彻愚蠢的过去。他是浙江绍兴人，他却无意于渲染地方的色彩；这是他在《我的创作经验》一文里曾经暗示了的。本篇的正题旨发展在人血馒头的故事里，正因为那故事足以表现农村的社会——愚蠢的过去。这故事包括三个节目：看杀头，吃人血，坐茶馆。看杀头的风俗代表残酷，至少是麻木不仁。《呐喊自序》里说日俄战争时在日本看到一张幻灯片，是日本人捉着了一个替俄国作侦探的中国人，正在杀头示众，围着看热闹的都是中国人。鲁迅先生很可怜我们同胞的愚蠢，因此改了行，学文学，想着文学也许有改变精神的用处。本篇描写那杀场的观众，还是在这种情调里。这是从老栓的眼里看出：“老栓也向那边看，却只见一堆人的后背；颈项都伸得很长，仿佛许多鸭，被无形的手捏住了的，向上提着”⑦。这些观众也真够热心的了。

吃人血的风俗代表残酷和迷信。老栓拿到馒头的时候，“似乎听得有人问他，‘这给谁治病的呀？’”⑩可见人血馒头治痨病还是个相当普遍的秘方，这也就是风俗了。老栓和华大妈都信仰这个秘方，到了虔敬的程度。小栓也差不多，他撮起那烧好的黑馒头，“似乎拿着自己的性命一般”⑮。康大叔说了四回“包好！”⑳㉔㉖两回是向老栓夫妇说的，两回是向小栓说的，虽然不免“卖瓜的说瓜甜”，但相信也是真的。那花白胡子也向老栓说，“原来你家小栓碰到了这样的好运气了。这病自然一定全好”㉑。一半儿应酬康大叔和老栓夫妇，至少一半儿也相信。可是后来小栓终于死了！——老栓夫妇虽然相信，却总有些害怕；他们到底是安分良民，还没有那分儿残酷。他们甚至于感觉到这是一桩罪过似的。老栓方面，上文已提过了。第四段里说，“华大妈不知怎的，似乎卸下了一挑重担，便想到要走”㊱。原来她听了夏四奶奶向坟里的儿子一番诉说之后，似乎便有些觉得面前的老女人是谁，她那坟里的儿子又是谁了。想着自己儿子吃过人家儿子的血，不免是一桩罪过，这就是她良心上的“一挑重担”。在两人相对的当儿，夏四奶奶虽然根本未必知道血馒头这回事，可是华大妈的担子却有越来越重的样子。“上坟的人渐渐增多，几个老的小的，在土坟间出没”⑤。夏四奶奶的注意力分开了，不只在坟里的儿子和面前的华大妈身上了，华大妈这才“似乎卸下了一挑重担”。老栓夫妇的内疚若是有的，那正是反映吃人血的风俗的残酷的。《狂人日记》里不断提起吃人，固然是指着那些吃人的“仁义道德”说的，可也是指着这类吃人的风俗说的。那儿有“一直吃到徐锡麟”的话，徐锡麟正是革命党。那儿还说“去年城里杀了犯人，还有一个生痨病的人用馒头蘸着血舐”。这些都是本篇的源头——带说一句，本篇的“夏瑜”似乎影射着“秋瑾”；秋瑾女士也是绍兴人，正是清末被杀了的一位著名的革命党。这人血馒头的故事是本篇主要的故事，所以本篇用“药”作题目，这一个“药”字含着“药”（所谓“药”）“药？”“药！”三层意思。

坐茶馆，谈天儿，代表好闲的风气。茶客们有些没有职业的，可以成天的坐着，驼背五少爷便是例子。“这人每天总在茶馆里过日，来得最早，去得最迟”⑬，可以算是茶客的典型。那时就是有职业的人，在茶馆里坐一个上午或一个下午也是常见的。这些人闲得无聊，最爱管闲事。打听新闻，议论长短，是他们的嗜好，也是他们的本领。没有新闻可听，没有长短可论的时候，他们也能找出些闲话来说着。本篇第二段里烧馒头的时候，驼背五少爷问，“好香！你们吃什么点心呀？”没有人答应。可是他还问，“炒米粥么？”仍然没人答应，他这才不开口了。找人搭话正是茶客们的脾气。第三段里那花白胡子看见老栓眼眶围着一圈黑线，便问，“老栓，你有些不舒服么？——你生病么？”老栓回答“没有”。他又说，“没有？——我想笑嘻嘻的，原也不像……”这是“取消了自己的话”⑰。这些都是没话找话的废话。康大叔来到以前，驼背五少爷提到小栓，那是应酬老栓的。康大叔来到以后，花白胡子也提到小栓，那是应酬康大叔和老栓的。这里面也有多少同情，但找题目说话，也是不免的。花白胡子向康大叔一问，这才引起了新闻和议论。那些议论都是传说的，也不负责任的。说来说去，无非是好闲就是了。

本篇的节目，大部分是用来暗示故事中人物的心理的。从上文的解析里可以见出。但在人物、境地、事件的安排上也不忽略。这些也都是意念的发展。第一段和第四段的境地都是静的，静到教人害怕的程度。老栓走到街上，“街上黑沉沉的一无所有”；“有时也遇到几只狗，可是一只也没有叫”③。夜的街真太静了，忽然来了个不出声的人，狗也害怕起来，溜过一边或躲在一边去了；老栓吃了两回惊，一半是害怕那地方，那种人，一半也是害怕那静得奇怪的夜的街。甚至那杀场，也只“似乎有点声音”，也只“轰的一声”⑨；这并不足以打破那奇怪的静。这个静是跟老栓的害怕，杀头和吃人血的残酷应合着的。第四段开场是“层层叠叠”的“丛冢”㉗中间，只放着两个不相识的女人。那也是可怕的静，虽然是在白天。所以华大妈和夏四奶奶开始搭话的时候都是“低声”㉛㉜；“低声”便是害怕的表现。后来夏四奶奶虽然“大声”向他的瑜儿说了一番话㉝，但那是向鬼魂说的，也不足以打破那个静。那时是：“微风早经停息了；枯草支支直立，有如铜丝。一丝发抖的声音，在空气中愈颤愈细，细到没有，周围便都是死一般静。两人站在枯草丛里，仰面看那乌鸦；那乌鸦也在笔直的树枝间，缩着头，铁铸一般站着”㉞。那“一丝发抖的声音”便是夏四奶奶那节话的余音。后来“上坟的人渐渐增多”，可是似乎也没有怎样减除那个静的可怕的程度。本篇最后一节是这样：“他们走不上二三十步远，忽听得背后‘哑——’的一声大叫；两个人都竦然的回过头，只见那乌鸦张开两翅。一挫身，直向着远处的天空，箭也似的飞去了”。这“竦然的”一面自然因为两人疑心鬼魂当场显灵，一面还是因为那坟场太静了。这个静是应合着着那丛冢和那两个伤心的母亲的。配着第一段第四段的静的，是第二段第三段的动，动静相变，恰像交响曲的结构一般。

小栓的病这节目，只在第二段开始写得多一些；那是从老栓眼中见出他的瘦。但在本篇前三段里随时都零星的穿插着。咳嗽，“肚饿”，流汗，构成他的病象。咳嗽最明显，共见了六次②⑮⑳㉓㉖；“肚饿”从吃饭见，流汗也是在吃饭的时候；这两项共同见了两次⑪㉕。这样，一个痨病鬼就画出来了。康大叔是刽子手；他的形状，服装，举动，言谈，都烘托出来他是一个什么样的人。他那“像两把刀”的“眼光”，那“大手”⑧，那“满脸横肉”⑱，高兴时便“块块饱绽”的㉒，已经够教人认识他了，再加“披一件玄色布衫，散着纽扣，用很宽的玄色腰带，胡乱捆在腰间”⑱，便十足见出是一个凶暴的流浪汉。他将那人血馒头送到老栓面前的时候，说的话⑧⑨，以及“摊着”“一只大手”⑧，以及“抢过灯笼，一把扯了纸罩，裹了馒头，塞与老栓，一手抓过洋钱，捏一捏”⑨的情形，也见出是一个粗野的人。他到了茶馆里，一直在嚷⑱⑳，在“大声”说话㉒。他说话是不顾到别人的。他没有顾老栓夫妇忌讳“痨病”这两个字。华大妈“搭赸着走开了”，他还“没有觉察，仍然提高喉咙只是嚷，嚷得里面睡着的小栓也合伙咳嗽起来”⑳。第三段末尾，小栓又在咳嗽，“康大叔走上前拍他的肩膀说：——‘包好！小栓——你不要这么咳。包好！’”这都是所谓不顾别人死活，真粗心到了家。他又是个唯我独尊的人，至少在这茶馆里。那花白胡子误会了“可怜”的意思，他便“显出看不上他的样子，冷笑着说，‘你没有听清我的话’”㉕。在本篇里，似乎只有康大叔是有性格的人，别的人都是些类型。本篇的题旨原不在铸造性格，这局面也是当然的。

第三段里茶客们和康大叔的谈话是个难得安排的断片或节目。这儿似乎很不费力的从正题旨引渡到副题旨，上文也已提到了。谈话本可以牵搭到很远的地方去；但是慢慢的牵搭过去，就太不“经济的”。这儿却一下就搭上了。副题旨的发展里可又不能喧宾夺主，冷落了正题旨。所以康大叔的话里没将老栓撂下；小栓更是始终露着面儿。茶客参加谈话的不能太多，太多就杂乱了，不好收拾了；也不能全是没露过面的，不然前后就打成两橛了。这儿却只有三个人；那驼背五少爷和花白胡子是早就先后露了面的⑬⑰，只加了那“一个二十多岁的人”㉔。“这些人都恭恭敬敬的”⑲“耸起耳朵”㉒听康大叔的话。“恭恭敬敬的”，也许因为大家都有一些害怕这个粗暴的人；“耸起耳朵”，因为是当地当日的新闻，大家都爱听。——那花白胡子去问康大叔的时候，“低声下气的”㉑，也是两方面都有点儿。这样，场面便不散漫，便不漏了。但是谈话平平的进行下去，未免显得单调。这儿便借着“可怜可怜”那句话的歧义引出一番波折来。康大叔“冷笑着”对花白胡子说明以后，“听着的人的眼光忽然有些板滞；话也停顿了”㉕。这是讨了没趣；是满座，不止那三个人。可是花白胡子和那二十多岁的人“恍然大悟”，将罪名推到那革命党身上以后，大家便又轻松了，——不是他们没有“听清”康大叔的话，是那革命党“发了疯了”，才会说那样出人意料的话。于是“店里的坐客便又现出活气，谈笑起来”。但这个话题也就到此而止。那悟得慢一些的驼背五少爷“点着头说”的半句“疯了”，恰巧是个尾声，结束了这番波折，也结束了这场谈话。

词句方面，上文已经提到不少，还有几处该说明的。第一段末尾，“太阳也出来了；在他面前，显出一条大道，直到他家中。后面也照见丁字街头破匾上‘古□亭口’这四个黯淡的金字”。这些并不是从老栓眼里看出；这是借他回家那一条大道描写那小城市。匾已破了，那四个金字也黯淡了；其中第二个字已经黯淡到认不出了。这象征着那小城市也是个黯淡衰颓的古城市；那些古旧的风俗的存在正是当然。第二段小栓吃下馒头，“却全忘了什么味”⑮。他知道这是人血馒头，“与众不同”，准备着有些异味；可是没有，和普通的烧馒头一样。烧馒头的味是熟习的，没有什么特别值得注意，所以觉得“全忘了什么味”。这儿小栓似乎有些失望似的。第三段“这康大叔却没有觉察”⑳，“康大叔”上加“这”字是特指。“康大叔”这称呼虽已见于华大妈的话里⑳，但在叙述中还是初次出现，加“这”字表示就是华大妈话里的那个人，一方面也表示就是那凶暴粗野的流浪汉刽子手。又，“夏三爷赏了二十五两雪白的银子”，是官赏了他银子。第四段夏四奶奶“见华大妈坐在地上看她，便有些踌躇，惨白的脸上现出些羞愧的颜色；但终于硬着头皮，走到左边的一座坟前，放下了篮子”㉙。这儿路的“右边是穷人的丛冢”，小栓的坟便在其中，“左边都埋着死刑和瘐毙的人”㉓。夏四奶奶穷，不能将儿子埋在别处，便只得埋在这块官地的左边坟场里。她可不愿意人家知道她儿子是个死刑的犯人。她“天明未久”㉔，就来上坟，原是避人的意思。想不到华大妈比她还早，而且已经上完了坟，“坐在地上看他”。这一来她儿子和她可都得现底儿了。她踌躇，羞愧，便是为此。但既然“三步一歇的走”来了㉙，哪有回去的道理，到底还是上坟要紧，面子上只好不管了；所以她“终于硬着头皮走”过去了。后来她“大声”说的一番话㉝，固然是给她儿子说的，可也未尝没有让华大妈听听的意思，——她儿子是让人家“冤枉了”“坑了”，他实在不是一个会犯罪的人。第四段主要的是夏四奶奶的动作。这里也见出她的亲子之爱，她的（和华大妈的）迷信。但本段重心还在那个花圈上。鲁迅先生有意避免“花圈”这个词，只一步一步的烘托着。从夏四奶奶和华大妈的眼睛里看，“红白的花……也不很多，圆圆的排成一个圈，不很精神，倒也整齐。”又从夏四奶奶嘴里说．“这没有根，不像自己开的！”㉟这似乎够清楚了。可是有些读者总还猜不出是什么东西。也许在那时代那环境里，这东西的出现有些意料，读者心理上没有准备着，所以便觉得有点晦。若是将“花圈”这个词点明一下，也许更清楚些。夏四奶奶却看得那花圈有鬼气，两回“自言自语的说”，“这是怎么一回事呢?”㉝㉞但她的（和华大妈的）迷信终于只是迷信，那乌鸦并没有飞上她儿子的坟顶，却直向着远处的天空飞去了。

鲁迅先生关于亲子之爱的作品还有《明天》和《祝福》，都写了乡村的母亲。她们的儿子一个是病死了，一个是被狼衔去吃了；她们对于儿子的爱都是很单纯的。可是《明天》用亲子之爱做正题旨；《祝福》却别有题旨，亲子之爱的故事只是材料。另有挪威别恩孙 Björnson 的《父亲》，有英译本和至少六个中译本。那篇写一个乡村的父亲对于他独生子的爱，从儿子受洗起到准备结婚止，二十四五年间，事事都给他打点最好的。儿子终于过湖淹死了。他打捞了整三日三夜，抱着尸首回去。后来他还让一个牧师用儿子的名字捐了一大笔钱出去。别恩孙用的是粗笔，句子非常简短，和鲁迅先生不同，可是不缺少力量。关于革命党的，鲁迅先生还有著名的《阿 Q 正传》，那篇后半写着光复时期乡村和小城市的人对于革命党的害怕和羡慕的态度，跟本篇是一个很好的对照。这些都可以参看。

《蔡孑民先生言行录》指导大概

本书是新潮社编辑的《新潮丛书》第四种，出版在民国九年。新潮社早已不存在，这部书也早已绝版了。但书的版权已归开明书店所有，我们希望开明能够继续印行（删去《致汪精卫书》和《华工学校讲义》汪序），因为这是一部有益于青年——特别是中学生——的书，在文字上，也在思想上。本书分上下二册，约十七万字。前有凡例，第一条道：

蔡先生的道德学问和事业，用不着我们标榜。不过我们知道国内外尚有许多急欲明白先生言行的人，极希望一部有系统的先生言行录：这便是我们编印本书的一点微意。

蔡先生去年死了。盖棺论定，他老人家一生的道德学问和事业的确可以作青年人的模范；他的言行，青年人更该"急欲明白"。这部书的继续印行真是必要的。听说刘开渠先生还给他编了一部全集，似乎没有付印。全集的篇幅一定很多，而且不免有些"与社会无甚关系的"（见凡例第四条）文字。为青年人——特别是中学生——阅读，本书该是更适宜些。

凡例第二条道：

本书内容共计先生传略一篇，言论八十四篇，附录三篇。言论大别为六类。分类本是不容易的事；归入甲类的，同时也与乙丙有关。故本书没有标明分类的名目。不过我们可以在这里略为说明的：第一类大约关于最重大普遍的问题；第二类关于教育；第三类关于北京大学；第四类关于中西文化的沟通；第五类为普通的问题；第六类为范围较小，关系较轻的问题。"附录"第一篇内《华工学校讲义》四十小篇……为先生大部分道德精神所寄。其余两篇，系大学改制的提案，也与先生事业很有关系。

第一类共十八篇,论世界观与人生观,哲学与科学,劳工神圣,国文的趋势等等。第二类共十六篇,论教育方针,新教育与旧教育,美育,平民教育,五四运动等等。第三类共十八篇,说明办北京大学的宗旨和对于学生的希望,还有提倡学生课外活动——音乐,画法,新闻学等——的文字。关系重大的《致公言报并答林琴南君函》便在这一类里。第四类共十一篇,所论以中法文化的沟通为主。第五类共十一篇,杂论修养,学术教育。第六类共十篇,杂论学术,时事,教育,其中有四篇是民国纪元前旧作。《华工学校讲义》三十篇论德育,十篇论智育。这些文字差不多都和教育有关:教育是蔡先生的终生事业,所以他全神贯注,念念不忘。读这部书不妨将第六类和附录的二篇略去,别的都得细看。第三类都是些关于当时的北京大学的文字,似乎不能引起现在中学生读者的兴味。但是不然。民国八年的五四运动,北京大学是领导者,那时正是蔡先生作校长。五四运动是政治运动,同时是新文化运动,影响的重大,青年人都知道。再说改进北京大学也是蔡先生平生最重大的教育事业,值得后来人景仰,所以这一类文字,兴趣决不会在别的几类以下。

本书六类文字中,文言文五十六篇,白话文二十八篇,共八十四篇。《华工学校讲义》四十篇,全是文言,连前共一百二十四篇,文言文共九十六篇,占全书百分之八十弱。全书按体裁分,又有论文,演说词,序(包括发刊词),书信,日记,启事,等类。论文六十四篇,演说词三十八篇,序十五篇,书信五篇,日记,启事各一篇。这些又都只是说明文和论说文两类。演说词占全书百分之三十,却是文言多于白话;三十八篇里有二十四篇是文言,占百分之六十弱。这中间有三篇注明是别人笔记的,一篇是文言,两篇是白话。还有一篇,题目下注着"八年十二月三日改定",不知道是不是先经别人笔记后来再改定的。蔡先生是个忙人,该常有些文牍或秘书帮他拟稿。本书所收的文字,除注明别人笔记的三篇演说词以外,原也不一定全出于他的亲手,但大部分该是的。《华工学校讲义》四十篇都是他"手撰",有明文可据。论文,序,书信里,至少那些重要的是他自己动笔。那篇日记和那条启事更该是他自己写的。别的即使有人拟稿,也该是他的意思,并且经他手定的。全书所收的文字,思想是如此一致,风格也是如此一致,他至少逐篇都下过工夫来看。无论如何,这问题并不影响本书的价值;在文字上,在思想上。本书无疑的是青年人——特别是中学生——有益的读物。现在中学生的读物里最缺乏简短的说明文和议论文,无论文言或白话。再说文言方面有的是古书,唐宋八家文,明人小品文,以及著述文等等,这些却都不能帮助学生学习应用的文言。梁启超先生的文言可以算是应用的了,但只在清末合适,现在看来,却还嫌高古似的。只有本书的文言,朴实简明,恰合现在的应用,现在报纸上的文言便是这种文言,这是最显著的标准。我们说应用,蔡先生也说应用(《国文之将来》),又称为“实用”(《论国文的趋势及国文与外国语及科学之关系》),都是广义的。一般所谓“应用文”却是狭义的,指公文,书信,电报,商业文件等。那些都有一定的程式。程式为的求经济,求确当,是一种经验的传统,渗透在我们所谓应用的文言里。学会了应用的文言,学那些程式便不难。应用的文言才是真正的基础。所以我们特别推荐这部书。

蔡先生名元培,字孑民,浙江省绍兴县人,死时年七十四岁。本书里的传略,是江西黄世晖先生记的。黄先生是蔡夫人家里人,记得很确实,虽说是“传略”,却也够详的。蔡先生曾做到清廷的翰林院编修,后来尽力教育,运动革命,又到德国游学。辛亥革命后,回国任教育总长。他觉得和当时的总统袁世凯不能合作,不久便辞职再到德国游学。后来又到法国游学,并帮助李石曾先生等办留法俭学会,组织华法教育会。民国六年回国任北京大学校长。五四运动辞职出京,不久又回任。过了一年多,便出国考察,从此没有回北京大学。国民革命后,任大学院院长。后来改任中央研究院院长,直到去年逝世时止。本书出版在民国九年,所以传略只记到北京大学校长时代。统观蔡先生的一生事业,可以说他是一个革命家,又是一个教育家。辛亥以前,他是革命家。那时虽也尽力教育,却似乎只将教育当手段,达到革命的目的。传略里说他以为戊戌变法康梁“所以失败,由于不先培养革新之人才,而欲以少数人弋取政权,排斥顽旧,不能不情见势绌。此后北京政府无可希望,故抛弃京职,而愿委身于教育”(五面)。可见他的动机是在那里。他办教育,提倡民权(参看五面,八面,九面),提倡进化论(参看六面),提倡俄国的虚无主义(参看一四面,一七面)。但他当时虽以教育为手段,却真相信教育的永久的价值。他的游学便为的是充实自己的教育。他在德国研究哲学,文明史等,尤其注重实验心理学和美学。曾进实验心理学研究所参加实验工作(一九面,二四面)。他倾向哲学,而对于科学的训练也不忽略。辛亥以后,他是教育家。他特别提倡公民道德的教育,以及世界观教育,美感教育(《对于教育方针之意见》)。他提倡中西文化的沟通,而特别注重欧化(参看第四类各篇)。他办大学,主张纯粹研究学问,思想自由(参看《北京大学开学式之演说》、《北京大学月刊发刊辞》等)。对于中学,反对文理分科,主张"高等普通"的教育(《德国分科中学之说明》)。他又提倡工学(参看《工学互助团的大希望》等),提倡平民教育(参看《在平民夜校开学日的演说》等)。他不但是个理想家,并且是个实行家。这些主张都曾相当的实现,留下强大的影响。他尤其注重砥砺德行,提倡进德会,《华工学校讲义》里有三十篇论德育,以及提倡公民道德的教育,是他一致的态度。他是个躬行实践的人,能做到他所说的,他的话是有重量的。

蔡先生虽做过翰林院编修,但在欧洲研究考察得很久,对于西洋文化认识得很清楚。他看出中国必须欧化。他说:

吾国古代文明,有源出巴比伦之说,迄今尚未证实。汉以后,天方大秦之文物,稍稍输入矣,而影响不著,其最著者,为印度之文明。汉季,接触之时代也;自晋至唐,吸收之时代也。吾族之哲学,文学及美术,得此而放一异彩。自元以来,与欧洲文明相接触,逾六百年矣,而未尝大有所吸收,如球茎之植物,冬蛰之动物,恃素所贮蓄者以自赡。日趣羸瘠,亦固其所。至于今日,始有吸收欧洲文明之机会;而当其冲者,实为我寓欧之同人。(《文明之消化》)

又说:

西人之学术所以达今日之程度者,自希腊以来,固已积二千余年之进步而后得之。吾先秦之文化无以远过于希腊,当亦吾同胞之所认许也。吾与彼分道而驰,既二千余年矣,而始有羡于彼等所等(得)之一,则循自然公例,取最短之途径以达之可也。乃曰吾必舍此捷径,以二千余年前之所诣为发足点,而奔轶绝尘以追之,则无论彼我速率之比较如何,苟是由是而彼我果有同等之一日,我等无益于世界之耗费,已非巧历所能计矣。不观日本之步趋欧化乎,彼固取最短之径者也。行之且五千年,未敢曰与欧人达同等之地位也。然则吾即取最短之径以往,犹惧不及,其又堪迂道

焉？（《学风杂志发刊词》）

觀察叢書

7

論雅俗共賞

朱自清著

上海 觀察社 發行

1948 年 5 月由上海观察社版的《论雅俗共赏》

他主张欧化，而且主张急起直追的欧化。他也提到中印文化对于欧洲的影响（三六一面），也提到东西文化的媒合（四〇二面），但他总“觉得返忆旧文明的兴会，不及欢迎新文明的浓至”（四〇三面）。——蔡先生所谓“文明”似乎和“文化”同一意思。——他尤其倾慕法国的文化，因为法国没有“绅民阶级，政府万能，宗教万能等观念”（三七八面），而“科学界之大发明家，多属于法，德人则往往取法人所发明而更为精密之研究”，“法人科学程度，并不下于德人”（三七八面，三七九面）。

蔡先生信仰法国革命时代所标揭的自由，平等，博爱三大义（参看一九一面，三七三面），加上哲学，科学，美学，便见出他的一贯的思想。他说人生观必得有世界观作根据：

世界无涯涘也，而吾人乃于其中占有数尺之地位。世界无终始也，而吾人乃于其中占有数十年之寿命。世界之迁流如是其繁变也，而吾人乃于其中占有少许之历史。以吾人之一生较之世界，其大小久暂之相去既不可以数量计，而吾人一生又决不能有几微遁出于世界以外。则吾人非先有一世界观，决无所容喙于人生观。（《世界观与人生观》）

有本体世界，有现象世界。本体世界是世界的本性或本质，是哲学或玄学研究的对象。现象世界是我们感觉的世界。现象世界“最后之大鹄的”是“合世界之各份子息息相关，无复有彼此之差别”（三八至三九面）。但这个大鹄的须渐渐达成，大地的进化史便显示着向这个大鹄的路：

统大地之进化史而观之，无机物之各质点，自自然引力外，殆无特别相互之关系。进而为有机之植物，则能以质点集合之机关共同操作，以行其延年传种之作用。进而为动物，则又于同种类间为亲子朋友之关系，而其分职通功之例视植物为繁。及进而为人类，则由家庭而宗族，而社会，而国家，而国际，其互相关系之形式既日趋于博大，而成绩所留，随举一端，皆有自阂而通，自别而同之趋势。……昔之同情，及最近者而止耳。……今则四海兄弟之观念为人类所公认。……夫已往之世界，经其各份子经营而进步者其成绩固已如此，过此以往，不亦可比例而知之欤？（同上）

那个大鹄的便是大同主义，进化史便是大同主义的发展。蔡先生的大同的理想，来源不止一个，“博爱”的信念无疑的给了他很大的影响。他曾引孔子的话“圣人以天下为一家，中国为一人”，子夏的话“四海之内皆兄弟”，张载的话“民吾同胞”，以为“尤与法人所倡之博爱主义相结合”（三七四至三七五面),可以为证。

蔡先生既从进化史里看出“人类之义务,为群伦不为小己”,他又看出人类之义务,“为将来不为现在”(四二面):

自进化史考之,……人满之患虽自昔藉为口实,而自昔探险新地者率生于好奇心,而非为饥寒所迫。南北极苦寒之所,未必于吾侪生活有直接利用之资料,而冒险探极者踵相接。由椎轮而大辂,由桴槎而方舟,足以济不通矣,乃必进而为汽车(即火车)汽船及自动车(即汽车)之属。近则飞机飞艇更为竞争之的。其构造之初必有若干之试验者供其牺牲,而初不以及身之不及利用而生悔。文学家美术家最高尚之著作,被崇拜者或在死后,而初不以及身之不得信用而辍业。用以知:为将来而牺牲现在者,又人类之通性也。(同上)

他又看出人类之义务“为精神之愉快,而非为体魄之享受”(四二面):

人生之初,耕田而食,凿井而饮,谋生之事至为繁重,无暇为高尚之思想。自机械发明,交通迅速,资生之具日趋于便利。循是以往,必有菽粟如水火之一日,使人类不复为口腹所累,而得专致力于精神之修养。今虽尚非其时,而纯理之科学,高尚之美术,笃嗜者固已有甚于饥渴,是即他日普及之征兆也。科学者,所以祛现象世界之障碍,而引致于光明。美术者,所以写本体世界之现象,而提醒其觉性。人类精神之趋向既毗于是,则其所达到之点,盖可知矣。(同上)

美术虽用现象世界作材料,但能使人超越利害的兴趣,对于现象世界无厌弃也无执著,只有浑然的美感。这就是“与造物为友”,这就接触到本体世界了(参看一九八面,二七三面)。所谓“写本体世界之现象而提醒其觉性”,便是这番意思。

蔡先生提倡哲学,科学,美术,便因“为将来”“为精神之愉快”是人类之义务。他以为哲学,科学,美术的研究是大学的责任。但这种研究得超越利害的兴趣才成。他说“大学为纯粹研究学问之机关,不可视为养成资格之所,亦不可视为贩卖知识之所。学者当有研究学问之兴趣,尤当养成

学问家之人格”(二九六面),要做到这地步,首先得破除专己守残的陋见:

吾国学子,承举子文人之旧习,虽有少数高才生知以科学为单纯之目的,而大多数或以学校为科举,但能教室听讲,年考及格,有取得毕业证书之资格,则他无所求。或以学校为书院,暖暖姝姝,守一先生之言而排斥其他。于是治文学者,恒蔑视科学。而不知近世文学全以科学为基础。治一国文学者,恒不肯兼涉他国。不知文学之进步,亦有资于比较。治自然科学者,局守一门,而不肯稍涉哲学。而不知哲学即科学之归宿,其中如自然哲学一部,尤为科学家所需要。治哲学者以能读古书为足用,不耐烦于科学之实验。而不知哲学之基础不外科学,即最超然之玄学,亦不能与科学全无关系。(《北京大学月刊发刊词》)

这是说大学要养成通才。要养成通才,还得有思想自由:

大学者,囊括大典,网罗众家之学府也。《礼记·中庸》曰:“万物并育而不相害,道并行而不相悖”,足以形容之。如人身然,官体之有左右也,呼吸之有出入也,骨肉之有刚柔也,若相反而实相成。各国大学,哲学之唯心论与唯物论,文学美术之理想派与写实派,计学(经济学)之干涉论与放任论,伦理学之动机论与功利论,宇宙论之乐天观与厌世观,常樊然并峙于其中:此思想自由之通则,而大学之所以为大也。(同上)

还有,哲学科学美术“最完全不受他种社会之囿域,而合于世界主义”,所以研究这些,足以增进世界的文化(三六〇面)。

思想自由之外,蔡先生最注意的是信仰自由。民国初年,“论者往往有请定孔教为国教之议”(四五面)。蔡先生以为“孔子之说,教育耳,政治耳,道德耳。其所以不废古来近乎宗教之礼制者,特其从宜从俗之作用,非本意也”(四七面)。“而一宗教之中,可以包含多数国家之人民”,“国教亦不成名词”(四八面,四九面)。他说“各国宪法,均有信仰自由一条,所以解除宗教之束缚”(四七面)。信仰为什么该自由呢?

若夫信仰则属之吾心，与他人毫无影响，初无迁就之必要。昔之宗教本初民神话创造万物末日审判诸说，不合科学。在今日信者盖寡。而所谓与科学不相冲突之信仰，则不过玄学问题之一假定答语。不得此答语，则此问题终梗于吾心而不快。吾又穷思冥索而不得，则且于宗教哲学之中，择吾所最契合之答语，以相慰藉焉。孔之答语可也，耶之答语可也，其他无量数之宗教家哲学家之答语亦可也。信仰之为用如此。既为聊相慰藉之一假定答语，吾必取其与我最契合者，则吾之抉择有完全之自由，且亦不能限于现在少数之宗教。故曰，信仰期于自由也。(《在清华学校高等科演说词》)

蔡先生在另一处说："旧宗教之主义不是以博信仰。其所余者，祈祷之仪式，僧侣之酬应而已。而人之信仰心，乃渐移于哲学家之所主张"(四七面)。可以跟这一段话互证。他并且更进一步，主张"以美育代宗教"：

无论何等宗教，无不有扩张己教攻击异教之条件。……宗教之为累，一至于此，皆激刺感情之作用为之也。鉴激刺感情之弊，而专尚陶养感情之术，则莫如舍宗教而易以纯粹之美育。纯粹之美育，所以陶养吾人之感情，使有高尚纯洁之习惯，而使人我之见，利己损人之思念，以渐消沮者也，盖以美为普遍性，决无人我差别之见能参入其中。食物之入我口者，不能兼果他人之腹；衣服之在我身者，不能兼供他人之温；以其非普遍性也。美则不然。即如北京左近之西山，我游之，人亦游之，我无损于人，人亦无损于我也。"隔千里兮共明月"，我与人均不得而私之。中央公园之花石，农事试验场之水木，人人得而赏之。埃及之金字塔，希腊之神祠，罗马之剧场，瞻望赏叹者若干人，且历若千年而价值如故。各国之博物院，无不公开者，即私人收藏者之珍品，亦时供同志之赏览。各地方之音乐会演剧场，均以客多数人为快。所谓独乐乐不如与人乐乐，与寡乐乐不如与众乐乐，以齐宣王之惛，尚能承认之。美之为普遍性可知矣。且美之批评，虽间亦因人而异，然不曰是于我为美而曰是为美。是亦以普遍性为标准之一证也。美以普遍性之故，不复有人我之关系，遂亦不能有利害之关系。……则所以陶养性灵，使之日进于高尚者，固已足矣。又何取乎侈言阴骘，攻击异派之宗教，以刺激人心，而使之渐丧其纯粹之美感为耶？

(《以美育代宗教说》)

蔡先生引孔子的“匹夫不可夺志”,孟子的“大丈夫者,富贵不能淫,贫贱不能移,威武不能屈”,说就是自由,古时候叫做“义”(一九一面),仁义礼智信的“义”便是这个(三一九面)。他又引这两句话说是坚忍(五二二面)。唯其坚忍,才能真自由。所以他又说:“人之思想不缚于宗教,不牵于俗尚,而以良心为准,此真自由也。”各种自由都为了个性的发展(二五六面),但都有一定的程度。“自由者,就主观而言之也。然我欲自由,则亦当尊人之自由,故通于客观”(一九一面)。自由和放纵是不同的:

自由,美德也。若思想,若身体,若言论,若居处,若职业,若集会,无不有一自由之程度。若受外界之压制,而不及其度,则尽力以争之,虽流血亦所不顾,所谓“不自由,毋宁死”是也。然若过于其度,而有愧于己,有害于人,则不复为自由,而谓之放纵。放纵者,自由之敌也。(《自由与放纵》)

蔡先生虽然信仰进化论,却不提倡互竞而提倡互助:

从陆谟克、达尔文等发明生物进化论后,就演出两种主义:一是说生物的进化全恃互竞,弱的竞不过,就被淘汰了,凡是存的都是强的,所以世界上只有强权,没有公理。一是说生物的进化全恃互助,无论甚(怎)么强,要是孤立了没有不失败的。但看地底发现的大鸟大兽的骨,他们生存时何尝不强,但久已灭种了。无论甚(怎)么弱,要是合群互助,没有不能支持(的)。但看蜂蚁也算比较的弱极了,现在全世界都有这两种动物。可见生物进化,恃互助不恃强权。(《黑暗与光明的消长》)

他最佩服克罗巴金的《互助论》:

克氏集众说的大成,又加以自己历史的研究,于一千八百九十年公布动物的互助,于九十一年公布野蛮人的互助,九十二年公布未开化人的互助,九十四年公布中古时代自治都市之互助,九十六年公布新时代之互助，于一千九百零二年成书。于动物中，列举昆虫鸟兽等互助的证据。此后各章，从野蛮人到文明人，列举各种互助的证据。于最后一章，列举同盟罢工，公社，慈善事业，种种实例，较之其他进化学家所举“互竞”的实例更为繁密了。……克氏的互助主义，主张联合众弱，抵抗强权，叫强的永不能凌弱的。不但人与人如是，即国与国亦如是了。(《大战与哲学》)

承认“凡弱者亦有生存及发展之权利，与强者同，而且无论其为各人，为各民族，在生存期间，均有互助之义务”，就是人道主义(三七三面)，也是蔡先生所提倡的。

蔡先生的政治思想和经济思想都跟互助主义联系着。他不大谈政治，但我们可以看出，他主张人道主义，反对帝国主义。他论第一次欧洲大战，以为“与帝国主义及人道主义之消长，有密切关系”，“使协约方面而胜利，则必主张人道主义而消灭军国主义，使世界永久和平”。他说：“吾人既反对帝国主义，而渴望人道主义，则希望协约国之胜利也，又复何疑?”(五五面、五六面)协约国果然胜利了，他又说这是“武断主义消灭，平民主义发展”。“从美国独立，法国革命后，世界已增加了许多共和国。国民虽知道共和国的幸福，然野心的政治家，很嫌他不便。”大战中俄国已改为共和国了。大战停止，德国也要改共和国了。“这就是武断主义的末日，平民主义的新纪元了”(八七至八八面)。所谓“平民”的意思，便是“人人都是平等的”(二八二面)。平等只是破除阶级，“绝非减灭个性”(二五三面)。说到破除阶级，就牵涉到蔡先生的经济思想。他的理想的社会是“各尽所能，各取所需”。各文中常常提及(一七五面，一七九面，三八六面，四六六面)。

尽所能，便是工；不管他是劳力，是劳心，凡是有益于人类的生存，文化的进步的，都是。所需有两种：一是体魄上的需要，如衣食住等是。一是精神上的需要，如学术是。现在有一部分的人，完全不作工；有一部分的人，作了不正当的工；所以正当的工人不能不特别劳苦，延长他工作时间。而且除了正当的工人以外，都是靠着特殊的势力，把人类所需的，逾量攫取，逾量的消耗。所以正当的工人，要取所需，常恐不足。就是体魄上的需要勉强得到了，精神上的需要，或者一点没有。这不是文化的大障

碍么？我们要除去这个障碍，就要先来实行工学并进的生活。(《国外勤工俭学会与国内工学互助团》)

他感觉现在的经济组织不合理，"为了贫富不均，与财产权特别占有，不知牺牲了多少人的权利与生命"(四六六面)。他主张人人作工，"人不是为生而工，是为工而生的"(一七〇面)。"劳工神圣！""此后的世界，全是劳工的世界"(一六八面，一六九面)。他所谓劳工，兼包用体力的和用脑力的(一六八面，并参看上引一节)，所以工学并重。工而且学才是新生活：

要是有一个人肯日日作工，日日求学，便是一个新生活的人；有一个团体里面的人，都是日日作工，日日求学，便是一个新生活的团体；全世界的人都是日日作工，日日求学，那就是新生活的世界了。(《我的新生活观》)

蔡先生的思想系统，大概如此。他的教育主张便以这个系统为根据。他说：

教育有二大别：曰隶属于政治者，曰超轶乎政治者。专制时代(兼立宪而含专制性质者言之)，教育家循政府之方针以标准教育，常为纯粹之隶属政治者。共和时代，教育家得立于人民之地位以定标准，乃得有超轶政治之教育。(《对于教育方针之意见》)

他将军国民主义，实利主义，德育主义列为隶属于政治之教育，世界观，美育列为超轶政治之教育，说这五者都是今日之教育所不可偏废的(一九八面)。他虽觉得今日之中国不能不采用军国民教育，原则上却并不以国家主义的军国民教育为然。他还反对绅士教育，宗教教育，资本家教育，而主张教育平等。教育平等，同时得兼顾个性的发展和群性的发展。

群性以国家为界，个性以国民为界，适于甲国者不必适于乙国。于是持军国民主义者，以军人为国民教育之标准。持贵族主义者，以绅士为标准。持教会主义者，以教义为标准。持实利主义者，以资本家为标准。个人所有者，为“民”权而非“人”权；教育家所行者，为“民权的”教育而非“人格的”教育。自人类智德进步；其群性渐溢乎国家以外，则有所谓世界主义若人道主义；其个性渐超乎国民以上而有所谓人权若人格。科学研究也，工农集会也，慈善事业之进行也，既皆为国际之组织，推之于一切事业将无乎不然。而个人思想之自由，则虽临之以君父，监之以帝天，囿之以各种社会之习惯，亦将无所畏葸而一切有以自申。盖群性与个性之发展相反而，适以相成是今日完全之人格，亦即新教育之标准也。持个人的无政府主义者，不顾群性，持极端的社会主义者，不顾个性。是为偏畸之说，言教育者其慎之。（《教育之对待的发展》）

蔡先生对于语言文字的意见，很有独到的地方，值得详细研究一番。现在却只想介绍他自己的一些话。关于白话与文言的竞争，他断定“白话派一定占优胜。但文言是否绝对的被排斥，尚是一个问题”。照他的观察，“将来应用文一定全用白话，但美术文或者有一部分仍用文言”（一五六面）。应用文他又称为实用文：

实用文又分两种：一种是说明的。譬如对于一样道理，我的见解与人不同，我就发表出来，好给大家知道。或者遇见一件事情，大家讨论讨论，求一个较好的办法。或者有一种道理，我已知道，别人还有不知道的，因用文章发表出来，如学校的讲义就是。一种是叙述的。譬如自然界及社会的现象，我已见到，他人还没有见到的，因用文章叙述出来，如科学的记述和一切记事的文章皆是。（《论国文的趋势及国文与外国语及科学之关系》）

应用文“只要明白与确实，不必加新的色彩，所以宜于白话”。司马迁记古人的事，改用今字。译佛经的人，别创一种近似白话的文体。禅宗的语录全用白话，宋儒也如此。“可见记载与说明，应用白话，古人已经见到，将来的人自然更知道了”（一五六至一五七面）。

美术文大约可分为诗歌小说剧本三类。小说从元朝起多用白话。剧本，元时也有用白话的，现在新流行的白话剧，更不必说了。诗歌如《击壤集》等，古人也用白话，现在有几个人能做很好的白话诗，可以料到将来是统统可以用白话的。但是美术有兼重内容的，如图画，造像等。也有专重形式的，如音乐，舞蹈，图画等。专重形式的美术，在乎支配均齐，节奏调适。旧式的五七言律诗与骈文，言调铿锵，合于调适的原则，对仗工整，合乎均齐的原则，在美术上不能说毫无价值。就是白话文盛行的时候，也许有特别传习的人。譬如我们现在通行的是楷书，行书，但是写八分的，写小篆的，写石鼓文或钟鼎文的，也未尝没有。将来文言的位置，也是这个样子。（《国文之将来》）

不过中学校或师范学校学生都是研究学问的，是将来到社会上做事的。“因研究学问的必要，社会生活上的必要”，他们的国文应以实用为主（一四六面）。蔡先生这一个意见是很切实的，但当时学生都爱创作，都将工夫费在美术文的尝试上，成为风气，他的话没有发生影响。直到现在，大家渐能看出中等学校学生不训练应用文写作，便不能适应实际的需要，风气已在转变。蔡先生的话值得我们仔细吟味；我们佩服他的先见之明。

蔡先生以为白话文是自然的进化：

文章的开始，必是语体。后来为要便于记诵，变作整齐的句读，抑扬的音韵，这就是文言了。古人没有印刷，抄写也苦繁重，不得不然。孔子说言之不文，不能行远，就是这个缘故。但是这种句调音调，是与人类审美的性情相投的，所以愈演愈精，一直到六朝人骈文，算是登峰造极了。物极必反，有韩昌黎，柳柳州等提倡古文，这也算文学上一次革命，与欧洲的文艺中兴一样。看韩柳的传志，很看得出表示特性的眼光与手段，比东汉到唐初的碑文进步得多了。这一次进步，仿佛由图案画进为山水画实物画的样子，从前是拘定均齐节奏与颜色的映照，现在不拘此等，要按着实物实景来安排了。但是这种文体，传到宋元时代，又觉得与人类的性情不能适应。所以又有《水浒》、《三国演义》等语体小说与演义。罗贯中的思想与所描写的模范人物，虽然不见得高妙，但把他所描的同陈承祚的原文或裴注所引的各书对照，觉得他的文体是显豁得多。把《水浒》同唐人的文言小说比较，那描写的技能，更显出大有进步。这仿佛西洋美术从古典主义进到写实主义的样子，绘影绘光，不像从前单写通式的习惯了。但是许多语体小说里面，要算《石头记》是第一部。……《石头记》是北京语，虽不能算是折中的语体，但是他在文学上的价值，是没有别的书比得上他。(《在国语讲习所的演说》)

蔡先生主张“折中的语体”，说现在通行的白话文就是这一体，这也就是吴稚晖先生所谓“近文的语”。蔡先生以为国语便该以此为标准，“决不能指定一种方言”(一六〇面)：

用哪一种语言作国语？有人主张用北京语。但北京也有许多土语，不是大多数通行的。有人主张用汉口话的(章太炎)。有主张用河南话的，说洛阳是全国的中心点。更有主张用南京话的，俗语有“兰青官话”的成语，“兰青”就是南京。也有主张用广东话的，说是广东话声音比较的多。但我们现在还没有一种方言比较表，可以指出那一地方的话确是占大多数，就不能武断用那一地方的。且标准地方最易起争执，即如北京是现在的首都，以地方论，比较的可占势力，但首都的话不能一定有国语的资格。德国的语言是以汉堡一带为准，柏林话算是土话。北京话没有入声，是必受大多数反对的。(同上)

后来政府公布以北平语为国语，但是通行的白话文还只是所谓“近文的语”直到如今。

蔡先生在民国纪元前十年就已注意“文变”，他选了一个总集，就用这两个词作名字。序言道：

先儒有言，“文以载道。”道不变也，而见道之识，随世界之进化而屡变；则载道之言，与夫载道之言之法，皆不得不随之而变。……自唐以来，有所谓古文专集，繁矣。拔其尤而为纂录，评选之本，亦不鲜。自今日观之，其所谓体格，所谓义法，纠缠束缚，徒便模拟，而不适于发挥新思想之用；其所载之道，亦不免有迂谬窒塞，贻读者以麻木脑筋，风痺手足之效者焉。……不揣固陋，择当世名士著译之文，汇为一册，而先哲所作于新义无忤者，亦间录焉。读者寻其义而知世界风会之所趋，玩其文而知有曲折如意应变有方之效用，以无为三家村夫子之头巾气所范围。则选者之所厚望焉尔。

"新义"便是那"随世界之进化而屡变"的"见道之识"，"曲折如意，应变有方"便是那随见道之识而变的"载道之言与夫载道之言之法"。清末文体的变化从"新名词"起头。新事物新知识输入了，带来了大批新词汇，就是所谓新名词。古文里还可以不用这些新名词；用的大概只为了好奇。但是应用的文言里便无法避免。从前应用的文言跟古文原没有多大差别，只不打起调子，不做作情韵就是了。自从新名词夹杂到应用的文言里以后，应用的文言跟古文的差别便一天大似一天。古文家虽然疾首蹙额，只落得无可奈何。到了梁启超先生，提倡"新文体"（详见他的《清代学术概论》），不但用新名词，还用新句调。新文体风靡一时，古文反倒黯淡起来。梁先生的新文体，"笔锋常带情感"（见同书），又多用典故。他的情感是奔放的，跟古文里的蕴藉的情韵迥乎不同。因为情感奔放达意便不免有粗疏的地方。而一般读者在古典的训练上下的工夫，也渐渐不能像从前人那样深厚，对于那些典故，往往不免茫然。我们所谓一般读者，是以中等学校毕业生为标准。本书所收的蔡先生的文言，都是应用的文言，也是新文体之一。但只重达意的清切，不带感情，又不大见典故，便更合用些。白话文兴起以来，古文的势力越见衰微，真可以说不绝如缕。应用的文言暂时还能生存，却都只以达意清切为主；这一体差不多成了文言的正宗。而本书的文言正是当行的样本。

本书正编里的文字大部分因事而作，自由发挥的极多。附录的《华工学校讲义》四十篇却可以说全是自由发挥的。因事而作的文字，贴切事情是第一着。如《就任北京大学校长演说词》，可说的话很多，所谓千头万绪。但蔡先生只举出三件事告学生：一曰抱定宗旨，二曰砥砺德行，三曰敬爱师友。又举出所计划的两件事：一曰改良讲义，二曰添购书籍。这些都针对着当时北京大学的缺点说话，虽然并不冠冕堂皇，却切实有重量。但如《勤工俭学传序》，原传各自成篇，一一的贴着说，便不能成为一篇序。于是只可先行概论勤工俭学，次说勤工俭学会，最后说到传。作传的用意本在鼓起勤工俭学的兴会，先从概论入手，也还是贴切的。不过说到传的部分就不能再作概括语。原文道：

其（李石曾先生）所演述，又不仅据事直书，而且于心迹醇疵之间，观察异同之点，悉之（?）以至新至正之宗旨，疏通而证明之，使勤工俭学之本义，昭然揭日月而行，而不致有歧途之误，意至善也。

这便贴切各篇，跟前面的概论部分相调剂相匀称了。接着道，“余既读其所述樊克林、敷来尔、卢梭诸传，甚赞同之，因以所见述勤工俭学会之缘起及其主义，以为之序。”勤工俭学会是枢纽，概论部分是它的缘起和主义，并非泛泛落笔，传的部分是它的例证或模范人物。这样，全篇便都贴切事情了。

贴切事情的另一面是要言不烦，得扼要，才真贴切。还就上引两例看。第一例“抱定宗旨”项下道：“外人每指摘本校之腐败，以求学于此者，皆有做官发财思想。故毕业预科者，多入法科，入文科者甚少，入理科者尤少。盖以法科为干禄之终南捷径也。”全节只就这一义发挥下去。“砥砺德行”项下道，“为诸君计，莫如以正当之娱乐，易不正当之娱乐，庶于道德无亏，而于身体有益”，指给学生砥砺德行的一条积极的路。第二例论勤工的“勤”和俭学的“俭”道：

现今社会之通工易事，乃以工人之工作，取得普遍之价值，而后以之购吾之所需。两者之间，往往不能得平均之度；于是以吾工之所得，易一切之需要，常惴惴然恐其不足焉。吾人于是济之以勤。勤焉（也）者，冀吾工之所得，倍蓰于普通，而始有余力以求学也。俭勤之度终有际限，而学之需要或相引而日增，则其道又穷。吾人于是又济之以俭。俭焉（也）者，得由两方而实行之。一则于吾人之日用，务撙节其不甚要者，使有以应用于学而不匮。……一则于学问之途，用其费省而事举者。……

这种勤俭是有特殊性的，跟一般的勤俭不尽同。第一例里的“抱定宗旨”、“砥砺德行”也是有特殊性的，而“抱定宗旨”一项尤其如此。指出事情的特殊性，而不人云亦云，是扼要；能扼要，贴切才算到家，贴切是纲，扼要是目。

得体是贴切的另一目。得体是恰合分际的意思。一方面得恰合说话人或作者的身份，一方面得恰合话中人或文中人的身份，一方面也得恰合听话人或读者的身份。不亢不卑,不骄不谄,称赞人得给自己留地步,责备人得给人家留地步,这才成。如《北京大学授与班乐卫氏等名誉学位礼开会词》第二段道:

北京大学第一次授与学位,而受者为班乐卫先生,可为特别纪念者有两点:第一,大学宗旨,凡治哲学文学及应用科学者,都要从纯粹科学入手。治纯粹科学者,都要从数学入手。所以各系次序,列数学为第一系。班乐卫先生为世界数学大家,可以代表此义。第二,……北京大学既设在中国,于世界学者共通研究之对象外,对于中国特有之对象,尤负特别责任。班乐卫先生最提倡中国学问的研究,又可以代表此义。

第一点,“凡治哲学文学及应用科学者,‘都’要从纯粹科学入手”不一定是普遍的真理,但“大学宗旨”不妨如此。从此落到班乐卫氏身上,便很自然。一方面提出“大学宗旨”,也见出大学校长的身份。第二点不但给自己占身份,同时更给北京大学和中国占身份。又如《法政学报周年纪念会演说词》第二段道:

兄弟将贵报第一期翻阅,见刘先生及高先生的发刊词,都是对于社会上看不起法政学生发出一番感慨。社会上所以看不起法政学生,也有原故的。但观一年来的《法政学报》,也可以去从前的病根了。

接着两段都说社会上看不起法政学生的原故,又接着一段说他自己“两年前到北京的时候,还受了外来的刺激,对于法政学生,还没有看得起他”。他说他“当时对法科学生,已经揭穿这个话了”。话到这里才拐弯,下一段便道:“后来兄弟读了贵报的发刊词,见得怎么的痛心疾首(?),才晓得诸君的一番自觉。兄弟以为这就是可以一洗从前法政学生的污点了。……法政学生能出学报,就是把从前的病根都除去了。”社会上看不起法政学生是当时的事实,蔡先生看不起法科学生的话是“两年前”的事实(参看前引《就任北京大学校长演说词》,那儿他只说“外人每指摘”云云,为的是顾到学生的身份)。他不愿抹杀一般事实,更不愿抹杀自己的话。好在《法政学报》的发刊词里曾经提到那一般的事实,他就索性发挥一下。但他既肯参加这纪念会，这会多少总有些意义的。意义便在“法政学生能办学报”这一点上。他指出法政学生确有这些那些污点或病根，可只是“从前”如此。只“从前”一个词便轻轻的将种种的污点或病根开脱了，给他自己，法政学生和听众，都留下了地步，占住了身份。

又如《致公言报并答林琴南君函》里道：

公所举“斥父母为自感情欲，于己无恩”，谓随园文中有之。弟则忆《后汉书·孔融传》，路粹枉状奏融有曰：“前与白衣祢衡跌荡放言云，父之于子，当有何亲？论其本意，实为情欲发耳。子之于母，亦复奚为？譬如寄物瓶中，出则离矣。”孔融、祢衡并不以是损其声价，而路粹则何如者？且公能指出谁何教员，曾于何书何杂志，述路粹或随园之语，而表其极端赞成之意者？

林氏只知父母于己无恩一说见于袁枚文中，不知早已见于《后汉书》。蔡先生引《孔融传》，见出林氏的陋处。北大教员并无“述路粹或随园之语，而表其极端赞成之意者”，而林氏云云。蔡先生引路粹枉奏孔融、祢衡的话，说“孔融、祢衡并不以是损其声价，而路粹则何如者？”路粹诬人，林氏也诬人，诬人的只是自损声价罢了。这两层都是锋利的讽刺，但能出以婉约，便保存着彼此的身份。

又如《燕京大学男女两校联欢会的演说》首段道：

今日我承司徒校长招与男女两校联欢会。我知道这个会是为要实行男女同校的预备。我得参与，甚为荣幸，甚为感谢。但秩序单上却派我作北京男校的代表。我要说句笑话，我似乎不好承认。为什么呢？因为我有几个关系的学校，都不是专收男生的。……这几个学校，可以叫作男校么？

第二段说“大学本来没有女禁”。末段却道：

所以我的本意，似乎不必有男校女校的分别。但燕京大学，历史的演进，校舍的限制，当然男女分校，就是北京的学校，事实上大都是男女分校的。况且今日代表北京女校的毛夫人,已经演说过了。我的不肯承认男校代表,只好算一句笑话。我现在仍遵司徒校长之命,代表北京男校敬致祝贺之意。

用了"一句笑话""历史""事实"等等,既表明了自己主张,又遵了主人的命,人我兼顾,可以说是"曲折如意应变有方"的辞令。

作文或演说一般都以受过中等教育的人为对象。有时候对象是教育程度较低的人,便得降低标准,向浅近处说去。这件事并不易,得特别注意选用那些简明的词汇和句调,才能普及。本书里如《黑暗与光明的消长》,《洪水与猛兽》,《劳工神圣》,《北京大学校役夜班开学式演说》,《平民夜校开学日的演说》,《我的新生活观》等篇,词汇和句式都特别简明,大约都是为了普及一般民众的。其中只有第三篇是文言,别的都是白话。一般的说,白话比较文言容易普及些;但许多白话文,许多演说,一般民众还不能看懂听懂,也是事实,所以也需要特别注意。这几篇里,《劳工神圣》影响最大,许多种中学国文教科书里都选录。读者将这几篇跟别些篇仔细比较,可以知道普及一般民众的文字或演说怎样下手。《华工学校讲义》四十篇是给华工读的,也该是普及的文字;但因为是讲义,有人教,所以普及之中兼有提高作用。各文中常常引证经史,便是为此。讲义里,德育三十篇以公德为主,智育十篇其实关系美育的居大多数,这两者可以说原是欧化。蔡先生却引证经史,一方面是沟通中西文化,使华工感觉亲切些,也使他们不至于忘本,另一方面是使他们接触些古典,可以将文字的修养提高些。

这四十篇可以算是自由发挥的文字,跟《世界观与人生观》,《哲学与科学》,《大战与哲学》,《美术的起源》,《教育之对待的发展》,《文明之消化》等篇相同。这种自由发挥的文字,得特别注意层次或条理。语言文字都得注意层次或条理,但如那些因事而作的文字,有"事"管着,层次或条理似乎容易安排些,不至于乱到哪儿去。这种自由发挥的文字,自由较多,便容易有泛滥无归,轻重倒置,以及琐碎分歧等毛病——长篇尤其如此。所以得特别注意。本书文字,可以说都没有这些毛病。在自由发挥的一类中,如《世界观与人生观》,《哲学与科学》,《美术的起源》(最长)等篇,题材都很复杂,而蔡先生说来却头头是道。——因事而作的一类中,层次谨严或条理完密的更多。——这就见出他分析的力量。他的分析的力量又表现在分辨意义上。《华工学校讲义》德育类,从《文明与奢侈》直到最末的《有恒与保守》止,共十六篇,差不多每篇都在分辨两个相似而不同的,容易混淆的词的意义。——《理信与迷信》也是分析"信"这个词的意义的,只有《尚洁与太洁》是例外。有些词的意义的分辨,影响人的信念和行为很大——特别是那些抽象名词——从这十几篇里可见。一方面分析词义也是一种不可少的文字的训练,可以增进了解和写作的确切。这四十篇讲义都是蔡先生本人精心结撰的,中学生为了学习文言,该先细读了这些,再读别的。

本书各文虽然常有引证的地方,而作为技巧的典故,用的却极少。比喻是用的,如《黑暗与光明的消长》、《洪水与猛兽》等题目,以及《教育之对待的发展》和《坚忍与顽固》(《华工学校讲义》)的头一段等,可是也少。蔡先生的文字原只注重达意的清切,少用典故,少用比喻,都是为了清切。比喻有时也可以帮助传达那些不经常的意思,可还是表示情感的作用大。梁启超先生的新文体,用比喻就很多,"笔锋常带情感",这是一个因子。本书《教育之对待的发展》头一段道:

吾人所处之世界,对待的世界也。磁电之流,有阳极则必有阴极,植物之生,上发枝叶,则下茁根荄:非对待的发展乎?初民数学之知识,自一至五而已;及其进步,自五而积之,以至于无穷大;抑亦自一而折之,以至于无穷小:非对待的发展乎?古人所观察之物象,上有日月星辰,下有动植水土而已;及其进步,则大之若日局之组织,恒星之光质,小之若微生物之活动,原子电子之配置,皆能推测而记录之:非对待的发展乎?

第二段第一句接着道,"教育之发展也亦繁"。三排比喻跟着复沓的三个诘问句都为的增强"吾人所处之世界,对待的世界也"一句话的力量。接连抛掷三层排语,逼得人不能不信这句话。这种比喻的作用在表示信念,表示情感。这种作风显然是梁先生新文体的影响。但本书这种例子极少。蔡先生用比喻,还是帮助达意的较多。如《对于教育方针之意见》里有一段道:

譬之人身：军国民主义，筋肉也，用以自卫；实利主义，胃肠也，用以营养；公民道德者，呼吸机循环机也，周贯全体；美育者，神经系也，所以传导；世界观者，心理作用也，附丽于神经系，而无迹象之可求。此即五者不可偏废之理也。（参看前引《北京大学月刊发刊词》）

这五者相关的情形是不经常的理，必得用一些具体的比喻表明，才可以想象得之。这种比喻是为了增加知识，不是为了增强情感，跟上一例的分别，细心人不难看出。蔡先生的文字既不大用典，又不大用比喻，只求朴实简明，我们可以套用吴稚晖先生的调子，说是"近语的文"。近语的文，或文求近语，便是现在文言的趋势。

本书各篇偶有不熟练的词句——以白话文里为多——，上引各条中有些括弧问号和括弧字，可见一斑。此外如，"应用文，不过记载与说明两种作用。前的是要把……后的是要把……"（一五六面），两"的"字该是"者"字。又，"近来有人对于第三位代名词，一定要分别，有用她字的，有用伊字的。但是觉得这种分别的是没有必要"（一六三面）。末句"的"移到句末，便合文法了。又，"甚至有写封信还要请人去写"（二八二面）。或删"有"字，或改"有"字为"于"字，或在句末加"的"字。文言如"以后处世，即使毫无权利，则义务亦在所应尽"（四一六面）。"则"字宜删去。别的还有些，读者可以自己留心去分辨这些地方大概是拟稿人或记录人的责任，蔡先生复阅的时候大概也看漏了。白话文错误的地方较多，该是因为那时期白话文刚在发展，一般人还读得少，写得少的缘故。

《胡适文选》指导大概

本书是三集《胡适文存》的选本，选者是胡先生自己。上海亚东图书馆印行，民国十九年十二月初版，二十二年二月三版。本篇便根据三版的本子。本书后方极少见，究竟已经出到几版，现在还不能查出。这部选本是特意预备给少年人读的，胡先生自己说得明白：

> 我在这十年之中，出版了三集《胡适文存》，约计有一百四五十万字。我希望少年学生能读我的书，故用报纸印刷，要使定价不贵。但现在三集的书价已在七元以上，贫寒的中学生已无力全买了。字数近百五十万，也不是中学生能全读的了。所以我现在从这三集里选出了二十二篇论文，印作一册，预备给国内的少年朋友们作一种课外读物。如有学校教师愿意选我的文字作课本的，我也希望他们用这个选本。（《介绍我自己的思想》，一面）

这个选本里二十二篇论文代表胡先生各方面的思想。他顾念少年学生的财力和精力，苦心的从三集文存里选出了这二十二篇是以代表他的各方面的思想的论文，成为这部文选，给少年学生作课外读物，并希望学校教师选他的文字作课本的也用这个足以代表他的思想的选本。预备给少年学生读的书虽然不算少，好的却不多。本书是一部值得读的好书。现在我们介绍给高中学生，作为略读的书。书中论文，除第五组各篇有些也许略略深些之外，都合于高中学生的程度，相信他们读了可以得着益处。全书约二十二万字。

胡先生名适，号适之，安徽省绩溪县人，今年五十岁。他是美国哥伦比亚大学哲学博士，大思想家杜威先生的学生。回国后任国立北京大学教授多年，先后办《新青年》杂志，《每周评论》，《努力周报》，《独立评论》等。现任驻美大使。他有一本《四十自述》（原由新月书店出版，版权现归商务），是一本很有趣味的自传，可惜没有写完就打住。他的著作很多，这里只想举出一部分重要的，高中学生可以看懂的。《胡适文存》，《胡适文存》二集,《胡适文存》三集(亚东版),包括各方面的论文,是本书的源头。《中国古代哲学史》(原名《中国哲学史大纲》,上卷,商务)是第一部用西洋哲学作“比较的研究”(参看三三二至三三四面)而写成的中国哲学史。《白话文学史》上卷(新月版,现归商务)是第一部专叙近于白话的文学的中国文学史。《尝试集》是第一部白话诗集。这些都可以说是划时代的著作,影响非常广大。还有他翻译的《短篇小说》(亚东版),也有广大的读众;差不多每种国文教科书都选了的《最后一课》和《二渔夫》,便出在这个译本里。

胡先生是新文化运动的领袖之一。新青年时代他的影响最大。文学革命,他可以说是主帅。他的《文学改良刍议》(《文存》)实在是文学革命的第一声号角。在那篇论文里,他提出了他的“八不主义”(参看一九三至一九四面,又二三五至二三六面),是单从消极的破坏的一方面下手(一九三面)。后来又作《建设的文学革命论》(见本书)。但“这篇文章名为‘建设的’,其实还是破坏的方面最有力”(二八七面)。胡先生说过:“文学革命的运动,不论古今中外,大概都是从‘文的形式’一方面下手,大概都是先要求语言文字文体等方面的大解放。……这一次中国文学的革命运动,也是先要求语言文字和文体的解放。”(《谈新诗》第二段,《文存》)解放正是消极的破坏的工作。胡先生的大成功就在他的破坏的工作达到了那解放的目的。胡先生又是思想革命的一员大将。他用评判的态度“重新估定一切的价值”(五七面);他拥护科学,提倡健全的个人主义,颂扬西洋的近代文明(参看《介绍我自己的思想》第二段第三段)这里建设的比破坏的多。可是他的最大的建设的工作还在整理国故上。《中国古代哲学史》,《白话文学史》,以及许多篇旧小说的考证,都是“用评判的态度,科学的精神,去做一番整理国故的工夫”(六七面)。这些对于旧有的学术思想给了一道新的光。胡先生“认定民国六年以后的新文化运动的目的是再造中国文明”(《介绍我自己的思想》,四面,参看正义六八面),以上种种便是他对于再造文明的贡献。但是他从办《努力周报》起,实际政治的兴趣渐渐浓厚。那时他的朋友有反对他的,有赞成他的。他曾经写过一篇《我的歧路》(《文存》二集),说明他的政治的兴趣不致妨碍他在学术思想方面的工作。不过《努力周报》还附刊《读书杂志》,《独立评论》却差不多是纯粹政治性的刊物,他显然偏向那一条路了。现在作了驻美大使,简直是在那一条路上了。他在文学革命和整理国故方面的功绩，可以说已经是不朽的；对于实际政治的贡献，目前还难于定论。

本书开端是《介绍我自己的思想》，胡先生专给本书写的。他说：

> 我选的这二十二篇文字，可以分作五组。
>
> 第一组六篇，泛论思想的方法。
>
> 第二组三篇，论人生观。
>
> 第三组三篇，论中西文化。
>
> 第四组六篇，代表我对于中国文学的见解。
>
> 第五组四篇，代表我对于整理国故问题的态度与方法。
>
> 为读者的便利起见，我现在给每一组作一个简短的提要，使我的少年朋友们容易明白我的思想的路径。（一至二面）

读本书的自然该从这一篇入手。胡先生在第一段里道：

> 我的思想受两个人的影响最大：一个是赫胥黎，一个是杜威先生。赫胥黎教我怎样怀疑，教我不信任一切没有充分证据的东西。杜威先生教我怎样思想，教我处处顾到当前的问题，教我把一切学说理想都看作待证的假设，教我处处顾到思想的结果。这两个人使我明了科学方法的性质与功用。（三面）

科学方法是胡先生的根本的思想方法；他用科学方法评判旧有的种种思想学术以及东西文化，"重新估定一切的价值"。结果便是他的文存，哲学史，文学史等。——他创作白话诗，也是一种实验，也是"科学的精神"；这是他的"文学的实验主义"（正文二三二面）。他又说作诗也得根据经验，这是他的"诗的经验主义"（见《尝试集》里《梦与诗》的跋语）。在他，科学的精神真可以算得"一以贯之"。他编选这部书的用意，在篇尾说得很明白：

> 从前禅宗和尚曾说，"菩提达摩东来，只要寻一个不受人惑的人"。我这里千言万语，也只是要教人一个不受人惑的方法。被孔丘、朱熹牵着鼻子走，固然不算高明；被马克思、列宁、斯大林牵着鼻子走，也算不得好汉。我自己决不想牵着谁的鼻子走。我只希望尽我微薄的能力，教我的

少年朋友们学一点防身的本领，努力做一个不受人惑的人。

这个"不受人惑的方法"便是科学的方法，也便是赫胥黎和杜威先生所教人的。

赫胥黎教人怎样怀疑。怀疑是评判的入手处。胡先生在《新思潮的意义》里的态度含有几种特别的要求：

一、对于习俗相传下来的制度风俗，要问："这种制度现在还有存在的价值吗？"

二、对于古代遗传下来的圣贤教训，要问："这句话在今日还是不错吗？"

三、对于社会上糊涂公认的行为与信仰，都要问"大家公认的，就不会错了吗？人家这样做，我也该这样做吗？难道没有别样做法比这个更好，更有理，更有益的吗？"（五七面）

这是怀疑，这是"不信任一切没有充分证据的东西"。存疑和怀疑不同，但"不信任一切没有充分证据的东西"的态度是从赫胥黎的存疑主义来的。胡先生道：

达尔文与赫胥黎在哲学方法上最重要的贡献，在于他们的"存疑主义"。存疑主义这个名词，是赫胥黎造出来的，直译为"不知主义"。孔丘说，"知之为知之，不知为不知，是知也"。这话确是存疑主义的一个好解说。但近代的科学家还要进一步，他们要问，"怎样的知，才可以算是无疑的知？"赫胥黎说，只有那证据充分的知识，方才可以信仰，凡没有充分证据的，只可存疑，不当信仰。这是存疑主义的主脑。（《演化论与存疑主义》，七面）

又道：

赫胥黎是达尔文的作战先锋，从战场上的经验里认清了科学的唯一武器是证据，所以大声疾呼的把这个无敌的武器提出来，叫人认为思想解放和思想革命的唯工具。自从这个"拿证据来"的喊声传出以后，世界的哲学思想就不能不起一个根本的革命——,哲学方法上的大革命。于是十九世纪前半的哲学实证主义就一变而为十九世纪末年的实验主义了。(同上,一二面)

杜威先生教人怎样思想。胡先生在《杜威先生与中国》里特别指出:

杜威先生不曾给我们一些关于特别问题的特别主张——如共产主义,无政府主义,自由恋爱之类——,他只给了我们一个哲学方法,使我们用这个方法去解决我们自己的特别问题。他的哲学方法,总名叫做"实验主义"。(一四面)

实验主义是存疑主义的影响所形成,它和存疑主义可以说是一贯的。杜威先生的实验主义分开来可作两步说:

一、历史的方法——"祖孙的方法" 他从来不把一个制度或学说看作一个孤立的东西,总把他看作一个中段:一头是他所以发生的原因,一头是他自己发生的效果;上头有他的祖父,下面有他的子孙。捉住了这两头,他再也逃不出去了!这个方法的应用,一方面是很忠厚宽恕的,因为他处处指出一个制度或学说所以发生的原因,指出他的历史的背景,故能了解他在历史上占的地位与价值,故不致有过分的苛责。一方面,这个方法又是最严厉的,最带有革命性质的,因为他处处拿一个学说或制度所发生的结果来评判他本身的价值,故最公平,又最厉害。这种方法是一切带有评判精神的运动的一个重要武器。

二、实验的方法 实验的方法至少注重三件事:

(一)从具体的事实与境地下手;(二)一切学说理想,一切知识,都只是待证的假设,并非天经地义;(三)一切学说与理想都须用实行来试验过;实验是真理的唯一试金石。第一件——注意具体的境地——,使我们免去许多无谓的假问题,省去许多无意义的争论。第二件——一切学理都看作假设——,可以解放许多"古人的奴隶"。第三件——实验——,可以稍稍限制那上天下地的妄想冥想。实验主义只承认那一点一滴做到的进步——步步有智慧的指导,步步有自动的实验——才是真进化。(一四至一六面)

胡先生指出"特别主张的应用是有限的,方法的应用是无穷的"(一六面)。

在《杜威论思想》里,胡先生说"杜威的哲学基本观念是:'知识思想是人生应付环境的工具'"。"杜威哲学的最大目的,只是怎样能使人类养成那种'创造的智慧',使人应付种种环境充分满意。换句话说,杜威的哲学的最大目的是怎样能使人有创造的思想力。"(一九面)"杜威所指的思想……有两大特性。(一)须先有一种疑惑困难的情境做起点。(二)须有寻思搜索的作用,要寻出新事物或新知识来解决这种疑惑困难。"(二〇面)"杜威论思想,分作五步说:(一)疑难的境地;(二)指定疑难之点究竟在什么地方;(三)假定种种解决疑难的方法;(四)把每种假定所涵的结果,一一想出来,看哪一个假定能够解决这个困难;(五)证实这种解决,使人信用,或证明这种解决的谬误,使人不信用"(二一面)。胡先生特别指出:

杜威一系的哲学家论思想的作用,最注意"假设"。试看上文所说的五步之中,最重要的就是第三步。……我们研究这第三步,应该知道这一步在临时思想的时候是不可强求的;是自然涌上来,如潮水一样,压制不住的;他若不来时,随你怎样搔头抓耳,挖尽心血,都不中用。……所以思想训练的着手工夫在于使人有许多活的学问知识。活的学问知识的最大来源在于人生有意识的活动。使(从)活动事业得来的经验,是真实可靠的学问知识。这种有意识的活动,不但能增加我们假设意思的来源,还可训练我们时时刻刻拿当前的问题来限制假设的范围,不至于上天下地的胡思乱想。还有一层,人生实际的事业,处处是实用,处处用效果来证实理论,可以养成我们用效果来评判假设的能力,可以养成我们实验的态度。养成了实验的习惯,每起一个假设,自然会推想到他所涵的效果,自然会用这种推想出来的效果来评判原有的假设的价值。这才是思想训练的效果,这才是思想能力的养成。(二八至二九面)

"创造的智慧""创造的思想力"主要的得靠"活的学问知识"养成。所以胡先生自己虽然只将赫胥黎杜威的方法应用在文学革命和整理国故等等上,但他看见一班少年人跟着他向故纸堆去乱钻,却以为"是最可悲叹的现状”。他“希望他们及早回头多学一点自然科学的知识与技术”。他说“那条路是活路，这条故纸的路是死路”（四八九面）。自然科学的知识是“活的学问知识”；从自然界的实物下手，可以造成科学文明，工业世界（参看四八七面）。这便是胡先生所希望再造的文明。

胡先生的科学的精神是一贯的。他所信仰的新人生观（包括宇宙观）便是“建筑在二三百年的科学常识之上的一个大假设”（九四面）。他总括吴稚晖先生的“一个新信仰的宇宙观及人生观”（在《科学与人生观》里）的大意，加上一点扩充和补充，提出了这个新人生观的轮廓：

一、根据于天文学和物理学的知识，叫人知道空间的无穷之大。

二、根据于地质学及古生物学的知识，叫人知道时间的无穷之长。

三、根据于一切科学，叫人知道宇宙及其中万物的运行变迁皆是自然的，自己如此的——，正用不着什么超自然的主宰或造物者。

四、根据于生物的科学的知识，叫人知道生物界的生存竞争的浪费与残酷——，因此，叫人更可以明白那“有好生之德”的主宰的假设是不能成立的。

五、根据于生物学、生理学、心理学的知识，叫人知道人不过是动物的一种，他和别种动物只有程度的差异，并无种类的区别。

六、根据于生物的科学及人类学，人种学，社会学的知识，叫人知道生物及人类社会演进的历史和演进的原因。

七、根据于生物的及心理的科学，叫人知道一切心理的现象都是有因的。

八、根据于生物学及社会学的知识，叫人知道道德礼教是变迁的，而变迁的原因都是可以用科学方法寻求出来的。

九、根据于新的物理化学的知识，叫人知道物质不是死的，是活的；不是静的，是动的。

十、根据于生物学及社会学的知识，叫人知道个人——“小我”——是要死灭的，而人类——“大我”——是不死的，不朽的；叫人知道“为全种万世而生活”就是宗教，就是最高的宗教；而那些替个人谋死后的“天堂”“净土”的宗教，乃是自私自利的宗教。（《科学与人生观序》，九二至九四面）

这种新人生观原可以算得“科学的人生观”，但胡先生“为避免无谓的争论起见”，主张叫他做“自然主义的人生观”。“在那个自然主义的宇宙里，在那无穷之大的空间里，在那无穷之长的时间里，这个平均高五尺六寸，上寿不过百年的两手动物——人——真是一个藐乎其小的微生物了。”然而“这个渺小的两手动物却也有他的相当的地位和相当的价值。他用两手和一个大脑，居然能做出许多器具，想出许多方法，造成一点文化。”（九四面）“这个自然主义的人生观里，未尝没有美，未尝没有诗意，未尝没有道德的责任，未尝没有充分运用‘创造的智慧’的机会。”（九五面）

胡先生虽然说小我是要死灭的，“但个人自有他的不死不灭的部分：他的一切作为，一切功德罪恶，一切语言行事，无论大小，无论善恶，无论是非，都在那大我上留下不能磨灭的结果和影响。”“我们应该说，‘说一句话而不敢忘这句话的社会影响，走一步路而不敢忘这步路的社会影响。’这才是对于大我负责任。能如此做，便是道德，便是宗教。”（《介绍我自己的思想》，一一至一二面，参看《不朽》）“这样说法，并不是推崇社会而抹杀个人。这正是极力抬高个人的重要。个人虽渺小，而他的一言一动都在社会上留下不朽的痕迹，……这不是绝对承认个人的重要吗？”懂得个人的重要，才懂得胡先生在《易卜生主义》里所提倡的“一个健全的个人主义的人生观”（《介绍我自己的思想》，八面）。这和自然主义的人生观并不相反而相成。那文中引易卜生给他的朋友白兰戴的信道：

我所最期望于你的是一种真实纯粹的为我主义。要使你有时觉得天下只有关于我的事最要紧，其余的都算不得什么。……你要想有益于社会，最好的法子莫如把你自己这块材料铸造成器。……有的时候我真觉得全世界都像海上撞沉了船，最要紧的还是救出自己。

胡先生说：“这便是最健全的个人主义。救出自己的唯一法子便是把你自己这块材料铸造成器。把自己铸造成器，方才可以希望有益于社会。真实的为我，便是最有益的为人。把自己铸造成了自由独立的人格，你自然会不知足，不满意于现状，敢说老实话，敢攻击社会上的腐败情形，做一个‘贫贱不能移，富贵不能淫，威武不能屈’的斯铎曼医生。”（《介绍我自己的思想》，九面）他又很带情感的指出：

这个个人主义的人生观一面教我们学娜拉，要努力把自己铸造成个人，一面教我们学斯铎曼医生，要特立独行，敢说老实话，敢向恶势力作战。少年的朋友们，不要笑这是十九世纪维多利亚的陈腐思想！我们去维多利亚时代还老远哩。欧洲有了十八九世纪的个人主义，造出了无数爱自由过于面包，爱真理过于生命的特立独行之士，方才有今日的文明世界。（同上，九至一〇面）

这也是胡先生所希望再造的文明。

胡先生思想的间架大概如此。存疑主义和实验主义是他的方法论，自然主义和个人主义是他的人生观。但他不是空谈外来进口的偏向纸上的主义的人，他说主义应该和实行的方法合为一件事。他做到了他所说的。他指出：

凡"主义"都是应时势而起的。某种社会，到了某时代，受了某种的影响，呈现某种不满意的现状。于是有一些有心人，观察这种现象，想出某种救济的法子。这是主义的原起。主义初起时，大都是一种救时的具体主张。后来这种主张传播出去，传播的人要图简便，使用一二个字来代表这种具体的主张，所以叫他做"某某主义"。主张成了主义，便由具体的计划，变成一个抽象的名词，主义的弱点和危险，就在这里。因为世间没有一个抽象名词能把某人某派的具体主张都包括在里面。（《问题与主义》，三三至三四面）

他曾在《每周评论》里说过，"现在舆论界的大危险，就是偏向纸上的学说，不去实地考察中国今日的社会需要究竟是什么东西"。又道："舆论家的第一天职，就是细心考察社会的实在情形。一切学理，一切主义，都是这种考察的工具。有了学理作参考材料，便可使我们容易懂得所考察的情形，容易明白某种情形有什么意义，应该用什么救济的方法。"（三一至三二面引）所以他劝人：

多研究些具体的问题，少谈些抽象的主义。一切主义，一切学理，都该研究，但是只可认作一些假设的见解，不可认作天经地义的信条；只可认作参考印证的材料，不可奉为金科玉律的宗教；只可用作启发心思的工具，切不可用作蒙蔽聪明，停止思想的绝对真理。如此方才可以渐渐养成人类的创造的思想力，方才可以渐渐使人类有解决具体问题的能力，方才可以渐渐解放人类对于抽象名词的迷信。(《问题与主义》，五〇面)

在《新思潮的意义》里，胡先生曾说新思潮的手段有两项："一方面是讨论社会上，政治上，宗教上，文学上种种问题。一方面是介绍西洋的新思想，新学术，新文学，新信仰。前者是研究问题，后者是输入学理。"(五九面)但是"新思潮运动的最大成绩差不多全是研究问题的结果。新文学的运动便是一个最明白的例。"(六二面)而"从研究问题里面输入的学理，最容易消除平常人对于学理的抗拒力，最容易使人于不知不觉之中受学理的影响。"所以他希望新思潮的领袖人物"能把一切学理应用到我们自己的种种切要问题上去，能在研究问题上面做输入学理的功夫，能用研究问题的功夫来提倡研究问题的态度。"(六四面)他说"再造文明的下手功夫，是这个那个问题的研究。再造文明的进行，是这个那个问题的解决"。"文明不是笼统造成的，是一点一滴的造成的。进化不是一晚上笼统进化的，是一点一滴的进化的。"(六八面)

胡先生的贡献，大部分也在问题的研究上。文学革命是一些具体问题，整理国故也是一些具体问题，中西文化，问题与主义，都是一些具体问题。他讨论问题与主义，只因"当时(民国八年)承'五四''六三'之后，国内正倾向于空谈主义"(《介绍我自己的思想》，五面)。这问题"足与许多人有密切关系的"(六二面)。他讨论中西文化，也只为"今日最没有根据而又最有毒害的妖言是讥贬西洋文明为唯物的，而尊崇东方文明为精神的"(一三九面)。他说：

这本是很老的见解，在今日却有新兴的气象。从前东方民族受了西洋民族的压迫，往往用这种见解来解嘲，来安慰自己。近几年来，欧洲大战的影响使一部分的西洋人对于近世科学的文化起一种厌倦的反感，所以我们时时听见西洋学者有崇拜东方的精神文明的议论。这种议论，本来只是一时的病态的心理，却正投合东方民族的夸大狂；东方的旧势力就因此增加了不少的气焰。(《我们对于西洋近代文明的态度》，一三七面)

因此他觉得“不能没有一种鲜明的表示”(一三七面)。他研究的结果是这样:

> 东方的文明的最大特色是知足。西洋的近代文明的最大特色是不知足。
>
> 知足的东方人自安于简陋的生活,故不求物质享受的提高;自安于愚昧,自安于“不识不知”,故不注意真理的发现与技艺器械的发明;自安于现成的环境与命运,故不想征服自然,只求乐天安命,不想改革制度,只图安分守己,不想革命,只做顺民。
>
> 这样受物质环境的拘束与支配,不能跳出来,不能运用人的心思智力来改造环境改良现状的文明,是懒惰不长进的民族的文明,是真正唯物的文明。这种文明只可以遏抑而决不能满足人类精神上的要求。
>
> 西方人大不然。他们说“不知足是神圣的”。物质上的不知足产生了今日的钢铁世界,汽机世界,电力世界。理智上的不知足产生了今日的科学世界。社会政治制度上的不知足产生了今日的民权世界,自由政体,男女平权的社会,劳工神圣的喊声,社会主义的运动。神圣的不知足是一切革新一切进化的权力。
>
> 这样充分运用人的聪明智慧来寻求真理以解放人的心灵,来制服天行以供人用,来改造物质的环境,来改革社会政治的制度,来谋人类最大多数的最大幸福——这样的文明应该满足人类精神上的要求;这样的文明,是精神的文明,是真正理想主义的文明,决不是唯物的文明。(同上,一五四至一五五面)

因此他说我们自己要认错,我们必须承认我们自己不如人。“肯认错了,方才肯死心塌地的学人家。”他说“不要怕模仿,因为模仿是创造的必要预备工夫”(《介绍我自己的思想》,一六面)。

胡先生的文学革命论的基本观念是“历史的文学进化观念”(参看二二四面)。他有一篇《历史的文学观念论》(见《文存》,本书未选)说得很详细:

> 居今日而言文学改良,当注重“历史的文学观念”。一言以蔽之曰:一时代有一时代之文学。此时代与彼时代之间,虽皆有承前启后之关系,

而决不容完全抄袭;其完全抄袭者,决不成为真文学。……纵观古今文学变迁之趋势,……白话之文学,自宋以来,虽见摒于古文家,而终一线相承,至今不绝。……岂不以此为吾国文学趋势自然如此,故不可禁遏而日以昌大耶?……吾辈之攻古文家,正以其不明文学之趋势,而强欲作一千年二千年以上之文。此说不破,则白话之文学无有列为文学正宗之一日,而世之文人将犹鄙薄之,以为小道邪径而不肯以全力经营造作之。……夫不以全副精神造文学而望文学之发生,此犹不耕而求获,不食而求饱也,亦终不可得矣。施耐庵曹雪芹诸人所以能有成者,正赖其有特别毅力,能以全力为之耳。(《文学革命运动》引,二八三至二八四面)

这里最重要的是将白话文学当作中国文学正宗(参看《文学改良刍议》,《文存》,又本书二八三面引)。这一点他在《建设的文学革命论》里说得更明白:"自从三百篇到于今,中国的文学凡是有一些价值,有一些儿生命的,都是白话的,或是近于白话的。其余的都是没有生气的古董,都是博物院中的陈列品!"这确是一个划时代的看法,即使欠公平些。他说"死文言决不能产出活文学"。"中国若想有活文学,必须用白话,必须用国语,必须做国语的文学"(一九七面)。

他在《尝试集自序》里道:

我们也知道单有白话未必就能造出新文学;我们也知道新文学必须要有新思想做里子。但是我们认定文学革命须有先后的程序:先要做到文学体裁的大解放,方可以用来做新思想新精神的运输品。我们认定白话实在有作文学的可能,实在是新文学的唯一利器。(《尝试集自序》,二三九面)

文学革命是得从"文学体裁的大解放"下手,真是一针见血。胡先生的大成功就在他能看出这个"先后的程序"。他和他的朋友们集中力量在这一步上,加上五四运动的影响,两三年间白话文的传播便已有一日千里之势(参看二九四至二九五面)。胡先生所谓"文学",范围是很广的。他主张"用白话作各种文学",说:"我们有志造新文学的人,都该发誓不用文言作文:无论通信、做诗、译书、做笔记、做报馆文章、编学堂讲义、替死人作墓志、替活人上条陈……都该用白话来做。"(二〇四面)这里"文学"和

"文"只是一个意义。"用白话作各种文学"也是解放文字体裁的工作。但是一节话中所举的"各种文学",除做诗和译书外,其实都是应用的文字;这种种文字体裁的解放却远在诗、小说戏剧、小品散文以及长篇议论文之后,直到近年才开始。胡先生自己大体上倒在照他所主张的做着,但就一般社会而论,这部分文体的解放工作还须要努力才能完成。

文体的解放究竟只是破坏的工作。胡先生的文学革命论"其实还是破坏的方面最有力"(一八七面),他自己的评判没有错。但他的《建设的文学革命论》在"建设的"方面"也有一点贡献":

> 若要造国语,先须造国语的文学。有了国语的文学,自然有国语。……真正有功效有势力的国语教科书,便是国语的文学,便是国语的小说、诗文、戏本。国语的小说、诗文、戏本通行之日,便是中国国语成立之时。试问我们今日居然能拿起笔来做几篇白话文章,居然能写得出好几百个白话的字,可是从什么白话教科书上学来的吗?可不是从《水浒传》、《西游记》、《红楼梦》、《儒林外史》……等书学来的吗?……我们今日所用的"标准白话"都是这几部白话的文学定下来的。我们今日要想重新规定一种"标准国语",还须先造无数国语的《水浒传》、《西游记》、《儒林外史》、《红楼梦》。
>
> 所以我以为我们提倡新文学的人,尽可不必问今日中国有无标准国语。我们尽可努力去做白话的文学。我们可尽量采用《水浒传》、《西游记》、《儒林外史》、《红楼梦》的白话,有不合今日的用的,便不用他;有不够用的,便用今日的白话来补助,有不得不用文言的,便用文言来补助。这样做去,决不愁语言文字不够用,也决不用愁没有标准白话。中国将来的新文学用的白话,就是将来中国的标准国语。造中国将来白话文学的人,就是制定标准国语的人。(一九七至一九九面)

胡先生说:这篇文章把从前他和陈独秀先生的种种主张归纳到"国语的文学——文学的国语"十个字,"其实又只有'国语的文学'五个字。旗帜更明白了,进行也就更顺利了。"(二八八面)这话是不错的。他在破坏的解放文体的工作里安置了制造将来的标准国语的基石;这是建设的工作。

他首先指出"我们今日所用的标准白话"是怎样来的。在《文学革命

运动》(这是《五十年来中国之文学》的末段,全文见《文存》二集)里他有更详细的说明:

这五百年之中,流行最广,势力最大,影响最深的书……乃是那几部"言之无文行之最远"的水浒、三国、西游、红楼。这些小说的流行便是白话的传播;多卖得一部小说,便添得一个白话教员。所以这几百年来,白话的知识与技术都传播的很远,超出平常所谓"官话疆域"之外。试看清朝末年南方作白话小说的人,如李伯元是常州人,吴沃尧是广东人,便可以想见白话传播之广远了。……中国国语的写定与传播两方面的大功臣,我们不能不公推这几部伟大的白话小说了(二八〇面)。这种"家喻户晓的水浒、西游文字"(二三三面)确是我们的新文学的基础,也是我们的标准国语的基础。但是一个时代的大文学家至多只能把那个时代的现成语言,结晶成文学的著作;他们只能把那个时代的语言的进步,作一个小小的结束;他们是语言进步的产儿,并不是语言进步的原动力。……至于民间日用的白话,正因为文人学者不去干涉,故反能自由变迁,自由进化。(《国语的进化》,二五八面)

自由变迁之中,"却有个条理次序可寻;表面上很像没有道理,其实仔细研究起来,都是有理由的";"都是改良,都是进化!"(二五八面)"白话是古文的进化呢?还是古文的退化呢?"——这个问题"是国语运动的生死关头!这个问题不能解决,国语文与国语文学的价值便不能确定。"(二五二面)唯其白话是进化的,它的应用的能力在不断的增加着,所以"国语的文学"才能成立和发展。胡先生教我们"莫要看轻了那些无量数的'乡曲愚夫,闾巷妇稚',他们能做那些文学专门名家所不能做又不敢做的革新事业!"(二六七面)那是不错的。可是话说回来,要使国语成为"文学的国语",还得"那些文学专门名家"努力做去。胡先生教人"努力去做白话的文学","尽量采用《水浒传》、《西游记》、《儒林外史》、《红楼梦》的白话",再用今日的白话和文言来补助。这便是到"文学的国语"的路。但他后来叙述《文学革命运动》,提到"直译的方法,严格的尽量保全原文的文法与口气",说"这种译法,近年来很有人仿效,是国语的欧化的一个起点"(二八九面)。他至少不反对"国语的欧化"。到了现在,这已经从"一个起点"发展为一个不可抵抗的趋势,成了到"文学的国语"的一条大路了。

胡先生的文学革命论“只是进化论和实验主义的一种实际应用”(《介绍我自己的思想》,一八面),他的整理国故也“不过是赫胥黎,杜威的思想方法的实际应用”(同上,二一面)。他在《新思潮的意义》里道:

> 现在有许多人自己不懂得国粹是什么东西,却偏要高谈“保存国粹”。……这种人如何配谈国粹?若要知道什么是国粹,什么是国渣,先须要用评判的态度,科学的精神,去做一番整理国故的工夫。(六七面)

他说明整理国故的意义道:

> 整理就是从乱七八糟里面寻出一个条理脉络来;从无头无脑里面寻出一个前因后果来;从胡说谬解里面寻出一个真意义来;从武断迷信里面寻出一个真价值来。为什么要整理呢?因为古代的学术思想向来没有条理,没有头绪,没有系统,故第一步是条理系统的整理。因为前人研究古书,很少有历史进化的眼光的,故从来不讲究一种学术的渊源,一种思想的前因后果,所以第二步是要寻出每种学术思想怎样发生,发生之后有什么影响效果。因为前人读古书,除极少数学者以外,大都是以讹传讹的谬说,……故第三步是要用科学的方法,作精确的考证,把古人的意义弄得明白清楚。因为前人对于古代的学术思想,有种种武断的成见,有种种可笑的迷信,……故第四步是综合三步的研究,各家都还他一个本来真面目,各家都还他一个真价值。(六六至六七面)

评判的态度,科学的精神以及这四个步骤,正是“赫胥黎,杜威的思想的实际应用”。

胡先生说:“‘国故’这个名词,最为妥当;因为他是一个中立的名词,不含褒贬的意义。‘国故’包含‘国粹’,但他又包含‘国渣’。我们若不了解‘国渣’,如何懂得‘国粹’?”(三二〇至三二一面)他道:

> “国学”在我们的心眼里,只是“国故学”的缩写。中国的一切过去的文化历史,都是我们的“国故”;研究这一切过去历史文化的学问,就是“国故学”,省称为“国学”。……所以我们现在要扩充国学的领域,包括

上下三四千年的过去文化，打破一切的门户成见，拿历史的眼光来整统一切，认清了“国故学”的使命是整理中国一切文化历史，便可以把一切狭陋的门户之见都扫空了。(《〈国学季刊〉发刊宣言》，三二〇至三二一面)

又道：

历史是多方面的：单记朝代兴亡，固不是历史；单有一宗一派，也不成历史。过去种种，上自思想学术之大，下至一个字，一只山歌之细，都是历史，都属于国学研究的范围。(同上，三二二面)

胡先生用历史的眼光将整理国故的范围扩大了(参看三三五面)。他“要教人知道学问是平等的，思想是一贯的”(《介绍我自己的思想》，二三面引《文存》三集里的话)。他的《几十万字的小说考证》(《介绍我自己的思想》，二一面)都是本着这个意思写的。他的《中国古代哲学史》和《白话文学史》上卷，固然是划时代的，这些篇旧小说的考证也是划时代的。而将严格的考据方法应用到小说上，胡先生是第一个人。他的收获很多，而开辟了一条新路，功劳尤大。这扩大了也充实了我们的文学史。

这些小说考证的本身价值是不朽的。胡先生在《红楼梦考证》的末尾道：

我自信：这种考证的方法，除了(孟莼荪先生的)《董小宛考》之外，是向来研究红楼梦的人不曾用过的，我希望这一点小贡献，能引起大家研究红楼梦的兴趣，能把将来的红楼梦研究引上正当的轨道去：打破从前种种穿凿附会的“红学”，创造科学方法的红楼梦研究！(四一二面)

这便是这种考证本身的价值。但胡先生更注重“这种考证的方法”，也就是科学方法，他说：

少年的朋友们，莫把这些小说考证看作我教你们读小说的文字。这些都只是思想学问的方法的一些例子。在这些文字里，我要读者学得一点科学精神，一点科学态度，一点科学方法。科学精神在于寻求事实，寻求真理。科学态度在于撇开成见，搁起感情，只认得事实，只跟着证据走。

科学方法只是"大胆的假设,小心的求证"十个字。没有证据,只可悬而不断;证据不够,只可假设,不可武断;必须等到证实之后,方才奉为定论。(《介绍我自己的思想》,二四面)

胡先生的考证文字里创见——"大胆的假设"——颇多;可是真能严格的做到"搁起感情,只认得事实,只跟着证据走",真能严格的做到"大胆的假设,小心的求证"十个字的,似乎得推这些小说考证为最。他在《红楼梦考证》里道:"自从我第一次发表这篇考证以来,我已经改正了无数大错误了——也许有将来发现新证据后即须改正的"(四一二面)。又在《介绍我自己的思想》里举曹雪芹的生卒年代问题作例,说"考证两个年代,经过七年的时间,方才得着证实"(二一至二三面)。这才真是"小心的求证"。这种小说考证,高中学生乍一翻阅,也许觉得深奥些。其实只是生疏些。若能耐心顺次读下去,相信必会迎刃而解,他们终于会得着受用的。

胡先生的小说考证还有一个重大的影响,便是古史的讨论。这是二十年来我们学术界一件大事,发难的是顾颉刚先生。胡先生道:

顾颉刚先生在他的《古史辨》的自序里曾说他从我的《水浒传考证》和《井田辨》等文字里得着历史方法的暗示。这个方法便是用历史演化的眼光来追求每一个传说演变的历程。我考证水浒的故事,包公的传说,狸猫换太子的故事,井田的制度,都用这个方法。顾先生用这方法来研究中国古史,曾有很好的成绩。(《介绍我自己的思想》,二〇面)

水浒的故事,包公的传说,狸猫换太子的故事,都是小说考证。顾先生自己承认从这些文字和《井田辨》里得着历史方法的暗示,正见得"学问是平等的,思想是一贯的"。本书选了一篇《古史讨论的读后感》,胡先生说在他的"《文存》里要算是最精彩的方法论"。"这里面讨论了两个基本方法:一个是用历史演化的眼光来追求传说的演变,一个是用严格的考据方法来评判史料。"(《介绍我自己的思想》,一九至二〇面)这第一个方法便是顾先生《古史辨》自序里所提到的。他用这方法研究中国古史,得到"层累地造成的古史"这个中心的见解。顾先生自己说"层累地造成的古史"有三个意思:

一、可以说明时代愈后，传说的古史期愈长。

二、可以说明时代愈后，传说中的中心人物愈放愈大。

三、我们在这上，即不能知道某一件事的真确的状况。也可以知道某一件事在传说中的最早状况。（三四〇面）

胡先生将他的方法的细节总括成下列的方式：

一、把每一件史事的种种传说，依先后出现的次序排列起来。

二、研究这件史事在每一个时代有什么样子的传说。

三、研究这件史事的逐渐演进：由简单变为复杂，由陋野变为雅驯，由地方的（局部的）变为全国的，由神变为人，由神话变为史事，由寓言变为事实。

四、遇可能时，解释每一次演变的原因。（三四二面）

关于第二个基本方法，就是评判史料的方法，这篇文字里举出五项标准。胡先生道：

我们对于“证据”的态度是：一切史料都是证据。但史家要问：（一）这种证据是在什么地方寻出的？（二）什么时候寻出的？（三）什么人寻出的？（四）依地方和时候上看起来，这个人有做证人的资格吗？（五）这个人虽有证人资格，而他说这句话有作伪（无心的，或有意的）的可能吗？（三四五面）

研究古史，高中学生的程度是不够的，他们知道这一些轮廓也就行了。

《文学革命运动》写于民国十一年，胡先生在这段文字里论到“五年以来白话文学的成绩”，指出四个要点。第三是：“白话散文很进步了。长篇议论文的进步，那是显而易见的。”（二九九至三〇〇面）他自己的文字便是很显著的例子。他早就“自信颇能用白话作散文”（二三四面引民国五年答任叔永先生的信），他的自信是不错的。他的散文，特别是长篇议论文，自成一种风格，成就远在他的白话诗之上。他的长篇议论文尤其是白话文的一个大成功。一方面“明白清楚”，一方面“有力能动人”，可以说是“达意达得好，表情表得妙”。胡先生以为“达意达得好，表情表得妙”的便是文学。文学有三个要件：一是“懂得性”，便是“明白清楚”，二是“逼人性”，便是“有力能动人”，三是“美”，是前二者“加起来自然发生的结果”（见《什么是文学》，《文存》；参看本书一九六面）。这个文学的界说也许太广泛些，可是，他的散文做到了他所说的。他在民国七年说过，我们今日所用的“标准白话”都是《水浒传》、《西游记》、《儒林外史》、《红楼梦》几部白话的文学定下来的。他的文字用的就是这种“标准白话”。如“好汉”（《介绍我自己的思想》，二四面），“顶天立地的好汉”（一二三面），“列位”（一九七面），“一言表过不提”（一六七面），“一笔表过，且说正文”（一九三面）等旧小说套语，他有时都还用着。但他那些长篇议论文在发展和组织方面，受梁启超先生等的“新文体”的影响极大，而“笔锋常带情感”，更和梁先生有异曲同工之妙。

在《介绍我自己的思想》里，胡先生说他的《易卜生主义》那篇文章“在民国七八年间所以能有最大的兴奋作用和解放作用，也正是因为它所提倡的个人主义在当日确是最新鲜又最需要的一针注射”（八面）。这种“最大的兴奋作用和解放作用”一方面也由于他那带情感的笔锋。他那笔锋使他的别的文字也常有兴奋的作用，所谓“有力能动人”。他那笔锋是怎样带情感的呢？我们分析他的文字，看出几种他爱用的格调。第一是排语，翻开本书，几乎触目都是的，上面引文里也常见。这里且抄几个例。如《介绍我自己的思想》的最后；

抱着无限的爱和无限的希望，我很诚挚的把这一本小书贡献给全国的少年朋友！（二五面）

又如：

我要教人疑而后信，考而后信，有充分证据而后信。（《介绍我自己的思想》，二三面引《文存》三集）

因为我们从不曾悔过，从不曾彻底痛责自己，从不曾彻底认错。（一八八面）

我这几年来研究欧洲各国国语的历史，没有一种国语不是这样造成的。没有一种国语是教育部的老爷们造成的。没有一种是言语学专门家造成的。没有一种不是文学家造成的。（一九九面）

又如：

诸位，千万不要说"为什么"这三个字是很容易的小事。你打今天起，每做一件事，便问一个为什么——为什么不把辫子剪了？为什么不把大姑娘的小脚放了？为什么大嫂子脸上搽那么多的脂粉？为什么出棺材要用那么多叫化子？为什么娶媳妇也要用那么多叫化子？为什么骂人要骂他的爹妈？为什么这个？为什么那个？——你试办一两天，你就会觉得这三个字的趣味真是无穷无尽，这三个字的功用也无穷无尽。（《新生活》五三面）

又如《易卜生主义》里：

这种理想是社会所最忌的。大多数人都骂他是"捣乱分子"，都恨他"扰乱治安"，都说他"大逆不道"；所以他们用大多数的专制威权去压制那"捣乱的理想志士，不许他开口，不许他行动自由；把他关在监牢里，把他赶出境去，把他杀了，把他钉在十字架上活活的钉死，把他捆在柴草上活活烧死。（一二四面）

排语连续的用同样的词和同样的句式，藉着复沓与均齐加急语气，加强语气，兴奋读者的情感。

第二是对称。上面所抄《新生活》一段，可以作例。此外如：

但是列位仔细想想便可明白了。（一九七面）

你们嫌我用"圣人"一个字吗？（一六〇面）

他（指"假设"）若不来时，随你怎样搔头抓耳，挖尽心血，都不中用。（二九面）

又如：

有人对你说，“人生如梦”。就算是一场梦罢，可是你只有这一个做梦的机会，岂可不振作一番，做一个痛痛快快轰轰烈烈的梦？

有人对你说，“人生如戏”。就说是做戏罢，可是，吴稚晖先生说的好，“这唱的是义务戏，自己要好看才唱的；谁便无端的自己扮做跑龙套，辛苦的出台，止算做没有呢？”

其实人生不是梦，也不是戏，是一件最严重的事实。你种谷子，便有人充饥；你种树，便有人砍柴，便有人乘凉；你拆烂污，便有人遭瘟；你放野火，便有人烧死。你种瓜便得瓜，种豆便得豆，种荆棘便得荆棘。

少年的朋友们，你爱种什么？你能种什么？（《介绍我自己的思想》，一三面）

末一节不但用对称，并且同时在用排语。又如上文引过的“自从这个‘拿证据来’的喊声传出以后”（一二面）一语中的“拿证据来”也是对称，不过用法变化罢了。对称有如面谈，语气亲切，也是诉诸读者的情感的。

第三是严词。古语道，“嫉恶如仇”，严词正是因为深嫉的原故。如：

自由平等的国家不是一群奴才建造得起来的。（《介绍我自己的思想》，一〇面）

这样又愚又懒的民族，成了一分像人九分像鬼的不长进民族。（同上，一五面）

空谈好听的“主义”，是极容易的事，是阿猫阿狗都能做的事，是鹦鹉和留声机器都能做的事。（三二面）

又如：

坐禅主敬，不过造成许多“四体不勤，五谷不分”的废物！（一四九面）

晋书说王衍少时，山涛称赞他道，“何物老妪，生宁馨儿！”后来不通的文人把“宁馨”当作一个古典用，以为很“雅”很“美”。其实“宁馨”即是现在苏州上海人的“那哼”。但是这班不通的文人一定说“那哼”就“鄙俗可嚎”了！（二五七面）

和严词相近的是故甚其词。故甚其词,唯恐言之不尽,为的是表达自己深切的信仰。如:

至于钱(静方)先生说的纳兰成德的夫人即是黛玉,似乎更不能成立。……钱先生引他(成德)的悼亡词来附会黛玉,其实这种悼亡的诗词在中国旧文学里,何止几千首?况且大致都是千篇一律的东西。若几首悼亡词可以附会林黛玉,林黛玉真要成"人尽可夫"了!(三六四面)

这是不信。又如:

我……到了哈尔滨。在此地我得了一个绝大的发现;我发现了东西文明的交界点。

……

我到了哈尔滨,看了"道里"与"道外"的区别,忍不住叹口气,自己想道:这不是东方文明与西方文明的交界点吗?东西洋文明的界线只是人力车文明与摩托车文明的界线——这是我的一大发现。(一五八,一五九面)

我们当此时候,不能不感谢那发明蒸汽机的大圣人,不能不感谢那发明电力的大圣人,不能不祝福那制作汽船汽车的大圣人。……你们嫌我用"圣人"这个字吗?孔夫子不说过吗?"制而用之谓之器。利用出入,民咸用之谓之神。"孔老先生还嫌"圣"字不够,他简直要尊他们为"神"呢!(一六〇面)

这些是信仰。为了强调这些信仰,所以"忍不住"故甚其词——后一节同时在用排语。还有:

我们可以大胆地宣言:西洋近代文明绝不轻视人类的精神上的要求。我们还可以大胆地进一步说:西洋近代文明能够满足人类心灵上的要求的程度,远非东洋旧文明所能梦见。(一四二面)

我可以武断地说:美国是不会有社会革命的,因为美国天天在社会革命之中。(一六五面)

这些信仰,胡先生是有充分证据的。他用"大胆地""武断地",只是为了强调他的信仰。他仿佛在说:"即使你们觉得我的证据不充分,我还是信仰这些。”

胡先生在运用带情感的笔锋，却不教情感朦胧了理智，这是难能可贵的。读他的文字的人往往不很觉得他那笔锋，却只跟着他那“明白清楚”的思路走。他能驾驭情感，使情感只帮助他的思路而不至于跑野马。但他还另有些格调，足以帮助他的文字的明白清楚。如比喻就是的。比喻是举彼明此，因所知见所不知，可以诉诸理智，也可以诉诸感情。胡先生用的比喻差不多都是前者。例如：

科学家明知真理无穷，知识无穷，但他们仍然有他们的满足：进一寸有一寸的愉快，进一尺有一尺的满足。（一四四面）

这种种过去的“小我”和种种现在的“小我”，和种种将来无穷的“小我”，一代传一代，一点加一滴；一线相传，连绵不断；一水奔流，滔滔不绝：这便是一个“大我”。（一〇五面）

又如《易卜生主义》里：

社会国家是时刻变迁的，所以不能指定那一种方法是救世的良药：十年前用补药，十年后或者须用泄药了，十年前用凉药，十年后或者须用热药了。（一三五面）

这些同时在用排语。又如：

真理是深藏在事物之中的；你不去寻求探讨，他决不会露面……“自然”是一个最狡猾的妖魔，只有敲打逼拶可以逼他吐露真情。（一四三面）

考证的方法好有一比，比现今的法官判案，他坐在堂上静听两造的律师把证据都呈上来了，他提起笔来，宣判道：某一造的证据不充足，败诉了；某一造的证据充足，胜诉了。他的职务只在评判现成的证据，他不能跳出现成的证据之外。实验的方法也有一比，比那侦探小说里的福尔摩斯访案：他必须改装微行，出外探险，造出种种机会来，使罪人不能不呈献真凭实据。他可以不动笔，但他不能不动手动脚，去创造那逼出证据的境地与机会。（四八四面）

又如：

到现在他（指人）居然能教电气给他赶车，以太给他送信了。（九五面，参看一四五面）

这也同时在用排语。以上三例都是有趣味的比喻。还有《易卜生主义》里：

社会对个人道："你们顺我者生，逆我者死；顺我者有赏，逆我者有罚。"（一二二面）

这是将"社会"人化，也是一种比喻。这种种比喻虽也诉诸情感，但主要的作用还在说明。其实胡先生所用的种种增强情感的格调，主要的作用都在说明，不过比喻这一项更显而易见罢了。

文字的"明白清楚"，主要的还靠条理。条理是思想的秩序。条理分明，读书才容易懂，才能跟着走。长篇议论文更得首尾一贯，最忌的是"朽索驭六马，游骑无归期"。胡先生的文字大都分项或分段；间架定了，自然不致大走样子。但各项各段得有机的联系着，逻辑的联系着，不然还是难免散漫支离的毛病。胡先生的文字一方面纲举目张，一方面又首尾连贯，确可以作长篇议论文的范本。有些复杂的题材，条理不但得分明，还得严密，那就更需要组织的力量。本书中如《问题与主义》（二），《新思潮的意义》，《我们对于西洋近代文明的态度》，《红楼梦考证》及《附录》，都头绪纷繁，可是写来条分缕析，丝毫不乱，当得起"严密"两个字。长篇议论文的结尾，最应注重，有时得提纲挈领，总括全篇，给读者一个简要的观念，帮助他的了解和记忆。如《不朽》的末尾说，"以我个人看来，这种'社会的不朽'观念很可以做我的宗教了。"接着道：

我的宗教的教旨是：

我这个现在的"小我"，对于那永远不朽的"大我"的无穷过去，须负重大的责任；对于那永远不朽的"大我"的无穷未来，也须负重大的责任。我须要时时想着，我应该如何努力利用现在的"小我"，方才可以不辜负

了那“大我”的无穷过去，方才可以不遗害那“大我”的无穷未来？（一一〇面）

又如《新思潮的意义》的结尾：

这是这几年新思潮运动的大教训！我希望新思潮的领袖人物以后能了解这个教训，能把全副精力贯注到研究问题上去；能把一切学理不看作天经地义，但看作研究问题的参考材料；能把一切学理应用到我们自己的种种切要问题上去；能在研究问题上面做输入学理的工夫；能用研究问题的工夫来提倡研究问题的态度，来养成研究问题的人才。

这是我对于新思潮运动的解释。这也是我对于新思潮将来的趋向的希望。（六四面）

《易卜生主义》的结尾最为特别：

他（易卜生）仿佛说道：“人的身体全靠血里面有无量数的白血轮时时刻刻与人身的病菌开战，把一切病菌扑灭干净，方才可使身体健全，精神充足。社会国家的健康也全靠社会中有许多永不知足，永不满意，时刻与罪恶分子龌龊分子宣战的白血轮，方才有改良进步的希望。我们若要保卫社会的健康，须要使社会时时刻刻有斯铎曼医生一般的白血轮分子。但使社会常有这种白血轮精神，社会决没有不改良进步的道理。”（一三五至一三六面）

接着还引译了易卜生给朋友的信里的一节话，说社会的少数人“总是向前去”，多数人总是赶不上。这更是好整以暇，笔有余妍了。

有人说胡先生太注重“明白清楚”，有时不免牺牲了精细和确切，说他有时不免忽略了那些虽然麻烦却有关系的材料或证据。即如《易卜生主义》那篇，在民国七八年间虽曾“有最大的兴奋作用和解放作用”，后来却就有人觉得粗浅了。他有一些整理国故的文字，有人觉得也不免粗浅的地方。胡先生是文学革命和思想革命的领袖，他的文字不能不注重宣传的作用，他偏重“懂得性”，也是当然。他的文字可没有 般宣传的叫器气；他的议论，他的说明都透彻而干脆，没有一点渣滓。——他所谓“长篇议论文”包括说明文而言。——就是这些,尽够青年学生学的。况且精细确切的文字,胡先生也常有,上节所举《问题与主义》(二)等四篇便是的,而《红楼梦考证》及《附求》更见如此。高中学生学习议论文和说明文,自然该从条理入手。比喻也练习。至于那些增强情感的格调,用时却得斟酌。大概排语不妨随便用,只要不太多不太板就成。胡先生用对称,虽是为了亲切,却带着教训的口气。青年学生用不到教训的口气,只消就亲切上着眼。但得留意,对称也容易带轻佻的口气,轻佻就失了文格了。故甚其词可以用,但得配合上下文的语气,才觉自然。严词能够不用最好;胡先生的严词有时也还不免有太过的地方。——这些年很有些人攻击胡先生的思想,青年学生以耳代目,便不大去读他的书。这不算“一个不受人惑的人”。胡先生说过:

> 就是那些反对白话文学的人,我也奉劝他们用白话来做文字。为什么呢?因为他们若不能做白话文字,便不配反对白话文学。(二〇四面)

这是“评判的态度”。青年学生若不读胡先生的书,也不配反对他的思想。况且就是反对他的思想,他的文字也还是值得学的。无论赞成胡先生的思想的也罢,反对他的也罢,我们奉劝高中学生先平心静气的细读这本书。

创作谈

胡适之先生在一九二二年三月，写了一篇《五十年来中国之文学》；篇末论到白话文学的成绩，第……

《背影》

序

胡适之先生在一九二二年三月,写了一篇《五十年来中国之文学》;篇末论到白话文学的成绩,第三项说:

白话散文很进步了。长篇议论文的进步,那是显而易见的,可以不论。这几年来,散文方面最可注意的发展,乃是周作人等提倡的"小品散文"。这一类的小品,用平淡的谈话,包藏着深刻的意味;有时很像笨拙,其实却是滑稽。这一类作品的成功,就可彻底打破那"美文不能用白话"的迷信了。

胡先生共举了四项。第一项白话诗,他说"可以算是上了成功的路了";第二项短篇小说,他说"也渐渐的成立了";第四项戏剧与长篇小说,他说"成绩最坏"。他没有说哪一种成绩最好;但从语气上看,小品散文的至少不比白话诗和短篇小说的坏。现在是六年以后了,情形已是不同:白话诗虽也有多少的进展,如采用西洋诗的格律,但是太需缓了;文坛上对于它,已迥非先前的热闹可比。胡先生那时预言,"十年之内的中国诗界,定有大放光明的一个时期";现在看看,似乎丝毫没有把握。短篇小说的情形,比前为好,长篇差不多和从前一样。戏剧的演作两面,却已有可注意的成绩,这令人高兴。最发达的,要算是小品散文。三四年来风起云涌的种种刊物,都有意或无意地发表了许多散文,近一年这种刊物更多。各书店出的散文集也不少。《东方杂志》从二十二卷(一九二五)起,增辟"新语林"一栏,也载有许多小品散文。夏丏尊,刘薰宇两先生编的《文章作法》,于记事文,叙事文,说明文,议论文而外,有小品文的专章。去年《小说月报》的"创作号"(七号),也特辟小品一栏。小品散文,于是乎极一时之盛。东亚病夫在今年三月"复胡适的信"(《真美善》一卷十二号)里,论这几年文学的成绩说:"第一是小品文字,含讽刺的,析心理的,写自然的,往往着墨不多,而余味曲包。第二是短篇小说。……第三是诗。……”这个观察大致不错。

但有举出“懒惰”与“欲速”,说是小品文和短篇小说发达的原因,那却是不够的。现在姑且丢开短篇小说而论小品文:所谓“懒惰”与“欲速”,只是它的本质的原因之一面;它的历史的原因,其实更来得重要些。我们知道,中国文学向来大抵以散文学为正宗;散文的发达,正是顺势。而小品散文的体制,旧来的散文学里也尽有;只精神面目,颇不相同罢了。试以姚鼐的十三类为准,如序跋,书牍,赠序,传状,碑志,杂记,哀祭七类中,都有许多小品文字;陈天定选的《古今小品》,甚至还将诏令,箴铭列入,那就未免太广泛了。我说历史的原因,只是历史的背景之意,并非指出现代散文的源头所在。胡先生说,周先生等提倡的小品散文,“可以打破‘美文不能用白话’的迷信”。他说的那种“迷信”的正面,自然是“美文只能用文言了”;这也就是说,美文古已有之,只周先生等才提倡用白话去做罢了。周先生自己在《杂拌儿》序里说:

……明代的文艺美术比较地稍有活气,文学上颇有革新的气象,公安派的人能够无视古文的正统,以抒情的态度作一切的文章,虽然后代批评家贬斥它为浅率空疏,实际却是真实的个性的表现,其价值在竟陵派之上。以前的文人对于著作的态度,可以说是二元的,而他们则是一元的,在这一点上与现代写文章的人正是一致,……以前的人以为文是“以载道”的东西,但此外另有一种文章却是可以写了来消遣的;现在则又把它统一了,去写或读可以说是本于消遣,但同时也就传了道了,或是闻了道。……这也可以说是与明代的新文学家的意思相差不远的。在这个情形之下,现代的文学——现在只就散文说——与明代的有些相象,正是不足怪的,虽然并没有去模仿,或者也还很少有人去读明文,又因时代的关系在文字上很有欧化的地方,思想上也自然要比四百年前有了明显的改变。

这一节话论现代散文的历史背景,颇为扼要,且极明通。明朝那些名士派的文章,在旧来的散文学里,确是最与现代散文相近的。但我们得知道,现代散文所受的直接的影响,还是外国的影响;这一层周先生不曾明说。我们看,周先生自己的书,如《泽泻集》等,里面的文章,无论从思想说,从表现说,岂是那些名士派的文章里找得出的?——至多“情趣”有一些相似罢了。我宁可说,他所受的“外国的影响”比中国的多。而其余的作家,外国的影响有时还要多些,像鲁迅先生,徐志摩先生。历史的背景只指给我们一个趋势,详细节目,原要由各人自定;所以说了外国的影响,历史的背景并不因此抹杀的。但你要问,散文既有那样历史的优势,为什么新文学的初期,倒是诗,短篇小说和戏剧盛行呢?我想那也许是一种反动。这反动原是好的,但历史的力量究竟太大了,你看,它们支持了几年,终于懈弛下来,让散文恢复了原有的位置。这种现象却又是不健全的;要明白此层,就要说到本质的原因了。

分别文学的体制,而论其价值的高下,例如亚里士多德在《诗学》里所做的,那是一件批评的大业,包孕着种种议论和冲突;浅学的我,不敢赞一辞。我只觉得体制的分别有时虽然很难确定,但从一般见地说,各体实在有着个别的特性;这种特性有着不同的价值。抒情的散文和纯文学的诗,小说,戏剧相比,便可见出这种分别。我们可以说,前者是自由些,后者是谨严些:诗的字句、音节,小说的描写,结构,戏剧的剪裁与对话,都有种种规律(广义的,不限于古典派的),必须精心结撰,方能有成。散文就不同了,选材与表现,比较可随便些;所谓“闲话”,在一种意义里,便是它的很好的诠释。它不能算作纯艺术品,与诗,小说,戏剧,有高下之别。但对于“懒惰”与“欲速”的人,它确是一种较为相宜的体制。这便是它的发达的另一原因了。我以为真正的文学发展,还当从纯文学下手,单有散文学是不够的;所以说,现在的现象是不健全的。——希望这只是暂时的过渡期,不久纯文学便会重新发展起来,至少和散文学一样!但就散文论散文,这三四年的发展,确是绚烂极了:有种种的样式,种种的流派,表现着,批评着,解释着人生的各面,迁流曼衍,日新月异:有中国名士风,有外国绅士风,有隐士,有叛徒,在思想上是如此。或描写,或讽刺,或委曲,或缜密,或劲健,或绮丽,或洗练,或流动,或含蓄,在表现上是如此。

我是大时代中一名小卒,是个平凡不过的人。才力的单薄是不用说的,所以一向写不出什么好东西。我写过诗,写过小说,写过散文。二十五岁以前,喜欢写诗;近几年诗情枯竭,搁笔已久。前年一个朋友看了我偶然写下的《战争》,说我不能做抒情涛,只能做史诗;这其实就是说我不能做诗。我自己也有些觉得如此,便越发懒怠起来。短篇小说是写过两篇。现在翻出来看,《笑的历史》只是庸俗主义的东西,材料的拥挤,像一个大肚皮的掌柜;《别》的用字造句,那样扭扭捏捏的,像半身不遂的病人，读着真怪不好受的。我觉得小说非常地难写；不用说长篇，就是短篇，那种经济的，严密的结构，我一辈子也学不来！我不知道怎样处置我的材料，使它们各得其所。至于戏剧，我更是始终不敢染指。我所写的大抵还是散文多。既不能运用纯文学的那些规律，而又不免有话要说，便只好随便一点说着；凭你说“懒惰”也罢，“欲速”也罢，我是自然而然采用了这种体制。这本小书里，便是四年来所写的散文。其中有两篇，也许有些像小说；但你最好只当作散文看，那是彼此有益的。至于分作两辑，是因为两辑的文字，风格有些不同；怎样不同，我想看了便会知道。关于这两类文章，我的朋友们有相反的意见。郢看过《旅行杂记》，来信说，他不大喜欢我做这种文章，因为是在模仿着什么人；而模仿是要不得的。这其实有些冤枉，我实在没有一点意思要模仿什么人。他后来看了《飘零》，又来信说，这与《背影》是我的另一面，他是喜欢的。但火就不如此。他看完《踪迹》，说只喜欢《航船中的文明》一篇；那正是《旅行杂记》一类的东西。这是一个很有趣的对照。我自己是没有什么定见的，只当时觉着要怎样写，便怎样写了。我意在表现自己，尽了自己的力便行；仁智之见，是在读者。

朱自清

1928年7月31日，北平清华园。

《欧游杂记》

序

这本小书是二十一年五月六月的游踪。这两个月走了五国，十二个地方。巴黎待了三礼拜，柏林两礼拜，别处没有待过三天以上；不用说都只是走马看花罢了。其中佛罗伦司，罗马两处，因为赶船，慌慌张张，多半坐在美国运通公司的大汽车里看的。大汽车转弯抹角，绕得你昏头昏脑，辨不出方向；虽然晚上可以回旅馆细细查看地图，但已经隔了一层，不像自己慢慢摸索或跟着朋友们走那么亲切有味了。滂卑故城也是匆忙里让一个俗透了的引导人领着胡乱走了一下午。巴黎看得比较细，一来日子多，二来朋友多；但是卢佛宫去了三回，还只看了一犄角。在外国游览，最运气有熟朋友乐意陪着你；不然，带着一张适用的地图一本适用的指南，不计较时日，也不难找到些古迹名胜。而这样费了一番气力，走过的地方便不会忘记，也不会张冠李戴——若能到一国说一国的话，那自然更好。

自己只能听英国话，一到大陆上，便不行了。在巴黎的时候，朋友来信开玩笑，说我“目游巴黎”；其实这儿所记的五国都只算是“目游”罢了。加上日子短，平时对于欧洲的情形又不熟悉，实在不配说话，而居然还写出这本小书者，起初是回国时船中无事，聊以消磨时光，后来却只是“一不做，二不休”而已。所说的不外美术风景古迹，因为只有这些才能“目游”也。游览时离不了指南，记述时还是离不了；书中历史事迹以及尺寸道里都从指南钞出。用的并不是大大有名的裴歹克指南，走马看花是用不着那么好的书的。我所依靠的不过克罗凯(Crockett)夫妇合著的《袖珍欧洲指南》，瓦德洛克书铺(Ward，Lock&Co.)的《巴黎指南》，德莱司登的官印指南三种。此外在记述时也用了雷那西的美术史(Reinach：Apollo)和何姆司的《艺术轨范》(C. J. Holmes：A Grammar of the Arts)做参考。但自己对于欧洲美术风景古迹既然外行，无论怎样谨慎，陋见谬见，怕是难免的。

本书绝无胜义，却也不算指南的译本；用意是在写些游记给中学生看。在中学教过五年书,这便算是小小的礼物吧。书中各篇以记述景物为主,极少说到自己的地方。这是有意避免的:一则自己外行,何必放言高论;二则这个时代,“身边琐事”说来到底无谓。但这么着又怕干枯板滞——只好由它去吧。记述时可也费了一些心在文字上:觉得“是”字句,“有”字句,“在”字句安排最难。显示景物间的关系,短不了这三样句法;可是老用这一套,谁耐烦!再说这三种句子都显示静态,也够沉闷的。于是想方法省略那三个讨厌的字,例如“楼上正中一间大会议厅”,可以说“楼上正中是——”,“楼上有——”,“——在楼的正中”,但我用第一句,盼望给读者整个的印象,或者说更具体的印象。再有,不从景物自身而从游人说,例如“天尽头处偶尔看见一架半架风车”。若能将静的变为动的,那当然更乐意,例如“他的左胳膊底下钻出一个孩子”(画中人物)。不过这些也无非雕虫小技罢了。书中用华里英尺,当时为的英里合华里容易,英尺合华尺麻烦些;而英里合华里数目大,便更见其远,英尺合华尺数目小,怕不见其高,也是一个原因。这种不一致,也许没有多少道理,但也由它去吧。

书中取材,概未注明出处;因为不是高文典册,无须乎小题大做耳。

出国之初给叶圣陶兄的两封信,记述哈尔滨与西伯利亚的情形的,也附在这里。

让我谢谢国立清华大学,不靠她,我不能上欧洲去。谢谢李健吾,吴达元,汪梧封,秦善鋆四位先生;没有他们指引,巴黎定看不好,而本书最占篇幅的巴黎游记也定写不出。谢谢叶圣陶兄,他老是鼓励我写下去,现在又辛苦地给校大样。谢谢开明书店,他们愿意给我印这本插了许多图的小书。

1934 年 4 月,北平清华园。

写作杂谈

我是一个国文教师,我的国文教师生活的开始可以说也就是我的写作生活的开始。这就决定了我的作风,若是我也可说是有作风的话。我的写作大体上属于朴实清新一路。一方面自己的才力只能作到这地步,一方面也是国文教师的环境教我走这一路。我是个偏于理智的人,在大学里学的原是哲学。我的写作大部分是理智的活动,情感和想象的成分都不多。虽然幼年就爱好文学,也倾慕过《聊斋志异》和林译小说,但总不能深入文学里。开始写作的时候,自己知道对于小说没希望,尝试的很少。那时却爱写诗。不过自己的情感和想象都只是世俗的,一点儿也不能超群绝伦。我只是一个老实人。或一个乡下人,如有些人所说的。——外国文学的修养差,该也是一个原故。可是我做到一件事,就是不放松文字。我的情感和想象虽然贫弱,却总尽力教文字将它们尽量表达,不留遗憾。我注意每个词的意义,每一句的安排和音节,每一段的长短和衔接处,想多少可以补救一些自己的贫弱的地方。已故的刘大白先生曾对人说我的小诗太费力,实在是确切的评语。但这正是一个国文教师的本来面目。

后来丢开诗,只写些散文;散文对于自己似乎比较合宜些,所以写得也多些。所谓散文便是英语里的“常谈”,原是对“正论”而言;一般人又称为小品文,好似对大品文而言,但没有大品文这名称。散文虽然也叙事、写景、发议论,却以抒情为主。这和诗有相通的地方,又不需要小说的谨严的结构,写起来似乎自由些。但在我还是费力。有时费力太过,反使人不容易懂。如《桨声灯影里的秦淮河》里有一处说到“无可无不可”,有“无论是升的沉的”一句话。升的“无可无不可”指《论语》里孔子的话,所谓“时中”的态度。沉的指一般人口头禅的“无可无不可”,只是“随便”“马虎”的意思。有许多人不懂这“升的沉的”。也许那句话太简了,因而就太晦了。可是太简固然容易晦,繁了却也腻人。我有一篇《扬州的夏日》(在《你我》里),篇末说那些在城外吃茶的人回城去,有些穿上长衫,有些只将长衫搭在胳膊上。一个朋友说穿上长衫是常情，用不着特别叙出。他的话有道理。但这并不由于我的疏忽；这是我才力短，不会选择。我的写作有时不免牵于事实，不能自由运用事实，这是一例。

我的《背影》、《儿女》、《给亡妇》三篇，注意的人也许多些。《背影》和《给亡妇》都不曾怎样费力写出。《背影》里引了父亲来信中一句话。那封信曾使我流泪不止。亡妇一生受了多少委屈，想起来总觉得对不起她。写《给亡妇》那篇是在一个晚上，中间还停笔挥泪一回。情感的痕迹太深刻了，虽然在情感平静的时候写作，还有些不由自主似的。当时只靠平日训练过的一支笔发挥下去，几乎用不上力量来。但是《儿女》，还有早年的《笑的历史》，却是费了力琢磨成的。就是《给亡妇》，一方面也是一个有意的尝试。那时我不赞成所谓欧化的语调，想试着避免那种语调。我想尽量用口语，向着言文一致的方向走。《给亡妇》用了对称的口气，一半便是为此。有一位爱好所谓欧化语调的朋友看出了这一层，预言我不能贯彻自己的主张。我也渐渐觉得口语不够用。我们的生活在欧化（我愿意称为现代化），我们的语言文字适应着，也在现代化，其实是自然的趋势。所以我又回到老调子。所谓老调子是受《点滴》等书和鲁迅先生的影响。当时写作的青年很少不受这种影响的。后来徐志摩先生，再后来梁宗岱先生、刘西渭先生等，直接受取外国文学的影响，算是异军突起，可是人很少。话说回来，上文说到的三篇文里，似乎只有《背影》是“情感的自然流露”，但也不尽然。《背影》里若是不会闹什么错儿，我想还是平日的训练的原故。我不大信任“自然流露”，因为我究竟是个国文教师。

国文教师做久了，生活越来越狭窄。所谓“身边琐事”的散文，我慢慢儿也写不出了。恰好谢谢清华大学，让我休假上欧洲去了一年。回国后写成了《欧游杂记》和一些《伦敦杂记》。那时真是“身边琐事”的小品文已经腻了，而且有人攻击。我也觉得身边琐事确是没有多大意思，写作这些杂记时便专从客观方面着笔，尽力让自己站在文外。但是客观的描叙得有充分的、详确的知识作根据，才能有新的贡献。自己走马看花所见到的欧洲，加上游览指南里的一点儿记载，实在太贫乏了，所以写出来只是寒尘。不过客观的写作却渐渐成了我的唯一的出路。这时候散文进步了。何其芳先生的创作，卞之琳先生的翻译，写那些精细的情感，开辟了新境界。我常和朋友说笑，我的散文早过了时了。既没有创新的力量，我只得老老实实向客观的描叙的路走去。我读过瑞恰慈教授几部书，很合脾胃，增加了对于语文意义的趣味。从前曾写过几篇论说的短文，朋友们似乎都不大许可。这大概是经验和知识还不够的原故。但是自己总不甘心，还想尝试一下。于是动手写《语文影》。第一篇登在《中央日报》昆明版的《平明》上，闹了点错儿，挨了一场骂。可是我还是写下去。更想写一些论世情的短文，叫做《世情书》。试了一篇，觉得力量还差得多，简直不能自圆其说似的，只得暂且搁下。我是想写些“正论”或“大品文”，但是小品文的玩世的幽默趣味害我“正”不住我的笔，也得再修养几年。十六年前曾写过一篇《正义》（见《我们的七月》），虽然幼稚，倒还像“正义”，可惜没有继续训练下去。现在大约只能先试些《语文影》。这和《世情书》都以客观的分析为主，而客观的分析语文意义，在国文教师的我该会合宜些。

我的写作的经验有两点也许可以奉献给青年的写作者。一是不放松文字，注意到每一词句，我觉得无论大小，都该从这里入手。控制文字是一种愉快，也是一种本领。据说陀斯妥也夫斯基很不讲究文字，却也成为大小说家。但是他若讲究文字，岂不更美？再说像陀斯妥也夫斯基那样大才力，古今中外又有多少人？为一般写作者打算，还是不放松文字的好。现在写作的青年似乎不大在乎文字。无论他们的理由怎样好听，吃亏的恐怕还是他们自己，不是别人。二是不一定创作，五四以来，写作的青年似乎都将创作当做唯一的出路。不管才力如何，他们都写诗，写散文，写小说戏剧。这中间必有多数人白费了气力，闹得连普通的白话文也写不好。这也是时代如此，当时白话文只用来写论文，写文学作品，应用的范围比较窄。论文需要特殊的知识和经验，青年人办不了，自然便拥挤到创作的路上。这几年白话文应用的范围慢慢儿广起来了，报纸上可以见出。“写作”这个词代替了“创作”流行着，正显示这个趋势。写作的青年能够创作固然很好，不能创作，便该赶紧另找出路。现在已经能够看到的最大的出路，便是新闻的写作。新闻事业前途未可限量，一定需要很多的人手。现在已经有青年记者协会，足见写作的青年已找出这条路。从社会福利上看，新闻的写作价值决不在文艺的写作之下，只要是认真写作的话。

关于写作答问

一 写作趣味的由来

读《聊斋志异》和林译小说都曾给我影响。家庭问题是我早年写作的主要题材。我的天性又自幼就爱好写作。

二 写作年龄的开始

中学时代曾写过一篇《聊斋志异》式的山大王的故事，辞藻和组织大约还模仿林译小说，得八千字。写成寄于《小说月报》被退回。稿子早已失去。那时还集合了些朋友在扬州办了一个《小说日报》，都是文言，有光纸油印，只出了三天就停了。自己在上面写过一篇《龙钟人语》，大概是个侠客的故事，父亲讲给我听的。

大学时代受了《新青年》的启示，开始学习白话文写作。但写得很少。记得曾仿效《新青年》和《新潮》上的新诗写过一首，中间引了"逝者如斯夫！不舍昼夜"，别的却忘了。诗旨大概是人生的慨叹。大学毕业，做了国文教师，那时二十一岁。有一回寄了两首新诗给《小说月报》，主编给我登出，并来信鼓励，不久又发表了我的名字在特约撰稿人里。这些鼓励影响我极大，我后来的写作可以说都是从这儿来的。我很感谢该刊的主编。那时多写诗，也写了几篇小说样的东西，散文的写作略晚些。

三 写作的生活叙述

写作时间，我爱晚间，晚上事情完毕，写作可以定心些。

写作时间抽烟，比平常多些。早年没有学会抽烟，每回停笔思索，便用笔尖在纸上尽蘸。一个朋友看了那些笔尖痕，替我着急。

四 写作速率和作品修删

我写作很慢，平均每天只能写两千字，每次写作的持久力只有两小时左右。

我早年写作，都先起草，如《笑的历史》、《桨声灯影里的秦淮河》都是逐节起草的。后来觉得起草太费工夫，做作气也重，便直写下去。因为得随时斟酌字句，所以写得很慢。既然随时斟酌，完篇后改动便少。但是我若能将稿件留两三天再看一回,往往也还有修删的地方。我觉得稿成后隔两三天复审一回是很有益处的。

五　写作上的困难之点

早年作诗,因为自己想象力薄弱,常感到观念的推拓的困难。

写作散文,很注意文字的修饰。语句的层次和词义、句式,我都用心较量,特别是句式。《欧游杂记》序里曾提到我怎样变换句式。

六　写作完成的感觉

作品完成,了一桩事,总有些如释重负的愉快,却不一定是"胜利"的感觉。失败的感觉也有过。往年给《今日评论》写了一篇散文,一个朋友看了说不成,我将那篇稿毁了。

七　《欧游杂记》发表后的感觉

《欧游杂记》里懊悔的地方很多,因为有些话,关于绘画的,太外行了。《滂卑故城》那篇,我也很想删去。

八　作品落选后的感觉

奋勉二字而已。

九　对别人批评的观感

朋友的零星的批评对我很有益。别人的批评说到我的很少。有些概括的判断虽然确当,却不能使我改进,因为我的才力只能如此这般。

诗与感觉

诗也许比别的文艺形式更依靠想象；所谓远，所谓深，所谓近，所谓妙，都是就想象的范围和程度而言。想象的素材是感觉，怎样玲珑缥缈的空中楼阁都建筑在感觉上。感觉人人有，可是或敏锐，或迟钝，因而有精粗之别。而各个感觉间交互错综的关系，千变万化，不容易把捉，这些往往是稍纵即逝的。偶尔把捉着了，要将这些组织起来，成功一种可以给人看的样式，又得有一番工夫，一副本领。这里所谓可以给人看的样式便是诗。

从这个立场看新诗，初期的作者似乎只在大自然和人生的悲剧里去寻找诗的感觉。大自然和人生的悲剧是诗的丰富的泉源，而且一向如此，传统如此。这些是无尽宝藏，只要眼明手快，随时可以得到新东西。但是花和光固然是诗，花和光以外也还有诗，那阴暗，潮湿，甚至霉腐的角落儿上，正有着许多未发现的诗。实际的爱固然是诗，假设的爱也是诗。山水田野里固然有诗，灯红酒酽里固然有诗，任一些颜色，一些声音，一些香气，一些味觉，一些触觉，也都可以有诗。惊心怵目的生活里固然有诗，平淡的日常生活里也有诗。发现这些未发现的诗，第一步得靠敏锐的感觉，诗人的触角得穿透熟悉的表面向未经人到的底里去。那儿有的是新鲜的东西。闻一多、徐志摩、李金发、姚蓬子、冯乃超、戴望舒各位先生都曾分别向这方面努力。而卞之琳、冯至两位先生更专向这方面发展；他们走得更远些。

假如我们说冯先生是在平淡的日常生活里发现了诗，我们可以说卞先生是在微细的琐屑的事物里发现了诗。他的《十年诗草》里处处都是例子，但这里只能举一两首。

淘气的孩子，有办法：
叫游鱼啮你的素足，
叫黄鹂啄你的指甲，
野蔷薇牵你的衣角……

白蝴蝶最懂色香味，
寻访你午睡的口脂。
我窥候你渴饮泉水，
取笑你吻了你自己。

我这八阵图好不好？
你笑笑，可有点不妙，
我知道你还有花样！

哈哈！到底算谁胜利？
你在我对面的墙上
写上了“我真是淘气”。（《淘气》，《装饰集》）

这是十四行诗。三四段里活泼的调子。这变换了一般十四行诗的严肃，却有它的新鲜处。这是情诗，蕴藏在“淘气”这件微琐的事里。游鱼的啮，黄鹂的啄，野蔷薇的牵，白蝴蝶的寻访，“你吻了你自己”，便是所谓“八阵图”；而游鱼，黄鹂，野蔷薇，白蝴蝶都是“我”“叫”它们去做这样那样的，“你吻了你自己”，也是“我”在“窥候”着的，“我这八阵图”便是治“淘气的孩子”——“你”——的“办法”了。那“啮”，那“啄”，那“牵”，那“寻访”，甚至于那“吻”，都是那“我”有意安排的，那“我”其实在分享着这些感觉。陶渊明《闲情赋》里道：

愿在丝而为履，附素足以周旋；
悲行止之有节，空委弃于床前。
愿在昼而为影，常依形而西东；
悲高树之多阴，慨有时而不同。

感觉也够敏锐的。那亲近的愿心其实跟本诗一样，不过一个来得迫切，一个来得从容罢了。“你吻了你自己”也就是“你的影子吻了你”；游鱼、黄鹂、野蔷薇、白蝴蝶也都是那“你”的影子。凭着从游鱼等等得到的感觉去想象“你”；或从“你”得到的感觉叫“我”想象游鱼等等；而“我”又“叫”

1947 年 8 月由上海开明书店出版的《诗言志辨》

游鱼等等去做这个那个,“我”便也分享这个那个。这已经是高度的交互错综,而“我”还分享着“淘气”。“你”“写下了”“我真是淘气”,是“你”“真是淘气”,可是“我对面”读这句话,便成了“‘我’真是淘气”了。那治“淘气的孩子”——“你”——的“八阵图”,到底也治了“我”自己。“到底算谁胜利?”瞧“我”为了“你”这么颠颠倒倒的!这一个回环复沓不是钟摆似的来往，而是螺旋似的钻进人心里。

《白螺壳》诗（《装饰集》）里的“你”“我”也是交互错综的一例。

空灵的白螺壳，你，
孔眼里不留纤尘，
漏到了我的手里，
却有一千种感情：
掌心里波涛汹涌，
我感叹你的神工，
你的慧心啊，大海，
你细到可以穿珠！
可是我也禁不住：
你这个洁癖啊，唉！（第一段）

玲珑，白螺壳，我？
大海送我到海滩，
万一落到人掌握，
愿得原始人喜欢，
换一只山羊还差
三十分之二十八；
倒是值一只蟠桃。
怕给多思者检起，
空灵的白螺壳，你
卷起了我的愁潮！（第三段）

这是理想的人生（爱情也在其中），蕴藏在一个微琐的白螺壳里。“空灵的白螺壳”“却有一千种感情”，象征着那理想的人生——“你”。“你的神工”，“你的慧心”的“你”是“大海”，“你细到可以穿珠”的“你”又是“慧心”；而这些又同时就是那“你”。“我”？“大海送我到海滩”的“我”，是代白螺壳自称，还是那“你”。最愿老是在海滩上，“万一落到人掌握”，也只“愿得原始人喜欢”，因为自己一点用处没有——换山羊不成，“值一只蟠桃”，只是说一点用处没有。原始人有那股劲儿，不让现实纠缠着，所以不在乎这个。只“怕给多思者检起”，怕落到那“我的手里”。可是那“多思者”的“我”“检起”来了，于是乎只有叹息：“你卷起了我的愁潮！”“愁潮”是现实和理想的冲突；而“潮”原是属于“大海”的。

请看这一湖烟雨
水一样把我浸透。
像浸透一片鸟羽。
我仿佛一所小楼
风穿过，柳絮穿过，
燕子穿过像穿梭，
楼中也许有珍本，
书叶给银鱼穿织
从爱字通到哀字——
出脱空华不就成！（第二段）

我梦见你的阑珊：
檐溜滴穿的石阶，
绳子锯缺的井栏……
时间磨透于忍耐！
黄色还诸小鸡雏，
青色还诸小碧梧，
玫瑰色还诸玫瑰，
可是你回顾道旁，
柔嫩的蔷薇刺上
还挂着你的宿泪。（第四段完）

从“波涛汹涌”的“大海”想到“一湖烟雨”，太容易“浸透”的是那“一片鸟羽”。从“一湖烟雨”想到“一所小楼”，从“穿珠”想到“风穿过，柳絮穿过，燕子穿过像穿梭”，以及“书叶给银鱼穿织”；而“珍本”又是从藏书楼想到的。“从爱字通到哀字”，“一片鸟羽”也罢，“一所小楼”也罢，“楼中也许有”的“珍本”也罢，“出脱空华(花)”，一场春梦！虽然“时间磨透于忍耐”，还只“梦见你的阑珊”。于是“黄色还诸小鸡雏……”，“你”是“你”，现实是现实，一切还是一切。可是“柔嫩的蔷薇刺上”带着宿雨，那是“你的宿泪”。“你”“有一千种感情”，只落得一副眼泪；这又有什么用呢？那“宿泪”终于会干枯的。这首诗和前一首都不显示从感觉生想象的痕迹，看去只是想象中一些感觉，安排成功复杂的样式。——“黄色还诸小鸡雏”等三行可以和冯至先生的

铜炉在向往深山的矿苗，
瓷壶在向往江边的陶泥，
它们都像风雨中的飞鸟
各自东西。(《十四行集》，二一)

对照着看，很有意思。

《白螺壳》诗共四段，每段十行，每行一个单音节，三个双音节，共四个音节。这和前一首都是所谓“匀称”“均齐”的形式。卞先生是最努力创造并输入诗的形式的人，《十年诗草》里存着的自由诗很少，大部分是种种形式的试验，他的试验可以说是成功的。他的自由诗也写得紧凑，不太参差，也见出感觉的敏锐来，《距离的组织》便是一例。他的《三秋草》里还有一首《过路居》，描写北平一间人力车夫的茶馆，也是自由诗，那些短而精悍的诗行由会话组成，见出平淡的生活里蕴藏着的悲喜剧。那是近乎人道主义的诗。

1943年。

诗与哲理

新诗的初期，说理是主调之一。新诗的开创人胡适之先生就提倡以诗说理，《尝试集》里说理诗似乎不少。俞平伯先生也爱在诗里说理；胡先生评他的诗，说他想兼差作哲学家。郭沫若先生歌颂大爱，歌颂"动的精神"，也带哲学的意味；不过他的强烈的情感能够将理融化在他的笔下，是他的独到处。那时似乎只有康白情先生是个比较纯粹的抒情诗人。一般青年以诗说理的也不少，大概不出胡先生和郭先生的型式。

那时是个解放的时代。解放从思想起头，人人对于一切传统都有意见，都爱议论，作文如此，作诗也如此。他们关心人生，大自然，以及被损害的人。关心人生，便阐发自我的价值；关心大自然，便阐发泛神论；关心被损害的人，便阐发人道主义。泛神沦似乎只见于诗；别的两项，诗文是一致的。但是文的表现是抽象的，诗的表现似乎应该和文不一样。胡先生指出诗应该是具体的。他在《谈新诗》里举了些例子，说只是抽象的议论，是文不是诗。当时在诗里发议论的确是不少，差不多成了风气。胡先生所提倡的"具体的写法"固然指出一条好路。可是他的诗里所用具体的譬喻似乎太明白，譬喻和理分成两橛，不能打成一片；因此，缺乏暗示的力量，看起来好像是为了那理硬找一套譬喻配上去似的。别的作者也多不免如此。

民国十四年以来，诗才专向抒情方面发展。那里面"理想的爱情"的主题，在中国诗实在是个新的创造；可是对于一般读者不免生疏些。一般读者容易了解经验的爱情；理想的爱情要沉思，不耐沉思的人不免隔一层。后来诗又在感觉方面发展，以敏锐的感觉为抒情的骨子，一般读者只在常识里兜圈子，更不免有隔雾看花之憾。抗战以后的诗又回到议论和具体的譬喻，也不是没有理由的。当然，这时代诗里的议论比较精切，譬喻也比较浑融，比较二十年前进步了；不过趋势还是大体相同的。

另一方面，也有从敏锐的感觉出发，在日常的境界里体味出精微的哲理的诗人。在日常的境界里体味哲理，比从大自然体味哲理更进一步。因为日常的境界太为人们所熟悉了，也太琐屑了，它们的意义容易被忽略过去；只有具有敏锐的手眼的诗人才能把捉得住这些。这种体味和大自然的体味并无优劣之分，但确乎是进了一步。我心里想着的是冯至先生的《十四行集》。这是冯先生去年一年中的诗，全用十四行体，就是商籁体写成。十四行是外国诗体，从前总觉得这诗体太严密，恐怕不适于中国语言。但近年读了些十四行，觉得似乎已经渐渐圆熟；这诗体还是值得尝试的。冯先生的集子里，生硬的诗行便很少；但更引起我注意的还是他诗里耐人沉思的理，和情景融成一片的理。

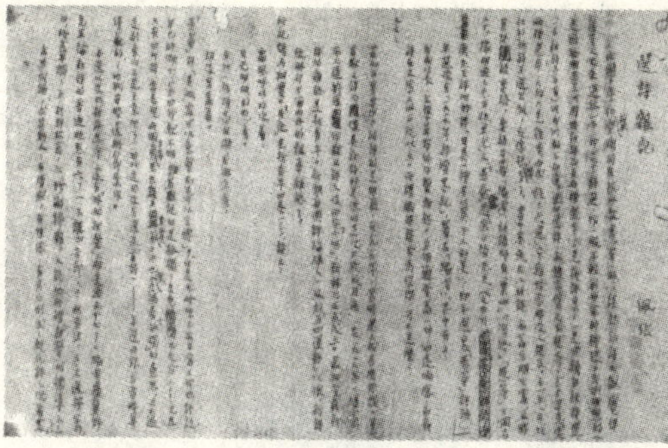

朱自清手迹

这里举两首作例。

我们常常度过一个亲密的夜
在一间生疏的房里，它白昼时
是什么模样，我们都无从认识，
更不必说它的过去未来。原野

一望无边地在我们窗外展开，
我们只依稀地记得在黄昏时
来的道路，便算是对它的认识，
明天走后，我们也不再回来。

闭上眼罢！让那些亲密的夜
和生疏的地方织在我们心里：
我们的生命像那窗外的原野，

我们在朦胧的原野上认出来
一棵树，一闪湖光；它一望无际
藏着忘却的过去，隐约的将来。（一八）

旅店的一夜是平常的境界。可是亲密的，生疏的，“织在我们心里”。房间有它的过去未来，我们不知道。“来的道路”是过去，只记得一点儿；“明天走”是未来，又能知道多少？我们的生命像那“一望无边的”“朦胧的”原野，“忘却的过去”，“隐约的将来”，谁能“认识”得清楚呢？——但人生的值得玩味，也就在这里。

我们听着狂风里的暴雨
我们在灯光下这样孤单，
我们在这小小的茅屋里
就是和我们用具的中间

也生了千里万里的距离：
铜炉在向往深山的矿苗，
瓷壶在向往江边的陶泥，
它们都像风雨中的飞鸟

各自东西。我们紧紧抱住，
好像自身也都不能自主。
狂风把一切都吹入高空

暴雨把一切又淋入泥土。
只剩下这点微弱的灯红
在证实我们生命的暂住。（二一）

茅屋里风雨的晚上也只是平常的境界。可是自然的狂暴映衬出人们的孤单和微弱；极平常的用具铜炉和瓷壶，也都“向往”它们的老家，“像风雨中的飞鸟，各自东西”。这样“孤单”，却是由敏锐的感觉体味出来的，得从沉思里去领略——不然，恐怕只会觉得怪诞罢。闻一多先生说我们的新诗好像尽是些青年，也得有一些中年才好。冯先生这一集大概可以算是中年了。

1943年。

爱国诗

死去元知万事空，但悲不见九州同。
王师北定中原日，家祭无忘告乃翁！

这是南宋爱国诗人陆放翁（游）临终"示儿"的诗，直到现在还传诵着。读过法国都德的《柏林之围》的人，会想到陆放翁和那朱屋大佐分享着同样悲惨的命运；可是他们也分享着同样爱国的热诚。我说"同样"，是有特殊意义的。原来我们的爱国诗并不算少，汪静之先生的《爱国诗选》便是明证；但我们读了那些诗，大概不会想到朱屋大佐身上去。这些诗大概不外乎三个项目。一是忠于一朝，也就是忠于一姓。其次是歌咏那勇敢杀敌的将士。其次是对异族的同雠。所谓"非我族类，其心必异"。第二项可能只是一姓的忠良，也可能是"执干戈以卫社稷"的《国殇》。说"社稷"便是民重君轻，跟效忠一姓的不一样。楚辞的《国殇》所以特别教人注意，至少一半为了这个道理。第三项以民族为立场，范围便更广大。现在的选家选录爱国诗，特别注意这一种，所谓民族诗。社稷和民族两个意念凑合起来，多少近于我们现在所说的"国家"，但"理想的完整性"还不足；若说是"爱国"，"理想的完美性"更不足。顾亭林第一个说出"天下兴亡，匹夫有责"这警句，提示了一个理想的完整的国家，确是他的伟大处。放翁还不能有这样明白的意念，但他的许多诗，尤其这首《示儿》诗里，确已多少表现了"国家至上"的理想；所以我们才会想到具有近代国家意念的朱屋大佐身上去。

放翁虽做过官，他的爱国热诚却不仅为了赵家一姓。他曾在西北从军，加强了他的敌忾；为了民族，为了社稷，他永怀着恢复中原的壮志。这种壮志常常表现在他的梦里；他用诗来描画这些梦。这些梦有些也许只是昼梦，睁着眼做梦，但可见他念兹在兹，可见他怎样将满腔的爱国热诚理想化。《示儿》诗是临终之作，不说到别的，只说"北定中原"，正是他的专一处。这种诗只是对儿子说话，不是什么遗疏遗表的，用不着装腔作势，他尽可以说些别的体己的话；可是他只说这个，他正以为这是最体己

1947 年 12 月由作家书屋刊行的《新诗杂话》

的话。诗里说“元知万事空”，万事都搁得下；“但悲不见九州同”，只这一件搁不下。他虽说“死去”，虽然“‘不见’九州同”，可是相信“王师”终有“北定中原日”，所以叮嘱他儿子“家祭无忘告乃翁！”教儿子“无忘”，正见自己的念念不“忘”。这是他的爱国热诚的理想化，这理想便是我们现在说的“国家至上”的信念的雏形，在这情形下，放翁和朱屋大佐可以说是“同样”的。过去的诗人里，也许只有他才配称为爱国诗人。

辛亥革命传播了近代的国家意念,五四运动加强了这意念。可是我们跑得太快了,超越了国家,跨上了世界主义的路。诗人是领着大家走的,当然更是如此。这是发现个人发现自我的时代。自我力求扩大,一面向着大自然,一面向着全人类;国家是太狭隘了,对于一个是他自己的人。于是乎新诗诉诸人道主义,诉诸泛神论,诉诸爱与死,诉诸颓废的和敏锐的感觉——只除了国家。这当然还有错综面层折的因缘,此处无法详论。但是也有例外,如康白情先生《别少年中国》,郭沫若先生《炉中煤(眷念祖国的情绪)》等诗便是的。我们愿意特别举出闻一多先生;抗战以前,他差不多是唯一有意大声歌咏爱国的诗人。他歌咏爱国的诗有十首左右:《死水》里收了四首。且先看他的《一个观念》:

你隽永的神秘,你美丽的谎,
你倔犟的质问,你一道金光,
一点儿亲密的意义,一股火,
一缕缥缈的呼声,你是什么?
我不疑,这因缘一点也不假,
我知道海洋不骗他的浪花,
既然是节奏,就不该抱怨歌。
啊,横暴的威灵,你降伏了我,
你降伏了我!你绚缦的长虹——
五千多年的记忆,你不要动,
如今我只问怎样抱得紧你……
你是那样的横蛮,那样的美丽!

这里国家的观念或意念是近代的;他爱的是一个理想的完整的中国,也是一个理想的完美的中国。

这个国家意念是抽象的,作者将它形象化了。第一将它化作"你",成了一个对面听话的。"五千多年的记忆",这是中国的历史。"抱得紧你"就是"爱你"。怎样爱中国呢?中国"那样美丽","美丽"得像"谎"似的。它是"亲密的",又是"神秘"的,怎样去爱呢?它"倔犟的质问"为什么不爱它,又"缥缈的"呼喊人去爱它。我们该爱它,浪花是该爱海的;难爱也得爱,节奏是"不该抱怨歌"的,它"绚缦"得可爱,却又"横暴"得可怕；爱它，怕它，只得降了它。降了它为的爱，爱就得抱紧它。但是怎样"抱得紧"呢？作者彷徨自问：我们也都该彷徨自问的，陆放翁的《示儿》诗以"九州同"和"王师北定中原"两项具体的事件或理想为骨干。所谓"同"，指社稷，也指民族，"九州"便是二者的形象化。顾亭林说"匹夫"，也够具体的。但"一个观念"超越了社稷和民族，也统括了社稷和民族，是一个完整的意念，完整的理想；而且不但"提示"了，简直"代表"着，一个理想的完整的国家。这种抽象的国家意念，不必讳言是外来的，有了这种国家意念才有近代的国家。诗里形象化的手法也是外来的，却象征着表现着一个理想的完美的中国。可是理想上虽然完美，事实上不免破烂；所以作者彷徨自问，怎样爱它呢？真的，国民革命以来，特别是九一八以来，我们都在这般彷徨的自问着。——我们终于抗战了！

抗战以后，我们的国家意念迅速的发展而普及，对于国家的情绪达到最高潮。爱国诗大量出现。但都以具体的事件为歌咏的对象。理想的中国在诗里似乎还没有看见。当然，抗战是具体的、现实的。具体的节目太多了，现实的关系太大了，诗人们一方面俯拾即是，一方面利害切身，没工夫去孕育理想，也是真的。他们发现内地的美丽，民众的英勇，赞颂杀敌的英雄，预言最后的胜利，确是尽了最大的努力。但是我们的抗战，如我们的领导者屡次所昭示的，是坚贞的现实，也是美丽的理想。我们在抗战，同时我们在建国：这便是理想。理想是事实之母；抗战的种子便孕育在这个理想的胞胎中。我们希望这个理想不久会表现在新诗里。诗人是时代的前驱，他有义务先创造一个新中国在他的诗里。再说这也是时候了。抗战以来，第一次我们获得了真正的统一；第一次我们每个国民都感觉到有一个国家——第一次我们每个人都感觉到中国是自己的。完整的理想已经变成完整的现实了，固然完美的中国还在开始建造中，还是一个理想；但我相信我们的国家意念已经发展到一个程度，我们可以借用美国一句话："我的国呵，对也罢，不对也罢，我的国呵。"（这句话可以有种种解释；这里是说，我的国对也罢，不对也罢，我总不忍不爱它。）"如今我只问怎样抱得紧你……，"要"抱得紧"，得整个儿抱住，这得有整个儿理想，包孕着笼罩着片段的现实，也包孕着笼罩着整个的现实的理想。

现在我们再来看看《死水》里的《一句话》：

有一句话说出就是祸，

有一句话能点得着火。
别看五千年没有说破，
你猜得透火山的缄默？
说不定是突然着了魔，
突然青天里一个霹雳
　　　　爆一声
“咱们的中国！”

这话教我今天怎么说？
你不信铁树开花也可。
那么有一句话你听着：
等火山忍不住了缄默，
不要发抖，伸舌头，顿脚，
等到青天里一个霹雳
　　　　爆一声
“咱们的中国！”

现在，真的，铁树开了花，“火山忍不住了缄默”，那“五千年没有说破”的“一句话”，那“青天里一个霹雳”似的一声，果然“爆”出来了。火已经点着了：说是“祸”也可，但是“祸兮福所倚”，六年半的艰苦抗战奠定了最后胜利的基础。最后的胜利必然是我们的。这首诗写在十七八年前头，却像预言一般，现在开始应验了。我们现在重读这首诗，更能感觉到它的意义和力量。它还是我们的预言：“咱们的中国！，这一句话正是我们人人心里的一句话，现实的，也是理想的。

1943年。

答编者问(关于散文写作)

一

广义的散文,对韵文而言。狭义的散文似乎指带有文艺性的散文而言,那么,小说、小品文、杂文都是的。最狭义的散文是文艺的一部门,跟诗歌、小说、戏剧、文学批评并立着。小品文和杂文似乎都该包括在这一意义的散文里。有人以为这一意义的散文只指小品文而言,杂文是独立的,是在文艺之外的。我却觉得杂文是小品文的转变,无论是讽刺是批评,总带有文艺性,应该算是散文的一种而放在文艺部门里。

二

文艺性的散文也跟论文一样靠见解,靠理论,但是论域得缩小,论点得集中,学识固然不可少,经验似乎更不可少。

三

意境似乎就是形象化,用具体的暗示抽象的。意境的产生靠观察和想象。

四

问:您的《背影》的创作过程是怎样的?怎样发现题材?怎样产生那意境?怎样写成的?

我写《背影》,就因为文中所引的父亲的来信里那句话。当时读了父亲的信,真是泪如泉涌。我父亲待我的许多好处,特别是《背影》里所叙的那一回,想起来跟在眼前一般无二。我这篇文只是写实,似乎说不到意境上去。

五

写作似乎可以说有灵感,但我不愿意用"灵感"这个译名,而愿意用

"感兴"这个译名。感兴只是心头一动。这心头一动是由经验的综合来的,有时不自觉,有时自觉。譬如要给某刊物做一篇文,去想题目;想到了适当的题目,也是心头一动,这就是自觉的。总之感兴不必一定要等它来,我们也可去找它;感兴似乎并不神秘的。

六

困苦的生活中吃饭第一,说不到写作。古人说"穷而后工",那"穷"只是不"达",就是做不到大官,并不是穷得没饭吃。不做大官,有了闲暇,写作起来可以专心致志,自然就容易"工"了。

七

多诵读才知道怎样润饰字句。朗诵和默读都得练习。朗诵似乎更得加以注意,因为通常都不去练习朗诵。活的语言的获得在多听人家说的话,细细研究,体味并且记住。

八

初学写作,似乎该从广义的散文下手。先把话写清楚了,写通顺了,再注重表情,注重文艺性的发展。这样基础稳固些。否则容易浮滑,不切实。

(原载《文艺知识》第一集之三,一九四七年七月一日上海雪风社出版)

出版后记

20世纪过去，留下了一批文学大师和优秀作家的足迹。

2000年岁初，中国现代文学馆新馆落成、开放，一、二楼展厅里，豁然将这些人的大批国宝级手稿、老照片、老封面和珍藏文物、字画、书刊报纸，陈列出来，有鲁迅的，有老舍的，有沈从文的，有张爱玲的，有钱锺书的，有林语堂的，有茅盾的，有巴金的……

新逢乍见，我们的心，立即和作家们拉近了。回头再去读他们的作品，是那样亲切，是那样快慰！

遗憾的是，并不是每个人都能看到这些珍贵资料，加以岁月淘洗，绝大多数已成"孤本"，或虽不"孤"，却难能一见，堪称"宝贝"。更不要说，它们能成为我们案头家中必备的收藏珍品了。

于是，我们考虑，可以把这些手稿、照片、文物、字画、书刊封面与插画，做成精美图片，约请中国现代文学馆权威专家、学者，从作家全集里，选取那些脍炙人口的上乘精品，以"自传"打头，做一套珍藏大系，贡献于读者诸君——一切爱好文学、喜欢文学，拿它当作毕生事业，或提升自我修为、素养的作家、学者、大学生、中学生、小学生与各界人物。

很快，我们得到中国现代文学馆专家们的热情支持。

对于以舒乙为首的各位同人的辛勤劳动和高度责任心，我们深表谢意！

对其中难免会出现的差失与不到位，恳请大家不吝赐教，以使此后陆续出版的选本各辑，能越来越多地带来快慰，而减少缺憾。

2003年3月。